Wümpfem.

PETRA WALDHERR

Die Versuchung der Ratsherrentochter

PETRA WALDHERR

Die Versuchung der Ratsherrentochter

Historischer Kriminalroman

GMEINER SPANNUNG

Bisherige Veröffentlichungen im Gmeiner-Verlag:
Die Ratsherrentochter (2014)

Besuchen Sie uns im Internet:
www.gmeiner-verlag.de

Im Ehnried 5, 88605 Meßkirch
Telefon 07575/2095-0
info@gmeiner-verlag.de

1. Auflage 2017

Lektorat: Claudia Senghaas, Kirchardt
Herstellung: Mirjam Hecht
Umschlaggestaltung: U.O.R.G. Lutz Eberle, Stuttgart
unter Verwendung eines Bildes von: © https://commons.wikimedia.org/wiki/File:Lucas_Cranach_the_Elder_-_Duchess_Katharina_von_Mecklenburg_-_Google_Art_Project.jpg
Druck: CPI books GmbH, Leck
Printed in Germany
ISBN 978-3-8392-2160-0

DIE ENTSCHEIDUNG

Donnerstag, 31. März 1524

Anna tauchte nur sehr langsam aus einer unwirklichen, nicht greifbaren Welt auf. Für einige Augenblicke schwebte sie immer noch in diesem seltsamen Zwischenreich. Nicht mehr Traum, aber noch nicht Wirklichkeit. Sie konnte sich nicht genau an die Einzelheiten dieser Bilder voller Glück erinnern. Eigentlich waren es nur mehr Gefühle, die den tiefen Schlaf überdauert und sie in einem jetzt schnell schwindenden Nebel umhüllt hatten. Nur zu gerne wollte sie ihn festhalten, aber Anna besaß keine Macht über ihn. Sie hatte ein Kind in ihren Armen gehalten, aber jetzt war sie wach und die Sehnsucht und die Trauer trafen sie mit voller, ungnädiger Wucht. Leise stöhnte sie auf, während sie sich unter der wärmenden Decke drehte und jetzt der rauen Wand den Rücken zukehrte. Mit steifen Fingern wickelte Anna ihre vom Schlaf schweren Glieder in den groben Stoff ein. Sie hielt die Augen geschlossen und lauschte Michaels regelmäßigen Atemzügen in der Dunkelheit. Er schlief tief und fest. In wie vielen Nächten träumte er wohl von dem Kind, das sie verloren hatte? Wie oft dachte er an das vergangene Leben, ohne es ihr zu sagen, damit sie sich nicht grämte? Der Knoten in ihrer Kehle wurde größer und Anna schluckte. Die dunkle, kalte Jahreszeit war vorüber und sie hoffte, dass sich auch ihr Gemüt bald wieder aufhellte. Gerade einmal eine Handvoll Monate war es her, seit sie guter Hoffnung war, diese jedoch aufgeben musste. Mit immer stärker werdenden Leibschmerzen hatte sich der Blutschwall angekündigt, mit dem auch das aufkeimende Leben ihren Schoß verließ. Michaels Schwester Greta hatte rasch gehandelt und ihr einen starken Kräutertrank eingeflößt. Anna hatte Sorge und Unruhe in ihren Augen bedenklich auflodern sehen. Erst als das hellrote Blut versiegte und nach Tagen nur noch bräunlich aussah, entspannte sich die Frau des neuen städtischen Henkers. Michael hatte damals dafür gesorgt, dass Anna keinen Augenblick allein war. Entweder er oder Burgl, wie ihre Magd und Amme aus Kindertagen inzwischen auch von ihm liebevoll genannt wurde, wachten Tag und Nacht an ihrem Bett. Und auch seine Schwester Greta kam in der Zeit täglich vom Scharfrichter- zum Ratsherrenhaus am Marktplatz, um nach ihr zu sehen. In langen Gesprächen hatte die Henkersgattin ihr Trost gespendet. Wohl kaum eine andere ehrbare Bürgerin konnte eine Nachrichterfrau ihre Schwägerin nennen. Es war schon außergewöhnlich und seltsam, was sich da im vergangenen Jahr in Wymphen zugetragen hatte. Michael war derjenige, der die beiden Familien, die nicht von unterschiedlicherem Stand sein konnten, miteinander verband. Er hatte als Sohn des alten Henkers nach dessen Tod sein Erbe angetreten und sollte Anna eigentlich hinrichten, da sie beschuldigt wurde, ihren Stiefvater vergiftet zu haben. Michael hatte sie vom Rat der Stadt freigebeten und zur Frau genommen. Sie hatte seine Freibitte zu Anfang nur akzeptiert, da sie den wahren Mörder, Feit Morstatt, der sie zuvor geschändet hatte, seiner verdienten Strafe zuführen wollte. Gemeinsam hatten Anna und Michael es dann tatsächlich geschafft, Morstatt ans Schwert zu liefern. Entgegen allen Erwartungen jedoch hatte Anna, die auf Geheiß des Rats hin wieder als ehrbare Bürgerin Wymphens anzusehen und zu behandeln war, die Ehe jedoch nicht aufgelöst, sondern stattdessen die Ehrlichsprechung ihres Mannes erwirkt.* Ab diesem Zeitpunkt war also

* Die Ehrlichsprechung von Scharfrichtern ist erst seit Ende des 18. Jahrhunderts möglich.

jedermann durch Brief und Siegel dazu verpflichtet, Michael Kremer als seinesgleichen zu behandeln. Einerseits versuchte sie, die enorme Trägheit, mit der diese Veränderung ablief, zu akzeptieren. Andererseits schmerzten Anna die neugierigen Blicke, die Tuscheleien hinter vorgehaltener Hand und die Zurückhaltung, mit der die Leute Michael immer noch gegenübertraten. Obwohl es die meisten Bürger auf direkte Anfrage hin wohl abstreiten würden, auch, um der Verfügung des Rates nicht zuwiderzuhandeln, sahen sie dennoch weiterhin den Henker, den Blutvogt, in ihm. Sie wichen ihm so unauffällig wie möglich aus oder vermieden allzu lange Gespräche. Anna hatte sogar einmal beobachtet, wie sich ein Mann nach einer zufälligen Berührung im Gedränge die Hand am Stoff seiner Schaube abgewischt hatte.

Anna seufzte erneut. Die vergangenen Monate hatten sie in ihrer Entscheidung bestärkt, die Osterzeit noch abzuwarten, um dann, in der Zeit der länger werdenden Tage, der Stadt den Rücken zu kehren. Die Menschen hier würden sich wohl kaum von Grund auf ändern. Einige wenige vielleicht – aber niemals alle. Und so stand für Anna insgeheim schon länger fest, dass sie Wymphen zusammen mit ihrem Mann verlassen und mit allem brechen würde, um ihm ein neues Leben zu ermöglichen. Schon jetzt schmerzte es Anna tief in ihrem Innern, dass sie ihre Mutter Amalia, Burgl, das Grab ihres Bruders Peter, Greta, deren Mann Wilhelm und auch die kleine Lisbet bald verlassen mussten, um nach Haydelberch zu gehen. Martin Severus, der Bruder ihrer Mutter, hatte in seinem letzten Brief das Versprechen erneuert, sie beide aufzunehmen. Er hatte keine Familie und konnte somit seinen Handel zu gegebener Zeit an Michael vererben. In Haydelberch kannte niemand ihre Geschichte. Dort würden Michael und hoffentlich auch sie selbst endlich Ruhe finden.

Ruhe vor dem Gerede, vor den Blicken und im Besonderen vor einem Gedanken, der sie unaufhörlich zu verfolgen schien.

Auch wenn es niemals eine klare Antwort auf die Frage geben konnte, wer denn nun wirklich der Vater ihres verlorenen Kindes war. Feit Morstatt, der sie geschändet hatte, als sie vor der Urteilsverkündung im Ratsgebäude festgehalten wurde – oder doch ihr eigener Gemahl? Niemand vermochte es zu sagen. Greta hatte zwar einen Trank zur Blutreinigung für sie zubereitet, aber wer konnte schon mit Bestimmtheit wissen, dass er tatsächlich gewirkt hatte? Anna musste sich eingestehen, dass es so doch am besten war. Für Michael sollte sich nie die Frage stellen, ob er vielleicht das Kind eines anderen, eines hingerichteten Mörders, großzog. Und Greta hatte Anna letztlich nach deren Genesung, beherzt wie immer, Mut zugesprochen und ihr eindringlich versichert, dass sie zusammen mit Michael noch viele Kinder haben konnte.

Langsam verließ Anna ihren warmen Platz und schob sich an Michael heran. Das kühle Leinentuch ließ ihren nackten Körper frösteln, aber seine Wärme entschädigte sie kurz darauf und sie schmiegte sich genüsslich an ihn. Michael atmete tief ein und zog seine Frau im Halbschlaf enger zu sich heran. Bequem lag ihr Kopf jetzt auf seiner Schulter. Sie spürte den warmen Atem in ihren Haaren, die zwischenzeitlich zum Glück bereits wieder bis auf ihre Schultern reichten. Michael hatte ihr die goldene Pracht damals nach der Verurteilung abschneiden müssen. Der geflochtene Zopf, den er aufbewahrt hatte, lag jetzt am anderen Ende des Raums in der stabilen Holztruhe, die er in das Ratsherrenhaus am Wymphener Marktplatz mitgebracht hatte.

Zunächst fühlten nur ihre Fingerspitzen seine Haut. Schließlich fuhr die ganze Hand sacht über die Wölbungen seines Bauchs. Nacheinander auch über den Nabel, die Rippen bis hinauf zu seiner Brust, wo ihre Finger neckisch mit den krausen Haaren spielten. Das dumpfe Pochen unter ihrer Handfläche wurde kräftiger und schneller und Michael gab ein wohliges Brummen von sich. Anna drehte sich ein bisschen weiter und lag nun halb auf ihm. Sie musste den Kopf nur ein wenig neigen, um sich mit ihren Lippen verführerisch von der Schulter bis zur kleinen Kuhle unterhalb seines Halses vorzuarbeiten. Michael hielt still und rührte sich nicht. Trotzdem war Anna sicher, dass er inzwischen hellwach war und sein Blut mehr und mehr in Wallung geriet. Langsam arbeitete sich ihr Mund auf der behaarten Haut mit winzigen Küssen den Hals hinauf bis zu seinem Ohrläppchen, wo ihre Zunge ihn mit verführerischen Bewegungen neckte und eine feuchte Spur hinterließ. Jetzt wandte er sich seiner Frau doch zu. Michaels warme Hand legte sich besitzergreifend auf ihre Hüfte, glitt weiter zu ihrer Kehrseite und knetete mit wachsendem Verlangen eine Seite ihres Hinterns, während er ihren süßlichen Duft einatmete. Er rollte sich mit einem wohligen Brummen vollständig auf sie, ließ sich aber viel Zeit damit, ihre Beine zu teilen und sich dazwischenzulegen. Anna spürte ihn genau. Seidenweich feine Haut, aber auch störrische Haare, die in ihre Schenkel piekten, wenn er sich bewegte. Einen Teil seines Gewichts mit den Armen abstützend, bedeckte Michael Annas Gesicht mit vielen kleinen Küssen, ehe ihr ein einziger langer Kuss leidenschaftlich den Atem nahm.

Anna hörte die schweren, schleppenden Schritte, die sich langsam von unten näherten, zuerst. Sie ließ ihre Hände aber trotzdem weiter über Michaels muskulösen Rücken gleiten, um sie dann auf seinem festen Hintern abzulegen. Burgl war jetzt im Stockwerk unter ihnen angelangt. Für einen Moment war alles still und in Anna keimte die Hoffnung, dass die Magd Walburga Öffinger dort etwas in der großen Stube zu erledigen hatte. Sie selbst mied diesen Raum des Hauses. War es doch der Ort, an dem ihr Stiefvater Steffen Brel im vergangenen Jahr vergiftet worden war und ihr eigenes Leben durch die Festsetzung im Rathaus eine zunächst grausame Wende genommen hatte.

»Es ist noch lange nicht Zeit zum Aufstehen. Vielleicht benötigt Burgl ja nur ein Gefäß aus der Stube«, murmelte Anna zuversichtlich und lauschte. Michael hörte auf, ihren Hals mit der Zunge zu kitzeln, und hielt inne. »Nun, anscheinend nicht …« Ihre Hoffnung hatte sich zerschlagen. Die stämmigen Beine setzten schwerfällig ihren Weg fort und die hölzerne Treppe antwortete auf jeden weiteren Schritt mit einem ächzenden Knarren. In wenigen Augenblicken würde die Nachtruhe endgültig vorbei sein.

»Ist das Burgl?« Die leise, heisere Frage ihres Mannes war aus Annas Sicht völlig überflüssig. Ihre gebrechliche Mutter Amalia verursachte mit ihrem zierlichen Körperbau mit Sicherheit nicht solche schwerfälligen Geräusche. Wenn sie sich denn zu dieser kühlen Jahreszeit überhaupt aus dem Bett erhob oder vom Feuer wegbewegte. Anna schmunzelte. Andererseits konnte sie aber auch stolz sein und sich glücklich schätzen, dass ihr Mann ihretwegen die Welt um sich herum vergaß und bei einer Störung erst einmal wieder alle seine Sinne sammeln musste.

Das anfänglich zaghafte Klopfen an der Holztür wurde unerbittlicher. Burgl hatte ein wenig Zeit zum Durchschnaufen benötigt und war vor dem Schlafgemach der Eheleute kurz stehen geblieben. »Anna?« Die dumpfe Stimme hörte sich jetzt ziemlich nah an und die Gerufene konnte sich nur zu gut vorstellen, wie die Magd in ihrem langen Schlafgewand, nur mit einem dicken Schultertuch vor der Kälte geschützt, den Kopf mit der züchtigen Haube an die Tür presste und auf eine Antwort wartete.

»Es *ist* Burgl!« Michael bemühte sich erst gar nicht, leise zu reden.

»Schhhhh! Sie wird schon einen Grund haben, warum sie in aller Herrgottsfrühe an unsere Tür klopft«, zischte Anna und piekte ihn neckisch mit einem Finger in die Rippen. Erneutes unnachgiebiges Klopfen. Laut stöhnend sackte Michael in sich zusammen, streckte die Arme weit von sich und ließ sich mit vollem Gewicht schwer auf Anna fallen. »Ich will nicht … ich kann nicht … ich schlafe noch!« Anna prustete los und auch Michaels Bauch wippte, während er tief brummend ins Kissen lachte.

»Das hört sich aber gar nicht nach Schlafen an!«, war nun Burgls empörte Stimme zu hören. Dann fuhr sie flehend fort: »Anna, bitte! Die Magd vom Ratsherrn Bender steht unten vor der Pforte und wartet auf Antwort. Sie sagt, dass eine Kuh vom Bender schon seit Stunden versucht abzukalben. Es geht aber nicht vorwärts. Da stimmt anscheinend etwas nicht. Der Bender Burkhart lässt fragen, ob der Michael mal nachschauen kann.« Abwartende Stille folgte.

»Burgl, sag der Magd, dass ich mich sofort auf den Weg mache!«, rief er resignierend in die Dunkelheit. Prompt entfernten sich die Schritte auf dem gleichen Weg, den sie gekommen waren. Hin und her gerissen zwischen dem verführerischen Körper seiner Frau, der erwartungsvoll unter ihm lag, und dem Versprechen, das ihm die Magd gerade abgerungen hatte, glitt Michael bäuchlings auf das kalte Laken und nahm die Abkühlung seiner Leidenschaft missmutig hin. Wenn, dann wollte er sich seinem Weib mit Leib und Seele hingeben. Seine Gedanken waren nun ohnehin abgelenkt und weilten bei dem ums Überleben kämpfenden Vieh. Widerwillig quälte er sich aus dem wohligen Bett, in dem sich Anna sofort auf dem frei gewordenen warmen Flecken mit einem bedauernden Seufzen einrollte. Die Gänsehaut verschwand nur langsam unter der Kleidung, die er sich eilig überstreifte, und sein Blut pochte immer noch verräterisch unter der Haut einiger besonders empfindlicher Körperstellen. Nach einem letzten zärtlichen Kuss schlich er aus dem Schlafgemach und ließ seine junge Frau äußerst ungern allein in der Dunkelheit zurück.

Burgl war vorausgeeilt und hatte unten in der Küche, früher als sonst, das Feuer wieder angefacht. Als Michael Burgls Reich betrat, stand bereits ein Teller mit mehreren dicken Scheiben Brot und eine Schüssel Rahm neben der Kerze auf dem spärlich beleuchteten Tisch. Sie hatte sich erst um sein leibliches Wohl gekümmert. Jetzt aber schickte sie sich an, im Schein der Feuerstelle in ihre kleine Kammer zu verschwinden, um sich für ihr Tagwerk anzuziehen. »Ich fürchte, dass mir das Vieh vom Bender nicht die Zeit lässt, in Ruhe zu essen. Mein Magen wird wohl ganz schön knurren, aber ich will nicht riskieren, dass mir die Kuh unter den Händen wegstirbt, weil ich zu lange gewartet habe.« Mit Bedauern ließ er den fetten Rahm stehen und schnappte sich nur eine Brotscheibe als Wegzehrung. »Hier, die Fackel hat die Magd vom Bender gleich hiergelassen.« Walburga wartete, bis er sich in seinen Mantel eingewickelt hatte, und reichte ihm die brennende Lichtquelle, ehe sie ihn mit gespielter Strenge und ernstem Blick antrieb und hurtig zur Tür hinausschob.

Michael kaute und würgte das trockene Brot hinunter. Mit der Fackel in der einen Hand leuchtete er den Weg aus. Mit der anderen schob er sich den letzten Bissen in den Mund, während er einer tiefen Pfütze auswich und mit einem großen Schritt über eine Runse stieg. Kalter Wind blies ihm ins Gesicht, als er den menschenleeren, dunklen Marktplatz überquerte, um weiter zum Haus des Ratsherrn Bender zu stapfen. Sein Weg führte ihn am Rathaus vorbei. Er war nun nicht mehr Nachrichter und Beisitzer und somit auch von den Sitzungen des Stadtrats ausgeschlossen. Es war schon Wochen, sogar Monate her, seit er das Gebäude von innen gesehen hatte. Bedauern hierüber empfand er nicht im Geringsten. Im Gegenteil. Als Michael kurz danach den hohen Turm passierte, fragte er sich, ob Apollonia, zu deren Mann er gerade unterwegs war, ihrem Geliebten, dem Türmer Johann Peter Gerold, heute Nacht wohl wieder einen Besuch abgestattet hatte. Es war ein offenes Geheimnis, dass die beiden ein Techtelmechtel unterhielten. Als er selbst vor nicht allzu langer Zeit noch städtischer Henker war, hatte er die Tochter des alten Bürgermeisters Conrat Korber einmal des Nachts dabei überrascht, wie sie die hölzerne Treppe des Turms heruntergestiegen war. Der Schrecken war ihr ordentlich in die Glieder gefahren und sie hatte ihn als Goldgräber beschimpft. Zu der Zeit war es durchaus noch seine Aufgabe gewesen, die Abtrittgruben zu leeren. Selbstverständlich bei Nacht, damit die Bürger dadurch nicht gestört wurden. Seit er mit ihrer Vertrauten Anna verheiratet war, hatte sich ihr Verhältnis jedoch gebessert und normalisiert. Soweit das überhaupt möglich war.

Etwa auf halber Strecke zwischen Hochwachtturm und Steinhaus bog Michael rechter Hand ab und hatte kurz darauf das Haus des Ratsherrn Burkhart Bender erreicht. Er kündigte sich nicht an der Pforte des Wohnhauses an, sondern umrundete das Gebäude, ohne seine Schritte zu verlangsamen. Ein warmer Schein fiel auf die Gasse, als er die Stalltür öffnete. Beim Eintreten in den stickigen Dunst nickte er dem besorgten Hausherrn und dessen Magd kurz zu und grüßte.

»Sie ist schon ganz schwach. Es geht nicht vorwärts. Nach den Anstrengungen der vergangenen Stunden hat sie einfach keine Kraft mehr, das Kalb auszutreiben.« Der betagte Viehbesitzer verlor keine Zeit, Michael über die Lage zu informieren, während er sich fahrig mit Handrücken und Unterarm den Schweiß von der Stirn wischte. Burkhart Bender lehnte erschöpft an der schmutzigen Stallwand und stützte sich zusätzlich auf seinen Stock, den er immer wegen seines steifen Beins in Gebrauch hatte. Der ältere Mann trug ein faltiges Hemd mit hochgekrempelten Ärmeln, das ihm teilweise aus der verschmierten Hose hing. Offensichtlich hatte er bereits selbst vergebliche Versuche unternommen, die Geburt des Kalbs zum Ende zu bringen. Michael verschaffte sich schnell einen Überblick. Der Stall bot Platz für zwei Kühe, ein Schwein, die zugehörigen Ferkel und diverses Geflügel. Alle Tiere verhielten sich seltsam ruhig und beäugten den Neuankömmling aus sicherer Entfernung mit wachen Augen. »Hilf mir!«, gab er der Magd, die bislang ebenfalls erschöpft und verschlafen in einer Ecke gestanden hatte, eine knappe Anweisung. Unterdessen fing er selbst schon an, mit dem Fuß den Stalldreck und die frischen Fladen von der Kuh wegzuschieben. Die Frau tat es ihm gleich und Michael füllte den freien Platz sofort mit einer dicken Schicht frischen Strohs auf. Er drängte sich an dem Rind vorbei nach vorne bis zum Kopf. Dort band er das Seil, an dem es normalerweise geführt wurde, an einem Metallring fest. Jetzt waren die Bewegungen des Tieres eingeschränkt und er konnte gefahrloser ans Werk gehen. Wieder am Hinterteil angekommen, entledigte er sich flink seines Mantels und des Hemds. Solche Arbeiten verrichtete man am besten immer mit nacktem Oberkörper. Haut ließ sich leichter abschrubben und reinigen. Burgl, die unter anderem auch das Wäschewaschen erledigte, würde es ihm danken. Die Kleidungsstücke landeten an einem Haken an der Wand. Den kurzen bewundernden Blick der Magd nahm er nur beiläufig wahr. Er musste sich konzentrieren und richtig entscheiden. »Ihr kennt Euch doch gut mit Tieren und deren Körperinnerem aus. Denkt Ihr, dass das Kalb noch lebt?« Burkhart

Bender klang wenig hoffnungsvoll und deutete mit seinem Stock auf den aufgedunsenen Leib der Kuh.

»Wir werden sehen.« Michael war immer äußerst vorsichtig mit irgendwelchen Voraussagen. »Nun denn …«, murmelte er vor sich hin und näherte sich entschlossen dem Hinterteil der Kuh. Sie lehnte mittlerweile zitternd an den Brettern, die einen Teil des Verschlags abtrennten. Das ließ nichts Gutes erahnen. »Ho, komm schon! Bleib stehen!« Noch ehe die Beine ihren Dienst versagten und kraftlos einknickten, hatte Michael dem Tier einen festen Klaps gegeben. Es half nichts. Mit einem jämmerlichen Muhen landete die schwarz-weiß Gefleckte halb auf dem Bauch und halb auf der Seite. Um ihr Maul hatte sich milchiger Schaum gebildet, der in langen, schleimigen Fäden in das Stroh tropfte. An den panisch aufgerissenen Augen konnte man überdeutlich erkennen, dass das Tier große Qualen litt. »Im Stehen hätte sie wenigstens noch ein wenig mithelfen können. So aber wird das eine einzige Schinderei.« Kopfschüttelnd hatte sich Michael kurz zu dem Ratsherrn umgedreht. Burkhart Bender steckte eine weitere Fackel in eine Halterung. »Wie kann ich Euch zur Hand gehen?« Offenes Feuer gab es sonst nie in seinem Stall, aber jetzt war gutes Sehen nun einmal wichtig und ein großer Bottich mit Wasser stand ja bereit.

»Ich brauche ein dünneres Seil.« Während die Magd sogleich mit dem Stock aufgescheucht wurde, humpelte der ältere Mann herüber, um wenigstens den Schwanz der Kuh so zu halten, dass er Michael nicht ins Gesicht schlagen konnte. Dieser ließ sich auf die Knie sinken und stützte sich mit dem linken Arm an dem massigen Tierkörper ab. Mit Wasser wurde der angetrocknete Kot ein wenig abgewaschen. Er streckte alle Finger seiner rechten Hand und drückte sie vorne an der Spitze zusammen. So als wollte er eine große Prise Mehl nehmen. Das Gewebe war durch das stundenlange Pressen stark durchblutet und geschwollen. Vorsichtig führte Michael zuerst seine Hand und schließlich den gesamten Unterarm in den warmen und stinkenden Leib der Kuh ein. Die ganze Prozedur rief ein erneutes Protestgeschrei des Tieres hervor. »Ist ja schon gut. Aber glaub mir, das war noch gar nichts. Du wirst dir gleich wünschen, dass es nur mein dünner Arm wäre, den du da herauspressen musst.« Kaum hatte er zu Ende gesprochen, verschwand er bis zur Schulter in der glitschigen Höhle. Michaels Kopf lag jetzt mit geschlossenen Augen auf dem Hinterteil. Er konzentrierte sich auf das, was er dort drinnen spürte und ertastete. Bei jeder Muskelkontraktion und bei jedem Pressen versuchte Michael, seinen Arm zu entspannen. Er arbeitete immer erst dann weiter, wenn der enorme Druck der starken Muskeln wieder nachließ. Der Gestank störte ihn nicht weiter. Er atmete durch den Mund. »Das Kalb kann ich jetzt fühlen«, fing er an, dem ungeduldigen Ratsherrn Bericht zu erstatten. »Ich habe ihm gerade einen Finger in den Mund gesteckt. Es saugt daran!«, rief Michael triumphierend aus und auch Burkhart Bender lachte erleichtert auf.

Die Augen immer noch geschlossen, zog Michael schwer atmend nachdenklich die Stirn in Falten. »Es liegt richtig herum … allerdings streckt es ein Beinchen nach hinten. Dadurch steckt es im Mutterleib fest.« Langsam tauchte sein kompletter Arm wieder auf. Ein Schwall aus Flüssigkeit und Gewebefetzen folgte und ergoss sich in das ausgelegte Stroh. Aber nicht nur der Arm glänzte im Schein der Fackeln. Sein ganzer Oberkörper war inzwischen mit Schweiß bedeckt und hatte sogar am Hosenbund bereits einen dunklen Rand gebildet. Zum Dunst im Stall mischte sich nun auch noch, wie beim Schlachten, ein metallischer Blutgeruch. Zeit zum Durchatmen blieb nicht. »Es muss raus – und zwar schnell! Gebt mir das Seil!« Michael winkte eilig die Magd heran. Mit einem besorgten Blick stellte der kundige Mann fest, dass das kraftlose Muttertier den Kopf nicht mehr anhob. Nur noch Geräusche wie kurze schrille Schreie drangen aus der gestreckten Kehle. Flink hatten seine Hände eine passende Schlinge gefertigt und er robbte auf Knien wieder näher an das Tier heran. »Gib nicht auf. Es ist ja gleich geschafft«, redete er beruhigend auf die Kuh ein. Auch wenn sie wohl keines seiner Worte verstand. Sein Arm fand auch mit dem Seil in der Hand den Weg von vorhin ohne Probleme. Michael ächzte und stöhnte inzwischen. Mit so einem großen Tier zu arbeiten, war anstrengend. Ratsherr Bender sah von außen nur, wie sich der junge Mann abmühte. Er schob, tastete und drückte, um immer öfter kurz zu verschnaufen. Schließlich schien er es geschafft zu haben, das Seil um die Vorderbeine des Kalbes zu legen, denn er stand auf und betrachtete das Hinterteil der Kuh, während er sich hastig den salzigen Schweiß aus den Augen wischte. Vorsichtig nahm er das Seil auf, das aus ihr heraushing. »Zuerst ganz sachte, damit sich die Schlinge enger zuziehen kann. Wenn wir zu sehr reißen, verletzen wir vielleicht das Kalb. Dann verlieren wir beide Tiere.« Michael wartete, bis sich die Magd neben ihn auf den Boden gesetzt hatte und ebenfalls das Seil fest in ihren Händen hielt. Begeistert sah sie nicht aus. Es war eine schmutzige Arbeit und sämtliche Kleider mussten von ihr vor dem nächsten Tragen erst gründlich gewaschen werden. Mit den Füßen stemmte sich Michael an der Kuh ab. Dann wickelte er sich das Seil ein weiteres Mal um die Hand, spannte seine Muskeln an und lehnte sich langsam mit gestreckten Beinen zurück. Zunächst geschah gar nichts. Nach und nach erhöhten die beiden Geburtshelfer ihre Zugkraft auf das gespannte Seil. Wieder gequältes Muhen. »Gleich presst die Kuh wieder … dann kräftig ziehen … jetzt!«, zischte Michael angestrengt mit gefletschten Zähnen und kurz darauf war es schließlich so weit. Das gedehnte Gewebe umspannte die kleinen, noch weichen Vorderhufe des Kalbes, denen alsbald das Maul und der ganze Kopf folgten. Der größte Teil war geschafft. Nun steckte nur noch die schmalere zweite Hälfte im Muttertier. Mit letzter Anstrengung glitt schließlich der schleimige Körper mit einem schmatzenden Geräusch heraus und landete im raschelnden Stroh. »Es rührt sich nicht!«, rief Burkhart Bender alarmiert aus. Er ließ den Schwanz los und kam näher, um einen Blick auf das Neugeborene zu werfen. Michael steckte seinen Daumen in das kleine Maul. Er entfernte den Schleim und fing danach an, mit einem Büschel Stroh kräftig über das nasse Fell zu rubbeln. »Fang schon an zu atmen.« Der erfahrene Mann ließ sich von den beiden Zuschauern nicht aus der Ruhe bringen. Er war noch nicht bereit aufzugeben. Mit schmerzenden Knien richtete er sich auf und schöpfte Wasser aus dem bereitstehenden Bottich. Das kalte Nass platschte auf den bis dahin reglosen Körper.

»Na also, warum nicht gleich so?« Durch die unsanfte Behandlung schoss Leben in das kleine Kälbchen, das jetzt benommen versuchte, den Kopf zu halten und sich zu orientieren. Sogar das Muttertier riskierte einen halblebigen Blick, schnaufte aber bereits deutlich entspannter. »Schafft es dort hinüber und trocknet es gründlich ab. Ich kann die Kuh jetzt noch nicht losbinden. Sie muss sich noch gedulden, ehe sie zu dem Kleinen darf.« Michael schob das Tier ein wenig zur Seite und überließ es dann der stolzerfüllten Magd, die weitere Versorgung zu übernehmen. »Hoffentlich hat sie nur ein Kalb getragen. Dann komme ich schneller in den Genuss einer Mahlzeit.« Michael grinste zufrieden, kniete sich wieder in das Stroh und wiederholte das ganze Prozedere. Bis zur Schulter in der Kuh steckend, tastete er erneut nach kleinen Hufen, einem Kopf oder nassem Fell. »Wenn Ihr bis jetzt nichts gefunden habt, dann wird das wohl alles gewesen sein«, unterbrach Burkhart Bender augenzwinkernd Michaels Anstrengungen. Er war dem jungen Mann wirklich dankbar für die Hilfe. Das Kälbchen würde ihm nach gewisser Zeit so einige Münzen einbringen. Der Ratsherr wartete, bis das Rind losgebunden war, aufstand und erste wackelige Schritte hinüber zu seinem Kalb unternahm, um den Geruch aufzunehmen und den kleinen Körper abzulecken. Dann füllte er eine Schüssel nach der anderen mit Wasser, um sie Michael über den verdreckten Arm zu schütten, während dieser kräftig über seine Haut rubbelte. Dankbar nahm der danach ein Tuch entgegen, mit dem er sich gründlich abtrocknete. »Wahrhaft vortreffliche Arbeit, Meister Kr…« Trotz des lobenden Inhalts seiner Worte verschwand das Grinsen aus seinem Gesicht. Verlegen brach der ältere Mann ab, senkte den Blick und auch die Magd weiter hinten im Stall war merklich zusammengezuckt. Ganz in Gedanken hatte der Ratsherr die Anrede verwendet, die verpönt war und deren Gebrauch, spätestens seit der schriftlich festgehaltenen Ehrlichsprechung, unter Strafe stand. Er war nicht mehr Meister Kremer. Das Gesagte verursachte einen deutlich spürbaren Stich in Michaels Magengrube, aber bereits nach einem kurzen Augenblick hatte er sich wieder gefangen. »Ich denke, dass uns allen einige Stunden Schlaf fehlen. Ein gutes Mahl am Morgen wird die Welt wieder geraderücken.« Versöhnlich sah er zu Burkhart Bender, der erleichtert das freundliche Lächeln erwiderte. »Das denke ich auch!« Apollonia, die junge Frau des Ratsherrn, stand in der Tür und begutachtete grinsend das Ergebnis der überstandenen Schinderei. »Das Kalb wird gut von der Mutter und unserer Magd versorgt. Kommt! Ich stelle euch oben etwas zu essen bereit.« Sie lächelte immer noch, ließ ihren Gatten derweil passieren und hielt Michael danach ebenfalls die Stalltür auf. Zum wohlwollenden Lächeln kam nun allerdings noch ein anzügliches Funkeln in ihren Augen hinzu, während sie den Mann ihrer Vertrauten Anna völlig ungeniert musterte. Was sie da sah, schien ihr zu gefallen. Waren es doch definierte Muskeln an Bauch und Armen, die den jungen, starken Körper formten. So ganz anders als der welke Körperbau ihres eigenen Mannes, der in seinem doch schon höheren Alter so manches Gebrechen zu erdulden hatte. Michael beeilte sich mit dem Überziehen seines Hemds. Er mochte die lebenslustige Apollonia – so lange sie die Grenze nicht überschritt. »Ihr werdet Wymphen verlassen, oder? Es wird viel geredet. Eure Magd Walburga hat am Waschtag ihr Herz zu sehr auf der Zunge getragen und von Annas heimlichen Plänen erzählt. Nicht einmal mich hat sie eingeweiht.« Die direkte Frage und das Ansprechen einer Angelegenheit, die seiner Meinung nach Apollonia eigentlich nicht im Geringsten etwas anging, riss ihn aus seinen Gedanken und er blieb mit Zurückhaltung in der Tür stehen. »Die endgültige Entscheidung, zu ihrem Oheim nach Haydelberch zu gehen, liegt bei Anna. Sobald sie sich entschieden hat, wird sie es dir schon sagen«, erwiderte Michael nur knapp und wandte sich zum Gehen. Dennoch konnte er durchaus verstehen, dass sie die Neugierde plagte. Apollonia würde ihre Vertraute schmerzlich vermissen. Bedauernd verzog sie auf seine Antwort hin den Mund und winkte ihn durch die Kälte des Morgengrauens hinüber zum Haus.

Die beiden Männer hatten unten in der kleinen Küche Platz genommen und genossen die Wärme, die von den züngelnden Flammen in der Feuerstelle herüberstrahlten. Normalerweise wurden Gäste oben in der schön eingerichteten Stube empfangen, aber angesichts des Geruchs, den sie jetzt nach getaner Arbeit verströmten, hatte Apollonia ihnen das Betreten des Aufgangs mit strengem Blick untersagt. Da die Magd immer noch im Stall beschäftigt war, übernahm die Herrin des Hauses nun selbst die Bewirtung. Flinke Hände stellten Teller, Becher und Holzbretter mit geschnittenem Räucherschinken auf den Tisch. »Stärke dich. Du warst heute schon früh auf den Beinen.« Mit fürsorglicher Stimme forderte sie ihren Mann lächelnd auf, sich reichlich zu bedienen. Trotz des großen Altersunterschieds konnte Michael etwas Angenehmes im Umgang der beiden miteinander feststellen. Der Ratsherr warf seiner Frau immer wieder einen liebevollen und stolzen Blick zu, während sie weiter in der Küche hantierte, und auch Apollonia bedachte ihn beim Vorbeigehen immer wieder vertraut mit scheinbar zufälligen Berührungen an Arm oder Schulter. Von Anna wusste er, dass es eine arrangierte Heirat gewesen war und dass Apollonia zuvor mit Sicherheit so einigen guten Zuspruch von ihrem Vater erhalten hatte. Bis dahin eigentlich nicht allzu ungewöhnlich in den Kreisen der wohlhabenden Bürger. Die wenigsten jungen Frauen im heiratsfähigen Alter würden sich wohl um diesen älteren Mann mit seinen Gebrechen schlagen. Obgleich er einen beträchtlichen Besitz sein Eigen nennen konnte. Ihm schien das durchaus bewusst zu sein. Außerdem war es sicherlich auch seiner Gutmütigkeit und Großzügigkeit zu verdanken, dass seine schöne Gattin beinahe Narrenfreiheit genoss und nur zu oft mit Geschmeide und schönen Stoffen verwöhnt wurde. Hinzu kam allerdings, dass sich Apollonia die Dinge, die sie nicht in ihrem Ehebett bekam, von Zeit zu Zeit vom Wymphener Türmer Johann Peter Gerold holte. Ein Spiel mit dem Feuer, denn sie durfte auf keinen Fall schwanger werden. Selbst wenn ihr Mann vermutete, dass sie ihn hinterging, oder er es gar wusste und billigte, weil er vernarrt in sie war, so war es doch eine gänzlich andere Sache, ihren Leib anschwellen zu sehen, obwohl ihm die Manneskraft fehlte! So würde er vollends zum Gespött werden. Michael schüttelte leicht den Kopf. Darüber wollte er sich eigentlich keine Gedanken machen. Er hatte wahrlich genügend eigene Probleme. Schweigend saß er seinem Gastgeber gegenüber und kaute mit vollen Backen. Vor gar nicht allzu langer Zeit wäre es undenkbar gewesen, dass er aus denselben Krügen trank wie ein Ratsherr. Seinen eigenen, an dem zur eindeutigen Erkennung seines Besitzers kein Deckel angebracht werden durfte, hatte er an Wilhelm, den Mann seiner Schwester, weitergegeben. Auch musste er nicht mehr auf einem dreibeinigen Hocker Platz nehmen. Nein, er saß auf einer gezimmerten Bank. Nur das dünne Kissen hatte Apollonia mit einem mahnenden Blick weggezogen, ehe sich Michael mit seiner verschmutzten Hose daraufsetzen konnte. Er genoss die Stille. Es war kein peinliches Schweigen. Jeder hing einfach nur seinen Gedanken nach.

Diese Stille wurde mit einem Mal unterbrochen und nahm ein jähes Ende. Eilige Schritte waren zu hören, ehe die Tür zur Küche mit Schwung aufgestoßen wurde und drei Augenpaare deswegen fragend in ihre Richtung starrten. »Kommt schnell! Beeilt Euch!« Eine um Luft ringende Magd stand mit aufgerissenen Augen im Rahmen. Mit wedelnden Armen versuchte sie, ihren Worten Nachdruck zu verleihen.

»Ist etwas mit dem Kalb?« Die Miene des Ratsherrn hatte sich augenblicklich verfinstert. Michael hingegen hielt sich nicht lange mit Fragen auf. Er war schon auf den Beinen und umrundete den Tisch.

»Ich kann nichts dafür. Ich war beschäftigt. Ich habe mich um das Kalb gekümmert. Ich hätte doch eh nichts tun können. Ich …« Ihre Stimme hatte inzwischen einen weinerlichen Ton angenommen. Ängstlich flogen ihre Blicke zwischen ihrem Herrn, der Herrin und dem Gast hin und her. »Ich, ich, ich …! Rück endlich mit der Sprache raus!« Michael schob ungeduldig die Hand der Magd vom Türrahmen weg, wo sie einen schmierigen Blutfleck hinterließ. Er eilte an dem Häufchen Elend vorbei und war draußen in der Dunkelheit verschwunden, noch ehe sie ihm eine Erklärung geben konnte.

Kaum hatte er den Stall betreten, sah er das ganze Ausmaß und blieb erst einmal stehen. Es waren nicht die Fackeln, die nachlässigerweise immer noch brannten. Es war auch nicht das Kalb, das nach einem schwachen Versuch aufzustehen hinten in der Ecke wieder in das Stroh plumpste. Die Magd war zu schnell gerannt und hatte ihn zu spät gesehen. Schmerzhaft trat sie Michael in die Ferse und prallte unsanft gegen seinen Rücken. »Barmherziger!«, stieß sie atemlos hervor. »So viel war es vorhin noch nicht! Wird mein Herr jetzt die Kuh verlieren? Ihr werdet doch etwas tun können, oder?« Die Magd bekreuzigte sich, verzog angewidert ihre Mundwinkel und sah dann beinahe flehend zu Michael hoch. Dieser bewegte sich langsam und ruhig auf die stehende Kuh zu, um sie nicht noch mehr in Angst und Schrecken zu versetzen. Wenn sie jetzt eine unglückliche Bewegung tat, konnte sie das ihr Leben kosten. »Ihr hättet uns früher rufen sollen!«, flüsterte er vorwurfsvoll. Hinter sich hörte er einen würgenden Laut. Offensichtlich waren nun auch Apollonia und Burkhart Bender eingetroffen und konnten nun selbst das ganze Ausmaß der Misere in Augenschein nehmen. »Oh Mädchen, was machst du denn? Es war doch alles gut.« Niedergeschlagen betrachtete Michael kurz das gequälte Tier und überlegte. »Wie kann denn so etwas geschehen?« Voll Abscheu, aber doch fasziniert war Apollonia ein paar Schritte nähergekommen. »Es passiert zum Glück nicht allzu oft, aber hin und wieder geschieht es, dass die Kuh nach dem Kalben einfach nicht aufhört zu pressen.«

Eifrig nickte die Magd mit dem Kopf. »Ja! Genauso war es!«, stimmte sie Michael zu und bestätigte das Gesagte mit Nachdruck, indem sie mit gestrecktem Zeigefinger in die

Luft stocherte, um dem Tier eindringlich die alleinige Schuld zuzuweisen.

»Sie presst immer weiter und ihre Muskeln schieben dadurch die Innereien nach außen.« Auch ohne seine Erklärung war für alle der dunkelrot glänzende, riesige Gewebesack sichtbar, in dem noch vor Kurzem das Kälbchen sicher herangewachsen war und der jetzt schlaff und ausgedehnt bis zu den Gelenken der Hinterläufe herabhing. »Die Schwierigkeit besteht darin, das Gewebe wieder in ihren Körper zurückzuschieben und an den ursprünglichen Platz zu verbringen, ohne eine der großen, dicken Adern zu verletzen. Andernfalls verblutet sie innerlich. Mal ganz abgesehen von den Schmerzen, die wohl nur derjenige nachempfinden kann, dessen Gedärme ebenfalls schon einmal aus dem Bauch hingen.« Seufzend machte sich Michael unter den Blicken der anderen erneut an die Arbeit. Mit beiden Händen griff er beherzt in die warme Masse, um sie in die schmale Öffnung zu stopfen, durch die das Kalb kurz vorher den umgekehrten Weg nach draußen genommen hatte. Michael versuchte, das lautstarke Brüllen zu ignorieren. Die Kuh musste die Prozedur über sich ergehen lassen und die Magd und der Ratsherr unterbanden ein Ausweichen, indem beide aus Leibeskräften am Schwanz zogen. So wurde das Tier an die Holzbretter gezwungen und konnte nicht flüchten. Nach und nach verschwand die dunkle, wabernde Masse wieder im Körperinnern. Michaels Arme zitterten nach der Anstrengung. Schwer atmend schaute er erschöpft an sich hinab. Nun war sein bis dahin sauberes Hemd doch hinüber. Er sah aus, als hätte er ein Schlachtfest veranstaltet. Er war mit allem Möglichen beschmiert und er stank erbärmlich. Die Kuh starrte mit abwesendem Blick vor sich hin und röchelte. Insgeheim hatte er wenig Zuversicht. Normalerweise starb ein Tier nach solch einem Martyrium innerhalb der nächsten Tage. »Mehr können wir nicht tun. Alles andere liegt jetzt nicht mehr in unseren Händen. Wollen wir das Beste hoffen«, beantwortete er die stumme Frage des Hausherrn wie immer vorsichtig und lächelte schwach. »Sucht trotzdem schon einmal nach einem anderen Muttertier, das das Kalb vielleicht als ihr eigenes annimmt.«

Was für eine Nacht. Michael befand sich auf dem Rückweg zum Brelschen Haus am Marktplatz, das seit wenigen Monaten sein neues und immer noch ungewohntes Zuhause war. Seinen Mantel hatte er nicht übergezogen, um ihn nicht zu verschmutzen. Auf Höhe des Rathauses verlangsamte er seine Schritte. Die Umrisse der Häuser verschwammen in unzähligen Graustufen im Zwielicht des beginnenden Tages. Er fröstelte und geriet kurz in Versuchung, direkt über den Marktplatz zum Haus zu gehen, um sich im Bett an seiner Frau zu wärmen. Dann jedoch überlegte er es sich anders und bog linker Hand ab. Sie würde ihn ohnehin sofort wieder vor die Tür setzen, sobald ihr sein strenger Duft in die Nase stieg. Michael schlenderte den steilen, menschenleeren Marktrain hinunter und erreichte kurz darauf sein Ziel, den Löwenbrunnen. Das plätschernde Nass füllte den untergestellten hölzernen Trog unaufhörlich bis zum Rand. Wenn kein Wasser entnommen wurde, floss alles Überschüssige in einem handbreiten Gerinne die Gasse entlang zum Stadttor hinunter. Michael legte Hemd und Mantel erschöpft beiseite. Ein kräftiger Schluck von dem kalten Wasser betäubte Mund und Hals. Dann verschwanden Hände und Arme unter der welligen Oberfläche. Die unzähligen Nadelstiche, die die Kälte verursachte, ignorierte er. Durch schnelles Rubbeln säuberte Michael seine Haut so gut es eben ging, zögerte, holte tief Luft und tunkte schließlich auch noch den ganzen Kopf und die Schultern unter Wasser. Der Trog schwappte über und durchnässte die Hosenbeine. Prustend tauchte er wieder auf und warf seine nassen Haare mit Schwung in den Nacken. Winzige Tropfen flogen in alle Richtungen. »He, ich habe mich heute schon gewaschen!«, vernahm er plötzlich lautstarken Protest hinter sich. Erschrocken fuhr Michael herum, denn er hatte nicht bemerkt, dass sich ihm jemand genähert hatte. Vor ihm stand Bertha Setzler und bemühte sich, ein empörtes Gesicht zu machen. Die hübsche Frau war ungefähr so alt wie er selbst. Fröstelnd zog sie ihr Schultertuch enger um sich und lächelte ihn schüchtern an. »Ich wollte dich nicht erschrecken«, entschuldigte sie sich jetzt mit leiser Stimme. Unsicher strich sie sich eine dicke Strähne ihrer lockigen roten Haare aus dem Gesicht, wodurch kurz ihr Diebeswappen auf der Wange zum Vorschein kam. Sie trug sie immer offen. Nicht züchtig geflochten, gebunden und unter einer Haube versteckt wie die Wymphener Bürgerinnen. Und Michael wusste nur zu gut, dass die Haarpracht wie ein loderndes Feuer leuchtete, sobald die Sonne günstig stand und die Strahlen zwischen den widerspenstigen Locken tanzten. Michael hatte sich wieder gefangen und lächelte sie an. Ihr Herz hüpfte, als sich sein Grübchen vertiefte, und es fühlte sich beinahe so an, als hätte es einen Moment ausgesetzt, nur um danach umso schneller zu schlagen. Wie er so dastand. Beinahe keinen trockenen Faden mehr am Leib. Seine dunklen Augen ruhten auf ihr. Aus den schwarzen Haaren tropfte das Wasser und suchte sich seinen Weg den halbwegs entblößten Körper hinab. Vertraut ging sie weiter auf ihn zu und blieb erst dicht vor ihm stehen, um seine ebenmäßigen Konturen zu betrachten. Sie konnte nicht anders. Schon immer suchte sie seine Nähe, wurde magisch von ihm angezogen. Auch wenn er sie noch nie dazu ermutigt hatte – zumindest nicht bewusst. Er war eben einfach freundlich zu ihr. So wurde sie sonst von keinem anderen Mann behandelt. Berthas Wangen pochten, verfärbten sich und zeigten nun ein gesundes, frisches Rot. Sie wusste genau, dass ihr die Gefühle für ihn nur allzu deutlich zu Gesicht standen. Und wenn schon. Es änderte nichts daran, dass er inzwischen mit einer Bürgerin verheiratet war und sein Herz ihr gehörte. Bertha hätte ihn sogar genommen, als er noch Wymphens Scharfrichter gewesen war. Ihr Lächeln verschwand. Ungeniert betrachtete Bertha die Gänsehaut, die sich in der kühlen Morgenbrise um seine Brustwarzen gebildet hatte und sie zusammenzog. Mit ihrem Finger vereinte sie dort zwei Wassertropfen. Michael zuckte zusammen und trat einen Schritt zurück, ohne ihrem enttäuschten Gesichtsausdruck Beachtung zu schenken. Sie verschränkte die Arme distanziert vor ihren ausladenden Brüsten, die noch an Umfang zugelegt hatten, seit sich auch ihr Bauch von Monat zu Monat mehr wölbte. Das Tragen eines Leibchens würde schon bald überhaupt nicht mehr möglich sein. Der Bund saß unter den Brüsten und die Falten ihres Rocks standen überdeutlich auseinander. Michael betrachtete sie. Die Rundungen standen ihr gut und machten ihren Körper weicher. Sie war wirklich schön – aber eben eine stadtbekannte Hübschlerin. Wie ungerecht es doch manchmal zuging. Anna, seine eigene Frau, hatte leider ein Leben verloren. Bertha hingegen erwartete ein Kind und konnte doch nichts weniger gebrauchen als ein schreiendes Balg, das sie durchbringen musste und dem sie nicht einmal den Namen des Vaters nennen konnte. Michael spürte einen Stich in der Magengegend. Hätte er denn diesem verlorenen Kind, Annas Kind, den Namen nennen können? Nein. Nicht mit Sicherheit. Aber es wäre immerhin in der Obhut einer Familie aufgewachsen. Anders als der Spross einer Hure. Er blinzelte und hoffte, dass sie seine Gedanken nicht erraten hatte. Michael räusperte sich. »Äh, was machst du hier – um diese Zeit?« Bertha wich seinem Blick aus.

»Ich hatte zu tun – und du?«, konterte sie sogleich mit einer Gegenfrage. »Solltest du nicht in diesem großen Haus dort oben am Marktplatz in deinem warmen, weichen Bett liegen und deine Frau beglücken?«, funkelte sie ihn an und am liebsten hätte sie sich sogleich auf die Zunge gebissen. Sie beneidete ihn um sein neues Leben. Jetzt gehörte er noch weniger zu ihrer Welt. »Und?«, fragte sie nochmals nach. Diesmal mit weicherer Stimme. »Was machst du also um diese Zeit hier draußen?« Michael kam näher und zupfte Bertha vorsichtig Stroh aus den Haaren. Offensichtlich hatte vergangene Nacht ein Bursche ihre Dienste in einer Scheune in Anspruch genommen. Vielleicht lag derjenige ja immer noch dort, nachdem sich die Hübschlerin in den frühen Morgenstunden einfach weggestohlen hatte. Sie sollte in ihrem Zustand nicht mehr ihren Körper anbieten. Es waren offensichtlich nur noch wenige Wochen bis zu ihrer Niederkunft. Michael schüttelte unbewusst den Kopf. Natürlich war das nicht möglich. Sie brauchte die Münzen. Es gab niemanden, der für sie sorgte. »Ich hatte zu tun … hab dem Bender beim Kalben geholfen.« Bertha fing an zu kichern und auch Michael grinste. »Natürlich hat nicht der Bender gekalbt, sondern seine Kuh.« Dann wurde er wieder ernst. »Es gab Probleme bei der Geburt. Die Kuh wird wohl nicht überleben.« Während er sprach, ruhte sein Blick auf ihrem runden Leib. Bertha sah ebenfalls nach unten und strich grübelnd über die üppige Wölbung. Die beängstigenden Gedanken hingen beinahe greifbar zwischen ihnen. »Es wird schon gut gehen«, nickte Bertha zuversichtlich. »Du kannst mir ja beistehen … wenn es so weit ist, meine ich.« Zaghaft lächelte sie ihn an. Eilig winkte Michael ab. »Oh, das ist etwas für Frauen. Also ich denke, dass du da bei einer Hebamme wesentlich besser aufgehoben bist. Oder du lässt einfach nach meiner Schwester schicken. Sie wird alles in ihrer Macht Stehende tun. Da bin ich sicher. Das muss aber bestimmt nicht heute entschieden werden.« Michael drückte ihr dabei leicht den Arm und wollte sich schon abwenden, um sich auf den Heimweg zu machen.

»Versuchst du, mich abzuweisen, weil schon feststeht, dass du sowieso weggehen wirst? Gib doch einfach zu, dass du weißt, dass du zur Zeit meiner Niederkunft Wymphen bereits verlassen haben wirst! Hättest du dich denn noch verabschiedet, oder wärst du einfach klammheimlich bei Nacht und Nebel verschwunden?«, ereiferte sich Bertha vorwurfsvoll. Verletzt zog sie einen Schmollmund. »Ich bin nicht dumm. Man erzählt sich so einiges auf den Straßen und Gassen.«

Michael blieb stehen. »Anscheinend nicht nur auf den Straßen und Gassen, sondern auch in sämtlichen Betten der Stadt.« Seine Stimme hatte einen schärferen Klang angenommen. Er besann sich jedoch und fügte etwas versöhnlicher hinzu: »Bertha, sieh mal, ich bin nicht für dein Leben verantwortlich. Und du solltest dein Herz nicht so sehr an mich hängen«, fand er ungewöhnlich deutliche Worte. »Anna ist meine Frau und so Gott will, werden wir Kinder haben. Eben für diese Kinder werde ich, werden wir hier vermutlich alles zurücklassen. Denkst du denn, dass ich sie dem Gerede der Menge aussetzen will? Sie, die Nachkommen des ehemaligen städtischen Henkers von Wymphen? Nein! Dann lieber eine ungewisse Zukunft in Haydelberch. Auch Anna denkt so, und wenn sie dafür bereit ist, dann bin ich es ebenso.«

Bertha schwieg betroffen und sie hielt ihn nicht auf, als er sie in der Morgendämmerung am Brunnen zurückließ.

Anna verzog das Gesicht, zerrte verschlafen die Decke über die gerümpfte Nase und drehte den Kopf in ihr Kissen. Dort drückte sie an dem groben Stoff so lange schmerzhaft die

Nase platt, bis sie nach einem dumpfen Stöhnen doch wieder auftauchen musste, um Luft zu holen. Sofort stieg ihr neuerlich dieser penetrante Stallgeruch in die Nase. Michael lachte leise und schmiegte sich nur noch enger an ihren nackten Körper. Er hatte sich ins Schlafgemach geschlichen und unten am Fußende des Bettes leise seine stinkenden Kleider abgelegt. Danach war er über Annas reglosen Körper gestiegen und hatte es sich unter den Decken bequem gemacht. Das Zimmer lag im Zwielicht und unten verursachte Burgls geschäftiges Treiben dumpfe Geräusche. Schon bald mussten sie das wohlige Lager verlassen, aber bis dahin wollte er noch jeden Moment mit seiner Frau genießen. Schließlich gab es auch noch Einiges nachzuholen. »Puh! Hat sich dafür die Anstrengung heute Nacht denn wenigstens gelohnt? Warum hast du dich nicht gewaschen?« Anna schnüffelte übertrieben an ihm herum, schmiegte sich aber dann doch schnurrend wie eine Katze an ihn. »Ich habe mich gewaschen!«, protestierte Michael. Er legte seine vom Brunnenwasser immer noch kühlen Arme um sie und drückte sie fest an seinen nackten Körper. »Ein wenig zumindest«, fügte er murmelnd hinzu und erntete einen Knuff in die Seite.

»Was ist passiert?«, fragte Anna schließlich nach. »Du warst lange weg.« Michael war merkwürdig still. Er suchte nach den richtigen Worten. »Ich habe dem Kälbchen das Leben gerettet«, begann er schließlich. »Aber die Kuh wird höchstwahrscheinlich sterben.« In seiner Kehle hatte sich ein Knoten gebildet. »Na ja, so ist das Leben, nicht wahr?« Es gelang ihm nicht, seiner Stimme einen unbeschwerten Klang zu geben. »Es ist immer schwer, vorherzusagen, wie eine Geburt verläuft. Du hast ja schon am eigenen Leib erfahren, welche Gefahren es bergen kann, neues Leben zu schenken. Das habe ich vorhin auch schon der Bertha gesagt.«

Anna horchte auf, legte ihm ihre Finger auf die Lippen und versuchte, ihn mitten in der Rede zum Schweigen zu bringen. »Bertha? Du hast dich mit Bertha getroffen?«

Michael versuchte, sie zu beschwichtigen. Die hübsche Rothaarige war immer ein etwas heikles Thema. Hin und wieder flammte Annas Eifersucht grundlos auf.

»Ich habe mich nicht mit ihr getroffen – sie ist mir eher zufällig am Brunnen über den Weg gelaufen«, winkte er mit knappen, banalen Worten ab. »Wie auch immer … ich weiß, dass man das nicht ganz vergleichen kann, aber … ich hätte lieber gesehen, wie *dein* Bauch wächst, und heute hätte ich lieber dein, unser Kind geholt, als bis zu den Schultern in einem Rindvieh zu stecken.« Nachdenklich fuhr Annas Hand kreisend über seinen Rücken. »Irgendwann wirst du unserem Kind auf die Welt helfen. Davon bin ich überzeugt. Es wird alles gut gehen. Ich werde leben und das Kind wird leben. Du wirst schon sehen.« Sie hatte ohne jeden Zweifel gesprochen und es dauerte eine ganze Weile, ehe Michael vorsichtig wieder das Wort ergriff. »Du sagst, dass *ich* unser Kind holen werde. Eigentlich wäre das eher Gretas Aufgabe. Bedeutet das, dass wir Wymphen verlassen und sie dir deswegen nicht beistehen kann? Hast du dich also entschieden?«, flüsterte er dicht an ihrem Ohr. »Die Leute reden schon, weißt du?« Natürlich wusste Anna sofort, was er meinte. Seine Anspannung blieb ihr nicht verborgen. Michael hatte ihr schon vor Monaten versichert, dass er jegliche Entscheidung, die sie treffen würde, ohne Einwände akzeptieren würde. Für ihn war es nur von Bedeutung, dass sie die Zeit, die ihnen geschenkt war, miteinander verbrachten. An welchem Ort, war egal. Gemeinsam würden sie schon alle Hürden meistern.

»Ich denke ständig darüber nach. Es fällt mir wirklich schwer. Die Entscheidung ist nicht einfach. Wir würden hier unsere Familien zurücklassen. Wenn wir einmal ihre Hilfe benötigen sollten oder sie die unsere, dann sind wir zu weit weg. Wir wären auf uns gestellt. Aber in Haydelberch kennt uns dafür niemand. Wir könnten völlig unbehelligt ein neues Leben beginnen – gemeinsam. Ohne dass jemand von unserer Vergangenheit weiß.«

Michael hatte ihr schweigend zugehört und massierte ihr dabei sanft den Rücken.

»Ein schöner Gedanke«, murmelte Anna und fuhr ihm durch seine feuchten, kalten Haare. »Und er ist es wert, verwirklicht zu werden. Auch wenn wir ihn nicht bis zum Ende überblicken können – unser Weg liegt uns bereits zu Füßen. Wir müssen ihn nur noch beschreiten.«

AUFBRUCH

Mittwoch, 13. April 1524

Anna hatte sich für die Vorbereitung der Reise nun beinahe zwei Wochen Zeit gelassen. Röcke, Leibchen und Decken wurden fein säuberlich zusammengelegt, Kisten mit Bändern, Hauben und Alltagsgegenständen wurden gepackt und in der kleinen Kammer gelagert, die Annas verstorbenem Bruder während seiner kurzen Zeit in Wymphen als Unterkunft gedient hatte. Für ihre eigenen Sachen würde der meiste Platz auf dem Karren benötigt werden. Michael besaß nicht wirklich viele Kleidungsstücke, die er aus seinem alten Leben als Scharfrichter mit in sein neues genommen hatte. Mit der Zeit würde er sich aber schon noch weitere Hosen, Hemden und Schauben schneidern lassen – in guter Qualität und keinesfalls in der Farbe Rot. Diese hatte er wohl schon so oft getragen, dass es für zwei Leben reichte. Zufrieden stützte Anna ihre Hände auf ihren Hüften ab und betrachtete schnaufend ihr bisheriges Werk. Staub tanzte im hellen Licht, das durch das schmale Fenster in die stickige Kammer fiel. Langsam umrundete sie mit verschwitzten roten Backen den Berg an lieb gewonnenen und gewohnten Dingen, den sie angehäuft hatte und der ihnen den Neubeginn im unbekannten Haydelberch etwas heimeliger machen sollte. Sie hielt inne, blies sich eine blonde Strähne aus der Stirn und legte diese dann nachdenklich in Falten. Hatte sie an alles gedacht? Nichts vergessen? War alles sicher verstaut? Wieder und wieder ging sie es durch. Abgelenkt wurde sie jetzt jedoch durch die Schritte auf der Treppe. Sie wandte den

Kopf und lehnte sich leicht nach hinten, um nun durch den Türrahmen freie Sicht auf den lang gestreckten Holzboden zu haben, dessen knarzende Dielen vorne am Aufgang an einem dunklen Loch endeten. Eben in diesem erschienen nun Michales Kopf, seine Schultern und nach und nach sein ganzer Körper. Auf der letzten Stufe drehte er sich um und lächelte seine Frau an, während er sich auf dem knarzenden Holzgeländer abstützte. Langsam kam er ihr entgegen, schielte beim Vorbeigehen kurz zur Tür ihres Schlafgemachs, widerstand der Versuchung, sie dort hineinzulocken, und setzte seinen Weg fort. Anna verharrte ganz still und betrachtete ihn verträumt, bis er schließlich ganz dicht vor ihr stand. Ein warmes Gefühl breitete sich in ihrem Bauch aus. Lag es an seiner wohlgewachsenen Gestalt? Seinen ebenmäßigen Gesichtszügen mit den vollen, schön geschwungenen Lippen? Diesen langen Wimpern, die die dunklen Augen wie dichte Kämme umrahmten? Oder war es gar nicht so sehr das Aussehen? Denn schon bei ihrem Peiniger Feit Morstatt war es so gewesen, dass sich hinter einem ansehnlichen Antlitz ein dunkles Denken und Handeln verborgen hatte. War es also eher seine Gutmütigkeit, sein gerechtes Wesen? Diese Ruhe, die er ausstrahlte und ihr das Gefühl gab, dass sie ihm blind vertrauen konnte und in ihm ein Heim gefunden hatte, wenn er sie genau so wie jetzt ansah? Wahrscheinlich von allem etwas. Anna sah Michael in die Augen und erwiderte sein Lächeln. Er hatte den Kopf leicht zur Seite geneigt. Seine Arme umfingen sie bereitwillig, obwohl sie in dem abgenutzten Kleid, das sie absichtlich für diese Arbeit angezogen hatte, und mit ihren strähnigen Haaren wohl nicht gerade verführerisch aussah. Anna sank gegen ihn, atmete seinen wohlbekannten Geruch ein und genoss die warme Hand, die auf ihrem verspannten Rücken auf und ab fuhr und schließlich sanft ihren Nacken massierte. »Der Karren kann beladen werden. Ich habe ihn mir gründlich angesehen und ausgebessert. Jetzt wird er den Weg bis nach Haydelberch wohl überstehen«, brummte seine tiefe Stimme leise an ihrem Ohr. »Dann ist er also gekommen … unser letzter Tag in Wymphen. Morgen brechen wir wirklich auf.« Anna antwortete nicht, sondern hing ihren Gedanken nach. Sie selbst konnte es auch noch nicht so recht glauben. Die letzte Nacht. Im Morgengrauen würden sie ihre Lieben und das bisherige Leben hinter sich lassen, um sich auf die lange Reise nach Haydelberch zu begeben. Während der Arbeit hatte sie keine Zeit, darüber nachzudenken. Aber in ruhigen Momenten wie diesen machte sich immer wieder dieses flaue Gefühl in ihrer Magengrube breit. Wie würden sie die lange Strecke meistern? Wer würde ihnen unterwegs begegnen? Hoffentlich niemand, der ihnen Böses wollte. Die wertvolle Ladung, die sie mit sich führten, konnte für zwielichtige Gestalten schon eine Versuchung sein. Der wilde Haufen um Jäcklein Rohrbach hätte unter Umständen die Dinge auf dem Karren als kleine Wiedergutmachung angesehen, wenn Anna und Michael ihnen im letzten Jahr begegnet wären, als die wütenden Bauern das Chorherrenstift belagert hatten. Und Michael war nunmehr ein gewöhnlicher Reisender. Kein auffällig gekleideter Scharfrichter mehr, dem man tunlichst aus dem Weg ging, um eine unheilvolle Berührung zu vermeiden. Diese unsichtbare Grenze, die gängiges Recht um ihn gezogen hatte und vor der jedermann zurückgeschreckt war, bestand einfach nicht mehr. Gerade jetzt jedoch wäre ein solcher Schutzschild von Nutzen. »Was?« Anna blinzelte. Sie war ganz in Gedanken versunken gewesen, bis Michael sie leicht angestupst hatte.

»Soll ich schon ein paar Kisten und Säcke mit nach unten schleppen und aufladen?«, wiederholte er das Gesagte noch einmal schmunzelnd.

»Oh, äh, natürlich. Ich sehe ein letztes Mal in die Schränke und Truhen und helfe dann Burgl mit den Vorräten.« Sie stahl sich liebevoll einen Kuss und verschwand geschäftig in der Schlafkammer.

Durch das ständige Einnicken und Hochschrecken hatte Anna in der Schwärze gänzlich das Zeitgefühl verloren. War sie eben erst zu Bett gegangen oder würde es bald schon wieder an der Zeit sein, aufzustehen? Bereits unzählige Male hatte sie sich von einer Seite auf die andere gewälzt. Sogar Michael hatte schon seinen Arm hinter sich gestreckt und schwer auf ihrem wippenden Schenkel abgelegt, um sie wortlos und sanft zu ermahnen, endlich die nervösen, kreisenden Bewegungen ihres Fußes sein zu lassen. Angespannt wartete sie ungeduldig auf die vertrauten Geräusche aus der Küche, die den anbrechenden Tag ankündigten und oft schon kurz nach dem Hahnenkrähen begannen. Ungezählte Augenblicke später vernahm sie die ersehnten Laute. Mit pochendem Herzen tastete sie in der Dunkelheit nach Michaels warmem Körper. »Ich gehe Burgl zur Hand. Du kannst ja noch ein wenig liegen bleiben … aber nicht zu lange. Wir sollten nicht allzu spät aufbrechen.« Neckisch knabberte sie an seinem Ohr und ohne auf eine Antwort zu warten, krabbelte sie recht unsanft über ihn hinweg, raffte im Dunkeln Hemd, Leibchen und Rock zusammen und war durch die Tür verschwunden, um sich unten vor dem wärmenden Feuer anzukleiden.

»Grüß dich, Kind«, wurde sie warmherzig von Burgl empfangen. Die alte Frau stand gebückt an der Feuerstelle und stocherte das immer noch glimmende Holz in die richtige Lage, um trockene Scheite nachzulegen. Ächzend stemmte Walburga Öffinger sich danach an der Wand ab und legte die andere Hand rücklings auf ihrer schmerzenden und steifen Kehrseite ab, während sie den eisernen Schürhaken wieder in der Ecke ans Gemäuer lehnte. Es dauerte einige Schritte, bis sie wieder aufrecht gehen konnte, ohne die Luft anzuhalten. Anna widerstand dem Drang, ihrer Amme aus Kindertagen einen stützenden Arm anzubieten. Stattdessen zupfte sie schweigend die Falten des Rocks zurecht und ließ sich bereitwillig beim Schnüren des Leibchens helfen. Das letzte Kleidungsstück blieb auf dem Tisch liegen. Auf das Aufziehen der Haube verzichtete Anna vorerst noch. Hier im Haus brauchte sie sich wegen ihrer kurzen Haare nicht zu schämen. »Das war dann wohl auch das letzte Mal, dass ich dir beim Ankleiden geholfen habe.« Die alte Frau übte leichten Druck auf Annas Schultern aus, um sie zu sich umzudrehen. Der wehmütige Klang der Stimme ließ Anna schwer schlucken. Tapfer lächelnd drückte Burgl sie fest an ihren ausladenden Busen. Anna schaffte es nicht ganz, den massigen, weichen Körper vollständig zu umfassen. »Ach! Du musst erst einmal etwas in den Bauch bekommen!« Energisch übernahm die alte Frau wieder das Kommando, schob sie von sich weg und hantierte mit Tellern und Bechern. Aber Anna wurde es nur noch schwerer ums Herz. Ihr entging nicht, dass die resolute, stämmige Frau trotzdem hin und wieder in ihre Schürze schnäuzte und sich verstohlen über die Augen wischte, ehe sie verschwand, um auch der Hausherrin beim Aufstehen und Ankleiden zur Hand zu gehen. Und sie sollte heute gewiss nicht die Einzige sein, von der sich die junge Frau verabschieden musste, ohne zu wissen, ob sie ihre Lieben je wiedersehen würde. Burgl war nicht mehr die Jüngste und ihre Mutter Amalia, die sich eben zusammen mit der Magd zu ihr in die Stube schleppte, um sich dann schwach auf die Bank fallen zu lassen … nun ja, wer konnte schon wissen, wie lange sie noch lebte? Anna seufzte traurig und machte sich schweigend daran, für alle eine frühe Mahlzeit zuzubereiten.

»Brrr … draußen ist es ganz schön kalt.« Michael rieb sich die Hände, während er, von einem kühlen Luftzug begleitet, in die Küche polterte. Er hatte sich kurz nach ihr aus dem Bett gequält und sich sofort auf den Weg zum Stall gemacht. So angespannt wie Anna heute war, hätte sie ihn zuvor eh nicht in Ruhe essen lassen. »Der Braune ist angespannt und du solltest noch ein paar zusätzliche Decken hinter den Bock legen.« Annas zaghaftes Lächeln und kurzes Nicken war die einzige Antwort, die er erhielt. Beim Essen herrschte bedrücktes Schweigen. Die Stunde des Abschieds nahte unaufhaltsam. »Das Leben hast du ihr gelassen … und doch nimmst du sie mir auf andere Art fort.« Amalias leise, dünne Stimme zitterte und doch war dieser Vorwurf, diese Beschuldigung, so übermächtig und wog schwer. Sie wickelte sich Wärme suchend in ihr Schultertuch ein und streifte Michael mit einem anklagenden Blick, ehe sie wieder stumm ins Feuer starrte. Er antwortete nicht, sondern kniff nur angestrengt die Lippen aufeinander. »Mutter, das haben wir doch alles schon besprochen«, ergriff Anna erschöpft Partei für ihren Mann. »Wir werden in Haydelberch ein besseres Leben haben. Ist es nicht das, was sich jede Mutter sehnlichst für ihr Kind wünscht?« Versöhnlich schmiegte sie sich an die ältere Frau, der jetzt Tränen über die eingefallenen Wangen liefen, und wiegte sie tröstend hin und her.

Anna hatte sich vorgenommen, sich nicht umzudrehen. Der Abschied in der Küche war auch so schon tränenreich genug gewesen. Ihre Mutter Amalia hatte sich schluchzend an sie geklammert und wollte sie gar nicht mehr loslassen. Erst als Burgl langsam, aber bestimmt Finger um Finger aus den Falten des Umhangs gelöst und ihre Herrin auf den Hocker neben dem warmen Feuer bugsiert hatte, konnte Anna ihrem Mann nach draußen folgen. Erneut brannten Tränen in ihren

Augen und der Knoten in ihrem Hals schmerzte, als die ältere Frau sie liebevoll auf die Stirn küsste. Die nassen Wangen straften Burgls aufmunterndes Lächeln Lügen. »Gib gut auf sie acht!« Mehr mahnende Worte konnte sie Michael nicht mit auf den Weg geben. Ihre Stimme brach ab und ihr Kinn zitterte schon wieder verdächtig. Er nickte ihr ernst zu und half dann seiner jungen Frau, auf den Bock zu klettern. Kaum hatte sich der Karren in Bewegung gesetzt, war Annas Vorsatz auch schon vergessen. Sie drehte sich um und schaute zurück zu dem Haus am Marktplatz, in dem sie nicht einmal ein ganzes Jahr gelebt hatte. Burgl stand immer noch mitten auf der Gasse und knetete ihre Schürze. Heftig winkend erwiderte Anna den letzten Abschiedsgruß der Magd, ehe sie sich, blind vor Tränen, wieder in Fahrtrichtung drehte und ein Schluchzen unterdrückte. Langsam holperte der Karren, dessen Ladefläche mit grobem Tuch vollständig abgedeckt war, um die geladenen Waren vor neugierigen Blicken zu schützen, die Salzgasse hinunter in Richtung Adlerbrunnen und Haupttor. Geschickt lenkte Michael das große, braune Zugpferd, mit dem Anna im letzten Winter hier in Wymphen angekommen war. Von Zeit zu Zeit bremste er an arg abschüssigen Stellen der langen Gasse oder schnalzte mit der Zunge, um dann wieder mehr Bewegung in den Gaul zu bringen. Anna hing still ihren Gedanken nach. Die Sonne war zwar schon aufgegangen, aber die hohen Häuser und die dunklen, regenschweren Wolkenberge schluckten das gar so spärliche Tageslicht beinahe komplett. Sie ließ sich durch die zwielichtigen Schatten der Gasse schaukeln. Ihr Brauner, dessen Zerrung seit der Ankunft in Wymphen gut verheilt war, bewegte sich mit gemächlicher Gangart. Michael gab die Zügel frei und so trottete das schwere Tier mit hängendem Kopf vorwärts. Außer ihnen war noch niemand so früh unterwegs und die, die schon wach waren, erledigten erst alle Aufgaben, die in der Wärme der Küchen und Stuben anfielen, ehe sie sich nach draußen in die Kälte wagten.

Nach dem Brunnen passierten sie ungehindert das Haupttor, nickten der Wache, die sich mürrisch und verschlafen auf die Hellebarde stützte, kurz zu und bogen gemächlich rechter Hand ab, bis das Scharfrichterhaus vor ihnen lag. Den beiden war es egal, ob sie dabei gesehen wurden. Sicher, jeder konnte sich wohl denken, dass sich der ehemalige Scharfrichter von seiner Familie verabschieden wollte. Niemand würde jedoch das Wort gegen ihn erheben. Genauso gut konnten sie nämlich noch Kräuter oder Salben für die Reise erstehen wollen.

Gespenstische Nebelschwaden hatten sich ringsum über dem hohen Gras gesammelt. Als sich Anna und Michael fröstelnd ihren Weg vom Karren zum Haus bahnten, schienen die weißlichen Fetzen nach ihnen zu greifen wie die knochigen Finger einer Hand. Nur eine dünne Rauchsäule über dem Kamin verriet in der Stille, dass Michaels Schwester Greta ebenfalls schon ihr Tagwerk verrichtete. Sie wusste bestimmt, dass Besuch im Anmarsch war, denn die Hunde im Schuppen hatten schon laut kläffend angeschlagen.

»Kommt herein und setzt euch!« Die Frau des neuen Wymphener Scharfrichters stand in der weit geöffneten Tür und winkte die beiden freundlich zu sich in den Raum, der gleichzeitig Stube, Küche, Aufbewahrungs- und Behandlungsraum war. Gretas warmes Lächeln und das rötliche Feuer, das hinter ihr munter auf dem Holz tanzte und knisterte, bildete einen drastischen Gegensatz zu dem kalten Grau, aus dem sie gerade kamen. »Danke, aber wir haben schon gegessen«, lehnte Anna ab und schob das Holzbrett mit Brot und Rauchfleisch in die Mitte des Tisches.

»Oh, dann werde ich es euch eben für unterwegs einpacken, ja?« Geschwind verstaute sie einen Teil der Lebensmittel in einem Tuch und schlug die Ecken übereinander. »Wartet ... ich werde nach Wilhelm und Lisbet sehen ... die beiden wollen sich natürlich auch noch von euch verabschieden.« Ihr Lächeln wirkte bei diesen Worten etwas bemüht und war verschwunden, noch ehe sie sich ganz zur Tür umgedreht hatte. Anna hatte es genau gesehen. Während sie sich innerlich für den zweiten Abschied an diesem Morgen wappnete, schweifte ihr Blick durch den Raum. Michael saß, die Stirn in tiefe Falten gelegt, auf einem Hocker am Feuer. Er knetete sich die Finger und starrte gedankenverloren auf die Holzbretter, die den wenig aufwendig gearbeiteten Boden bildeten. Nicht allzu lange nach seiner Rückkehr musste er nun ebenfalls seine Familie und seine Heimatstadt wieder verlassen. Anna saß immer noch auf der Bank, lehnte mit dem Rücken an der Wand unter dem Fenster und konnte durch die offene Tür bis in den Nebenraum sehen. Dort drin war sie damals, als frisch verheiratetes Henkersweib, auf dem schmalen Bett aus ihrer Ohnmacht aufgewacht und hatte ihr neues Leben meistern müssen. Fürsorglich und bisweilen mit sanfter Unnachgiebigkeit der hiesigen Bewohner. Das Bett wurde eigentlich nur von Bürgern benutzt, die einer langwierigen Behandlung bedurften. Eben für solche Heilmaßnahmen oder Wundversorgungen aller Art wurde hier in der Stube und dort im Nebenraum auf Regalen in unzähligen Behältnissen, Flaschen, Tiegeln, Kästchen und Töpfchen alles an Pflanzen, Samen, getrockneten Blüten, Kräutern und Wurzeln aufbewahrt, was Greta benötigte, um große und kleine Leiden zu lindern. Um zur Quelle hinter dem Haus zu gelangen, musste man das Nebenzimmer und den daran anschließenden Raum, in dem der große Holzzuber zum Baden stand, durchqueren.

Nur das Knistern des wärmenden Feuers und das Murmeln aus dem oberen Stockwerk waren jetzt zu hören. Anna und Michael hingen schweigend ihren Gedanken nach. Erst als draußen Schritte und leise Stimmen auf der Holztreppe zu hören waren, erhob sich Michael schwerfällig von dem dreibeinigen Hocker. Eine verschlafene Lisbet, gefolgt von ihrem Vater Wilhelm und ihrer Mutter Greta, betrat gähnend die Stube und rieb sich ausgiebig die Augen. Sie trug noch ihr Schlafhemdchen, tapste zu Anna, die sie in vertrauter Geste heranwinkte, und krabbelte bettwarm auf ihren Schoß. Lächelnd schlang Anna beide Arme um die kleine Nichte ihres Mannes und vergrub das Gesicht in den verwuschelten Haaren. Während sich Wilhelm und Michael leise drüben am Feuer miteinander unterhielten, nahm Greta auf der gegenüberliegenden Tischseite Platz, lehnte sich mit aufgestützten Armen zu Anna hinüber und bedachte ihre kleine Tochter Lisbet mit einem liebevollen Blick. »Sie wird euch sehr vermissen«, flüsterte Greta und nickte bedauernd.

Annas Gesicht tauchte aus der dunklen Haarpracht auf. »Nur sie?«

Ein Lächeln umspielte nun auch Gretas geschwungene Lippen. »Nein, Wilhelm und ich natürlich auch.« Anna seufzte und spielte mit der kurzen Strähne des Mädchens. Damals hatte sich Lisbet ihre Haare, aus Mitgefühl für Anna, ebenfalls abschneiden wollen, war aber glücklicherweise nach dem ersten gefallenen Büschel von ihrer Mutter entdeckt und daran gehindert worden, weiteren Schaden anzurichten. Jetzt zog sie die Beinchen an, kuschelte sich noch enger an Anna und ließ sich von ihr die kühlen Füßchen reiben und wärmen.

»Von Apollonia habe ich mich bereits gestern verabschiedet … von meiner Mutter und Burgl heute Morgen … und wenn wir euch Lebewohl gesagt haben, dann machen wir uns endgültig auf den Weg.«

Greta griff über den Tisch nach Annas Arm und drückte ihn ein wenig. »Wie geht es deiner Mutter? Wird sie ohne euch zurechtkommen?«

Anna lächelte tapfer und nickte. »Ja, ich denke schon. Brels Weingärten haben wir abgegeben und lassen sie gegen gute Münzen bewirtschaften. Die beiden würden diese körperliche Arbeit eh nicht bewältigen können. So aber dürfen sie mit einem guten Einkommen rechnen, das sie übers Jahr bringt, und sollten doch einmal Arbeiten an Haus oder Stall nötig sein, kann auch der Nachbarsknecht geschwind aushelfen. So hat es Michael mit ihm ausgehandelt und vereinbart. Wir haben wirklich für alles gesorgt … Und wenn sie eines Rats bedürfen …« Anna brach ab und blickte hoffnungsvoll zu Wilhelm. Greta fiel ihr beruhigend ins Wort. »Wilhelm wird ein Auge auf das Wohl deiner Mutter haben und ich auch. Sie kann Burgl jederzeit zu uns schicken.« Erleichtert strich Anna über Lisbets Haare. »Dürfen wir euch denn dann auch in eurem neuen Haus besuchen?« Die Kleine hatte mit einem Arm ihre Knie umschlungen, strich sich mit der anderen Hand eine dicke Locke nach hinten und sah fragend von Anna zu Michael und wieder zurück.

»Na ja, sobald wir dort angekommen sind und uns eingerichtet haben, dürft ihr gern nach Haydelberch kommen.«

Lisbet gähnte herzhaft und schien mit dieser Antwort zufrieden zu sein. Hinter ihrem Rücken zuckte Anna schuldbewusst mit den Schultern, als Michael sie mahnend ansah und eine Augenbraue hochzog. Anna wusste, dass das nicht ganz so einfach sein würde und sie der Kleinen nicht allzu große Hoffnungen machen durfte. Die Reise nach Haydelberch dauerte mehrere Tage und wenn ihr Vater, der Wymphener Scharfrichter, beabsichtigte, eine längere auswärtige Besuchsreise anzutreten, so musste er zuvor auf jeden Fall das Einverständnis des Stadtrats einholen. Niemand konnte darum mit Gewissheit sagen, wann ein Wiedersehen stattfinden konnte. Mit einem Mal ließ Michael seinen Schwager am Feuer stehen und schlenderte mit verschränkten Armen zum Fenster neben Anna. Mit zusammengekniffenen Augen spähte er nach draußen in die Morgendämmerung. Während sie ihm zärtlich am Bein entlangstrich, fiel es auch ihr auf. Die Hunde draußen in der Scheune waren sehr unruhig und bellten. »Welcher Wymphener Bürger schleicht sich denn da schon wieder an?« Die neckische Frage kam von Wilhelm und war an seine Frau gerichtet. Er hatte genau beobachtet, wie Greta bereits neugierig den Hals reckte. Schon immer war sie mit Eifer dabei, wenn jemand eines ihrer Pülverchen oder Sälbchen benötigte. »Seltsam«, murmelte Michael und beugte sich noch weiter vor, um einen besseren Überblick über das außen liegende Gelände zu bekommen. Sein Atem war sogar schon als weißlicher Kreis am Fenster zu sehen. »Die Hunde schlagen an, aber es ist niemand zu sehen. Wirklich seltsam.« Er strich Lisbet über die Wange. »Ich denke, dass es Zeit ist aufzubrechen, dann kann sich deine Mutter in aller Ruhe um diese Angelegenheit kümmern.« Lisbet rutschte von Annas Schoß, tippelte zu Wilhelm und ließ sich bereitwillig von ihm auf den Arm nehmen. Sie spürte genau, dass sich Anspannung breitmachte.

»Hast du noch letzte Ratschläge für mich?« Anna hatte sich erhoben, wischte sich nervös ihre Hände am schweren Stoff ihres Rockes ab und blieb mit einem unsicheren Lächeln abwartend vor ihrer Schwägerin stehen.

»Behalte sie immer auf«, flüsterte Greta mit einem Blick auf die Haube, unter der sich die kurzen Haare verbargen, und sah Anna dabei eindringlich in die Augen. »Du darfst sie niemals absetzen oder durch ein Missgeschick verlieren. Sie ist euer Schutz. Ohne diesen Deckmantel ist für jedermann offen sichtbar, was ihr wart, wer ihr seid und welche Vergangenheit ihr mit euch tragt.«

Annas Lächeln gefror. »Ja, ich weiß. Ich muss immer auf der Hut sein.« Sie stöhnte leise. »Es wird noch Jahre dauern, ehe sie die alte Länge erreicht haben.«

Ermutigend strich ihr Greta kräftig über die Arme. »Es wird schon gut gehen. Ihr beide werdet das schon meistern. Allerdings gibt es da doch noch etwas anderes, das mir Sorgen bereitet. Vor gut einem Jahr ist in Haydelberch die Pest ausgebrochen. Sogar in Wymphen sind jetzt deswegen die dort Inskribierten ein Teil des Stadtbilds.* Wollt ihr nicht doch noch ein wenig abwarten?« Hoffnung schwang in Gretas Stimme mit, doch Anna schüttelte bestimmt den Kopf. »Nein. Inzwischen erreichen Wymphen gesicherte Berichte, aus denen eindeutig hervorgeht, dass der Schwarze Tod Haydelberch wieder verlassen hat. Wir machen uns auf jeden Fall auf den Weg.« Greta nickte ernst. Es war unübersehbar, dass Anna nicht von ihrem Entschluss abzubringen war. »Wir müssen hier weg. Außerdem will ich wissen, ob mein Oheim noch am Leben und wohlauf ist. Auch Mutter braucht so schnell als möglich Gewissheit. Seit seiner Rückkehr nach Haydelberch und dem Pestausbruch haben wir nichts mehr von ihm gehört. Sollte ihn der Schwarze Tod geholt haben, muss sein Nachlass geregelt werden und Michael seinen Platz einnehmen.« Kaum hatte er seinen Namen vernommen, beendete er die Unterredung mit seinem Schwager und sah zu den beiden Frauen herüber. In stillem Einverständnis nickten sich die jungen Eheleute zu. Es war an der Zeit aufzubrechen. Schweren Herzens wurde umarmt und geküsst, letzte

---

* Ein Teil der Artistenfakultät der Universität Heidelberg wurde kurzzeitig nach Wimpfen ausgelagert, als in der Universitätsstadt die Pest wütete. Neben Wimpfen wurden andere Teile der Universität nach Eberbach, Ladenburg, Mosbach, Bretten, Eppingen, Sinsheim, Heilbronn, Nördlingen, Oppenheim und Überlingen ausgelagert. Bei dem erneuten Pestausbruch im Jahre 1528 weigerte sich der Stadtrat, erneut einen Teil der Artistenfakultät aufzunehmen.

gute Wünsche wurden ausgesprochen und auch Tränen flossen erneut. Wilhelm hielt die schluchzende Lisbet in der warmen Stube zurück und schloss die Tür, während seine Frau Greta die beiden Reisenden noch ein Stück des ausgetretenen Pfads zum Karren begleitete. Es wurde langsam heller. Trotzdem bildeten die Nebelschwaden über dem Gras und das Zwielicht des beginnenden Tages eine seltsame Zwischenwelt.

Fröstelnd rieb Greta ihre kalten Hände aneinander und ließ es bereitwillig zu, dass ihr Bruder sie fest an sich drückte und sein Gesicht für lange Momente vertraut in ihrem dichten Haar vergrub. Anna zog sich einige Schritte zurück, trat neben ihr Pferd und streichelte den gesenkten Kopf des massigen Tieres. Sie würde den beiden die nötige Zeit für einen ungestörten Abschied geben. »Diesmal wird es aber nicht wieder Jahre dauern, ehe wir uns wiedersehen, oder?«, flüsterte Greta und versuchte sich hoffnungsvoll an einem Lächeln. Michael antwortete nicht, sondern senkte nur schweigend den Blick. Der Klumpen in seinem Hals schmerzte beim Schlucken. So mächtig bahnte sich nun die zuvor verdrängte Angst vor dem Abschied ihren Weg. Auch das flüchtige Lächeln, um das er sich tapfer bemühte, vermochte Margaretha nicht darüber hinwegzutäuschen. Michael blieb die Antwort schuldig. Wohlweislich, da seine Stimme ohnehin gebrochen wäre. Er küsste seine Schwester ein letztes Mal innig auf die Stirn, drehte sich abrupt um und hatte mit großen Schritten den Karren umrundet. Während Anna noch eilig ihre Röcke sortierte, damit sie sich beim Aufsteigen nicht verhedderte, hatte Michael bereits auf dem Bock Platz genommen und streckte ihr mit ernster Miene hilfsbereit eine Hand entgegen, um sie hochzuziehen. Die ledernen Riemen schnalzten auf den ausladenden Pferdehintern und das Fuhrwerk setzte sich mit einem Ruck in Bewegung. Anfangs ging Greta nebenher, drückte

Annas Hand und wischte sich mit ihrem Schultertuch immer wieder über die nassen Wangen. Dann aber konnte sie nicht mehr Schritt halten und schließlich griffen die Finger der beiden Frauen ins Leere. Anna blickte durch einen Tränenschleier hindurch zum Scharfrichterhaus zurück. Dort hatte ihr anderes, ihr zweites Leben begonnen. Wie sehr hatte sich damals Widerwillen in ihr geregt, nachdem sie als verurteilte Mörderin und Henkersweib dort untergekommen war. Und doch war es ihr dann ganz und gar zu einem Heim geworden. Das Haus und vor allem die Menschen, die darin lebten und ihr täglich Brot mit unehrlichen Dingen und Tätigkeiten verdienen mussten, die von allen anderen so gering geschätzt wurden. Greta stand immer noch völlig reglos in der Nähe des Hauses und sah ihnen nach. Ein dunkler Schatten im Nebel. Dann passierte der Karren das Speyrer Tor und die massive steinerne Mauer verhinderte jeden weiteren Blickkontakt. Anna schielte zu Michael hinüber. Mit ernster Miene starrte er wortlos auf seine Hände, in denen locker die speckigen Lederriemen lagen. Anna rutschte mit der Decke unter ihrem Hintern ganz dicht an ihn heran, hakte sich bei ihm unter und schmiegte sich wehmütig an ihn. Nun hatten sie sich also endgültig auf den Weg gemacht. Auf den Weg in eine ungewisse Zukunft, die hinter dem scheinbar undurchdringlichen Nebel lag.

BISCHOFFSHEIMB

Donnerstag, 14. April 1524

Schweigend brachten sie ein gutes Stück des Weges hinter sich. Gemessen an ihrem Magengrummeln musste es wohl doch schon langsam auf die Mittagsstunde zugehen. Behäbig dehnte und streckte sich Anna auf dem holpernden Karren. Die Aufregung vom Morgen hatte sich gelegt und in ein träges Vor-sich-hin-Starren verwandelt. Sträucher und Bäume säumten den Weg wie stumme Gesellen. Pfützen, dichte Grasbüschel und tiefe Löcher im ausgetretenen Weg kamen, verschwanden unter dem Gefährt der Reisenden und tauchten kurze Zeit später dahinter wieder auf, um dann doch irgendwann endgültig hinter einer Biegung oder einem Hügel zu verschwinden. Annas ernster Blick schweifte in die Ferne. Erst als Michael hinter sich griff, um ihr einen Kanten Brot und ein Stück von Gretas geräuchertem Fleisch zu reichen, erschien ein Lächeln auf ihrem Gesicht und sie nahm das Essen dankbar entgegen. »Warte, ich helfe dir.« Anna hatte Brot und Fleisch zwischen die Zähne geklemmt, um ihre Hände frei zu haben, was allerdings eine deutliche Aussprache erheblich erschwerte. Michael hantierte sonderbar lange hinter ihrem Rücken in dem Beutel und sie hatte angenommen, dass sich die Flasche mit dem verdünnten Wein verheddert hatte. »Dreh dich nicht um – sieh nach vorn!«, zischte er und tat weiter so, als würde er hinten auf dem Karren etwas suchen. Anna erstarrte sofort in ihrer Bewegung und tat dann mit einem mulmigen Gefühl, wie ihr geheißen. Beunruhigt schielte sie zu ihm hinüber. Er schien sich auf den beladenen

Karren zu konzentrieren. Mit in Falten gelegter Stirn hatte er den Kopf jedoch gerade so weit gesenkt, dass er durch seine dichten, dunklen Haare hindurch den zurückliegenden Weg überblicken konnte. Anna kaute den Bissen grob und würgte ihn dann schnell die trockene Kehle hinunter. »Was ist denn? Was hast du gesehen?« Ohne darüber nachzudenken, flüsterte sie, obwohl doch eigentlich niemand hier war, der sie hören konnte, oder? Es fiel ihr schwer, den Blick nach vorn zu richten. Ihre Nackenhärchen richteten sich auf, und während sich ihre Gedanken überschlugen, hatte sie mit ihrem Daumen schon ein tiefes Loch in das Brot gebohrt. »Werden wir von hundswütigen Viechern oder gar von Gesindel verfolgt?«

Michael hatte sich wieder umgedreht und die Lederriemen aufgenommen. »Wir haben nur wenig Zeit und die Deckung durch das Gestrüpp müssen wir jetzt nutzen. Nach dieser Wegbiegung hier wirst du die Zügel übernehmen. Lass dir nichts anmerken und halte die Geschwindigkeit. Ich werde mich derweil in die Büsche schlagen.«

Anna verstand nicht. »Ich soll dich zurücklassen?« Ihre Augen wurden noch größer. »Aber es wird auffallen, dass du nicht mehr auf dem Bock sitzt«, gab sie zu bedenken. »Was hast du vor?« Für eine Antwort war keine Zeit mehr. Sie hatten die dichten Büsche passiert. Durch die Biegung war nun nur noch ein kurzes Stück des Weges zu überblicken. Michael entledigte sich seiner Schaube, sprang vom Wagen und lief in geduckter Haltung zu den hohen, von stacheligen Beerenranken überwucherten Hecken am Wegesrand. Mit einem unguten Gefühl langte Anna nach den Zügeln und zwang sich, den braunen Vierbeiner nicht aus den Augen zu lassen, dessen Ohren sich aufmerksam in die Richtung drehten, aus der die raschelnden Geräusche kamen, die Michaels Schritte im hohen Gras verursachten. Eilig huschte er in eine Nische des Gestrüpps und verbarg sich im Dickicht. Durch den vergangenen Winter fehlte zwar noch das dichte Blätterwerk, aber das wuchernde Unterholz bot ausreichend Schutz vor neugierigen Blicken und er verschmolz perfekt mit dem Gesträuch. Der Karren entfernte sich gemächlich. Gleichzeitig vernahm Michael nun leise Schritte aus der anderen Richtung. Sie waren noch recht weit entfernt, aber ohne das Knarren des Holzwagens nun doch ganz gut in der stillen Umgebung auszumachen. Michael veränderte leicht seine Position, um durch die Äste und Ranken hindurch den Weg überblicken zu können. Nein, eigentlich behielt er nicht den Weg im Auge, sondern spähte eher den angrenzenden Bereich aus. Er wartete. Wartete mit wachsendem Missmut auf den Verfolger, den er ausgemacht hatte. Zuerst nahm er nur einen flinken Schatten wahr, der scheinbar ungesehen von Deckung zu Deckung schlich. Dann aber löste er sich aus dem unwegsamen Gelände und wurde durch die lange Hecke, hinter der Michael lauerte, auf den Weg gezwungen. Anscheinend war es ihm die Mühe nicht wert, sich durch das Unterholz zu kämpfen. Er schien sich auf den Sichtschutz der Wegbiegung zu verlassen und wählte somit den weniger anstrengenden Weg, auf dem er schneller vorwärtskam und den Anschluss nicht verpasste. Michael duckte sich, lugte durch die Dornen und verharrte dann völlig reglos, bis sich die Beine genau auf seiner Augenhöhe befanden. Die Spannung seiner Muskeln löste sich. Mit einem Satz sprang er hervor und packte den verdutzt dreinblickenden Jungen fest am Arm. Der Schreck war diesem ordentlich in die Glieder gefahren. Für einen kurzen Moment starrte der Bub den ehemaligen Scharfrichter mit angstgeweiteten Augen an, ehe er zappelnd und tretend versuchte, sich aus dem unnachgiebigen Griff zu befreien. Völlig unbeeindruckt wartete Michael darauf, dass der heftige Ausbruch nachließ, und hielt ihn weiter eine Armlänge auf Abstand. So konnte der Junge lediglich wenige blaue Male und Kratzer bei Michael verursachen. Nur hin und wieder löste er dessen dünne Finger aus seinem Hemd, um zu vermeiden, dass der Junge womöglich auch noch ein Loch riss. Sobald dann der an Kräften weit Überlegene das schmale Handgelenk festhielt, winkelte der Bub jedes Mal den Arm an und versuchte, die Hand mit seinen gefletschten Zähnen zu erwischen. Ab und an verlor Michael durch die heftige Strampelei ein wenig sein Gleichgewicht und musste einen Schritt zur Seite nachsetzen. Endlich ließen die Tritte und Schläge allmählich nach. »Wen haben wir denn hier? Wenn das nicht der Jost ist.« Etwas außer Atem schüttelte er den Jungen, um sich Gehör zu verschaffen. Trotzig stierten ihn die braunen Augen durch die strähnigen Haarbüschel hindurch an. Auch ein wenig Angst blitzte kurz in ihnen auf. Die schmale Brust hob und senkte sich merklich durch die Anstrengung. Er erinnerte Michael an ein panisches Wildtier, das in eine Schlinge geraten und gefangen war. »Was hast du hier allein und so weit außerhalb Wymphens zu suchen? Warum schleichst du uns nach?« An den zusammengepfetzten Lippen konnte Michael nur zu gut erkennen, dass wohl so schnell keine Antwort zu erwarten war. »Nun gut … ich habe Wichtigeres zu tun. Ich werde dich jetzt loslassen und zusehen, dass ich meine Frau einhole. Sicher wird sie sich schon fragen, wo ich so lange bleibe. Sie macht sich immer schnell Sorgen.« Michael beobachtete genau, welche Wirkung seine mit Bedacht gewählten Worte hatten. »Genau wie damals … als sie sich auch um dich gesorgt hat. Du erinnerst dich?« Seine Stimme hatte einen versöhnlichen Klang angenommen. »Es wird wohl einen Grund geben, der dich hergeführt hat. Vielleicht möchtest du ihn ja Anna erzählen.« Damit löste er den Griff, drehte sich um und marschierte mit langen Schritten davon, ohne sich weiter um Jost zu kümmern. Wie er es vorausgesehen hatte, hörte Michael, wie der Junge hinter ihm nach kurzem Zögern sein Bündel aufhob und ihm schließlich doch mit einigem Abstand folgte. Oh ja, Jost Volcker konnte sich nur zu gut erinnern. Er hatte damals versucht, Anna Eblin, so hieß sie vor ihrer Heirat mit dem Blutvogt, auf dem Schützenfest zu bestehlen. Der Junge Rat Feit Morstatt war, wie der Teufel es wollte, ausnahmsweise schneller als er gewesen und hatte ihn sich geschnappt, um ihn erbarmungslos anzuprangern. Liebend gern hätte er wohl gesehen, wie dem kleinen Dieb ein Daumen abgehackt würde. Zur Strafe für seine schnellen Finger. Die junge Stieftochter des Ratsherrn Brel hatte sich für ihn eingesetzt, ihn in Schutz genommen und es dabei mit der Wahrheit nicht so genau genommen. Ganz hatte ihre Fürsprache allerdings nicht ausgereicht. Dass er dieser Tage immer noch im Besitz beider Daumen war, hatte er ebenso ein wenig dem Henker und den Ratsherren zu verdanken, die mit dem Kläger Morstatt ein kleines Machtspielchen auf dem Schützenfest ausgetragen hatten. Warum die Bürgerin damals für ihn einstand, konnte er eigentlich gar nicht so recht sagen. Mürrisch trottete er hinter seinem Häscher her, um die Wegbiegung herum. Weiter vorn war der Karren mit der jungen, hübschen Bürgerstochter beinahe zum Stehen gekommen. Neugierig drehte sie ihren schlanken Körper nach hinten und reckte den schmalen Hals, während sie das tänzelnde Pferd mit straffen Zügel bändigte.

Verblüfft sah Anna mit offen stehendem Mund von Michael zu dem Jungen und wieder zurück, als die beiden endlich bei ihr ankamen. Michael verschränkte seine Arme vor der Brust, zog eine Augenbraue hoch und blickte streng auf den Jungen herab.

»Du? Aber … was machst du hier … so weit vor den städtischen Toren?« Anna hatte ihren Sitzplatz auf dem Bock verlassen und ging nun fragend auf Jost zu, der nervös auf seiner Unterlippe kaute und ihrem Blick auswich. »Oh, ich kann mir schon denken, was er vorhat … aber ich will es von ihm selbst hören«, brummte Michael und trommelte ungeduldig mit den Fingern auf seinen Unterarm. Er würde gewiss nicht nachgeben und die Reise nicht auch nur einen einzigen Meter fortsetzen, ehe er eine Antwort erhalten hatte. Beschwichtigend berührte Anna ihren Mann sanft am Arm. »Nun, was hast du uns zu sagen?« Angst und Unsicherheit waren mit Vorwürfen und Drängen meist schwer zu besiegen. In ihrer ruhigen Stimme lag kein Vorwurf und endlich brach die Mauer des Schweigens. »Ich will nach Haydelberch – mit euch!«

Michael gestikulierte mit seinen Händen. »Ha! Ich wusste es!«, unterbrach er den Jungen sofort triumphierend.

Jost Volcker starrte trotzig auf die verschlissenen Schuhe, die er trug und die ihm schon bald wieder viel zu klein sein würden. Seine schmalen Lippen waren genauso weiß wie die Knöchel an seiner Hand, mit der er krampfhaft den Leinenbeutel mit seinen wenigen Habseligkeiten festhielt. »Mich hält nichts in Wymphen. Ich kann mir überall mein Brot verdienen. Aber allein ist der Weg zu weit und zu gefährlich. Ich werde euch nicht zur Last fallen – versprochen! Ich kann mich um das Pferd kümmern … oder Feuerholz sammeln … oder Wasser holen.« Mit einer einzigen herrischen Bewegung seiner Hand unterbrach Michael die Aufzählung, durch die sich der Junge sehnlichst die Zustimmung zur gemeinsamen Weiterreise erhoffte. »Nein. Das ist unmöglich. Weiß deine Mutter überhaupt, wo du dich herumtreibst?«, lehnte Michael ab, doch Jost spuckte nur verächtlich aus.

»Nein. Ich habe ihr kein Wort gesagt. Und selbst wenn … es würde sie nicht kümmern. Wahrscheinlich fällt ihr nicht einmal auf, dass ich weg bin. Sie ist viel zu sehr damit beschäftigt, den nächsten Krug Wein aufzutreiben.« Anna spürte bei diesen bitteren Worten einen Stich und wie damals regten sich Bedauern und Mitgefühl in ihr, doch Michael schüttelte wieder den Kopf. »Wir wissen selbst noch nicht, was uns in Haydelberch erwartet. Wie sollen wir uns da auch noch um dich kümmern? Du wirst dich auf den Rückweg machen, solang es noch hell ist. Jetzt. Sofort!« Bei diesen Worten hob er den Arm und zeigte streng in die Richtung, aus der sie gekommen waren. Anna wagte nicht, zu widersprechen. Er hatte ja recht. Jost Volcker jedoch war noch nicht bereit, aufzugeben, obwohl sein Vorhaben kurz vor dem Scheitern zu stehen schien. »Ihr habt mir gar nichts zu befehlen! Ich kann gehen, wohin ich will!« Sein halsstarriges Aufbegehren traf auf eisiges Schweigen. Verzweifelt wagte er einen letzten Versuch und wurde zum Verräter. »Und was ist mit ihr? Wenn ich gehen muss, dann gilt das Gleiche für sie!«, schrie er und deutete auf den abseits stehenden Karren. Anna und Michael wechselten verständnislose Blicke. Was redete der Junge da nur? Dann jedoch beschlich Michael ein äußerst ungutes Gefühl. Mit wenigen Schritten hatte er das Fuhrwerk erreicht und die Decke, die obenauf lag, mit einem kräftigen Ruck zur Seite gerissen. In einer Ecke neben den schweren Kisten kauerte eine Frau. Wegen der plötzlichen Helligkeit kniff sie zuerst die Augen zusammen, legte schützend kurz ihre Hand über sie und blinzelte dann ein wenig.

»Was machst du hier auf unserem Wagen? Sag jetzt nicht, dass auch du unbedingt nach Haydelberch gelangen willst.« Michael fuhr empört herum und schlug sich vor der verdutzten Anna an die Stirn. »Nun weiß ich auch, warum Wilhelms Hunde knurrten und bellten, aber keine Menschenseele zu sehen war. Sie hat sich heute Morgen heimlich auf den Wagen geschlichen.« Anna versuchte, ihre Gedanken zu ordnen und sich auf die nun wieder völlig neue Situation einzustellen. Überrascht nach Luft schnappend, starrte sie immer noch auf die rote Lockenmähne, die unter der Kapuze des schäbigen Umhangs hervorquoll. Jost Volcker war tatsächlich für einen Moment vergessen. Die hübsche Frau, die misstrauisch und stumm auf dem Karren hockte und stolz ihr Kinn reckte, besaß Annas volle Aufmerksamkeit. Bertha Setzler zupfte die Röcke über ihrem geschwollenen Leib zurecht und zog sich an den Seilen, mit denen Hab und Gut festgezurrt waren, bis an den Rand der Ladefläche. Michael schritt, mit unterdrückter Wut leise vor sich hin fluchend, auf dem Weg hin und her. Er machte keinerlei Anstalten, ihr beim Absteigen zu helfen. Es war seine Frau, die der Hübschlerin einen stützenden Arm anbot, obwohl sich die altbekannte Eifersucht wieder in ihre Gedärme schlich und dort rumorte und zwackte. Schließlich blieb er neben Anna stehen und schob sie mit der Hand an der Taille ein wenig von den anderen weg. »Das fängt ja gut an. Was machen wir nun mit unseren *Gästen*?« Michael betonte das letzte Wort, indem er es ein wenig lauter zischte. »Wir sind nicht darauf vorbereitet, als Gruppe zu reisen. Weniger Platz, mehr Kosten … und wir werden langsamer sein.« Anna, die bisher nachdenklich geschwiegen hatte, unterbrach ihn. »Ich denke nicht, dass Jost und Bertha etwas in der Art von uns verlangen würden. Sie haben es so geplant und sie wissen sicherlich, auf was sie sich da einlassen. Ich denke, die beiden werden selbst für sich sorgen. Sie suchen offensichtlich nur einen Weg, um sicher nach Haydelberch zu gelangen. Obwohl ich diesen Grund bei Bertha eigentlich anzweifele. Sie würde dir überallhin folgen – nicht nur nach Haydelberch. Du bist ihr eigentlicher Beweggrund, Wymphen zu verlassen. Warum sollte sie sich sonst auf diese Reise machen – in ihrem Zustand.« Anna versuchte, ihrer Stimme einen gleichgültigen Klang zu geben. Es gelang ihr nicht recht. Die Eifersucht nagte – und der Neid. Der glühende Neid auf den geschwollenen Leib und die wallende und auffällige Haarpracht etwa, die die Blicke der Männer anzog und mit der Annas noch nicht recht nachgewachsene Fransen bei Weitem nicht mithalten konnten. Anna verdrängte diese Gedanken. »Sie werden nicht aufgeben. Wie willst du verhindern, dass sie uns doch weiter folgen? Wie sollen wir sie abschütteln? Einen Jungen und eine Hübschlerin mit unförmigem Leib? Wir können sie nicht zurückschicken und auf der langen Strecke ihrem ungewissen Schicksal überlassen. Und auch wenn wir sie selbst nach Wymphen zurückbringen würden – die beiden bleiben nicht dort«, überlegte Anna laut mit untrüglicher Gewissheit.

»Wir haben aber auch nicht das Recht, den Jost einfach seiner Mutter zu nehmen. Wir müssen zurück«, warf Michael ein. Er beteuerte: »Und Bertha … ich habe sie nie im Unklaren gelassen … ich habe ihr bereits gesagt, dass sie mich ziehen lassen muss und ich niemals mit ihr …« Er brach ab, als Anna tapfer nickte, seine Hand drückte und ihm einen Kuss auf die Lippen hauchte.

»Ich glaube dir ja.« Dann schüttelte sie entschieden den Kopf und gab zu bedenken: »Aber Jost … er wird wieder weglaufen. Wenn nicht mit uns, dann vielleicht bei nächster Gelegenheit mit fahrendem Volk. Und wer weiß, wie es ihm dann ergeht. Er sagte bereits, dass ihn in Wymphen rein gar nichts hält. Du weißt selbst nur zu gut, dass er öfters mit blauen Malen und blutverkrusteten Lippen durch die Gassen läuft. Außerdem verlieren wir zu viel Zeit. Wir sind bereits seit Stunden unterwegs. Schon jetzt sollten wir uns sputen, damit wir nicht noch in Wald oder Feld unser Nachtlager aufschlagen müssen.«

Bertha lauschte aufgewühlt dem Gespräch der beiden, das zwischen Für und Wider schwankte. So war ihr Weggang aus Wymphen nicht geplant gewesen. Sie hatte unerkannt zumindest die Wegstrecke eines ganzen Tages hinter sich bringen wollen, ehe Anna oder Michael die heimliche Begleiterin beim

Halt am ersten Wirtshaus entdeckt hätten. Dann hätten sie sie auf jeden Fall nicht mehr zur Stadt zurückgebracht. Aber nun, nun hatte der Bub alles verdorben. Ihr Vorhaben stand auf Messers Schneide. Sie schluckte enttäuscht den heißen Klumpen in ihrer Kehle hinunter und zog überrascht die Luft ein, als das Ungeborene ihr einen heftigen Tritt gegen die Rippen verpasste. Was hatte sie sich nur dabei gedacht, ihre winzige Kammer im Hinterhaus des Baders aufzugeben und gegen einen zugigen Platz auf einem Karren einzutauschen? Und das auch noch so kurz vor ihrer Niederkunft. Alles nur wegen eines Mannes, der eine andere liebte. Zumindest dachte und behauptete er das. Aber war sie nicht Meisterin darin, die Gedanken und Taten der Männer mit Blicken und Berührungen zu lenken? Sie musste es nur schaffen, den rechten Moment abzupassen. Die Verzweiflung gewann wieder die Oberhand. Bertha konnte ihn nicht einfach so gehen lassen. Er war der Einzige, der beide Welten kannte – die des ausgegrenzten Henkers, aber auch die eines Bürgers der Stadt Wymphen. Er sah nicht nur das Weib und die Hübschlerin in ihr, deren Körper sich ein Mann für wenige Münzen erkaufen konnte. Ja, und nur den Körper, denn während sich die Burschen und Ehebrecher keuchend und schwitzend auf ihr abmühten, hatte sie eine ganz eigene Art entwickelt, mit ihren freien Gedanken auf Reisen zu gehen. Michael aber, er hatte immer ein freundliches Wort für sie über. So ganz anders als die anderen. Für Bertha waren es kostbare Momente und sie war nicht bereit, diese Lichtblicke in ihrem grauen Dasein einfach so aufzugeben. Es war ihr schlicht unmöglich, sich seiner Anziehungskraft zu entziehen. Auch wenn ihr Verstand sie wieder und wieder eine Närrin schallt, kam es nur zu oft vor, dass sie aus ihren Gedanken auftauchte und sich genau an den Orten in Wymphen befand, an denen auch er sich für gewöhnlich aufhielt. Dann suchte Bertha seinen

Blick oder sogar seine unmittelbare Nähe, wenn denn dies nun überhaupt noch möglich war. Sie brauchte ihn wie eine Blume das Sonnenlicht, ohne das sie unweigerlich verwelken würde. Unsicher schielte sie zu Anna hinüber. Wie sehr sie Michaels junge Frau doch beneidete. Sie besaß alles, was sie sich erträumte. Seine Nähe, seine Zuneigung und sorgenfreien Wohlstand. Zum wiederholten Mal fragte sich Bertha verzweifelt, ob sie wohl bleiben durfte.

Einige wenige Regentropfen aus den grauen, vom Wind getriebenen Wolken verursachten dunkle Punkte auf dem Gewand und Anna war froh, dass sie gegen Abend das Stadttor von Bischoffsheimb erreichten. Hier würden sie die erste Nacht ihrer Reise in fremden Betten verbringen. »Halte doch bitte den Karren an. Dann kann ich noch einmal in den Büschen verschwinden, ehe wir das Tor passieren.« Die Bitte der Hübschlerin kam Anna gerade recht. Der Inhalt ihrer Blase drückte durch das Schaukeln schon unangenehm und auch sie wollte die Gelegenheit nutzen, um sich zu erleichtern. Michael erwiderte nichts. Schweigend und immer noch ein wenig mürrisch zog er die Lederriemen zu sich heran, sprang vom Bock und streckte seine Glieder mit einem lauten Stöhnen. Seit dem Entdecken von Jost und Bertha ging das stündlich so. Hatte er nicht prophezeit, dass sie zu viert viel langsamer vorankommen würden? Vor allem mit einer Schwangeren, die durch den runden, prallen Leib alle Stunde ihre Röcke hinter einer Hecke lupfen musste? Jost schienen die Unterbrechungen nicht zu stören. Und selbst wenn – kein nörgelndes Widerwort kam über seine Lippen. War er doch selbst froh, dass er nicht nach Wymphen zurückgeschickt worden war. Schläfrig hockte er hinten zwischen den Packen, stocherte träge mit einem langen Halm nach einem Tierchen und sah Bertha zu, wie sie steif und ungelenk vom Karren rutschte. Sie biss sich auf ihre Unterlippe und beeilte sich, so gut es eben ging. Die Hübschlerin wollte nicht schon wieder Annas Hilfe in Anspruch nehmen.

»Du solltest deine Haare ordnen. Anna wird dir sicher eine ihrer Hauben leihen«, brummte Michael und blickte den Weg entlang zu der Stadt, die in einiger Ferne bereits zu sehen war. Im Stillen dachte er jedoch bei sich, dass es eigentlich einerlei war, denn selbst wenn sie ihre Haare züchtig ordnete und unter die Haube bannte, so blieb dennoch eines für alle sichtbar: Das Diebeswappen auf ihrer Wange, das sie, wenn auch nicht als Hure, zumindest aber als gebrandmarkte Diebin entlarvte. Bertha nickte nur wortlos. Es versetzte ihr einen Stich, aber sie verstand auch, dass die anderen nicht zu offensichtlich mit einer Hure gesehen werden wollten. Dabei verbarg sich doch noch so viel mehr vor den Augen der Bischoffsheimber Bürger: ein ehemaliger Blutvogt, ein kleiner Dieb, eine zum Tode Verurteilte. Da war doch eigentlich eine Hübschlerin wie sie in bester Gesellschaft. »Und achtet auf eure Schritte …!«, rief Michael den beiden Frauen plötzlich noch warnend hinterher.

»Keine Angst, so weit entfernen wir uns schon nicht. Wir finden den Rückweg!«, rief Anna unbekümmert gegen den Wind, setzte weiter einen Fuß vor den anderen und folgte Bertha in das hohe Gras.

»Das meinte ich nicht«, murmelte Michael und betrachtete die nähere Umgebung, die am Fuße der stadtnahen Weinhänge von vielen kleinen und größeren Bächen durchzogen war.

Bertha Setzler teilte mit beiden Armen das hüfthohe Gras, das sich beinahe widerstandslos im kalten Wind bog. Dabei achtete sie darauf, dass sie sich möglichst nicht mit den dünnen und scharfen Rändern die Haut aufschnitt. Mit einem prüfenden Blick maß sie die Entfernung zum Fuhrwerk, auf dem Michael stand und mit langen Armen winkte. Seltsam. Nur noch wenige Schritte, dann war sie im hohen Grün vor allen neugierigen Blicken geschützt und konnte ungestört ihre Röcke raffen. Zwischen ihren Beinen bildete sich plätschernd eine warme Pfütze. Um wieder zum Fuhrwerk zurückzugelangen, wählte sie dann aber doch lieber einen Umweg. Einen Teil der Wiese, der mit niederem Grünzeug überwuchert und augenscheinlich besser zu durchschreiten war. Ein Fehler, wie sie sogleich erkannte. Der sumpfige Grund gab nach und Bertha sank handbreit ein. Sofort füllte sich die Vertiefung mit bräunlichem, erdigem Wasser, das ihr kalt von oben in die ledernen Schuhe lief. An ein Weitergehen war nicht zu denken. Der schlammige Boden saugte an ihren Füßen, so als weigerte er sich, sie freizugeben. Durch die ruckartigen Bewegungen versank sie nur noch tiefer im Morast. Bertha verlor ihr Gleichgewicht und landete unsanft auf ihrem Hintern. Der Stoff ihres Gewands saugte sich sofort mit dem schmutzigen Wasser voll und ihr blieb nach weiteren vergeblichen Versuchen, allein aufzustehen, dann doch keine Wahl. »Anna? Sei so gut und hilf mir bitte!«, rief sie laut nach der jungen Frau, auf deren Wohlwollen sie sowieso schon zur Genüge angewiesen war. Anna war anscheinend noch ganz in der Nähe und konnte, dem Herrn sei's gedankt, ihr Rufen trotz des Windes hören. Tatsächlich dauerte es nicht allzu lange und Annas fragendes Gesicht tauchte über den Halmen auf. »Ach, herrje!« So ein Missgeschick hatte gerade noch gefehlt. Seufzend ließ sie die Schultern hängen. »Warte, ich ziehe dich heraus.« Vorsichtig näherte sie sich und prüfte bei jedem Schritt zuerst die Festigkeit des Bodens. Auf keinen Fall wollte sie ebenfalls den Halt verlieren. »Mit den schlammigen Händen kann ich dich aber nicht richtig festhalten.« Anna wartete, bis Bertha sich die schmutzigen Hände einigermaßen an einem noch trockenen Stückchen Stoff abgewischt hatte, und half dann der mühsam schnaufenden Schwangeren auf die Beine, die immer noch fest im Moder steckten. Doch es half nichts. Alles Abmühen, alles Zerren wollte nicht so recht Erfolg bringen. Anna zog sich schließlich doch ihre Schuhe aus, hielt den Rocksaum hoch und watete vorsichtig noch näher an Bertha heran. »Was treibt ihr denn da?«, fragte Michael und sah den beiden belustigt bei ihren Befreiungsversuchen zu. Sie hielten inne und sahen überrascht zu ihm hinüber. Ganz mit sich selbst beschäftigt, hatten sie ihn gar nicht bemerkt. Anna war hungrig und müde und wahrlich nicht zu Scherzen aufgelegt. Das Schmunzeln in seinem Gesicht fachte ihren Unwillen noch mehr an. Eine flammende Röte zog sich über ihre Wangen. »Nun, wonach scheint es wohl auszusehen? Steh nicht herum, sondern hilf uns lieber aus dem kalten Wasser!«, maulte Anna, aber Michael hatte sich ohnehin bereits die Schuhe abgestreift und sein Beinkleid hochgeschoben. »Hier in der Gegend gibt es eben viele Quellen, Wasserläufe und Bäche. Da ist es nicht verwunderlich, dass die Wiesen abseits der Wege durchtränkt sind und sich Morast bildet.« Zunächst half er Anna, die sich schnaubend ein Widerwort auf seine Belehrungen hin verkniff, zurück auf festen Boden. Er hatte bedeutend mehr Kraft in den Beinen als die beiden Frauen und es schien ihm beinahe mühelos zu gelingen, sie immer wieder mit einem schmatzenden Geräusch herauszuziehen – jedenfalls dann, wenn er nicht allzu lange an einem Ort verweilte. Schließlich ließ er seine Frau nörgelnd und verschlammt auf trittfestem Untergrund zurück, um sich um die Wymphener Hübschlerin zu kümmern, die tapfer das Zähneklappern zu unterdrücken versuchte. Er überlegte kurz, wie er trotz des dicken Bauchs am meisten Zugkraft ausüben konnte. Schließlich umkreiste er Bertha und watete dicht an sie heran. Dass Anna scharf die Luft einsog, ignorierte er. »Lehn dich langsam gegen mich … keine Angst … ich lass dich schon nicht fallen«, beruhigte er sie und umarmte sie dabei vertraut von hinten. Zu vertraut, wie Anna fand, und sie versuchte einmal mehr, die aufkommende Eifersucht wieder zu verdrängen. Seine starken Arme stützten Berthas Körper nun unter den Achseln ab und waren vorne über ihren Brüsten verschränkt. So konnte er kräftiger am ganzen Körper ziehen. Mit einem Schmatzen gab der Sumpf plötzlich Berthas Beine frei und beide landeten rücklings wieder im Schlamm. Während Bertha zerknirscht auf allen vieren zu Anna zwischen die hohen Halme kroch, fluchte Michael leise vor sich hin. »Herrlich … wir haben noch nicht einmal das erste Wirtshaus erreicht und müssen schon ein paar Münzen beim hiesigen Bader lassen!«

Bertha blickte schuldbewusst auf ihren Bauch. »Ich werde dir … euch … alles ersetzen, versprochen.« Michael winkte schweigend ab, streifte sich den überschüssigen, kalten Dreck von den Kleidern und half ihr auf.

Jost schaffte es nur mit Mühe, ein schadenfrohes Grinsen zu unterdrücken, als die drei auf den Karren zustapften. Als er aber Annas Gesicht sah, in dem sich die dunklen Spritzer schön gleichmäßig verteilt hatten, gab es kein Halten mehr. Der Junge prustete los und brachte sich hinter dem Pferd in Sicherheit, als sie neckisch und schon wieder deutlich besser gelaunt ein wenig Dreck nach ihm schnippte.

Die Reisenden kamen nun noch langsamer vorwärts, denn Bertha weigerte sich beharrlich, mit dem schmutzigen Gewand auf den Wagen zu steigen. »Wir sind ja eh gleich am Tor«, schnaufte sie tapfer und schaute derweil neugierig zu der Mauer Bischoffsheimbs, die die Gebäude schützend umgab und deren Verlauf immer wieder durch Wehrtürme unterbrochen wurde. Der südlichste Teil des Städtchens zog sich einen Hügel hinauf, und dort auf dem höchsten Punkt stand ein massiger Turm, der weithin sichtbar war. Außerhalb der Stadt passierten die Reisenden eine Synagoge und eine Mühle, die durch abgeleitetes Bachwasser angetrieben wurde. Michael hielt schließlich direkt auf das Tor zu und brachte den Gaul neben dem Wächter zum Stehen. Hans Engelmann stützte sich gelangweilt auf seine Hellebarde, gähnte ausgiebig und beäugte die schmutzigen Ankömmlinge mit einer Mischung aus Belustigung und Neugierde. »Lasst uns passieren … wir sind auf der Suche nach einer Unterkunft für die Nacht«, kam Michael ohne Umschweife auf ihr Anliegen zu sprechen. »Und unseren Mengaß Bernhard braucht ihr wohl auch, hä?« Vier Augenpaare waren auf den Torwärter gerichtet.

»Wer ist das und was sollen wir mit ihm zu schaffen haben?« Auf Annas Frage hin verstummte das grollende Lachen des wohlbeleibten Mannes und eigentlich konnte sie sich die Antwort auch schon denken. »Das ist unser Bäder. Er wird sich sicher über ein paar Münzen mehr freuen, obwohl er am heutigen Markttag bestimmt schon gut entlohnt wurde.« Damit trat Hans Engelmann gemächlich an den Karren heran, lehnte sich gegen das vordere Rad und wandte sich mit vertrautem Ton an Michael. »Also …« Geräuschvoll zog er sein Nasenwasser nach hinten zum Gaumen, schluckte und begann mit seiner Wegbeschreibung. »Ihr befindet Euch jetzt am Hinteren Tor. In Bischoffsheimb sind zwei Wirte ansässig, die eine Unterkunft für die Nacht gewähren können. Den Nächstgelegenen findet ihr, indem ihr Euch weiter auf diesem Weg haltet, das Hinterstädtchen durchquert, und ehe Ihr zu der kleinen Marienkapelle gelangt, findet Ihr das Wirtshaus *Löwen* zu Eurer Linken. Dort seid Ihr dann auch ganz in der Nähe des herrschaftlichen Burgbereichs. Ihr könnt es gar nicht verfehlen … und den Bäder findet Ihr ebenda … am Mühlbach.«

Der Torwärter hatte den beschriebenen Weg während des Sprechens in der Luft nachgezeichnet und wartete nun geduldig ab, ob der junge Mann auf dem Bock noch eine Frage an ihn richten wollte. Michael aber nickte nur kurz höflich und ließ die ledernen Riemen knallen. Anna durchschritt gemeinsam mit den anderen das Bischoffsheimber Tor, trottete hinter dem Wagen her und hatte immer wieder auch ein wachsames Auge auf Bertha. Die Schwangere hielt sich kraftlos den dicken Bauch und mühte sich zusehends ab, während sie träge den größeren Dreckhaufen auswich und behäbig durch die Gasse wankte, die das verwinkelte und dicht bebaute Hinterstädtchen durchzog. Jost war den anderen schon weit vorausgeeilt und erkundete derweil neugierig die Waren, die zu dieser Stunde von den noch verbliebenen Händlern auf dem kleinen Marktplatz feilgeboten wurden. »Anna, sei so gut und schick mir den Jost her. Er wollte mit, also wird er mir hier auch gleich beim Abspannen helfen müssen.« Sie hatten das Wirtshaus erreicht und Michael verschwand in der Stube. »Ah, ich … werde keinen Schritt mehr tun.« Mit einem Stöhnen ließ sich Bertha schwerfällig auf den Stufen vor dem Eingang nieder und rieb sich den unteren Teil ihres Rückens.

»Bleib sitzen. Ich gehe schon und fange derweil den Jungen ein.« Anna sah sich zuerst suchend in der Gasse um und schlenderte dann müde zum nahe gelegenen Markt*, um in der Menge nach Jost zu suchen. Hier und da wurden bereits die Waren eingepackt, Stoffbündel verschnürt und Wein- und kleinere Salzfässer aufgeladen. Ihr umherschweifender Blick blieb an einer Gruppe Jungen hängen. Irgendetwas an ihrem Verhalten erregte Annas Aufmerksamkeit. Zum Glück war Jost nicht unter ihnen. Ärger wegen irgendwelcher Streiche

* Die Ereignisse auf dem Markt wurden, in Anlehnung an eine Idee von Heidrun Biehunko, frei von der Autorin bearbeitet und in die Geschichte eingefügt.

konnte sie heute beim besten Willen nicht auch noch gebrauchen. Die drei Buben schienen tatsächlich etwas auszuhecken, denn sie steckten die Köpfe zusammen, tuschelten und schließlich wurde einer von ihnen auserkoren und vorgeschoben, während die anderen sich schubsend und kichernd zurückzogen. Anfangs noch etwas unsicher, näherte er sich dem ausgemachten Ziel.

Niemand sonst achtete auf ihn. Anna blieb an der Ecke stehen, dort, wo sie trotzdem noch gute Sicht hatte, und wartete auf das, was wohl geschehen würde. Nur noch wenige Schritte von dem Jungen entfernt standen etwas abseits eine Magd und ein junger Bursche. Die beiden waren ganz in ihr Gespräch vertieft. Vertraut standen sie beieinander – hinter ihnen eine Hauswand und daneben noch ein hüfthoher Stapel aus Kisten. Das veranlasste den jungen Mann wohl dazu, für einen kurzen Moment zu vergessen, dass sie nicht unbeobachtet waren, sondern außer ihnen beiden noch andere Bürger unterwegs waren. Er trat noch näher an sie heran, legte geschwind seine Hand auf ihren wohlgeformten Hintern und drückte zu. Ihre Empörung hielt sich in Grenzen. Die Magd nestelte an ihrem Schürzenband und an ihren rosigen Wangen konnte man nur zu gut erkennen, dass sie von dem Jüngling, der ihr unverkennbar schöne Augen machte, wohl ziemlich angetan war. Genau das war der Moment, auf den der Bub offensichtlich gewartet hatte. Blitzschnell umrundete er die Kisten, bückte sich, um aus dem Korb, der zu ihren Füßen stand, süßes Backwerk zu stehlen und sich danach Haken schlagend davonzumachen. Obwohl die Magd, als sie den Diebstahl bemerkte, in gespieltem Ernst drohend die Hand erhob und dann dennoch in fröhliches Lachen ausbrach, dauerte es nur einen Augenblick, ehe sich der Bursche ebenfalls in Bewegung setzte. Um sich vor ihr großzutun, nahm er eifrig die Verfolgung auf, die jedoch schon bald ein jähes Ende nahm. Als er hurtig die Richtung ändern wollte, um den flinken Dieb am Hemd zu packen, rutschte sein Fuß weg und er kam, nach einem Schmerzenslaut und einem Überschlag, auf dem Boden zum Liegen. Anna vernahm schadenfrohes Kichern. Jost stand neben ihr und hatte die kurze Jagd über den Markt ebenfalls beobachtet. »Da hat er aber gerade noch Glück gehabt. Um ein Haar wäre er geschnappt worden. Ich hätte das viel schlauer angestellt.« Prompt verstummte er. Gegenüber Anna, die er selbst einmal bestehlen wollte, sollte er wohl nicht damit prahlen. Sie aber wuschelte ihm durch die Haare und wandte sich zum Gehen. »Na komm … Michael braucht deine Hilfe beim Wagen.«

Anna verschwand hinter der Ecke und wich einem Handkarren aus, auf dem mehrere Holzkäfige mit Hühnern gestapelt waren. Eine junge Magd betrachtete skeptisch das wackelige Gebilde und kaute nachdenklich auf ihrer Unterlippe.

»Jost … beeil dich. Michael wird sonst wirklich unleidlich, wenn er nun doch die ganze Arbeit allein machen muss!«, schlug Anna einen schärferen Tonfall an. Jost, der noch beobachtete, wie die Magd besorgt zu dem Verletzten eilte, dessen Stolz es wohl war, der am meisten litt, riss sich von den Geschehnissen los und rannte in engem Bogen um das Haus. Das, was Anna vorher noch vermeiden konnte, vollendete Jost nun.

Er schaffte es nicht mehr rechtzeitig, stehen zu bleiben, stützte sich stolpernd an dem überraschend vor ihm auftauchenden Karren ab und brachte den Turm aus Käfigen und gackerndem Federvieh zum Einstürzen. Einige Türhäkchen sprangen aus den Ösen, morsche Holzstäbe hielten dem Aufprall nicht stand. Binnen kürzester Zeit stoben die Tiere in alle Richtungen davon. »Meine Hühner!«, schrie die Besitzerin verdattert. Glücklicherweise waren den Tieren die langen Flugfedern gestutzt worden und so landeten die aufgeregten Tiere schon nach wenigen großen Sätzen wieder auf dem Boden. »Das wollte ich wirklich nicht!«, entschuldigte sich Jost zerknirscht und reumütig für das plötzliche Durcheinander und begann sofort, das Federvieh mit ausgebreiteten Armen zusammenzutreiben. »Es müssen fünf Hühner sein! Der Hahn und die anderen zwei sind noch auf dem Karren.« Die junge Frau hatte die Tiere gezählt und das Ergebnis rufend an Anna weitergegeben. Nach und nach konnte das Federvieh ergriffen und in die noch heilen Käfige gestopft werden. Anna scheuchte Jost davon. Er solle sich endlich bei Michael melden. »Nun liegt es an uns, den letzten Vogel zu fangen.« Die zierliche Frau schob eine Strähne der langen braunen Haare unter das Tuch auf ihrem Kopf, nickte und lächelte zuversichtlich. Anna tat es ihr gleich, breitete die Falten ihres schmutzigen Rocks aus und gemeinsam trieben sie die Henne in die Enge. Es war ein widerspenstiges Vieh, das den jungen Frauen vor Anstrengung die Röte ins Gesicht getrieben hatte. »Hätte der Fuchs gestern doch lieber dich anstelle meiner folgsamen Hennen erwischt«, redete sie streng auf das Tier ein, lachte aber gleich darauf schon wieder mit Anna, weil diese erschrocken vor dem flatternden Huhn zurückgewichen war. In dem Tumult aus Flügeln, Gegacker und schwebenden, makellos weißen Daunen, die die Hühner gelassen hatten, packte Anna sich den weichen Körper und drückte ihn fest an sich. Für einen Moment konnte man wahrhaftig den Eindruck bekommen, dass dicke Schneeflocken in der Luft tanzten. Sie übergab ihre Beute und der Hahn hatte nun alle seine Frauen für die Weiterfahrt wieder beisammen*. »Hab Dank für deine Hilfe. Puh, nun muss ich

* Die Ereignisse auf dem Markt wurden, in Anlehnung an eine Idee von Heidrun Biehunko, frei von der Autorin bearbeitet und in die Geschichte eingefügt.

mich aber wirklich sputen. Schließlich will ich noch vor Einbruch der Nacht wieder auf dem Hof sein.« Eilig winkte die junge Frau Anna zu, wickelte sich in ihr dickes Schultertuch ein und zog dann kräftig den Wagen an. Obwohl sie die Kleidung einer Magd trug, war sie, nach Annas Ausflug in die sumpfige Wiese, eindeutig diejenige, die einen ordentlicheren Anblick bot. Und bevor sie in den Gassen verschwand, hatte sich so mancher Mann nach ihr umgedreht.

Als Anna endlich beim Wirtshaus ankam, hockte Bertha immer noch erschöpft auf den Stufen, Jost schlenderte gelangweilt um den Karren und Michael sah mit ernster Miene auf einen kleinen Mann herab, der schulterzuckend vor ihm stand und mit dem Kopf schüttelte. »… wie Euch die Maria bereits gesagt hat … alle Kammern sind belegt. Ihr habt aber noch die Möglichkeit, beim Herbergswirt vor der Stadt nachzufragen.« Anna überlegte unwillkürlich, ob er wohl tatsächlich die Wahrheit gesagt hatte. Oder war der Schankmagd und dem Wirt das verräterische Diebeswappen auf Berthas Wange aufgefallen und sie alle mussten nur deswegen weiterziehen, weil er so eine nicht unter seinem Dach haben wollte? »Zur Unterkunft *Drei König* geht's da lang.« Der Wirt, der einen Krug mit Rebensaft in seinen Händen hielt, deutete mit diesem genau in die Richtung, aus der Anna gerade gekommen war. »Ihr bleibt auf dieser breiten Gasse … immer weiter, bis ganz durch das Vorderstädtchen … durch das Waybstatter Tor und vor der Totenkirche dann linker Hand«, gab er Auskunft, ehe er wieder geschäftig in der Schankstube verschwand. Die Enttäuschung stand den anderen nur zu deutlich ins Gesicht geschrieben und so wie sie aussahen, fühlte sich auch Anna. Immer noch kein Ende des langen Marsches und noch nicht einmal die Gewissheit, dass sie dann dort unterkommen konnten. »Jost, du bleibst vorerst hier und lässt den Karren und das Pferd nicht aus den Augen.

Wenigstens das habe ich mit ihm ausgehandelt. Wenn wir uns später hier wieder zum Nachtmahl treffen, dann dürfen wir das Gespann zumindest in der Scheune hinterm Wirtshaus unterstellen«, wies Michael ihn an. »Ich frage draußen vor dem Stadttor nach einer Bleibe für uns … und ihr beide …«, mit einer Hand fuchtelte er vor den beiden jungen Frauen herum, die dreckstarrend auf den Stufen hockten, »… ihr seht zu, dass ihr euch beim Bäder Mengaß wieder ansehnlich herrichtet.« Und das in einem mahnenden Ton, obwohl er nur wenig besser aussah. »Ich werde euch dort schon bald treffen.« Und damit eilte er mit langen Schritten zum Stadttor.

Bertha hatte ihr Bündel schnell bei der Hand. Anna musste sich ihr Gewand zum Wechseln und das, was sie sonst noch benötigte, erst aus einer der Truhen heraussuchen. Dann aber fragten sie sich bis zur Badstube durch und wurden alsbald von Agatha Mengaß, der Frau des Bäders, in einen kleinen, feuchtwarmen Raum geführt, dessen fester Lehmboden mit Holzlatten ausgelegt war. So konnte das Wasser dazwischen ablaufen und außerdem verursachte der erste Schritt aus der Wanne nicht gleich wieder einen dreckigen, sondern nur einen feuchten Fuß. Einen sehr feuchten. Annas Blick fiel auf die schrundigen Fersen der älteren Frau. Durch den permanenten Kontakt mit Wasser war ihre weißliche Sohlenhaut dick aufgequollen und jeder Schritt drückte die tiefen Risse auseinander. Kein Wunder, dass Agatha Mengaß humpelte. Vielleicht waren aber auch noch andere Leiden die Ursache. Schließlich war sie nicht mehr die Jüngste. Schlaffe Hautlappen hingen am Kinn und an den Oberarmen, die man wegen des ärmellosen, knielangen Badgewands, das nur aus einer Lage gelblichem Stoff bestand, sehen konnte. Übellaunig erkundigte sie sich nach der benötigten Wassermenge und sonstigen Wünschen der späten Gäste und nickte darum fragend zum Regal hinüber, auf dem Schalen und Klingen für den Aderlass und

Schröpfgläser bereitstanden. »Nein, nichts dergleichen … und Ihr braucht auch keine Kerzen entzünden oder Holz nachlegen. Es ist warm genug. Haltet Euren Aufwand so gering wie möglich. Bertha und ich werden uns den kleinen Bottich teilen und wenn mein Mann eintrifft, dann kann er hier das restliche Wasser auch noch nutzen.« Dass sie drüben in der Kammer der Männer nun doch weiter aufräumen konnte und nicht noch den letzten Gast abwarten musste, war Agathe Mengaß gleich recht und stimmte sie etwas versöhnlicher. Hier im Badhaus sah und hörte sie jahrein, jahraus so manches. Daher verlor sie kein Wort darüber, was wohl eine Bürgerin zusammen mit ihrem Mann und einer Diebin, die wohl auch eine Hübschlerin war, gemeinsam in der Badstube zu schaffen hatte. Ächzend schleppte sie mit Annas Hilfe den Kessel heißen Wassers zum Zuber, überließ es jedoch auf Geheiß den beiden Frauen, sich das kalte Wasser nach Belieben hinzuzuschöpfen. Während sich die beiden in der hintersten Ecke der dämmrigen Kammer einrichteten und Tücher und Kleidung zurechtlegten, hängte die Frau des Bäders auf Berthas Bitte hin ein großes Laken vor dem Bottich auf und verschwand. »So ist es mir lieber … und dir doch sicher auch … denn wenn Michael noch kommt und …« Bertha brach ab und lächelte schüchtern.

»Du kannst dir Zeit lassen. Er wird sicher noch eine Weile unterwegs sein«, versuchte Anna, mit der ungewohnten Situation zurechtzukommen. »Brauchst du Hilfe?« Die Schwangere nickte und ließ schweigend zu, dass Anna ihr beim Entkleiden und beim Einsteigen in das Bad behilflich war. Anna setzte sich erschöpft unter das winzige Fenster auf den langen, gemauerten Absatz neben der Feuerstelle und beobachtete verstohlen, wie sich Bertha den angetrockneten Morast mit kräftigen Bewegungen von den Beinen und Füßen rieb. Dabei musste sie ihre Knie in der kleinen Wanne zu sich heranziehen und die Beine dann weit gespreizt gegen den Zuber drücken. Der dicke Bauch, auf dem die prallen Brüste auflagen, nahm zu viel Platz in Anspruch. Sie schien ernst und ganz in Gedanken versunken zu sein. Nicht die laut lachende und mit den Männern schäkernde und vergnügt scherzende Hübschlerin. Jetzt war sie einfach nur Bertha. So wie auch Michael sie kannte. »Das tut so gut«, flüsterte Bertha und ließ sich nach der ersten groben Säuberung mit geschlossenen Augen gegen die Bottichwand sinken. Anna traute sich nun, einige unbemerkte, neugierige Blicke auf den Körper zu riskieren, der sich unübersehbar auf das neue Leben eingestellt hatte. Sie war wirklich eine hübsche Frau. Die rote Lockenpracht war zu einem Knoten gezwirbelt und auf dem Kopf festgesteckt worden. Ihr Diebeswappen war im Halbdunkel eigentlich nicht mehr zu sehen. Für einen kurzen Moment konnte man beinahe eine ehrbare Bürgerin in ihr sehen – wenn man sie nicht weiter kannte. Annas Blick blieb an ihrem Bauch hängen, der sich mächtig über die Wasseroberfläche hinaus erhob. Feine rote Linien überzogen ihn unterhalb des Nabels und es sah beinahe so aus, als würde er alsbald aufreißen. »Beängstigend, nicht wahr?« Anna hatte nicht bemerkt, dass Bertha ihrerseits nun sie beobachtete, und lachte verlegen auf. »Ich … ich kann leider nicht mitreden … wie du vielleicht gehört hast. Ich weiß auch nicht, ob ich selbst jemals erfahren werde, wie sich das anfühlt.« Dabei deutete sie traurig und doch voller Sehnsucht auf den Bauch, auf dessen Oberfläche sich eine kleine Beule nach außen wölbte und von dem werdenden Leben zeugte. »Komm! Komm her und leg deine Hand hier hin!« Bertha winkte sie hektisch heran. »Schnell, ehe es wieder aufhört. Dann kannst du es selbst einmal ertasten. Natürlich ersetzt das nicht dein verlorenes Kind.« Verlegen brach Bertha ab. Die Müdigkeit, die sich in dem warmen Raum wie ein feuchtes Tuch über Anna gelegt hatte, war mit einem Schlag verschwunden. Sie kniete sich neugierig neben dem Zuber nieder und ließ zu, dass die werdende Mutter ihre Hand führte. Fasziniert spürte sie die lebhaften Bewegungen und Tritte, die Bertha ein ums andere Mal die Luft anhalten ließen. »Hast du Angst?« Annas Lächeln verschwand und die zögernde Antwort auf ihre Frage erhielt sie erst, als Bertha das Wasser bereits verlassen hatte und dabei war, sich abzutrocknen. »Ich versuche, nicht daran zu denken … weder an die Geburt noch an die Zeit mit dem Kind.« Ihre Augen füllten sich mit verzweifelten Tränen, als sie sich Anna öffnete und ihre sonst immer verschlossenen Gedanken und Gefühle unverhüllt preisgab. »Wie soll das alles nur werden? Ausgerechnet ich und ein Kind. Warum hat das Kraut diesmal nicht gewirkt?« Trotzig wischte sie sich schluchzend über die Augen. »Der Bursche hatte sein Vergnügen und macht sich ohne weitere Gedanken davon«, klagte sie an und bemitleidete sich selbst, denn Anna schwieg weiterhin betroffen. Was hätte sie auch sagen können, das ihr in ihrer Not Beistand war? Vom Trösten allein ging der Bauch schließlich auch nicht wieder weg. Bertha hatte sich inzwischen schwerfällig angezogen und griff nach ihrem Bündel, um sich derweil hungrig auf den Weg zum Wirtshaus zu machen. Aus einem Impuls heraus ging Anna auf Bertha zu, umarmte sie und hielt sie für einige Augenblicke fest in ihren Armen, ehe sie sie gehen ließ. Aufgewühlt blieb sie zurück. Hätte sie ihr gut zusprechen und sie noch mehr trösten sollen? War es nicht auch ihre eigene Schuld, dass sie sich ihre Münzen als Hübschlerin verdienen musste? Nein. Anna wollte nicht so hart urteilen. Hatte sie doch selbst schon am eigenen Leib zu spüren bekommen, wie schnell man unverschuldet in Ungnade fallen konnte! Und dann aus eigener Kraft nichts mehr ausrichten konnte. Seufzend machte sie sich daran, das letzte eindringende Licht auszunutzen. Doch dann hielt Anna inne.

Ihr Blick fiel auf die schmale Tür in der Ecke, der sie bislang eigentlich keine große Beachtung geschenkt hatte. Vermutlich war es ein Durchgang an der Rückseite des Badhauses, den die Mengaß Agatha zum Wasserholen nutzte. Wo war sie eigentlich? Von der Frau des Bäders war nichts mehr zu sehen oder zu hören. Vorsichtig, damit sie auf den schlüpfrigen Holzlatten nicht ausrutschte, stakste Anna zur Tür. Ehe sie sich hier entblößte, wollte sie den Riegel vorlegen, um vor unangenehmen Überraschungen sicher zu sein. Erst dann nahm sie hinter dem vorgehängten Tuch ihre Haube ab und begann, sich den getrockneten Schlamm aus den kurzen Haaren zu waschen.

»Anna?«

Auf ihre Antwort folgte er der klaren Stimme bis hinter das aufgehängte Laken. »Wir haben Glück und werden die Nacht in der Herberge *Drei König* verbringen. Ich habe alles mit dem Wirt verabredet.« Mit einem Seufzer streifte er sich die Schuhe von den Füßen und stand kurz darauf im warmen Wasser, um seine Beine zu säubern. »Ein weiches Nachtlager … herrlich.« Diese Aussichten hoben Annas Laune sofort und sie spritzte frech eine Handvoll Wasser in Michaels verdutztes Gesicht. »Du siehst erschöpft aus.« Sie wartete noch ab, bis seine Füße wieder sauber waren, und stieg zu ihm in die Wanne, ohne sich um ihr Gewand zu kümmern, das sich sofort bis Kniehöhe mit Wasser vollsog. »Bist du sicher, dass du nicht doch noch ein entspannendes Bad nehmen willst? Allerdings ist die Bäderin schon seit geraumer Zeit verschwunden … das wiederum bedeutet, dass ich das Rückenschrubben übernehmen könnte«, flüsterte Anna und schob ihre Hände ganz langsam unter sein Hemd, wo sie sachte mit ihren Fingerspitzen am Rücken über die warme Haut strich. Michael hielt still, erwartungsvoll, was sich aus dem gemeinsamen Baden vielleicht noch so alles entwickeln mochte. »Andererseits war der Tag aber wirklich gehörig anstrengend. Ich könnte verstehen, wenn du …« Anna zuckte scheinbar gleichgültig mit den Schultern und tat, als wolle sie aus dem Bottich steigen.

»So erschöpft bin ich nun auch wieder nicht.«

Ihre Berührungen zeigten Wirkung, wie unschwer an seiner leisen, tiefen Stimme zu erkennen war. Mit festem Griff zog er Anna zu sich heran und begann genüsslich, kleine Küsse auf Wange, Hals und Schultern zu hauchen, nachdem er den Stoff weit genug herabgezogen und ihre weiche Haut entblößt hatte. Anna schloss entspannt die Augen, um ausschließlich seine Liebkosungen zu spüren. Bei gleißendem Sonnenlicht wäre es ihr sicher nicht so leichtgefallen, die Scham zu überwinden und sich völlig unbekleidet seinen Blicken preiszugeben. Obwohl Anna sicher war, dass er insgeheim den Wunsch hegte, das, was er sonst in der Dunkelheit oder allenfalls bei spärlichem Kerzenlicht ertastete, spürte und fühlte, endlich in ganzer Pracht bewundern zu dürfen. Aber hier im Dämmerlicht des nahenden Abends war es in der Badstube eh schon mehr dunkel als hell. Michael schnürte gekonnt das Leibchen auf und befreite Annas Körper von der einengenden Stoffschicht, die ihn nur unnötig am Berühren und Fühlen hinderte. Welch eine süße Gelegenheit, diese unvorhergesehene Ungestörtheit im Badhaus. Anna atmete hörbar tiefer und schneller, als das formende Kleidungsstück mit einem Rascheln auf dem Boden der Badstube landete. Es wäre ein Leichtes gewesen, sie binnen eines kurzen Augenblicks komplett ihrer Kleider zu entledigen. Trotzdem fuhr Michael erst mehrmals verspielt am oberen Rand des Hemdchens entlang, ehe er es über ihre Schultern gleiten ließ. Seine tastenden Hände fanden nur noch weiche Haut vor, als sie aufreizend langsam wieder von ihrem Nabel bis zum Hals glitten und Anna den Kopf auf seinen leichten Druck hin in den Nacken legte, damit er ihren Hals zärtlich liebkosen konnte. Sie umschlang seinen Nacken lächelnd mit beiden Armen und neckte ihn mit federleichten Küssen auf den Mund. Dabei wichen ihre Lippen immer wieder ein wenig zurück, um ihn zu locken und ihm gleichzeitig so viel mehr zu versprechen. Schließlich lachte er heiser auf und nahm sich ungestüm in einem langen Kuss einfach das, was sie ihm so verführerisch in Aussicht stellte. Fahles Licht hob ihre perfekten Rundungen wenigstens ein bisschen aus den Schatten, die einen Großteil des Körpers, den er so begehrte, verbargen. Seine Zunge schmeckte die salzige Haut zwischen ihren festen Brüsten, die sie ihm zwar zurückhaltend, jedoch umso verführerischer darbot. Obwohl es ihm schwerfiel, zügelte sich Michael und ging darauf ein. Der Lohn für seine Mäßigung würde dafür mehr als süß sein. Er spürte untrüglich, dass ein allzu forsches Einfordern ihrer Hingabe erschreckend auf Anna wirken könnte. Also nahm er sich zurück und legte stattdessen ihre Hände auffordernd auf seine Brust. Mutig gingen sie sogleich auf Entdeckungsreise und glitten unter den Stoff, um das Hemd in einer einzigen fließenden Bewegung über den Kopf und die Arme zu ziehen, die Michael bereits unterstützend gehoben und gestreckt hatte. Sein herber Duft wehte dabei zu ihr herüber und kurz darauf landete das Hemd ebenfalls auf dem Boden, um zusammen mit Annas Leibchen einen kleinen gewebten Berg auf den Dielen der Badkammer zu bilden. Ohne Zögern wurde die Erkundung fortgesetzt. Annas Hände glitten langsam an den kräftigen Armen nach oben, eroberten und beanspruchten jede Stelle des muskulösen Rückens selbstbewusst für sich, um sich nach kaum merklichem Zögern doch besitzergreifend auf Michaels Hintern zu legen. Die krausen Brusthaare kitzelten auf Annas entblößter Haut und beschworen das Bewusstsein um ihrer beider Nacktheit noch deutlicher herauf. Nur weiter unten standen mehrere Lagen Stoff dieser Nähe noch im Wege und Anna war fest entschlossen, diesen Zustand so schnell als möglich zu ändern. Mit pochendem Herzen knetete sie die strammen Backen seiner Kehrseite und zog ihn dabei nah zu sich heran. Trotz der dicken Rockfalten konnte Anna ihn nun deutlich spüren und begann, in winzigen, aufreizenden Bewegungen ihre Hüften dicht an seinen zu reiben, während sie spürte, wie die Gesäßmuskeln unter ihren Händen hart wurden und ihn ein Zittern durchlief.

Das pulsierende Verlangen, die warmen Wellen, die seinen Willen langsam, aber sicher unterwarfen, gewannen immer mehr die Oberhand und waren nur noch schwerlich zu beherrschen und zu zähmen. Er konnte nicht leugnen, dass er Gefallen an dem Gedanken fand, dass Anna immer mehr Vertrauen in sich selbst zu entwickeln schien.

Zuerst nur verspielt und zärtlich mit den Fingerspitzen, dann aber beharrlicher umschloss Michael die festen Brüste, die genau in seine Hände passten, und begann, sie fordernd zu massieren. Die beiden Daumen fanden wie von selbst den Weg zu den rosigen Erhebungen, die sich durch die Berührungen in harte Knospen verwandelten, und rieben wieder und wieder mit leichtem Druck über die samtigen Spitzen. Bis er eine davon schließlich mit seinen warmen Lippen umschloss, abwechselnd heftig und dann wieder zärtlich an ihr saugte, um sie dann pulsierend und feucht mit einem Schmatzen wieder freizugeben. Lächelnd vernahm er dieses kaum hörbare, entrückte Seufzen, das sich ihr entrang und ihm eindeutig verriet, dass sie ihn erwartete und mehr als bereit war, seine Sehnsucht und sein Begehren zu stillen, um auch gleichzeitig für sich selbst diese vollkommene Zufriedenheit zu erlangen. Nein, noch nicht, zwang er sich. Auch wenn Michael dadurch selbst betörende Schmerzen erfuhr. Er widmete sich erneut mit Genuss der empfindlichen Stelle zwischen seinen

Fingern. Schauer um Schauer floss durch Annas bebenden Körper, als seine Zunge spielerisch kleine kreisende Bewegungen ausführte und er dabei den warmen Atem über die feuchte Haut hauchte.

Anna stieß einen spitzen Schrei aus, schnappte nach Luft und stieß ihn grob von sich, während sie hektisch versuchte, ihre Hände wieder in die herabhängenden Hemdärmel zu stecken. Schwer atmend bedeckte sie ihre Blöße und starrte Michael mit großen Augen an, dessen Hand immer noch unter ihrem gerafften Rock steckte, um ihn noch weiter hochzuschieben. Nein. Er brauchte in dem schummrigen Licht einige Augenblicke, um zu begreifen, dass sie nicht ihn anstarrte, sondern irgendetwas hinter ihm. Das Herz schlug ihm sowieso schon bis zum Hals. Jetzt aber auch noch aus einem anderen Grund. Er fuhr eilig herum und versuchte, die Bedrohung in der dunklen Ecke auszumachen. »Dem Geräusch nach ist da nur etwas umgefallen … vielleicht wegen einer Ratte, die …«, wollte er schließlich schon abwiegeln.

»Nein! Da war jemand … ein Mann!« Endlich hatte Anna ihre Sprache wiedergefunden. Mit ausgestrecktem Finger zeigte sie in die besagte Richtung. Verständnislos flog Michaels Blick immer wieder zwischen Anna und der schmalen Holztür hin und her. »Aber …«, machte er einen hilflosen Versuch, endlich zu verstehen, was sie glaubte gesehen zu haben.

»Doch! Ich hab's genau gesehen! Das Guckloch war offen … Ich konnte den hellen Hintergrund eindeutig erkennen! Dann habe ich geschrien und es wurde geschlossen.« Das Gesagte und die tiefe Überzeugung, die in ihren lebhaften Worten lag, reichten aus. Michael war mit einem Satz an der Tür, entfernte den Riegel und rüttelte mit aller Kraft am Griff. So sehr er sich aber auch bemühte, sie ließ sich nicht einmal einen Spalt öffnen. Angestrengt atmend ließ er schließlich ab und wandte sich schulterzuckend wieder seiner Frau zu, die sich inzwischen erfolgreich wieder in ihr Gewand gezwängt hatte. »Da ist nichts zu machen. Bestimmt hat sich ein Bursche einen Spaß erlaubt. Ich kann ihn ja nicht einmal verfolgen. Offensichtlich wurde der Durchgang von beiden Seiten verschlossen. Der hat das bestimmt nicht zum ersten Mal gemacht«, stellte Michael verärgert fest, machte dann aber eine wegwerfende Bewegung mit seiner Hand. »Und selbst wenn ich jetzt um die ganze Badstube hetze … der Taugenichts ist eh schon in einer Gasse verschwunden. Lass es einfach gut sein.« Anna hielt inne, blickte ihn verzweifelt an und streckte ihm die Haube entgegen. Die kurzen Haarsträhnen umrahmten unordentlich ihr Gesicht. »Wie soll ich es einfach gut sein lassen? Einer kennt nun mein Geheimnis und genau das wird wie Feuer um sich greifen!« Sie schlug die Hände vors Gesicht und ließ sich gegen Michaels Brust sinken, der betreten nach tröstenden Worten suchte. »Keine Sorge. Wir haben die Papiere des Wymphener Rats dabei … und außerdem verlassen wir Bischoffsheimb schon morgen in der Frühe. Es gibt also überhaupt nichts, was dich ängstigen sollte.« Anna beruhigte sich nur langsam und versuchte darum weiterhin, die Lage schönzureden, damit der Widerwillen, der sich in ihr regte, brach. »Du hast recht. Morgen ziehen wir weiter.« Sie klang nicht recht überzeugt und wenig zuversichtlich. Seufzend schmiegte sie sich noch enger an ihn und lauschte seinem kräftigen Herzschlag. Wann konnten sie das alles endlich hinter sich lassen? Er hatte überzeugend und bestimmt gesprochen und sie wollte ihm nur zu gern glauben. Darum sah sie ihm nicht in die Augen.

Schweigend machten sich die beiden auf den Rückweg zum Wirtshaus. Es war an der Zeit, etwas zu essen und sich für die morgige Weiterfahrt auszuruhen. Der Schankraum war gut besucht. Das Tagwerk war vollbracht und man wollte sich einen letzten Becher Wein gönnen. In einer schummrigen Ecke drängten sich die vier an einen kleinen Tisch, der gerade noch so von dem Lichtkegel erfasst wurde, den eine an der Wand steckende Fackel warf. Hanns Schelling hatte seine neuen Gäste wohl bemerkt, dennoch versorgte er erst noch andere mit gefüllten Bechern, ehe er nach ihren Wünschen fragte.

Jost hatte seinen Kopf bequem auf den Unterarmen abgelegt. Sein Gähnen wirkte ansteckend und Anna versteckte ihren aufgesperrten Mund hinter ihrem Schultertuch. Am liebsten wollte sie gleich mit Michael unter die Decke schlüpfen und sich von ihm wärmen lassen. Der Schrecken vom Badhaus steckte ihr immer noch ordentlich in den Gliedern. Anna war es unangenehm, ja beinahe schon zuwider, sich gezwungenermaßen unter all diesen lärmenden und tratschenden Menschen aufzuhalten, aber der Hunger war stärker. Jäh wurde sie aus ihren Gedanken gerissen. »Der freche Bursche da drüben am Feuer … der starrt mich schon die ganze Zeit an«, bruddelte Bertha zwar leise, zupfte aber dennoch ganz unwillkürlich ihr Gewand zurecht.

»Alle, Bertha, alle starren dich an … immer. Aber daran dürftest du doch gewohnt sein, oder?«, kam es vorlaut von Jost, der den von ihr erwähnten Mann kurzzeitig einem prüfenden Blick unterzog, dann aber immer wieder ungeduldig nach dem Wirt und dem bestellten Mahl Ausschau hielt. Die Hübschlerin schnitt dem Jungen eine Grimasse, ertappte sich aber gleich darauf schon wieder dabei, wie sie zu dem schmucken Burschen drüben am Feuer hinüberschielte. Was war nur mit ihr los? Eine abgeklärte Hure wie sie? Sein direkter Blick ließ Berthas Herz hüpfen und sie duckte sich möglichst unauffällig mit glühenden Wangen hinter Anna weg, deren Magen ein deutlich vernehmbares Knurren von sich gab und auch nicht mehr mit ein paar Schluck Wein zu beruhigen war. Vom Liebäugeln ihrer Tischnachbarin bekam sie nichts mit. Zu sehr beschäftigte sie das Geschehene und wieder drängte diese brennende Frage in Annas Bewusstsein. War ihr dieser Mann, der sie beobachtet hatte, vorhin unerkannt auf der Straße begegnet? Oder saß er vielleicht hier in der Schankstube? Etwa ganz in ihrer Nähe und sie ahnte es nicht? Anna schüttelte sich. Um sich ein wenig abzulenken, ließ sie ihren Blick durch die mäßig beleuchtete und stickige Stube schweifen. Was sie dabei entdeckte, versetzte ihr erneut einen Stich. Am anderen Ende des Raums saß unverkennbar der Bischoffsheimber Scharfrichter auf seinem dreibeinigen Hocker und starrte in seinen Krug. Er war der Einzige, der allein und ohne Gesellschaft saß. Michael war es damals ebenso ergangen, als er selbst noch Scharfrichter zu Wymphen war. Schnell verdrängte Anna diese Gedanken wieder und musterte unauffällig die Gruppe am Nebentisch. Einige erkannte sie wieder. Die Männer hatten bei ihrer Ankunft in den Weingärten außerhalb des Hinteren Tors gearbeitet. Arbeiten, die Anna kannte und die auch in den Pfahlweinbergen ihrer Mutter erledigt und beaufsichtigt werden mussten. Heuer aber nicht mehr von ihrem Stiefvater Steffen Brel, der ermordet in seinem kalten Grab lag, sondern von den Pächtern, die Michael noch eigens vor der Abreise für Amalia Brel ausgesucht hatte. Am Anfang eines jeden Jahres mussten die Gärten für das Wachstum der Reben gründlich vorbereitet werden und selbst dann war mit einer wirklich guten Ernte nur alle zehn Jahre zu rechnen. Alles begann immer mit dem Zurückschneiden der Weinreben bis auf eine Rute. Diese Abschnitte wurden dann zusammengelesen, wobei etwa drei Arme voll ein Rebenbüschel ergab, das mit einer Wiedweide gebunden wurde. Damit etwa die Pfähle aber beim Rebenschneiden nicht im Weg waren, wurden sie zuerst zu Böcken geschichtet. Dafür gab es zwei Möglichkeiten. Für die kleinen Brelschen Böckle wurden immer zwei Pfähle überkreuzt und dort, wo sie sich trafen, zusammengebunden. In dieses Stützwerk konnten nun weitere Pfähle eingelegt werden, bis sie gebraucht und von den Pfahlstupfern an die Pfähler weitergereicht wurden. Diese vorzugsweise stämmigen Männer hatten ein Pfahleisen am Schuh befestigt und konnten nun das Holz mit ordentlichem Druck durch das eigene Körpergewicht in den Boden treiben. Eine schweißtreibende und anstrengende Arbeit. Anschließend wurden die Rebenbogen mit Annemachweiden an die Pfähle gebunden und brachten, so Gott wollte, viele Früchte hervor. Schon viele Male hatte Anna ihre Amme begleitet, wenn sie den Arbeitenden zur Mittagsstunde frisches Wasser und Essen in den Wengert brachte.

Die meisten Gäste erzählten, scherzten, aber diskutierten auch lautstark. Michael warf Anna einen beunruhigten Blick zu. Die offenherzigen Meinungen, die da von durch Rebensaft gelockerten Zungen kundgetan wurden, sollten besser nicht an die Ohren der hiesigen Ortsherrschaft gelangen.

Wie dem auch sei – das waren die Reden der Bischoffsheimber Bürger, und Annas Aufmerksamkeit wurde ohnehin auf den jungen Mann gelenkt, der von der Feuerstelle aus mit langsamen Schritten geradewegs auf ihren Tisch zusteuerte und dabei elegant die umhereilenden Mägde, Tische oder Gäste umrundete. Bertha, ganz offensichtlich sein auserkorenes Ziel, immer fest im Blick. Anna sah ihm aufmerksam entgegen. Er war gewiss keiner von denen, die ihre wenigen Münzen mit harter körperlicher Arbeit verdienen mussten. Seine Kleidung war gut geschneidert und ordentlich, die Wangen glatt rasiert und die vollen Haare umrahmten sein kantiges Gesicht.

Die Hübschlerin, die als solche zweifelsfrei zu erkennen war, wischte sich unter dem Tisch ihre verschwitzte Hand am Rock ab. So kannte sie sich selbst überhaupt nicht. Hatte sie doch beinahe jeden Tag mit Männern zu tun. Es gab welche, die nach ein paar Bechern redselig wurden. Andere prahlten oder behandelten sie gleichgültig – wie gekauftes Vieh. Sie selbst redete ihnen dann schmeichelnd nach dem Munde, bezirzte sie und tat, als hätte sie das anbetungswürdigste Geschöpf Gottes vor sich. Die Männer waren zufrieden. Schließlich bezahlten sie für diese Lügen. Aber in diesen ernsten Augen konnte Bertha nichts dergleichen sehen. Vielleicht brachte er sie deswegen so durcheinander. Was, bei allen Heiligen, wollte er von ihr? Würde er es tatsächlich wagen, sie hier vor den Augen aller um eine lustvolle Gefälligkeit zu bitten? Unsicher sah Bertha zu Michael. Auch er hatte den jungen Mann bemerkt, richtete sich räuspernd ein wenig auf und bedachte ihn mit einem ernsten Blick. Der Ankömmling wirkte beinahe schüchtern, wie er so in der Nähe ihres Tisches stehen blieb, verlegen auf seiner Unterlippe kaute und den Weinbecher fest mit den Fingern umklammert hielt. Die schnaufende Magd, die soeben die Speisen auftrug, beachtete ihn überhaupt nicht, sondern war sichtlich erleichtert, das schwere Brett endlich abstellen zu können, ehe sie mit erhitzten Wangen davoneilte und die Stirnseite wieder freigab. Der Unbekannte fasste sich ein Herz und straffte seine Schultern. Mit wenigen Schritten stand er nun ein wenig unbeholfen am Tisch der fremden Gäste und nickte dem einzigen Mann zu, der den wortlosen Gruß höflich, aber zurückhaltend erwiderte. Michael war nicht sicher, was er davon halten sollte. Hatten sie sich etwa ein Fehlverhalten vorzuwerfen, welches sie unbewusst begangen hatten, und wurden nun von einem städtischen Bediensteten darauf hingewiesen?

Jost ergriff, hiervon völlig unbeeindruckt, die mit Leckereien gefüllte Holzplatte, zog sie mit leuchtenden Augen weiter zu sich heran und hätte nur zu gern ein kleines Stückchen Speck, der das Wasser in seinem Munde zum Laufen brachte, vom Rand geklaubt. Annas scharfer Blick jedoch ließ ihn mitten in der Bewegung erstarren. »Wir sprechen zuerst ein Gebet«, raunte sie dem Jungen ermahnend zu und hoffte genauso sehr wie er, dass das Gespräch der Männer nicht allzu lange dauern würde.

»Darf ich Euren Krug nochmals mit diesem herrschaftlich selbst gekelterten Rebensaft füllen lassen, damit sich die nur der Herrschaft zustehenden Weinschankgerechtigkeit auch für den Schelling Hanns auszahlt?« Lächelnd trat der junge Mann näher. »Ein guter Bischoffsheimber Tropfen wird Euch heute Nacht einen tiefen, erholsamen Schlaf bescheren.« Irritiert nickte Michael. Dagegen gab es eigentlich keine Einwände. Der Bursche hatte wortlos auf einen Hocker gedeutet, zog ihn nun nach der Zustimmung zu ihnen an den Tisch und gab Hanns Schelling entsprechende Zeichen. Begeistert war Michael nicht von dieser Aufmerksamkeit, die ihnen zuteilwurde. Einige der anderen Anwesenden in der Schankstube gafften nun erst recht neugierig zu den Reisenden herüber und fragten sich wohl ebenfalls, was ein Bischoffsheimber bei Fremden zu suchen hatte, die mit einer schwangeren Dirne reisten.

»Womit haben wir Eure Großzügigkeit verdient?«, begann Anna schließlich zögerlich ein Gespräch, während sie es Michael überließ, die Mahlzeit nach einem kurzen Dankgebet zu eröffnen und den kleinen Laib Brot nach einem mit dem Messer angedeuteten Kreuzzeichen anzuschneiden.

Der Einheimische hatte währenddessen still abgewartet und sich dann als Johannes Stertzer vorgestellt. »Schenkt Euch doch noch ein«, forderte ihn Anna zwischen zwei Bissen auf und reichte ihm den Krug, den ohnehin er bezahlt hatte. Der Blick aus seinen hellblauen Augen streifte sie nur kurz.

»Habt Dank. Lasst uns den Rebensaft gemeinsam in geselliger Runde genießen. Was ist schon gegen höfliche Gastfreundschaft einzuwenden?«, zog er fragend die Brauen hoch und sah lächelnd in die Runde, in der fragende Blicke gewechselt wurden, die er zweifelsohne bemerkt hatte. »Ich erfahre gern Neues.« Erklärend ergänzte er: »Und wie könnte das besser gelingen, als durch Reisende … Noch dazu in solch angenehmer Gesellschaft.« Die letzten Worte schienen direkt und ausschließlich für Bertha bestimmt zu sein, denn Johannes Stertzer hatte leiser gesprochen und sehr wohl bemerkt, dass die junge Frau, die sich bis dahin gar nicht am Gespräch beteiligt hatte, errötend die Augen niederschlug und sich intensiv ihrem Kanten Brot widmete. Es war ihr nur allzu deutlich bewusst, bis hinein in jede einzelne Faser ihres Körpers, dass er von ihrem Anblick gefesselt war und den Blick gar nicht mehr von ihr abwenden konnte.

»Wohin führt Euch Euer Weg? Ist ein zu weites Ziel nicht zu anstrengend? Oder nehmt Ihr die Beschwerden auf Euch, weil dort vielleicht … jemand auf Euch wartet?« Erleichtert stieß er den angehaltenen Atem aus und erwiderte Berthas Lächeln, als sie mit einem kleinen Kopfschütteln schüchtern verneinte. Dabei musterte er den dicken Bauch und schien sich ehrlich Sorgen um ihr Wohlbefinden zu machen.

»Wir sind auf dem Weg nach Haydelberch, um uns dort niederzulassen.« Michael hielt es für klüger, die Frage nur möglichst knapp zu beantworten.

»Haydelberch?« Damit schien Michael unabsichtlich ins Schwarze getroffen zu haben, denn ein Ruck ging durch den Fremden am Tisch und seine geschwungenen Lippen verzogen sich zu einem äußerst angenehmen Lächeln. Johannes

Stertzers Gesicht hellte sich schlagartig auf und er lehnte sich neugierig nach vorn. »Wirklich? Ich kenne mich dort ganz gut aus. Ich bin Student … war … Student«, erwähnte er nicht ohne Stolz. »Bald werde ich auch wieder dorthin aufbrechen. Die Pest scheint die Stadt verlassen zu haben. Dann kann ich wenigstens wieder sinnvolle Dinge tun und meinen Wissensdurst stillen.« Die Leidenschaft, mit der er gesprochen hatte, ließ Bertha aufhorchen. Sie musste sich eingestehen, dass sie Gefallen an dem jungen, gut aussehenden Mann fand, der so zielstrebig von seiner Zukunft berichtete. »Und ich muss meine Zeit nicht mehr in der Enge dieser Gassen vergeuden«, fügte er bitter hinzu, nachdem er seinen Becher in einem Zug geleert hatte. Die Miene des jungen Mannes verfinsterte sich noch mehr, als er die Frau bemerkte, die in diesem Augenblick die Schankstube betrat. Sie war von kleiner, rundlicher Statur und trug einen dicken Wollmantel über dem abgenutzten Rock. Sie schniefte gut hörbar mit ihrer Nase, die durch den offensichtlich langen Aufenthalt im Freien stark gerötet war. Johannes Stertzer stöhnte missmutig auf und drehte ihr den Rücken zu. »Die Turmelfe kommt auch immer gerade dann, wenn man sie am wenigsten brauchen kann«, nörgelte er beim Trinken in seinen erneut gefüllten Becher.

»Die Turmelfe?«, wiederholte Bertha neugierig und richtete zum ersten Mal zaghaft das Wort an den Studenten. Dabei ließ sie die ältere Frau, die hier und da ein kurzes Schwätzchen hielt, nicht aus den Augen. Jedermann schien sie zu kennen und einem kurzweiligen, derben Plausch mit ihr nicht abgeneigt zu sein. »Elisabeth. Sie sitzt, da es eh keinen Mann gibt, der in der heimischen Stube auf sie wartet, den ganzen Tag auf dem Hohen Turm und versieht die Wacht. Ihr habt ihn bestimmt gesehen – egal, aus welcher Richtung Ihr angereist seid. Gegen Abend jedoch steigt sie herunter und überlässt ihren Posten einem, der jünger ist und im Dunkeln bessere

Augen hat.« Bertha beobachtete sie weiter und stellte fest, dass sie den teils derben Bemerkungen der Männer lachend Kontra gab. Beinahe so wie sie selbst. Aber konnte sie sich und ihr Leben mit dem der Türmerin vergleichen? Welche Geschichte stand hinter der alten Frau? Warum war sie zur Turmelfe geworden? Sicher, sie war kein hübsches Ding und trug neben dem hängenden Lid eine hässliche Warze. Hatte Elisabeth vielleicht deswegen nie die Aufmerksamkeit eines Mannes auf sich gezogen, der sie zur Kirche führte? Und war ihr darum das gewöhnliche Leben als Bürgerin Bischoffsheimbs versagt geblieben? In Bertha regte sich Mitleid, das aber sofort wieder verflog, als sie den verbissenen, zänkischen Blick der Alten bemerkte. Die Turmelfe stand in der Mitte der Stube, hatte sich zwischenzeitlich ihres dicken Mantels entledigt und starrte mit verkniffenem Gesicht zu der kleinen Reisegruppe herüber, ehe sie sich in Bewegung setzte. Feindselig glotzten sich die alte Elisabeth und der junge Johannes an, als sie geradewegs auf ihn zuhumpelte.«Kaum dass er die Turmstrafe abgesessen hat, hockt er schon wieder beim nächsten Weib!«, tat sie ihren Unmut laut und deutlich kund, bedachte Bertha mit einem geringschätzigen Blick und machte sich dann, vor sich hin brummend, auf, einen Becher Wein zu erstehen, ehe sie die Stube eilig wieder verließ.

Verblüfft sah ihr Anna nach. Turmstrafe? Was hatte sich Johannes Stertzer zuschulden kommen lassen, das eine solche Strafe gerechtfertigte? Auch Berthas Gedanken überschlugen sich.

… hockt er schon wieder beim nächsten Weib! Was meint die Turmelfe damit? Hatte die Strafe mit einer Frau zu tun? War er versprochen oder gehört er gar zu den Männern, die nur ihr Vergnügen suchen, dabei Versprechungen machen und das Mädchen dann nie und nimmermehr ansehen? So, wie ich selbst nun auch ohne Kindsvater auskommen muss? Und

wenn er bereits verheiratet wäre, dann würde mich das auch nicht wundern. So ein ansehnlicher Mann wird wohl kaum die wahrscheinlich sehr zahlreichen Avancen ablehnen und auf eine wie mich gewartet haben!

Wieder versetzten Bertha diese Gedanken einen ordentlichen Stich. Traurig und niedergeschlagen würgte die Schwangere ihren letzten Bissen hinunter.

Auch Anna versuchte, das höhnische Gelächter der anderen Gäste zu ignorieren. Johannes Stertzer hatte einen hochroten Kopf bekommen und drehte verlegen seinen Becher in den Händen. Nicht lange danach wurde abermals die Stubentür mit Schwung aufgestoßen. »Johannes! Da bist du ja!« Ein gut gekleideter älterer Mann war in den Schankraum gestürmt, hatte in der Menge nach einem ihm bekannten Gesicht gesucht und fand es offensichtlich neben Anna, auf die er nach seinem lauten Ausruf nun wutschnaubend zustürmte. Michael sprang auf und postierte sich breitbeinig neben dem Tisch – bereit, einen möglichen Übergriff des wütenden Bürgers abzuwehren. Aber seine Sorgen waren unbegründet. Allein auf den jungen Studenten hatte er es abgesehen, der wie gelähmt einfach hocken blieb. Vor Überraschung stand ihm der Mund offen und zum Schutz vor dem Angreifer riss er beide Arme nach oben und verschränkte sie abwehrend über seinem Kopf. Dann ging alles ganz schnell. Der Mann stürzte sich wutentbrannt auf Johannes Stertzer, packte mit einer Hand den Ärmelstoff, mit der anderen das empfindliche Ohr und zerrte ihn unsanft auf die Beine. Das Gejohle der Bischoffsheimber schwoll an und so hörte Anna nicht einmal mehr das Poltern und dumpfe Aufschlagen des Hockers, dem Michael gerade noch ausweichen konnte. Mit schmerzverzerrter Miene stolperte der Student aus der Schankstube. Immer seinem Peiniger hinterdrein. »So tu doch etwas!«, setzte sich Bertha mitleidig für den Fremden ein und kniff Michael in den Arm, der jedoch sofort rigoros abwinkte und die besorgte Hübschlerin in ihre Schranken wies. »Nein, ich werde mich nicht in Streitigkeiten einmischen, von denen ich nicht das Geringste weiß. Wir fallen auch so schon genug auf!«

»Oooh!« Schadenfroh klopfte sich Jost lachend auf die dünnen Schenkel. Durch den ganzen Tumult hatte er kurzzeitig sogar seinen Hunger vergessen und das Schlingen unterbrochen. »Was der wohl angestellt hat? Habt ihr das gesehen?« Winzige Essensreste aus seinen dicken Backen verteilten sich beim Sprechen auf dem Tisch. Die Frage war offensichtlich nicht ernst gemeint. Natürlich hatten sie. Verwirrt stupste Bertha den aufgekratzten Jungen an, der wegen der besseren Sicht sogar auf seinen Stuhl gestiegen war, und bedachte ihn dann mit einem tadelnden Blick. Auch Michael schüttelte den Kopf und versuchte mit strenger Stimme, für Ordnung zu sorgen. »Es steht uns nicht zu, über ihn zu urteilen. Wir wissen zu wenig über ihn. Trinkt aus – sobald ich die Münzen abgegeben habe, machen wir uns auf den Weg zum Kronenwirt.«

Anna eilte den anderen bereits voraus. Sie wollte sich hinter der nahen Scheune noch erleichtern und ein letztes Mal nach dem Pferd und ihren Habseligkeiten sehen, die, im Gegensatz zu ihnen, die Nacht über innerhalb der Stadtmauern bleiben sollten.

»Du warst und bist und bleibst ein Taugenichts! Das habe ich dir damals schon angesehen.« Kaum hatte sie das Wirtshaus verlassen, hörte sie ganz in der Nähe diese verächtliche Rede, die man in der dunklen, menschenleeren Gasse nicht überhören konnte. Die beiden Männer, die für das aufsehenerregende Schauspiel im Wirtshaus gesorgt hatten, waren nicht weit gekommen. Natürlich sollte sie sich jetzt umdrehen und direkt auf den Weg zur Scheune machen, aber Anna konnte sich ihrer Neugierde nicht erwehren und drückte sich schnell und ohne ein Geräusch zu verursachen in eine kleine, dunkle Nische, die nur schwer einsehbar war.

Anklagend fuchtelte der Ältere mit einer Fackel vor dem Gesicht des schweigenden Johannes Stertzer herum. Er hatte ihn inzwischen aus dem schmerzhaften Griff entlassen und fuhr mit seiner Predigt fort. »Was treibst du da nur? Denkst du auch nur ein einziges Mal an deine Mutter und an deine Schwestern und daran, was du ihnen antust? Wenn ich das alles vorher gewusst hätte! Reicht es nicht, dass du einer Jungfrau schöne Augen machst? Musstest du ihr auch noch die Ehe versprechen und sie besteigen?« Verächtlich spuckte er aus. »Wenn's wenigstens ein hübsches Ding wäre. Nun gut, du hast es getan – jetzt steh auch dazu und heirate sie, ehe noch mehr Schande über uns kommt. Hättest dich halt beim Trinken zurückhalten sollen.« Ungehalten schritt er vor der jämmerlichen Gestalt mit den hängenden Schultern auf und ab. »Eine sechstägige Turmstrafe habt ihr beide schon hinter euch gebracht und ausgestanden, die Turmelfe hat sich genüsslich das Maul darüber zerrissen, und die Vierundzwanziger* werden zu verhindern wissen, dass hier in Bischoffsheimb ein vaterloses Balg aufwächst. Die drei Gulden habe ich entrichtet und die Heirat wurde auf der Kanzel verkündet … und so soll es geschehen! Also halte dich von sämtlichen anderen Weibern fern.« Ein tiefes Donnergrollen hätte sich nicht bedrohlicher anhören können.

---

* Die Ortsherrschaft wählte zwölf Richter (Schöffen/Stadtgericht). Sie verhandelten unter dem Vorsitz des Schultheißen die leichteren und unter dem Vorsitz der Ortsherren die schweren Vergehen. Für die ›nicht strittige Gerichtsbarkeit‹ (Verwaltung) waren dem Gericht noch zwölf von den Richtern aus der Gemeinde gewählte Männer gegeben.

»Ich habe mich doch nur unterhalten«, machte er einen hilflosen Versuch, dem Ganzen die Brisanz zu nehmen. »Und überhaupt … welcher deiner Spitzel hat dir das schon wieder so schnell zugetragen?« Die Handfläche klatschte heiß auf die Wange des Studenten und unterband jede weitere Rede. Anna biss sich mitfühlend auf die Zunge. Eine mahnende Stimme weckte ihr Gewissen. Sie sollte nicht hier sein. Dieses Gespräch war nicht für ihre Ohren bestimmt. Ungläubig sah sie dem Schatten nach, der den jungen Mann einfach stehen ließ und vollends mit der Finsternis verschmolz.

»Anna?« Jost hüpfte mit einer Fackel auf die Gasse und blieb abwartend stehen. Dicht hinter ihm folgten Michael und Bertha mit einer Fackel und bevor diese sich allzu vertraut bei ihrem Begleiter unterhaken konnte, trat Anna aus ihrem Versteck. Aber noch jemand gab sich zu erkennen. Sie alle konnten die Schritte hören, die sich näherten und den gedemütigten Studenten ankündigten. Schuldbewusst senkte Anna den Blick. Johannes Stertzer konnte sich sicher denken, dass sie alles mit angehört hatte.

»Ich … ich würde dir das alles gern erklären«, wandte er sich leise mit belegter Stimme an Bertha und brach damit das peinliche Schweigen. Anna fiel auf, dass der junge Mann eine vertrautere Anrede wählte und Bertha dem nicht widersprach. »Komm, wir warten dort vorne beim Jost.« Anna ignorierte Michaels entrüstetes Räuspern und zog ihn einfach mit sich fort, um dem Studenten ein wenig Zeit und Ungestörtheit zu verschaffen.

»Betätigst du dich jetzt schon als Kupplerin?« Anna blieb stehen. Michael hatte wie immer ein fürsorgliches Auge auf die hübsche Rothaarige. »Ach, in der kurzen Zeit und noch dazu mitten auf der Gasse wird schon nichts Sündiges geschehen – zumindest nicht bei der Bertha und ihrem Verehrer.«

Mit beiden Armen umschlang sie seinen Nacken und zog den Kopf zu sich herab. Wie von selbst fanden sich ihre Lippen. »Ist das ein Versprechen?«, murmelte Michael, immer noch überrascht von ihrer Kühnheit, dicht an ihrem warmen Hals und dachte mit Genuss daran, dass er seiner Frau schon bald diese vielen Lagen Stoff abstreifen konnte, die seine Hände den Körper und die weiche Haut darunter nur erahnen ließen. Zu Beginn ihrer Ehe hatte ihm verständlicherweise pure Ablehnung entgegengeschlagen – immerhin war er der städtische Henker gewesen. Inzwischen aber, und darüber staunte er immer wieder und war für diese Fügung dankbar, hatte sich diese Ablehnung in Liebe, Vertrauen und zurückhaltende Leidenschaft verwandelt.

»Eigentlich könnte es dir doch gleichgültig sein, was ich über dich denke. Nun? Was willst du mir also sagen?«, ermunterte Bertha mit zitternder Stimme den jungen Studenten. Johannes Stertzer hatte sie unter eines der schwach beleuchteten Fenster des Wirtshauses geführt, verschränkte nervös die Arme und trat von einem Bein auf das andere. Mehr als einmal holte er tief Luft, setzte zum Sprechen an, aber schloss seinen Mund wieder, ohne auch nur ein Wort hervorgebracht zu haben. Nein, Bertha fand dies nicht töricht. Im Gegenteil, es erwärmte ihr Herz und brachte es auf bezaubernde Weise außer Takt. Er fand offensichtlich nicht die richtigen Worte. Nur, für was? Wollte er sie um körperliche Dienste bitten, die ihm peinlich waren und ihn verlegen machten, oder wollte er etwa mit ihr plaudern, um den Moment, in dem sie sich trennen mussten, noch ein wenig hinauszuzögern? So, wie es verliebte Burschen zu tun pflegten? Konnte es wahr sein, dass sie ihm heute Abend wirklich über die Maßen aufgefallen war und er sich nicht daran störte, was sie war? Bei diesem absurden Gedanken begann Berthas Herz schneller zu schlagen. Warum sonst hätte er sich bewusst dem Spott der Bischoffsheimber aussetzen und sich an ihrem Tisch niederlassen sollen?

»Das war mein Vater. Nicolaus Seeger, der hiesige Stadtschreiber«, begann der Student mit unverfänglichen Worten. Irritiert unterbrach ihn Bertha, indem sie ihre Hand hob. »Aber … sagtest du nicht, dass dein Name Stertzer ist?«

Ein entwaffnendes Lächeln umspielte seine Lippen und ließ ein tiefes Grübchen auf der Wange entstehen. »Stiefvater – aber trotzdem wie ein Vater. Sieh an, sieh an, und schlau ist sie auch noch«, flüsterte der junge Mann und Berthas Herz machte erneut einen Satz, während sie ihn mit heißen Wangen anstrahlte.

Sein Lächeln verschwand. »Ich war etwa so alt wie der Jost, als mein Vater an der Seitenkrankheit starb. Ist der Jost eigentlich dein Sohn?«, wechselte er abrupt das Thema.

»Oh nein! Er begleitet uns nur nach Haydelberch. Ich habe keine Kinder – noch nicht«, fügte sie schwermütig hinzu und fühlte den Knoten in ihrer Kehle mehr als deutlich. Da stand sie hier mit einem ansehnlichen jungen Mann, der sich gern mit ihr zu unterhalten schien und sich anschickte, zarte Bande zu knüpfen, und sie … sie trug dieses Balg in sich!

»Nicht lange danach heiratete meine Mutter dann den um viele Jahre jüngeren Seeger.«

»Sie haben sich eben einfach verliebt …«, warf Bertha ein.

»Nein, es lag wohl daran, dass eher dem das Amt zufiel, der bereit war, die mit Kindern gesegnete Witwe seines Vorgängers zu ehelichen«, stellte Johannes Stertzer bitter fest und schwieg. Dann warf er einen vorsichtigen Blick über seine Schulter. »Die anderen lassen dich tatsächlich nicht allein und ununterbrochen behalten sie dich sorgsam im Auge.« Bertha beobachtete nun ebenfalls die kleine Flamme von Josts Fackel, die weit hinten munter auf und ab hüpfte, was auf einen immer noch hellwachen Jungen schließen ließ. »Mein Stiefvater wäre wohl nicht so fürsorglich und als sein Eigen hat er mich schon gar nicht angenommen«, klärte er sie über seine eigenen familiären Verhältnisse auf, während er seufzte und zaghaft nach ihrer Hand griff. »Eigentlich kann ich dem Nicolaus nie etwas recht machen. Er zürnt mir schon wegen einer ungerechtfertigten Karzerstrafe. Vielleicht beeindruckt ihn ja ein guter Abschluss meines Studiums. Wenn du dann auch in Haydelberch lebst, können wir uns dort sehen.« Er brach kurz ab. »Natürlich nur, wenn es niemanden gibt, der dir dort ins Auge fällt oder bereits auf dich wartet«, fügte er vorsichtig hinzu.

»Nein! Nein, es wartet niemand. Das habe ich dir doch schon gesagt«, versicherte sie eilig und erwiderte seinen warmen Händedruck. Er lachte unsicher und eine schwere Last schien von seinen Schultern zu fallen. »Aber … was ist mit dir und dieser anderen Frau, wegen der du im Turm gesessen hast? Sie erwartet doch ein Kind von dir, oder?«

»Sie behauptet es und wäre wohl gern das Weib von einem angehenden *doctor medicinae*. Dabei hat sie für so manch anderen Burschen die Röcke gelupft. Und mein Stiefvater will sich mit ihrer Familie gutstellen. Darum drängt er mich so eifrig zu dieser Heirat. Du glaubst mir doch, oder?« Hoffnungsvoll trat er einen Schritt näher. So nah, dass Bertha nur noch atemlos nicken konnte und den leichten Geruch vom zuvor getrunkenen Wein wahrnahm.

»Schön.« Erleichterung schwang in seiner Stimme mit, als seine Lippen vertraut Berthas Stirn berührten. Nicht fordernd, sondern leicht wie eine Feder. Die Zweisamkeit wurde jäh gestört, als Johannes Stertzer Michaels demonstrativ lautes Husten vernahm. »Nun, dann darf ich dich wohl nicht länger aufhalten. Ich werde dich einfach morgen vor der Herberge erwarten und dir noch ein wenig die Stadt zeigen«, versuchte er, ihr ein letztes Versprechen zum Abschied abzuringen.

»Ich fürchte, dass wir bereits mit dem Sonnenaufgang aufbrechen«, musste sie seine Hoffnung schweren Herzens zunichtemachen und ihn mit enttäuschter Miene zurücklassen, jedoch nicht ohne den genauen Weg zu seiner Lehrstätte in Haydelberch zu erfragen und den Namen von Annas Oheim preiszugeben. Wenn ihr das Glück hold blieb, würden sie sich schon bald wiedersehen.

Die Räume in der Herberge *Drei König* waren schnell aufgeteilt. Michael und Anna bezogen die größere Stube. Dort hatten sie zu zweit ein etwas breiteres Bett zur Verfügung und Jost rollte sich, ohne zu murren, auf einer dicken Matte auf dem Boden zusammen. Die erste Etappe ihrer Reise hatte alle ermüdet und so atmete der Junge bereits tief und gleichmäßig, als Anna sich nochmals aus der Stube stahl, um bei Bertha, deren winzige Kammer gleich nebenan lag, nach dem Rechten zu sehen. Sie klopfte leise und trat ein.

»Ach, du bist es!«, wurde sie überrascht begrüßt. Bertha saß, nur noch mit ihrem knielangen Hemd bekleidet, auf dem schmalen Bett und kämmte sich mit fließenden und geübt gleichmäßigen Bewegungen die wunderschöne Lockenpracht. In den kupferfarbenen Haaren tanzten winzige Funken, sobald das Kerzenlicht sie erfasste. Schmerzhafte Erinnerungen an ihre eigenen langen Haare stachen in Annas Herz, als sie andächtig die prachtvollen Locken bewunderte und beinahe vergaß, weswegen sie eigentlich gekommen war.

»Ja, wer denn sonst? Ich dachte, ich könnte dir vielleicht mit der Schnürung helfen«, bot Anna geschwind ihre Hilfe an. Natürlich war sie es, die die Hübschlerin des Nachts aufsuchte. Hatte Bertha etwa geglaubt, dass sie Michael schicken würde? Zwar vertraute sie ihm, aber diesen verführerischen

Anblick würde wohl jede Frau ihrem Gatten nach Kräften vorenthalten wollen.

»Nein, das ist nicht nötig, wie du siehst ... und den Rest übernimmt ebenfalls ein anderer. Du solltest jetzt wirklich gehen.« Bertha wandte sich ab und legte den Kamm neben sich auf das bereits aufgeschlagene Bett.

»Ein anderer?« Verblüfft ließ Anna den Mund offen stehen. »Du hast doch nicht etwa heimlich mit diesem Stertzer in der dunklen Gasse eine Vereinbarung getroffen?« Kaum hatte Anna den Namen des Studenten erwähnt, erhellte ein bezauberndes Lächeln Berthas verträumtes Gesicht.

»Nein, er hat nichts dergleichen auch nur angedeutet«, versicherte sie entrüstet. »Dazu ist er viel zu anständig«, offenbarte sie Anna verträumt.

»Du kannst hier nicht einfach mit Männern ...« Mangels Worte machte Anna einfach nur eine Handbewegung. » Das ist eine gewöhnliche Herberge. Weiß unser Wirt davon? Er darf es nicht erfahren, sonst wirft er uns garantiert hinaus!«

Bertha warf Anna einen unmissverständlichen und vielsagenden Blick zu und sie begriff plötzlich. »Oh! Er ist es also selbst!« Bertha legte sich einen Finger auf ihre Lippen und gebot ihrer Mitwisserin zu schweigen, ehe sie sie endgültig aus der Kammer scheuchte.

Michael hatte es sich bereits unter der Decke gemütlich gemacht und gähnte schlaftrunken, als Anna vorsichtig über Jost stieg, sich bis auf das Hemd ihrer Kleider entledigte und fröstelnd und bibbernd zu ihm kroch, nachdem sie die Kerze gelöscht hatte. Sie würde ihm erst morgen erzählen, warum Bertha für ihre Kammer keinen einzigen Gulden einbüßte. Sprechen konnte sie ohnehin nicht, da Michael ihre Lippen sogleich mit einem zärtlichen Kuss verschloss und genüsslich seine großen, warmen Hände über ihren Körper gleiten ließ. »Jost«, wies sie ihn mit schwachem Widerstand auf den Jungen hin, der sich im Schlaf gedreht hatte und jetzt leise schnarchte.

»Ich bin auch ganz leise«, versprach er mit dieser tiefen, vollen Stimme, die sie nur zu gut kannte, und schob unbeirrt weiter ihr Hemd hoch. Anna unterdrückte ein Lachen. »Aber ich vielleicht nicht«, flüsterte sie heiser, schlang ihre Beine um ihn und schon wenige Augenblicke später waren ihre Bedenken verflogen. Sie dachte weder an Jost noch an Bertha, die sich auf der anderen Seite der dünnen Wand auf ähnliche Art und Weise ihre Übernachtung verdiente.

DIE UNBEKANNTE

Freitag, 15. April 1524

Sorgfältig zog Anna die Haube über und ließ sich von Michael bestätigen, dass keines der kurzen Büschel zu sehen war und verräterisch hervorlugte. Erst dann durfte er sich auf den Weg zum Hinterstädtchen machen, um beim Löwenwirt Hanns Schelling den Karren und das Pferd auszulösen.

»Jost!« Den Jungen hatte sie bis zuletzt schlafen lassen. Nun aber weckte sie ihn mit mahnender Stimme. Schlaftrunken rieb er sich die Augen und rappelte sich auf, ohne zu bemerken, dass sich ein Bein in der Decke verheddert hatte. Jost schlug der Länge nach hin und schrammte dabei mit dem Handrücken am rauen Holz des Bettgestells entlang.

»Blut am Morgen bringt Kummer und Sorgen«, murmelte der Junge leise, während er ungerührt zusah, wie kleine Tropfen Blut aus seiner zerfurchten Haut quollen.

»Na, das wollen wir doch nicht hoffen!« Anna hatte sehr wohl gehört, was er gesagt hatte. Trotz des unguten Gefühls, das sie beschlich, lächelte sie. Ohne eine weitere Erklärung zog sie ihn auf die Füße und dann weiter durch die Kammer. In einer Ecke hatte Anna ein frisches Spinnennetz entdeckt. Von der achtbeinigen Bewohnerin war nichts zu sehen. Vermutlich wartete sie in der Wand, die an dieser Stelle ein tieferes Loch aufwies, auf ihre Beute.

»Tja, da wirst du dich wohl einfach nochmals an die Arbeit machen müssen.« Vorsichtig drehte sie Josts Hand in die richtige Position und führte sie von oben nach unten durch das nebelartige Gebilde, das ohne ein Geräusch vollständig zerstört wurde. Nur vereinzelt schwebten jetzt noch Teile des Netzes in der Luft, ehe sie doch herabsanken und an der Wand kleben blieben. Neugierig sah Jost zu und hob bereits die andere Hand. »Nicht!«, hielt Anna ihn rechtzeitig davon ab, den zarten Wundverschluss zu berühren. »Einfach nur so lange als möglich auf der Haut lassen«, wies sie ihn an und machte sich daran, all ihre Habseligkeiten für die Weiterfahrt zu verschnüren.

Nicht lange danach setzten sie ihre Reise in den frühen Morgenstunden fort und ließen die Herberge in der Nähe des Waybstatter Tors hinter sich. Jost schlief zufrieden zwischen den Kisten weiter und Bertha saß am hinteren Ende des Wagens, die geschwollenen Beine von sich gestreckt, und schaukelte unsanft hin und her, wenn die Räder wieder und wieder über die Unebenheiten des Wegs holperten. Anna legte eine Hand auf Michaels Schenkel und lächelte ihn an, als er sie ergriff und mit der seinen warm umschloss. Sie war nicht allein. Er gehörte zu ihr. Dieses Glück war ihr wieder bewusst geworden, als sie Berthas sehnsüchtigen und suchenden Blick bemerkt hatte, mit dem sie morgens auf den Wagen gestiegen war und sich umgesehen hatte. Diesmal aber hatte der Blick nicht Michael gegolten. Nein, sie hatte Ausschau nach dem Studenten Johannes Stertzer gehalten und gehofft, ihn nochmals zu sehen. Mit leuchtenden Augen hatte sie sich Anna anvertraut, als sie beide zusammen die Packen auf den Karren schnürten. Er hatte doch gewusst, dass sie in der Früh aufbrechen wollten. Warum war er nicht erschienen, um sich von ihr zu verabschieden? Anna fühlte mit Bertha und konnte deren Enttäuschung beinahe selbst körperlich spüren. Hatte er der Hübschlerin nur schöne Augen gemacht oder war er tatsächlich in den Morgenstunden vom Schicksal aufgehalten worden? Bertha war wirklich eine schöne Frau. Konnte es also wahrhaftig sein, dass der junge Mann binnen weniger

Stunden derart sein Herz an sie verloren hatte? Ein Teil von Anna wollte den beiden noch ein wenig mehr Zeit verschaffen. Andererseits spürte sie aber auch Erleichterung darüber, dass sie Bischoffsheimb endlich hinter sich ließen. Nur zu deutlich hatte sie den Moment, als Michael und sie in der Badstube beobachtet worden waren, noch vor Augen. Es gab einen Mitwisser und es war befreiend, ihn in der Stadt zurückzulassen.

Inzwischen passierten sie das kleine Wäldchen, das sie bereits vom Kammerfenster aus als dunkle Fläche gesehen hatte. Anna seufzte erleichtert und drückte Michaels Hand, die er sich nach einer Weile auf seinen grummelnden Bauch legte. Er hatte sich nach dem Aufstehen nur einen kleinen Kanten Brot in den Mund geschoben. Seiner Meinung nach war es viel wichtiger, dass er sich bei Tagesanbruch sofort um Pferd und Wagen kümmerte, denn seinen Hunger konnte er auch noch später während der Fahrt stillen.

»Weißt du, was ich jetzt am liebsten essen würde?« Michael gähnte ausgiebig und küsste Anna verschlafen auf Stirn und Wange.

»Ein Huhn«, kam prompt Annas Antwort, die ihn gleichzeitig irritierte und belustigte. »Ein Huhn? Nein.« Michael lachte auf und schüttelte den Kopf. »Doch nicht am frühen Morgen. Du solltest mich wirklich besser kennen«, tadelte er sie in gespieltem Ernst, zog seine Stirn in Falten und sah Anna neckisch unter seinen dichten Wimpern hervor an.

»Aber nein, sieh doch nur …«, unterbrach ihn Anna ungeduldig, ehe er weiterreden konnte. Sie umschloss Michaels Gesicht mit beiden Händen und drückte seinen Kopf in die Richtung, die sie selbst schon die ganze Zeit im Blick behielt. Offensichtlich hatte außer ihr noch niemand das pickende weiße Federvieh zwischen den Bäumen am Wegesrand bemerkt.

»Ein Huhn«, stellte Michael mit verwaschener Stimme überrascht fest. Annas Hände hatten seine Wangen nach vorn verschoben und so sah er beim Sprechen eher wie ein japsender Fisch aus, der auf dem Trockenen lag. Der Anblick war zu komisch. Lachend strich sie sich die wärmende Decke von den Beinen und sah sich dann nach einem möglichen Besitzer um. Niemand. Sie waren allein. »Ein Huhn gehört nicht in den Wald. Es ist sicher einem unaufmerksamen Städter davongeflattert. Wir werden es mitnehmen.« Noch bevor Michael den Braunen vollständig zum Stehen gebracht hatte, war Anna schon geschickt vom Wagen geklettert und näherte sich vorsichtig dem gurrenden Federvieh.

»Aber das ist Diebstahl. Die Hecken und Sträucher sind hier so dicht … vielleicht werden wir doch beobachtet«, gab Bertha mit leiser Stimme zu bedenken.

»Ach was!«, mischte sich nun auch Jost ein. Er hatte neugierig die Augen geöffnet und stützte sich jetzt lässig auf einer Kiste ab. »So weit außerhalb der Stadt wird niemand eindeutig beweisen können, in wessen Besitz der Vogel war. Wir haben schließlich keinen Stall aufgebrochen. Wir haben das Tier gefunden und … gerettet«, fügte er nach kurzem Überlegen hinzu und lächelte unschuldig.

»Damit kennst du dich ja bestens aus.« Jost ignorierte Berthas Seitenhieb auf seine bisweilen unstete Lebensweise. Anna erwiderte das Lächeln. »Gerettet? Ja, vor dem Fuchs vielleicht. Aber es gibt noch genügend andere Raubtiere – auch solche mit zwei Beinen.« Anna bedachte den Jungen und auch ihren Mann mit einem Augenzwinkern. Michael saß grinsend auf dem Karren und lehnte sich amüsiert zurück. »Noch haben wir das Huhn nicht«, gab er schmunzelnd zu bedenken. »Wir lassen dir für die ersten Versuche aber gern den Vortritt.« Annas Ehrgeiz war geweckt. Konzentriert fasste sie das Objekt der Begierde ins Auge. »Nun komm schon.

Du willst doch sicher nicht noch eine weitere Nacht hier draußen im Wald verbringen, oder?«, murmelte sie beruhigend mit weicher Stimme, während sie sich langsam Schritt für Schritt näherte und in dem lichten Unterholz nach einem geeigneten Pfad Ausschau hielt. Die Henne legte vorsichtig das Köpfchen etwas zur Seite und beäugte ihre Verfolgerin misstrauisch, ehe sie mit schnellen Schritten durch das tiefe Laub stakste. Geschickt trieb Anna das Tier aber immer weiter in die Enge und bekam es schließlich zu fassen, als es sich flatternd in der Krone eines umgestürzten Baumes verhedderte. Vorsichtig legte sie die Flügel an den kleinen Körper an und klemmte ihn sich unter den Arm. Erst jetzt war es Anna möglich, die unregelmäßigen Flecken, die ihr bereits zuvor auf dem schneeweißen Gefieder aufgefallen waren, näher zu betrachten. Bis dahin hatte Anna vermutet, dass es sich um kleine Teile des verrotteten Laubs oder um Moosfetzen handelte, die sich beim Umherstreifen dort verfangen hatten. Jetzt, bei näherer Betrachtung, war klar, dass sich die Flecken nicht so einfach aus dem Gefieder entfernen ließen. Das Blut war getrocknet und klebte in Form von dicken Klumpen in den gestutzten Federn. Anna drehte die Henne, hob auch die Flügel und begutachtete sie gründlich von allen Seiten. Seltsam. Am Tier selbst konnte sie keine Verletzung feststellen. Woher also stammte das Blut, dessen Rot sich so unheimlich und gleichzeitig in einem faszinierenden Muster von dem Weiß der Federn abhob? Weiße Hühner. Ein ungutes Gefühl beschlich sie. Ehe Anna jedoch den Gedanken greifen und weiter verfolgen konnte, war er auch schon wieder verflogen. Sie ignorierte Michaels Rufen und ließ stattdessen ihren Blick tief in den Wald schweifen. Zumindest so weit, wie es die dicht stehenden Bäume zuließen. Es war merkwürdig still und der Wald, dieses große, uralte, lebendige Wesen, war an diesem Morgen noch nicht recht aus seinem Schlaf erwacht. Und sicher hatten viele große und kleine Bewohner des Nachts gesehen, was Anna im Moment noch nicht verstand. Der Forst kannte die Antwort auf ihre Frage und sie war entschlossen, ihm sein Geheimnis zu entlocken. Zielstrebig lief Anna zurück. Für ihre Suche wählte Anna die Stelle als Ausgangspunkt, an der sie die Henne zum ersten Mal erblickt hatte.

»Welchen Weg hast du genommen? Woher …?«, dachte Anna laut und war sich sehr wohl darüber im Klaren, dass aus dem kleinen Schnäbelchen keine Antwort dringen würde.

»Anna, was treibst du denn da? Wir haben nicht den ganzen Tag Zeit.« Michael stand am Wegesrand und verschränkte ungeduldig die Arme, als seine Gemahlin immer noch keine Anstalten machte, mit ihrer im Moment noch lebenden Beute auf den Karren zu steigen. Gerade wollte Anna den Mund öffnen, um eine Erklärung für ihr Verhalten abzugeben und noch um ein wenig Geduld zu bitten, als das leise Krähen eines Hahnes zu hören war. Ohne ein weiteres Wort drückte sie Michael das Huhn in die Hände, rannte los und war kurz darauf im Dickicht des Waldes verschwunden.

Anna kam nur langsam vorwärts. Sie musste Bäume umrunden, über abgestorbene Äste steigen und ihren Rock losreißen, wenn er sich zum wiederholten Male im Gestrüpp verheddert hatte.

»Ah!« Mit schmerzverzerrtem Gesicht leckte sie über den tiefen Kratzer an ihrem Finger, den ihr ein störrischer Zweig beigebracht hatte, als sie ihn wegdrücken wollte. »Guter Gott, was tue ich hier eigentlich? Ich werde mir wegen diesem Gockel noch mein Gewand ruinieren«, schimpfte Anna und strich sich den Rock glatt, als das flaue Gefühl vergangen war und die Wunde nicht mehr blutete. »Und außerdem werde ich mich noch verlaufen.« Sie hatte nur mehr geflüstert und sah sich nun unsicher um. Durch die dichten Baumkronen drang nur wenig Licht bis hinunter zum Waldboden. Ihr bisheriger Weg war nicht mehr auszumachen. Egal, in welche Richtung Anna sah. Dafür kam ihr jedes Rascheln und Knacken umso lauter vor und die starren Äste, die nach ihr zu greifen schienen, jagten Schauer um Schauer über ihren Rücken. Da! Wieder das Krähen! Diesmal viel näher, aber hier im Wald trotzdem fehl am Platz.

Vielleicht hört es sich deshalb wie ein Hilferuf an?

Energisch straffte Anna ihre Schultern und schüttelte den Kopf. »Nein, so leicht wird mir nicht bang.« Entschlossen setzte sie weiter einen Schritt vor den anderen und knickte immer wieder Zweige ab, damit der Rückweg von nun an klar erkennbar blieb.

Die Augen verfolgten jede noch so winzige Bewegung der jungen Frau. Wie ein Habicht, der kurz vor dem tödlichen Angriff steht und geräuschlos seine Beute verfolgt, während diese sich noch in schläfriger Sicherheit wiegt.

Ohnmächtiger Zorn regte sich in ihm. Wenn sie nicht umkehrte, würde sie seinen gesamten Plan, seine Chance, diese seltene Gelegenheit zunichtemachen.

Sie war nicht allein. Das wusste er. Die anderen waren in Rufweite. Nur dies war die Fügung, der sie unwissentlich ihr Leben verdankte.

Leise fluchend hockte Anna auf dem weichen, mit Tannennadeln übersäten Waldboden. Der gut getarnte, unebene Untergrund hatte sie schmerzhaft zu Fall gebracht. Wenigstens hatte das Fußgelenk wohl keinen Schaden genommen. Es pochte zwar, ließ sich aber vermutlich noch belasten. Vorsichtig stellte sie das Bein auf und verlagerte langsam ihr Gewicht, um sich am rauen Stamm eines Baumes zusätzlich abstützen zu können, und rappelte sich umständlich auf. Nachdem ihre Röcke wieder in wohlgeordneten Falten lagen, wartete Anna auf einen erneuten wegweisenden Hahnenschrei und wankte schließlich zielstrebig weiter. Immer weiter, immer tiefer in den Wald hinein.

Irritiert rümpfte Anna ihre Nase und verweilte für einen kurzen Augenblick. Dieser schwache Geruch …

Zuerst tauchte der Karren vor ihr im Unterholz auf. Er war wie ein Heuwagen gebaut – nur eben so klein, dass er von Hand gezogen und kleinere Lasten damit transportiert werden konnten. *Mitten im Wald?* Bis auf einen, der zerbrochen danebenlag, waren die anderen mehr oder weniger intakten Käfige auf dem Holzgefährt gestapelt. Die darin eingesperrten Hühner beäugten Anna misstrauisch und drückten sich nervös genau an die Wand ihres winzigen Gefängnisses, die am weitesten, wenn auch nur unwesentlich, von der Fremden entfernt lag. Und oben, auf dem höchsten Punkt, stand der Gockel mit seinem prächtigen Gefieder in Freiheit, wachte mit stolzgeschwellter Brust über seine gefangene Schar und ließ erneut ein Kikeriki ertönen. Dann legte sich wieder absolute Stille über diese seltsame Szenerie, die so unwirklich, so fehl am Platz wirkte.

Unaufhaltsam kroch Anna eine Gänsehaut über Arme und Nacken. Und diese unheilvolle Ahnung verstärkte sich noch und wurde übermächtig, als ihr Blick auf die zierlichen Schuhe fiel, die ordentlich beieinander neben dem Karren standen. Beinahe so, als hätte sie ihre Besitzerin ausgezogen, des Abends am Fußende des Bettes abgestellt, um sich nach einem arbeitsreichen Tag zufrieden und erschöpft zur Ruhe zu begeben.

Lauf! Lauf, so schnell du kannst! Anna beachtete die schrille Stimme in ihrem Kopf überhaupt nicht. Wie von fremder Macht gezwungen, bewegte sie sich auf dieses Gebilde aus Karren, Käfigen und Tieren zu, um es vorsichtig, die Schuhe unablässig weiter im Blick, mit angespannten Muskeln zu umrunden. Sogar so angespannt, dass ihr flaches Atmen nun gänzlich aussetzte. Der Anblick, der sich ihr nun bot, ließ ihr das Blut in den Adern stocken.

»Anna!« Die Äste und Zweige, die ihm schmerzhaft entgegenschlugen und seine Schritte behinderten, beachtete er gar nicht. Immer wieder hob er beim Rennen die Arme und schloss kurz die Augen, um sie zu schützen. In diesem Moment hätte ihn wohl nicht einmal der Leibhaftige selbst aufhalten können. Keuchend, den schier übernatürlichen, gellenden Schrei noch immer im Ohr, blieb Michael kurz stehen, um sich neu zu orientieren und die Antwort auf sein Rufen abzuwarten. Dann hetzte er weiter, denn inzwischen hatte er die starre Gestalt inmitten der Bäume ausgemacht. Verwirrende Erleichterung durchflutete ihn, als er sie endlich erreichte. Anna schien unverletzt zu sein. Allerdings tropfte Speichel in langen Fäden von ihrem Kinn und an der Lache halb verdauten Essens war deutlich zu erkennen, dass sie sich kurz zuvor übergeben hatte.

»Anna? Was …?«, japste Michael besorgt, nachdem er schwer atmend neben seiner reglosen Frau stehen geblieben war, die ihn keines Blickes würdigte, ihn vielleicht nicht einmal bemerkte, sondern weiterhin auf das starrte, was sie inmitten des Unterholzes vorgefunden hatte.

»Bleib zurück!« Abwehrend hob er einen Arm und trat vor Anna. Als ehemaliger Scharfrichter war er für einen solchen Anblick eher gewappnet und hatte sein überlegtes Denken weit schneller wieder unter Kontrolle als seine junge Frau. Trotzdem musste auch er den Würgereiz mit all seiner Willenskraft unterdrücken. Und der Anblick von Blut und Fleisch war nicht einmal das, was ihn zutiefst beunruhigte. Es war die Tat selbst. Es war der Mensch, der hierzu fähig war. Das Böse, das immer noch wie Dunst über diesem Teil des Waldes lag.

Vorsichtig näherte er sich dem zarten Körper, der rücklings auf einem umgestürzten dicken Baumstamm lag und in einer unfassbaren Ähnlichkeit einem Opfer glich, das auf einem Altar dargebracht wurde. Das bleiche Gesicht, in dem die halb geöffneten, gebrochenen Augen gen Himmel starrten, wurde von dunklen Haaren umrahmt, die sorgfältig auf der rauen Rinde ausgebreitet worden waren.

Das Rascheln hinter ihm verriet, dass sich Anna säuberte, dann, entgegen seiner ausdrücklichen Anweisung, was ihn wiederum überhaupt nicht wunderte, nähertrat und schließlich schniefend neben ihm stehen blieb.

»Wer tut so etwas?« Ihr Flüstern war kaum zu hören. Verstört glitt Annas Blick immer wieder voller Entsetzen über den schändlich zugerichteten Leib, dessen Gliedmaßen zu beiden Seiten des toten Baumes schlaff und leblos herunterhingen. Mit ernster Miene versperrte er ihr die Sicht. »Du solltest dir das nicht ansehen.«

»Warum? Weil mich dann ihr Anblick im Schlaf verfolgt? Dafür ist es bereits zu spät!« Annas Augen füllten sich mit Tränen. »Wer tut so etwas? Aus welchem Grund?«, wiederholte sie lauter und drängender. »Und vor allem … was tun *wir* nun?«

Michael starrte nachdenklich mit finsterem Blick auf den Boden, gab aber keine Antwort. Stattdessen kniete er sich neben die Tote und begann, den Körper genauer in Augenschein zu nehmen. Das Blut, das die Haare und auch den Stamm darunter dunkel gefärbt hatte, war aus einer klaffenden Wunde am Hals, die sich beinahe von einer auf die andere Seite erstreckte, ausgetreten. Der getrocknete Lebenssaft sorgte dafür, dass sich kleines Waldgetier versammelte, um sich wimmelnd einen Teil davon zu holen. Sogar das kleine Kreuz, das an einem feinen Ledergeflecht hing und die Tote schmückte, war rot gefärbt. Doch diese große, tödliche Wunde, die zweifelsohne mit einem scharf geschliffenen Dolch beigebracht worden war, stand erst am Anfang seiner Begutachtung. Räuspernd verlagerte Michael sein Gewicht, ignorierte den metallischen Geruch und nahm nun den Rumpf in Augenschein. Das aufgeschnittene Leibchen, dessen Fetzen zur Seite geklappt waren, gaben den Blick auf die bleiche Haut, den jungen, zu Lebzeiten unverbrauchten Körper frei – und nicht nur darauf. Sichtbar war ebenfalls das in den verschiedensten Rot- und Brauntönen gehaltene Innere, diese mit Organen gefüllte Höhle ihres Körpers.

»Ich kenne sie«, stellte Anna tonlos und ohne weitere sichtbare Regung fest. Sofort besaß sie die uneingeschränkte Aufmerksamkeit ihres Gatten, der so schnell auf den Beinen war und vor der Toten zurückwich, als hätte er sich verbrannt.

»Du kennst sie?« Aus dieser einen simplen Frage hörte Anna noch viele weitere Fragen heraus.

»Ich habe ihre Hühner schon einmal gefangen – gestern. Jost hat ihren Karren umgestoßen und die Käfige sprangen auf.« Annas erstickte Stimme brach für einen Moment ab. »Mehr weiß ich von ihr nicht. Das letzte Mal, als ich sie gesehen habe, hat sie noch gelacht und gescherzt.« Hilflos zuckte sie mit den Schultern und wischte sich die Tränen von den Wangen. Michael seufzte erschöpft, zog sie tröstend in seine Arme und strich ihr immer wieder mit seinen warmen Handflächen vertraut über den Rücken.*

---

* Auszüge aus ›Villa Biscovesheim‹: 1576 wurde tatsächlich »... uff unser Gemarkung« eine »frembde unbekandte Fraw, schöner gestalt« ermordet aufgefunden.
Die tote Frau im Wald – Für viel Aufregung sorgte sicher die Frau, die man ermordet im Wald gefunden hat. Die »beeden Toden grebern« mussten sie auf den Friedhof bringen. Der Schreiner Melchior Kaiser fertigte eine »toden laden« an. Und sicher waren die »5 eln schwarz duch, so zu einem Leichtuch gemacht worden«, für die unbekannte Tote bestimmt. Es war eine Selbstverständlichkeit, dass Tote, die man innerhalb der Gemarkung fand, auf Kosten der Gemeinde bei der Totenkirche beigesetzt wurden, so etwa, wie man auch jene Frau hier begrub, die am Ostermontag des Jahres 1637 »auf hiesiger Marckung im Sinsheimer Weg todt funden« wurde. Der gewaltsame Tod eines Fremden blieb in der Regel ungesühnt. Einer Verbrechensbekämpfung setzten die kleinstaatlichen Verhältnisse enge Grenzen.

Das laute Knacken eines Astes ließ die beiden ruckartig zusammenzucken und mit angehaltenem Atem die nähere Umgebung beobachten. Anna legte wie zur Beruhigung eine Hand auf ihr pochendes Herz und keuchte. »Ist das … ein Wildschwein?« Hoffnung schwang in ihrer Stimme mit, obwohl die Begegnung mit einem wilden Keiler ebenso wenig wünschenswert sein mochte.

»Entweder das …« Michael brach ab und als er mit lauter Stimme »Wer da?« in den Wald rief, waren plötzlich raschelnde Schritte zu hören, die sich schnell entfernten und sich tiefer in das Gehölz bewegten. »… oder jemand, der bis vor wenigen Augenblicken vielleicht selbst noch hier war. Warum sonst hätte er einen Grund zu fliehen? Rühr dich nicht vom Fleck!«, befahl er Anna zischend und hoffte inständig, dass sie sich daran hielt.

»Nein!« Mit angstgeweiteten Augen klammerte sie sich an seinen Arm, um ihn daran zu hindern, die Verfolgung aufzunehmen. »Lass ihn gehen! Du holst ihn wahrscheinlich eh nicht mehr ein … und du kennst dich hier nicht aus. Eine Verfolgung ist viel zu gefährlich und lebendig machen kannst du sie dadurch auch nicht mehr. Er trägt sicher noch immer das Messer bei sich. Denkst du vielleicht, dass ich auch dich mit aufgeschnittener Kehle irgendwo hier im Wald finden will? Dem Mädchen nützt das nicht mehr … und mir auch nicht!« Ohne Luft zu holen, hatte sie ihm panisch alle Gründe aufgezählt, die ihr in der kurzen Zeit in den Sinn kamen. Erleichtert bemerkte sie, dass Michaels Widerstand zögernd schwand und er schließlich nicht mehr versuchte, seinen Arm aus ihrem Griff zu befreien. Nun hatte er es mit einem Mal nicht mehr eilig, sondern suchte den dichten Wald nur noch mit den Augen nach verdächtigen Bewegungen ab. Eher nachdenklich als angewidert betrachtete er schließlich das tote Mädchen auf dem Baumstamm.

»Bitte, Michael, wir sollten so schnell als möglich verschwinden.« Ihr Flüstern war kaum hörbar. »Er könnte einige Männer aus Bischoffsheimb holen … und behaupten, dass wir ihr das angetan haben … aus Habgier vielleicht … um Schuldige zu liefern … oder um selbst Anerkennung für unsere Gefangennahme einzuheimsen«, drängte Anna ängstlich. »Ich möchte nicht, neben einem Leichnam stehend, aufgegriffen werden. Am Ende denken sie wirklich noch, dass dies unser gottloses Werk war.«

Michael schüttelte entschieden den Kopf. »Nein, ich denke nicht, dass er das tun wird.«

»Was macht dich da so sicher?« Anna verstand überhaupt nichts, hörte ihm einfach nur erstaunt zu.

»Es war die ganze Zeit still – wir wurden beobachtet. Wahrscheinlich hat er den trockenen Ast übersehen, als er sich schließlich doch zurückziehen wollte. Wir sind zu weit abseits der Wege. Er kann also nicht zufällig hier in der Nähe aufgetaucht sein. Es war wohl eher so, dass du ihn gestört hast und er sein schäbiges Tun unterbrechen musste, als du unbedingt dem Hahnenkrähen auf den Grund gehen wolltest und dabei dies alles zufällig entdeckt hast. Mit Sicherheit kann er seine blutverschmierten Hände und den Dolch hier im Wald nicht ohne Weiteres säubern. Er wird also keinesfalls auf direktem Weg zur Stadt zurückkehren, sondern später bestimmt einen weiten Umweg nehmen, sich zuvor aber verborgen halten und warten.«

»Warten? Auf was?«

»Darauf, dass wir wieder verschwinden.«

»Und genau das sollten wir auch tun!« Anna konnte die Bilder aus ihrer Vergangenheit nicht vergessen und sie mit allergrößter Mühe nur so weit verdrängen, dass sie nicht überhandnahmen und sie lähmten. »Sieh dir die Tote an, Michael, sie werden uns verhören … und vielleicht in Ketten legen …

anklagen … verurteilen! Das überstehe ich nicht noch einmal! Ich trage ein Mal, das bereits nicht mehr geheim ist!«, schrie sie ihn voller Angst an und riss verzweifelt an ihrer Haube, die die gestutzten Haare verdeckte.

»Anna, ich verstehe deine Sorge. Aber sie hierlassen? Das können wir nicht tun. Selbst Tote verdienen eine ehrenvolle Behandlung. Wer wüsste das besser als ich? Wir müssen sie sofort zur Stadt bringen. Sicherlich wird er sonst erneut wiederkehren und sein Werk fortsetzen.«

»Erneut wiederkehren?« Sie wiederholte seine Worte und schüttelte fragend den Kopf.

»Sieh dir die Wunde am Hals an.« Er schob Anna zur Seite, deutete auf den Hals und versuchte, ihr zu erklären, was genau er meinte und vermutete.

»Siehst du das Blut? Es ist schon seit einiger Zeit getrocknet – darum die dunklere Färbung. Die Wunde am Bauch glänzt jedoch noch ein wenig und das Rot ist beinahe leuchtend. Wenn du sie, wie du gesagt hast, am gestrigen Abend noch gesehen hast, dann wurde dem armen Ding bestimmt kurz danach auf dem Heimweg die Kehle durchgeschnitten.«

Anna unterbrach ihn irritiert. »Aber wir haben keine Blutspuren am Weg gesehen – außer die, die das Huhn aus dem Wald mitgebracht hat. Demnach kann er sie nur schnell überwältigt haben, indem er die Arme erwürgt oder niedergeschlagen hat und sie dann mitsamt dem Karren ins Dickicht geschafft hat. Vielleicht war sie schon tot – vielleicht aber auch nur bewusstlos. Und dann hat er hier sein Werk vollendet.« Voller Grauen brach ihre Stimme ab.

Michael nickte nachdenklich. »Oder sein Werk erst begonnen. Im Gegensatz zur Kehle wurde der Bauch nämlich erst vor Kurzem, also heute, aufgeschlitzt. Vermutlich hatte er gestern vor Einbruch der Nacht nur noch Zeit, den Karren und das Mädchen hier im Wald zu verstecken, ehe die Stadttore geschlossen wurden.«

Zwischen den apfelgroßen Brüsten war die bleiche Haut mit einem tiefen Schnitt geöffnet worden und zog sich als tropfenförmiges Loch bis zum nicht mehr vorhandenen Nabel oberhalb ihres Rockes hin. Bis auf eine Darmschlinge, die über den Rand dieses Lochs hing, schienen sich alle Organe noch an ihrem ursprünglichen Platz zu befinden. Michaels Entsetzen war in den Hintergrund getreten. Mittlerweile suchte er nach folgerichtigen Erklärungen.

Anna zog angewidert die Lippe hoch, stöhnte und kämpfte ein weiteres Mal den sich lupfenden Magen nieder. »Vielleicht waren es aber auch die Waldtiere, die sie angefressen haben, nachdem sie entblößt, sicherlich auch geschändet und hier dann einfach abgelegt wurde.« Mit Übermacht stürzte die Erinnerung an das Verunehren ihres eigenen Körpers abermals auf Anna ein. Ganz würde sie das Geschehene sicher niemals vergessen können.

»Nein.« Michael kniff die Augen zu schmalen Schlitzen zusammen. »Die Wundränder sind viel zu glatt. Bei einem Beutefraß wären Stücke und Fetzen herausgerissen. Hier jedoch wurden die Innereien sorgsam mit einem scharfen Messer regelrecht freigelegt.«

Anna schluckte. »Soll das etwa heißen, dass dieser Teufel nicht in blinder Wut, wegen verschmähter Liebe oder unsittlicher Verderbtheit gehandelt hat, sondern genau wusste, was er tat, und es vielleicht sogar lange zuvor geplant hat?«

Er blieb ihr die Antwort schuldig, aber an dem düsteren Blick und den zusammengepressten Lippen konnte Anna genau ablesen, was er insgeheim dachte.

Er wartete immer noch auf eine Reaktion von ihr. Fieberhaft versuchte sie zu überlegen und sich zu einer Entscheidung durchzuringen – einer Entscheidung, die die Vernunft bereits getroffen hatte. Selbstlose und niedrige Gedanken kämpften einen stillen Kampf. Ihre Zunge schien in dem staubtrockenen Mund zu viel Platz einzunehmen, als sie sich durchrang und widerwillig zustimmte. »Gut. So soll es also sein«, gab Anna erschöpft nach, erwiderte Michaels erleichtertes Lächeln jedoch nicht. »Wir werden sie nach Bischoffsheimb bringen und dem Rat übergeben, damit sie eine würdevolle Bestattung erhält. Danach setzen wir unsere Reise aber ohne Verzögerung fort.« Bereits während des Sprechens bereute Anna ihre Worte. Angst kroch in ihre Glieder. Sie fühlte sich elend und schlecht. Aber ebenso unselig hätte sie sich gefühlt, wenn sie den toten Körper wissentlich einem Mörder, den wilden Tieren zum Fraß oder gar einfach nur der Verwesung und dem Zerfall überlassen hätten.

Michael hatte die leidige Aufgabe übernommen, die Tote für die Rückfahrt vorzubereiten, während Anna ihm seinen Mantel abnahm und den geborstenen Käfig auf den Karren packte, um das schwerfällige Gefährt mitsamt den gackernden Tieren derweil schon ein Stück durch das Unterholz zu zerren. Sie konnten das fremde Eigentum schließlich nicht einfach im Forst zurücklassen oder wie gewöhnliche Diebe an sich nehmen. Es konnte ihnen womöglich helfen, ihre Geschichte glaubhaft darzulegen, wenn sie den Handkarren nicht behielten, sondern ohne Eigennutz abgaben. Um Schaden abzuwenden, war es unumgänglich, voll und ganz bei der Wahrheit zu bleiben.

Anna zerrte an dem schwerfälligen Gefährt. Den Mörder musste es doppelte Mühe gekostet haben, denn bei ihm hatte auch noch das Gewicht der jungen Frau die Räder in den weichen Boden gedrückt.

Die Mühe, den freilaufenden Hahn einzufangen, machte sie sich nicht. Wenn er schlau war, dann folgte er seiner Schar. Wenn nicht, dann sollte ihn der Fuchs holen!

Seufzend und mit zitternden Fingern begann Michael, die Schnürung des Leibchens wieder in die dafür vorgesehenen Ösen einzufädeln. Zunächst versuchte er noch, möglichst rasch zu arbeiten und den Geruch zu ignorieren. Allerdings kam der junge Mann nicht umhin, den Rumpf, der offen vor ihm lag, zu betrachten und sich einzugestehen, dass seine Blicke regelrecht von der geöffneten Körperhöhle angezogen wurden, wenn er die grausame Tat, die ihm diesen seltenen Anblick ermöglichte, einmal außer Acht ließ.

Mitten in der Bewegung hielt er schließlich doch fasziniert inne. Wie perfekt alle Innereien eine Einheit bildeten und sich auch noch in leblosem Zustand ohne Makel aneinanderschmiegten.

»Michael? Beeil dich!« Blinzelnd kam er wieder zu sich und erwachte beinahe wie aus einem Traum. Gleich einem ertappten Dieb zog er hastig seine Hand zurück und musste einige Augenblicke abwarten, ehe er wieder ruhiger atmen konnte und das Rauschen in seinen Ohren nachließ. Sein Gewissen meldete sich mit Übermacht. War er gerade wirklich im Begriff gewesen, die bräunliche Leber, deren schlüpfrige Oberfläche matt glänzte, anzuheben, um einen tiefer gehenden Einblick zu erhalten, oder sie zumindest zu fühlen und zu berühren?

»Äh … ja, ich bin gleich so weit.«

Natürlich hatte er schon viel gefallenes Vieh aus den Ställen der Bürger geholt und für die Hunde ausgeweidet – damals, als er noch Scharfrichter zu Wymphen war. Aber einen menschlichen Körper auf diese Weise zu sehen, weckte seine Neugier. In Gegenwart seines Schwagers, der ihm in seinem früheren Leben zur Hand gegangen war, hatte er immer nur Haut oder Gliedmaßen der Toten entfernt, um aus ihnen Glücksamulette oder Ähnliches herzustellen. Nie hatte er es gewagt, einen genaueren Blick auf dieses mannigfaltige Zusammenspiel der einzelnen Körperteile zu werfen. Sie hatten sich immer beeilt, ihr Werk schnellstmöglich hinter sich zu bringen. Doch nun war alles ein wenig anders. Er konnte diese fremde junge Frau mit mehr Distanz betrachten. Schließlich war sie nicht durch sein eigenes Tun gestorben, sondern der Zufall hatte ihm in die Hände gespielt. Nicht er war es, der sie gewaltsam vom Leben zum Tode gebracht hatte.

Entschlossen widmete sich Michael wieder seiner eigentlichen Aufgabe und verbannte die heimliche Wissbegierde und auch das Entsetzen über diese gottlose Tat erfolgreich in die Tiefen seines Bewusstseins – zumindest bis nachts, wenn er keine Macht über seine Träume hatte.

Sorgsam legte er die dicken Hautlappen, die wie Seitenflügel eines Altars nach außen geklappt waren, wieder an ihren ursprünglichen Platz und zog das blutgetränkte Leibchen mithilfe der Schnüre fest zusammen. Nun lagen die Ränder, an denen sich je zwei Haut- und Stoffstücke trafen, wie zwei Nähte übereinander. Gänzlich hatte es sich nicht vermeiden lassen, dass Michaels Finger und Hände nun mit dem Blut der Toten besudelt waren. Widerwillig rümpfte er die Nase und unternahm einen nur mäßig erfolgreichen Versuch, den roten Körpersaft an einen rauen Stamm zu schmieren. Vorsorglich entledigte er sich seines Hemds und stopfte sich die feine Webarbeit hinten in den Hosenbund, sodass es jetzt beinahe einem Pferdeschweif glich. Denn schon bald würde sich noch weit mehr Blut auf seiner Haut finden. Michael zwängte den nackten Füßen die zierlichen Lederschuhe über, schloss die Augenlider vollständig und legte ihr die angewinkelten Arme auf die Brust. Mit einem leichten Ruck setzte er ihren zierlichen Körper auf, lud sich die schaurige Last auf seine Arme und stapfte schwer atmend hinter Anna durch den Wald.

Artig hatte Jost Michaels Befehl befolgt und war eingeschüchtert bei Bertha auf dem Wagen sitzen geblieben, um dessen Rückkehr abzuwarten. Jetzt aber entdeckte er Anna im schwer durchdringbaren Dickicht. Sie kämpfte sich mit großer Anstrengung zum Weg, und der Gehorsam des Jungen war vergessen.

»Woher hast du denn den Karren? Und die Hühner?« Mit großen Augen kam er ihr staunend entgegen, um hilfsbereit mit anzupacken. »He, ... der sieht ja aus wie ...«

»Genau«, wurde er schnaufend unterbrochen. »Den hast du gestern umgestoßen.« Der bittere Klang ihrer Stimme ließ den Jungen verwirrt aufhorchen und auch Bertha reckte träge den Hals, um über die Kisten hinweg mehr sehen zu können, als Anna den maroden Handwagen neben dem Zugpferd abstellte und sich über die heiße Stirn wischte.

Für weitere Fragen blieb allerdings keine Zeit. »Schnell! Sie ist schwer! Rück zur Seite, damit ich sie ablegen kann!« Nicht lange nach Anna stolperte auch Michael mit zerkratzten Armen aus dem Forst und hielt direkt auf die beladene Fläche zu, auf der es sich die schwangere Hübschlerin gemütlich gemacht hatte. Berthas Gleichmut verwandelte sich mit jedem weiteren Lidschlag zuerst in Unverständnis, dann in Erstaunen und Erkenntnis und schließlich in blankes Entsetzen, das sie regelrecht zu lähmen schien, denn sie bewegte sich trotz der harschen Anweisung kein Stück. »Nun mach schon!« Michael wiederholte sein Geheiß beinahe schreiend und hoffte, dass seinen schmerzenden Armen die Last nicht entglitt, während er die Tote wankend zum Karren schleppte.

»Nein!«, keifte nun Bertha ihrerseits mit schriller Stimme, während sie sich breitmachte, abwehrend die Arme hob, voller Entsetzen den Kopf schüttelte und mit angstgeweiteten Augen auf den Leichnam starrte. »Die kommt hier nicht zu mir auf den Wagen! Bist du nicht bei Sinnen?« Einen Fluch durch seine gefletschten Zähne zischend, schleppte er sich um den Wagen herum nach vorne, begleitet von einem sprachlosen Jungen, der verdutzt und ohne Angst neben ihm herstolperte und das Geschehen genau beobachtete. »Anna! Nimm die Beine … dann bekomme ich sie leichter aufs Pferd!« Mit vereinten Kräften stemmten sie den toten Leib hoch und ließen ihn bäuchlings bis zur Hälfte auf der anderen Seite wieder hinuntergleiten, wo der Kopf mit den langen, blutverklebten Haaren weiter sachte hin und her baumelte.

»Was ist mit ihr geschehen?« Jost bückte sich, um besser sehen zu können, unter dem Pferd hindurch, das mit stoischer Gelassenheit ruhig stehen blieb, und begutachtete den tiefen Schnitt am Hals. Ein kehliger Laut entwich ihm, als Blut und andere Flüssigkeiten auf seinen Arm tropften. »Äh, woher kommt das alles? Doch sicher nicht nur aus dem Hals. Das läuft dem Braunen durch das dichte Fell ja schon bis zum Bauch.« Anna konnte nur staunen, wie unerschrocken Jost bereits in seinem jungen Leben mit dieser Begebenheit umging.

»Es ist besser, wenn du das nicht weißt«, speiste Michael die Fragen des Jungen mit knappen Worten ab. Er überließ ihm bereitwillig die Zügel auf dem Bock und machte sich bereits daran, das Fuhrwerk auf dem schmalen Weg zu wenden, indem er Pferd und Wagen in engen Bögen mehrmals vor- und zurückbugsierte. Eilig griff er sich dann mit grimmiger Miene den Krug vom Wagen und wich dabei Berthas entsetztem Blick aus, der gleich darauf ohnehin wieder an der Toten hängen blieb wie Pech an einer Fackel. Es war ihm egal, ob er zurückfiel und sich der Abstand zum Wagen immer weiter vergrößerte. Er konnte sie später spielend wieder einholen. Diese blutigen Schlieren, die sich über Arme und Oberkörper zogen, mussten so schnell als möglich abgewaschen werden. Keinen Moment länger wollte er sie auf sich spüren. Eilig schüttete er das kalte Nass über sich und rubbelte sich mit Grünzeug gründlich sauber.

Ehe sich Michael schließlich den Handkarren mit den Hühnern griff, um sich ebenfalls auf den Weg nach Bischoffsheimb zu machen, fiel sein Blick zufällig auf das fein gearbeitete Schmuckstück, das, eingebettet zwischen einigen Grasbüscheln, auf der platt getretenen Erde lag. Er hatte es der Toten wohl zuvor unbemerkt vom Hals gerissen.

Die dünnen Lederriemen waren kunstvoll geflochten und hatten ein metallenes Kreuz am Hals der Trägerin gehalten – ein blutiges Kreuz. Michael übergoss es mit Wasser, um es zu säubern, ehe er das nun wieder blanke Kruzifix einsteckte. Nicht, um es zu behalten, nein, er würde es seiner rechtmäßigen Besitzerin wieder zurückgeben.

EIN GEHEIMNIS IN DER NACHT

Freitag, 15. April 1524

Gemächlich trottete der gutmütige Braune neben Anna her und ließ sich geruhsam auf eben dem Weg wieder zur Stadt zurückführen, den sie im kühlen Morgengrauen beim Verlassen ihres Zuhauses genommen hatten. Während sie die Zügel locker in der Hand hielt, kreisten ihre Gedanken unaufhörlich um die Tote und das grausige Schicksal, das sie ereilt hatte. Mit einer Hand führte sie das Pferd und mit der anderen musste Anna dafür Sorge tragen, dass der Leichnam durch die Bewegungen nicht vom Buckel des Pferdes rutschte, indem sie auf Hüfthöhe fest in die Rockfalten griff und dem toten Körper den nötigen Halt gab.

Je näher die schweigsame Gruppe der wehrhaften Stadtmauer kam, umso lauter schien Annas Herz zu pochen. Alles in ihr sträubte sich dagegen, wieder durch das Tor zu treten, sich den neugierigen und mit Sicherheit entsetzten Blicken der Bischoffsheimber Bürger auszusetzen und sich in die Hände der Stadtobersten zu geben. Diese Macht hatte sie bereits einmal zur Genüge zu spüren bekommen und war bei Gott nicht darauf aus, sich erneut auf Gedeih und Verderb auszuliefern. Sicher, keiner von ihnen war bisher eines Verbrechens angeklagt – doch wie schnell konnte sich das Blatt wenden und sich eine für die Wahrheit blinde Meute trotzdem auf ein Opfer stürzen, das fortwährend seine Unschuld beteuerte? Unaufhaltsam bahnten sich die Erinnerungen einen schmerzlichen Weg in Annas Bewusstsein und beschwor Furcht und Beklemmung herauf.

Hör auf mit dieser Schwarzseherei! Sie werden uns anhören und unseren Bericht als glaubhaft erachten!, schalt sich die junge Frau selbst und schüttelte kurz ihren Kopf, um dieses düstere Gedankengut zu verscheuchen.

Ein Blick über die Schulter verriet ihr tröstlich, dass Michael sich ihnen inzwischen wieder angeschlossen hatte und mit großen Schritten den Abstand zu ihr verringerte, um das Stützen des Leichnams zu übernehmen. Erleichtert, den toten Körper nicht mehr berühren zu müssen, schüttelte Anna ihren schmerzenden Arm und lockerte dadurch ein wenig die Muskeln.

Nur bedrücktes Schweigen und die gleichmäßigen Tritte des Pferdes waren um sie herum. Anna konnte diese unheilvolle Spannung nicht mehr ertragen und die drängenden Fragen, die sie beschäftigten, nicht länger zurückhalten.

»An wen werden wir uns wenden? Was wird geschehen? Sie werden uns doch glauben, dass wir nichts damit zu tun haben, oder?« Besorgt suchte sie Michaels Blick.

»Es wird sich schon alles finden … mach dir keine Sorgen.« Kaum merklich huschte ein zögerliches Lächeln über seine Lippen und verschwand abrupt, als er seine Aufmerksamkeit auf das lenkte, was nun bald unausweichlich vor ihnen lag – die Passage des Vorderen Tores.

»Meldet Euch beim Schultheißen, dem Bargner Hans, in der Brunnengasse. Zur Mittagszeit könnt Ihr ihn wohl am ehesten dort antreffen. Er wird die Zwölf einberufen und auch den Von Helmstatt benachrichtigen lassen.« Der Torwart Johann Georg Baner hatte endlich seine Sprache wiedergefunden. Mit einer ausholenden Bewegung winkte er den schaurigen Tross weiter, trat einen Schritt zurück, um den Weg freizugeben, und glotzte starr und reglos hinterdrein.

Es schien eine Ewigkeit zu dauern, bis sie endlich die kurze Strecke zum Ratsgebäude hinter sich gebracht hatten. Hier ganz in der Nähe war sie der jungen Frau, die jetzt kalt und leblos auf ihrem Braunen lag, zum ersten Mal begegnet. Anna starrte mit hochrotem Kopf stur geradeaus. Dennoch entging ihr keiner der Blicke, die sich die Bischoffsheimber Bürger entsetzt zuwarfen und die sich wie brennende Nadeln in ihren Rücken bohrten. Über das Getuschel und die zusammengesteckten Köpfe mochte sie erst gar nicht weiter nachdenken. Endlich klopfte Michael laut und deutlich an die Pforte des beschriebenen Hauses und trat von der Stufe wieder auf die Gasse, um abzuwarten. Der Stadtvorsteher erschien in der Tür, nachdem seine Magd, die zuerst geöffnet hatte, nach Luft japsend zu ihm geeilt war. Wie der Torwart vorhergesagt hatte, war Hans Bargner gerade beim Essen, was an dem krumenbehafteten Lappen, den er kauend aus dem Wams zog, unschwer zu erkennen war.

»Am Vorderen Tor hat man uns gesagt, dass wir uns in dieser … Angelegenheit … an Euch wenden sollen«, kam Michael mit fester Stimme und ohne Umschweife sofort auf das unübersehbare Anliegen zu sprechen. Der Stadtvorsteher gab einen undeutlichen Laut von sich, derweil seine Augen immer größer wurden. Er hörte sogar mit dem Kauen auf, weshalb sich eine Backe durch das noch nicht vollständig zerkleinerte Mahl überdeutlich nach außen wölbte. Während er sich bedächtig die fettglänzenden Finger am Tuch abwischte, näherte er sich langsam mit schlurfenden Schritten.

»Wir machten uns heute gleich nach Sonnenaufgang weiter auf den Weg nach Haydelberch und …« Weiter kam Michael schon nicht mehr. Mit einer herrischen Geste gebot ihm Hans Bargner unmissverständlich, zu schweigen und musterte dann jeden aus der Gruppe einzeln, bis sein Blick zum Schluss an der Toten hängen blieb. Auch Anna bemerkte nun mit Schaudern, dass sie eine Spur aus dunklen Tropfen hinterlassen hatten, die unter dem Bauch des Pferdes inzwischen unübersehbar eine kleine Lache auf dem trockenen Boden bildeten.

»Genug.« Hans Bargners laute Stimme bildete einen auffälligen Kontrast zu seinem Äußeren. Mit seinen hochgezogenen, schmalen Schultern wirkte er eher verdruckst. »Hebt Euch Eure Rede für den versammelten Rat auf. Es ist niemandem gedient, wenn Ihr mehrmals von den Geschehnissen berichtet. Außerdem können unter den Augen der Zwölf sogleich Fragen gestellt werden, deren Beantwortung für die Ohren aller bestimmt ist.« Der Schultheiß drehte sich um und rief lauthals nach zweien seiner Söhne.

»Mach dich auf zum Herrschaftsboten Lorenz. Er soll umgehend den von Helmstatt darüber in Kenntnis setzen, dass noch heute eine Zusammenkunft von höchster Wichtigkeit vonnöten ist. Bitte ihn, einen Zeitpunkt zu bestimmen und den Rat zu berufen. Geh!« Damit scheuchte er den älteren der beiden Burschen davon. »Und du, du suchst den Hagners Hanns. Er soll schwarzes Tuch und eine einfache Totenlade vorbereiten. Das ist das Mindeste, was wir der Guten tun können. Sie ist keine Hiesige. Ich kenne sie nicht, aber wir dürfen sie nicht über der Erde lassen, bis wir vielleicht irgendwann erfahren, auf welchem Hof oder in welchem Dorf sie wirtschaftete.« Ehe der Junge ebenfalls losrennen konnte, hatte ihn sein Vater geschwind am Ärmel gepackt und aufgehalten. »Und den da mit seiner schauerlichen Last nimmst du gleich mit.« Hans Bargner schien es nicht zu stören, dass Michael jedes seiner Worte mit anhörte. »Beim Totengräber ist sie besser aufgehoben als bei uns vorm Haus, denkst du nicht auch?« Ehrfürchtig nickte der Bub und wartete artig, bis der Fremde das Pferd abgespannt hatte.

»Nun, das bedeutet dann wohl, dass unsere Reise vorerst hier endet.« Michael hantierte geschäftig mit dem ledernen Riemen, beugte sich jedoch dabei flüsternd zu Anna, die ihm schließlich nervös und mit einem unguten Gefühl hinterherschaute, als er sich zum Totengräber aufmachte und die anderen zurückließ.

»Also gut, dann werden wir wohl eine weitere Nacht hier verbringen«, murmelte Anna verdrossen vor sich hin. Nur zu gern hätte sie die Tote einfach mit einem kurzen Bericht über die Ereignisse an den Rat abgegeben. Eine unter Umständen längere Vernehmung, und auch noch erst gegen Ende des Tages, war so nicht geplant gewesen und brachte den weiteren Ablauf der Reise noch mehr durcheinander. Wenn sie sich jetzt allerdings widersetzten und zu sehr auf eine schnelle Weiterreise drängten, warf das kein gutes Licht auf sie. »Vielleicht haben wir ja jetzt hinten beim Löwenwirt mehr Glück. Schließlich wird unsere Anwesenheit auf Geheiß des Rates verlangt.« Missmutig trottete Anna an Bertha vorbei zur anderen Gassenseite, um rechtzeitig nach zwei Kammern zu fragen. Im Gegensatz zu Anna schien Bertha weit mehr begeistert über den erzwungenen Aufenthalt zu sein. Sie zupfte immer wieder ihren Rock und die kupferfarbenen Locken zurecht, während sie ringsum nach einem ganz bestimmten Gesicht Ausschau hielt, und ja, es lag sogar ein Lächeln auf ihrem Gesicht, seit Michael die unheimliche Tote weggeschafft hatte.

Den Weg kannte er ja bereits. Die Totenkirche* mit dem angrenzenden Gottesacker lag außerhalb der Stadt, unweit

---

* Evangelische Pfarrkirche ›St. Johann‹ / Totenkirche: Begräbniskirche der Herren von Helmstatt. Errichtet in der zweiten Hälfte des 13. Jahrhunderts. Die ältesten Chormalereien entstanden zwischen 1350 und 1375.

der Herberge, in der sie in der vergangenen Nacht untergekommen waren. Trotzdem überließ er Hans Bargners Sohn die Führung.

Der Bursche hat es wirklich eilig. Er schreitet voran, als wäre der Tod hinter ihm her. Michael seufzte hörbar. *Na ja, zumindest eine Tote verfolgt ihn ja quasi.* Er unterdrückte das Verlangen, lauthals zu lachen, und korrigierte das Pferd, indem er es an dem muskulösen Hals ein wenig zur Mitte des Wegs drückte. *Warum nur muss dies uns widerfahren?*

»Ich glaube, dass ich ihn hinten in seinem Schupfen gehört habe. Kommt! Schnell!« Die helle Stimme riss Michael aus seinen Gedanken, doch trotz dass der Junge aufgeregt mit dem Arm fuchtelte, führte er das Tier bedächtig durch die engen Wege zwischen den Ruhestätten. Die stabile, aus dicken Holzbrettern gezimmerte Hütte stand abseits der Gräber hinter einer dichten Hecke. Hier konnte er seiner Arbeit nachgehen, ohne dass sich jemand an dem Anblick störte. Ohne einzutreten, wusste Michael, dass sich dort Taue, Harken und sonstige Werkzeuge befanden, die für die unliebsame Arbeit benötigt wurden.

»Hagner?« Der Junge, der sich sichtlich unwohl fühlte und gebührenden Abstand hielt, musste den Namen mehrmals laut wiederholen, ehe das Klopfen im Innern aufhörte und der stämmige, kleine Mann mit Doppelkinn, dafür aber ohne Hals, vor die schlichte Tür trat. »Mein Vater schickt mich. Ihr sollt schwarzes Tuch richten und eine einfache Totenlade verwenden«, gab der Junge den Auftrag des Schultheißen genau wieder, während er auf das beladene Ross deutete und dann ohne ein weiteres Wort durch die Gräber hindurch zur Stadt rannte.

Hanns Hagner wischte sich mit einem verschmutzten Lappen über den schweißglänzenden Nacken und verschwand ohne jegliche Gefühlsregung angesichts des grausigen Anblicks in der Hütte. Eigenartig.

»Durchreisende, hä?«, drang die knappe Frage dumpf zu Michael nach draußen und verhinderte, dass er den Gedanken weiterverfolgte.

Nein, aber nicht doch! Ich verbringe schon mein ganzes Leben hier in Bischoffsheimb. Wir sind uns nur noch nie begegnet! Michael biss sich auf die Zunge und zwang sich, ruhig zu bleiben. Diese verstörende Lage, in der sie sich befanden, nagte an seiner sonst recht ausgeprägten Fähigkeit, geduldig und nachsichtig zu sein. »Ja«, gab er schließlich ebenso knapp und tonlos zur Antwort. Plötzlich wurde das Pfeifen des Totengräbers jäh durch Hanns Hagners Schmerzensschrei beendet. »Seid Ihr verletzt? Kann ich Euch zur Hand gehen?« Eilig band Michael das Pferd fest an einen Pfosten und betrat den dunklen Schupfen. Zwei Augen starrten ihn verdutzt an. »*Mir* zur Hand gehen? Ein Bürger einem Totengräber? Das kommt mir doch recht seltsam vor. Habt Ihr überhaupt schon einmal Tote aus der Nähe gesehen – außer der da draußen?«, schnaubte Hanns Hagner und war dermaßen irritiert, dass er seinem verletzten Zeh unter der schweren Lade keine Beachtung mehr schenkte. Ungewollt hatte der Totengräber einen wunden Punkt getroffen.

»Und wisst Ihr, was *mir* recht seltsam vorkommt?«, polterte Michael doch lauter los, als er beabsichtigt hatte, um von seinem Fehler abzulenken. »Ihr seid der Einzige, der nicht entsetzt oder angewidert reagiert. Im Gegenteil – Ihr pfeift sogar ein lustig' Liedchen! Und das, obwohl sich dort draußen eine gemetzelte Frau vor Eurer Hütte befindet. *Das* ist seltsam.« Gereizt plusterte sich Michael auf und blieb breitbeinig in der Tür stehen.

Der Totengräber hatte inzwischen mit schmerzverzerrtem Gesicht seinen Fuß befreit und blickte den jungen Mann verständnislos an. »Wollt Ihr mir etwa übel nehmen, dass ich mir trotz meines Standes meinen Frohsinn bewahrt habe? Am

Ende eines jeden Lebens steht der Tod. Daran könnte ich auch nichts ändern, wenn ich alle meine Tage missmutig verbringen würde. Und was die Tote und mein wenig erstauntes Gesicht angeht … Ich wusste, dass Ihr kommt … meine Tochter hat Euch bereits vor dem Tor vorbeiziehen sehen … und mir natürlich sogleich berichtet, dass wohl Arbeit ansteht«, erklärte er schulterzuckend, ohne eine Entschuldigung oder Antwort zu erwarten. Für Hanns Hagner schien die Angelegenheit damit erledigt zu sein, und so griff Michael einfach schweigend nach dem eckigen Kasten, in dem die Tote ihre letzte Ruhe finden sollte, um ihn zusammen mit dem Totengräber auf einem kniehohen Holzgestell in der Mitte des engen Raumes zu platzieren.

»Ho!« Mit einem energischen Zug am Halfter brachte Michael den besudelten Braunen zum Stehen. Er hatte die Totenkirche und die Herberge hinter sich gelassen und war dem Verlauf des Pfades außerhalb der Stadtmauer gefolgt, den Hanns Hagner ihm beschrieben hatte. Hinunter zum abseits gelegenen Burgbereich der Bischoffsheimber Ortsherrschaft, weiter entlang am Roßbach bis zum Fuß des Berges, an dessen Hang dieser fünfeckige, mächtige Turm thronte. Hier nun lag die Pferdeschwemme vor ihm. Eine mit klarem Wasser gefüllte Vertiefung, die vom Roßbach durchflossen und gespeist wurde. In diesem mit Steinen ausgekleideten überdimensionalen Becken konnten die Tiere nach getaner Arbeit gewaschen oder aber im Sommer abgekühlt werden. Zum besseren Hineingehen und Verlassen des Bades fiel eine Seite langsam zum Grund hin ab und war mit flachen, langen Stufen versehen, die in den Boden gestochen worden waren und den Hufen besseren Halt verschafften. Michael entledigte sich seiner Schuhe und Strümpfe und wickelte sich die Hosenbeine hoch, während der Vierbeiner geduldig, mit hängendem Kopf wartete und zufrieden neben ihm graste. Die leisen Geräusche aus der Stadt, die mit dem Wind über die Stadtmauer zu ihnen getragen wurden, vermischten sich mit dem gleichmäßigen Plätschern und Gurgeln des Roßbaches. Die Wolken rissen an mehreren Stellen auf und schenkten den umliegenden Wiesen einige wenige Sonnenstrahlen. Wie gern würde er einfach nur noch ein wenig hier im Gras sitzen und diese Ruhe genießen. Seufzend stützte sich Michael auf dem kühlen Boden ab, griff dabei tief in den grünen Bewuchs und riss beim Aufstehen eine Handvoll davon aus. Mit der anderen langte er nach dem ledernen Riemen und bugsierte den Braunen vorsichtig so in die Schwemme, dass dieser eine Stufe tiefer als er selbst im kalten Wasser zum Stehen kam. Langsam watete Michael auf dem mit glitschigen Wasserpflanzen bewachsenen Grund an das Pferd heran und begann, die dunklen Stellen im Fell mit dem nassen Grasbüschel zu bearbeiten, das er zwischendurch immer wieder eilig ins Bachwasser tunkte. Die Kälte, die seine Beine umspülte und die mit feinen Nadelstichen begonnen hatte, wandelte sich mittlerweile in einen dumpfen Schmerz, der seine Zehen nach und nach taub werden und ihn die Zähne zusammenbeißen ließ.

»Steh still! Ich bin ja gleich fertig.« Sogar beim Sprechen presste Michael seine Kiefer fest zusammen und versuchte, mit den gefühllosen Gliedern nicht den Halt zu verlieren, als das Pferd neugierig den Kopf hob und jemandes Kommen ankündigte. Michael erkannte den Mann, der sich gemächlich näherte, sofort. Um nicht noch weiter Zeit zu verlieren, arbeitete er jedoch unbeirrt weiter und wurde nicht müde, das Tier durch kräftiges Streichen und Schrubben, auch entgegen dem Fellwuchs, zu säubern.

Johannes Stertzer war ganz in der Nähe neben dem Roßbach auf dem ausgetretenen Pfad stehen geblieben, von dem aus man die Pferde an einer langen Leine ins Wasser führen konnte, ohne selbst nass zu werden. »Ihr seid noch in der Stadt? Aber Bertha sagte doch … konntet Ihr wegen ihr nicht weiter auf Reisen gehen … ist sie wohlauf?« Sorge schwang deutlich in der Stimme des Bischoffsheimbers mit, den er nur hören konnte, da ihm der mächtige Bauch des Braunen die Sicht versperrte. Michael hatte seine Arbeit beendet und wusch sich die zerriebenen Halme von den Händen, die nun als grüner Teppich auf dem träge fließenden Bach wogten und langsam weggetragen wurden.

»Als ich sie vor dem Haus des Schultheißen Bargner zurückgelassen habe, ging es ihr noch gut.« Michael hatte den Vierbeiner aus dem Bach geführt und blieb nun einige Augenblicke mit angehaltenem Atem stehen, bis ein Beugen der steifen Zehenglieder wieder möglich war und das Pochen seines Blutes die unterkühlte Haut rot färbte. Nun konnte er seine Aufmerksamkeit auf den Studenten richten, der am Ufer in die Hocke gegangen war und mit geübten Griffen einen blutigen Dolch im Wasser reinigte. Michael erstarrte und auch Johannes Stertzer hielt mitten in der Bewegung inne, als er das Entsetzen im Antlitz seines Gegenübers sah. Plötzlich brach diese übermächtige Erinnerung an das Erlebte im Wald über ihn herein und schien ihm die Luft zum Atmen zu nehmen. Feine Schlieren aus Blut zogen sich über den Teil der blitzenden Klinge, die bereits vom klaren Wasser so gut wie gereinigt in der Hand des jungen Mannes lag.

»Was tut Ihr da? Woher führt Euch Euer Weg? Kommt Ihr etwa aus dem Wald?« Seine Fragen waren nur mehr ein heiseres Flüstern, das er keuchend hervorstieß. Keinen einzigen Moment konnte er den Blick abwenden, der wie gebannt an dem scharfen Werkzeug hing.

Tatsächlich war es sicher nur ein kurzes Weilchen, aber Michael kam es quälend lange vor, ehe sich der Mund des Angesprochenen zu einem Lächeln verzog. »Nein. Warum fragt Ihr? Ich war in unserem Weinberg zugange. Die nehmen sonst noch überhand.« Die schmale Klinge blitzte hell in der Sonne auf, als er mit ihr auf den gehäuteten Hasen deutete, der wenige Schritte entfernt im hohen Gras abgelegt worden war. Erleichtert stieß Michael die Luft aus seinen Lungen, winkte ab und stöhnte. Mit einem Male kam er sich so albern vor. Hatte er es soeben wirklich für möglich gehalten, dass ein Mörder wahrlich so dreist sein konnte, in aller Offenheit und vor seinen Augen das todbringende Werkzeug zu waschen, mit dem er ein Leben genommen hatte? Er musste sich wirklich streng zur Ordnung rufen, wenn er später vor der Ortsherrschaft klare Gedanken fassen wollte.

Im großen Saal des Ratsgebäudes brummte es wie in einem alarmierten Bienenstock, der vibrierend darauf wartete, dass ein noch unbekannter Angreifer endlich mit der Attacke beginnen möge, damit sich die unheilvolle Anspannung in der erbitterten Verteidigung einen Weg bahnen konnte. Dieser Angreifer, dem Leibhaftigen gleich, der so plötzlich und unbarmherzig in das Leben der Hiesigen eindrang und es gewaltig erschütterte. Er, der nun ja tatsächlich keine Gestalt und kein Gesicht besaß und von niemandem greifbar und einschätzbar war. Was nur war es, das da über die Bischoffsheimber gekommen war? Würde es vielleicht sogar noch weitere Opfer geben? Diese und ähnliche Fragen hingen über den düsteren, ernsten Gesichtern der vierundzwanzig, die sich gehorsam in Bälde nach dem Glockenruf versammelt und im Ratsgebäude eingefunden hatten, um dort die Ankunft der Ortsherrschaft abzuwarten. Derweil hatte man den Fremden, die die grausige Fracht in die Stadt befördert hatten, Plätze auf den harten, einfach gearbeiteten Holzstühlen, die entlang der Wand standen, zugewiesen. Dort hockten sie nun also und wurden immer wieder neugierig beäugt.

Schweigend zog sich Anna ihr Tuch enger um ihre Schultern, während sie ihrerseits die Männer beobachtete, die teilweise in kleinen Gruppen standen, unruhig auf und ab gingen und mal mit diesem, mal mit jenem einige Worte wechselten. Die Unruhe, die sich ihrer schon im Forst bemächtigt hatte, ließ sich nicht abschütteln. Anna wagte nicht, sich zu rühren und den Arm auszustrecken, um wenigstens ein bisschen von dem tröstenden Gefühl zu erhaschen, das sie immer empfand, wenn sie seine Wärme spürte und ihre Hand in der seinen verschwand. Noch zu Beginn wurde entsetzt über den Grund der Zusammenkunft gesprochen, dann jedoch hörte Anna unwillkürlich auch andere, leiser geführte Gespräche mit. Um Missstände ging es da, die die Gemüter der Vierundzwanziger, und wohl auch der gesamten übrigen Ortsansässigen, zu erhitzen schienen. Das unwillige Brodeln, das hierzulande bisweilen immer seltener nur im Verborgenen schwelte und das man nunmehr ebenso andernorts verspüren konnte, hatte offensichtlich auch Bischoffsheimb erreicht. Da wurde über größere Mengen an Münzen geschimpft, die man für allerlei Dinge aus der Hand geben musste, die Missernten, durch die man die ohnehin kostspieligen Waren noch teurer zu bezahlen hatte, und die hohen Abgaben, die die Hälfte des Erwirtschafteten schon überstiegen. Doch nicht allein diese weltlichen Anliegen beschworen offenbar den Unmut der Bischoffsheimber herauf. Nein, auch wurden Stimmen laut, die forderten, dass das Evangelium laut und klar gepredigt werden sollte, ganz ohne menschlichen Zusatz, Lehre und Gebot. Anna wurde hellhörig. War dies nicht genau das, was sie selbst ihrer Mutter bereits inbrünstig offenbart und derer Argumentation überschwänglich entgegengebracht hatte?

»Sollten wir diese Gelegenheit nicht nutzen? Alle sind versammelt. Wenn du doch nur unsere Anliegen gebündelt vorbringen würdest … wie *ein* Mann stünden wir alle dabei hinter dir. Diesmal muss er uns Gehör schenken! Wir können nicht mehr länger warten!« Einer der städtischen Richter redete mit geballter Faust und glühenden Worten weiter auf Hans Bargner ein, der trotz der körperlichen Bedrängnis nicht einen Schritt zurückwich und dem kampfeslustigen Blick des Redners unbeirrt standhielt. Der Schultheiß schien sich seines Einflusses als herrschaftlicher Hilfsbeamter durchaus bewusst zu sein. Besonnen versuchte er, der gefährlichen Rede des Ratsmitglieds die Schärfe zu nehmen und die Aufmerksamkeit wieder auf den eigentlichen Grund der Zusammenkunft zu lenken. »Habt noch ein wenig Geduld. Haltet eure Männer ruhig. Sogleich nach der Versammlung werde ich um ein Gespräch bei der Herrschaft bitten und die Dringlichkeit der Anliegen nochmals verdeutlichen. Verlasst Euch darauf! Wir sollten unser Augenmerk nun eher darauf richten, welche Grausamkeiten hier direkt unter uns verübt wurden und wie wir diesen Wolf im Schafspelz enttarnen können.« Hans Bargner legte bei diesen Worten seine Stirn in Falten und blickte finster an seinem Gegenüber vorbei zur Saaltüre, durch die just in diesem Moment Martin Ebert geschoben wurde. Der groß gewachsene Mann blieb stehen. Die hektischen Blicke aus seinen kleinen, dunklen Augen flogen geradezu durch den Raum, blieben vereinzelt für den Bruchteil eines misstrauischen Augenblicks an den bekannten Gesichtern hängen, nur um dann rastlos weiterzuwandern. Seine Hände waren nicht gefesselt, aber zwei kräftige Männer flankierten ihn. Anna konnte nicht genau bestimmen, was ihn umgab. Das reinste aller Gewissen und die Unsicherheit darüber, was die Vierundzwanzig wohl von ihm wollten, oder die unterdrückte Panik, weil er ein gottloses Unrecht begangen hatte und nicht wusste, wie er seinen Häschern jetzt noch entkommen konnte. Unmittelbar verstummten alle

Gespräche und eine unheimliche Stille legte sich über die Anwesenden. Der städtische Richter, der eben noch voller Inbrunst gesprochen hatte, schaute schweigend über seine Schulter und seine Augen verengten sich. »Der Ziegler?«, zischte er jetzt leise und kaum hörbar neben dem Schultheißen. Anna verstand trotzdem jedes einzelne Wort. »Ihr habt ihn festnehmen lassen?« Langsam schüttelte Hans Bargner den Kopf, während er nach kurzem Zögern weitersprach und seine Stimme dabei einen seltsam unschuldigen Klang annahm. »Nein, … festnehmen nicht. Ich habe ihn, sagen wir, nach einem Hinweis des Johannes abholen lassen, damit er uns später einige Fragen beantworten möge. Wie jeder weiß, ist er schließlich immer wieder in Gegebenheiten verwickelt, die das Einschreiten der Vierundzwanzig erfordern. Vor allem, wenn er einen über den Durst getrunken hat, ist er bisweilen streitsüchtig und lässt weder den Jungfrauen noch den ehrbaren Bürgerinnen ihre Sittlichkeit. Bisweilen eine wahre Plage. Und gesehen wurde er ebenfalls, wie sich herausgestellt hat, zusammen mit der Toten. Nur war sie da noch am Leben, wie mir der Baner Johann zugetragen hat.«

Die Augen des städtischen Richters wurden größer. »Du denkst wahrhaftig, dass es der Ziegler ist, der die Tote auf dem Gewissen hat? Weil er sich ihr aufgedrängt und sie seine Zudringlichkeit abgewehrt hat? Vielleicht will ihm der Torwart aber auch nur eins auswischen, damit der Ziegler künftig die Hände von seinem Weib lässt.« Enttäuscht klappte sein Mund zu, als er zunächst nur ein flüchtiges Schulterzucken zur Antwort erhielt.

»Wer weiß? Das wäre heute nicht das Einzige, was uns in Erstaunen versetzen sollte.« Unauffällig gab der Schultheiß Hans Bargner den beiden Männern ein kleines Zeichen und sie verbrachten Martin Ebert, den herrschaftlichen Ziegler, in eine Ecke des Saales. Zuvor jedoch streifte dieser Anna noch mit einem seltsamen Blick aus seinen blutunterlaufenen, müden Augen. War das die gleiche Neugier, die ihr und den anderen aus der Gruppe von den Hiesigen entgegengebracht wurde, oder steckte mehr dahinter? Mit verwaschener Sprache lallte er plötzlich wüste Anschuldigungen, spuckte einen großen, schleimigen Brocken in Annas Richtung, züngelte wie eine Schlange und leckte sich ausgiebig mit der aderdurchzogenen Zunge über die rissigen Lippen. Was war der Grund für seine Wut und dieses schamlose Verhalten? Mit einem Mal wurde es Anna abwechselnd siedendheiß und eiskalt und sie senkte verschämt den Blick. Unwillkürlich zog sie das Tuch fröstelnd noch enger um die Schultern, um sich zu bedecken, und rückte Schutz suchend ein wenig näher zu Michael, der sich neben ihr aufgerichtet hatte und somit keinen Zweifel an seinen Ansprüchen ließ. Sie fühlte sich dennoch nackt. Wohl war er hier bereits dafür bekannt, dass ab und an seine lästigen Gepflogenheiten zutage traten. Annas Gedanken überschlugen sich. Dann konnte es doch gut sein, dass auch er es war, der seinen heimlichen Drang nicht hatte zügeln können und am Tag zuvor hinter der Badstubentür seinem Trieb freien Lauf ließ. Einfach, indem er erst ruchlos die nackte Bertha beim Baden beobachtete, und dann zusah, wie Michael und sie vermeintlich ungestört die körperliche Nähe des anderen genossen und das Begehren zwischen ihnen aufloderte. Ein schneller Blick zur Seite zeigte Anna, dass in Michaels Kopf wahrscheinlich ähnliche Gedanken umherspukten. Zumindest ließ auch er den Unruhestifter nicht aus den Augen. Zeit für weitere Spekulationen blieb jedoch nicht mehr. Die Ortsherrschaft, die nun in Person Alexanders des Ersten von Helmstatt in der schweren Tür erschien, war vom zuvor eingetretenen Schulmeister Nicolaus Seeger angekündigt worden. Eben jenem Mann, der den jungen Studenten Johannes Stertzer in höchst peinlicher Manier an den Ohren aus dem Wirtshaus befördert hatte und der heute ganz offensichtlich in einem seiner Nebenämter als vereidigter Gerichtsschreiber tätig wurde. Anna vernahm, wie Jost gelangweilt mit den Füßen scharrte und Bertha deutlich hörbar die Luft einsog. Und nun offenbarte sich auch gleich der Grund für Berthas Unruhe. Dem Schulmeister unmittelbar auf dem Fuß folgte kein Geringerer als sein Stiefsohn Johannes Stertzer, der offensichtlich in die Gepflogenheiten eingeführt werden und damit Einblick in die Tätigkeiten des Familienoberhaupts erhalten sollte.

Bertha hatte sicherlich nicht damit gerechnet, ihren Verehrer, der ihr inmitten des vollen Saales in einem unbeobachteten Moment ein schüchternes Lächeln schenkte, unter diesen Umständen wiederzusehen. Die Anwesenden verstummten und auch sonst war kein Geräusch zu vernehmen. Anna und die restlichen Zugereisten wurden eilig durch eine unmissverständliche Geste des Schultheißen Hans Bargner aufgefordert, sich von den Stühlen zu erheben, um den gebührenden Respekt zu zollen.

Anna nahm den süßlichen Geruch wahr, der unter dem schweren Stoff ihres Kleides auf der Haut entstand und ihr in die Nase stieg, sobald sie sich bewegte. Sie war nervös, konnte nur mit Not die eigenen Erinnerungen an das Erlebte in einem Ratssaal niederkämpfen und schwitzte. Trotzdem knetete sie steif immer wieder ihre dennoch kalten und feuchten Finger. Dabei war nicht einmal sie es, die Rede und Antwort stehen musste. Man hatte Michael aufgerufen und durch den Saal zum Vorsitzenden von Helmstatt zitiert. Diesen hatte er nun vor und die Vierundzwanzig hinter sich. Um die gehobene Position der Ortsherrschaft zu verdeutlichen, stand nur dieser einzelne, schwere Holztisch auf einem beinahe kniehohen Podest, flankiert von den Sitz- und Ablageflächen für

Gerichtsschreiber und Ritterboten*. In einigem Abstand, und somit etwas tiefer, waren die kleineren Tische der Stadtrichter doppelt in einer langen Reihe platziert, sodass sich immer zwei der Männer direkt gegenübersaßen. Annas Blicke, und nicht nur ihre, bohrten sich in Michaels Rücken. Er schien jedoch bei Weitem nicht so unruhig zu sein wie sie selbst. Seine Haltung war aufrecht und er beantwortete die anfänglichen Fragen nach Namen, Herkunft und Reiseziel deutlich und mit fester Stimme. Erst als dann eine längere Pause entstand, weil sich der Schultheiß an den Tisch des Vorsitzenden begab, drehte sich Michael um und suchte unter den Anwesenden für einen winzigen Moment Annas Blick. Die beiden Männer auf dem Podest steckten die Köpfe zusammen und tuschelten, wobei der Schultheiß redete und Alexander von Helmstatt nur hin und wieder kaum vernehmlich nachfragte. »So, so … aus Wymphen«, begann er schließlich, als sich Hans Bargner wieder entfernt hatte. »Wie ich also erfahren habe, blickt Ihr auf einen recht ungewöhnlichen Lebenswandel zurück«, umschrieb der Adlige die bemerkenswerte Kunde, die ihm soeben zugetragen worden war, und lehnte sich neugierig zurück. Nun war seinem bis dahin beherrschten Gegenüber doch das Unwohlsein überdeutlich anzusehen. Dennoch hielt er dem forschenden Blick unbeirrt stand und sah zu ihm auf.

Michael bekam rote Ohren, verlagerte sein Gewicht von einem Bein auf das andere und schloss die Arme vor dem Körper. Er schluckte und schwieg beharrlich. Von Helmstatt sah es ihm nach, schließlich hatte er ihm ja eigentlich keine direkte Frage gestellt. Er richtete sein Augenmerk darum

* Ritter- oder Herrschaftsboten wurden von der Ortsherrschaft entlohnt, erhielten jedoch gegen entsprechende Bezahlung auch Aufträge von der Gemeinde.

wieder pflichtbewusst auf die Erfüllung seiner Aufgaben und ließ sich von Michael in aller Ausführlichkeit die Ereignisse und grausigen Entdeckungen schildern, die diese Zusammenkunft heraufbeschworen hatte.

»Wie lange dauert das denn noch? Wann geht es weiter? Er hat doch schon alles mehrmals erzählt. Ich habe Hunger und außerdem wird es bald dunkel. Sollen wir hier noch die ganze Nacht sitzen?«, quengelte Jost in einem fort und lehnte sich mürrisch ein wenig gegen Anna, die ihn aufmunternd noch weiter zu sich herzog, um ihm vertraut den Arm zu reiben, während sie selbst hinter vorgehaltener Hand herzhaft gähnte. Sie konnte ihn nur zu gut verstehen. Auch Annas Geduld wurde auf eine harte Probe gestellt. Ihr Rücken schmerzte und sie nutzte die kurze Unterbrechung, die Alexander von Helmstatt ausgerufen hatte, um die Muskeln ihrer Beine unter dem weiten Rock wiederholt kräftig anzuspannen und die Arme möglichst unauffällig zu strecken. Nur Bertha schien die Warterei nicht im Geringsten zu stören. Sie wankte, ihren runden Bauch stützend, langsam auf und ab und versuchte unablässig, einen Blick auf den Studenten am anderen Ende des Saals zu erhaschen, der zusammen mit seinem Stiefvater eifrig die Mitschriften beendete und anschließend ordnete. »Nun, wir werden uns wohl so lange gedulden müssen, bis die Beratung beendet ist und wir allesamt entlassen werden. Der Ziegler etwa wurde noch gar nicht vernommen«, erwiderte Michael nachsichtig, der solches Prozedere durchaus gewohnt war.

»Das wird heute auch nicht mehr geschehen. Er wird eine Nacht im Arrest verbringen, da ich mich entschieden habe, die weitere Befragung auf den morgigen Tag zu verschieben«, mischte sich eine tiefe Stimme hinter seinem Rücken ein. »Auf ein Wort!« Erstaunt wandte sich Michael dem Mann zu, der ihn ansprach. Alexander von Helmstatt hatte seinen erhöhten Posten verlassen, sich durch die umstehenden Männer hindurch den restlichen Weg bis zu der kleinen Gruppe gebahnt und stand nun vor ihm. Höflich verbeugte sich Michael und folgte dem Adligen unter den Blicken der Anwesenden zu einem etwas ruhigeren und abgelegenen Teil des Raumes. Offenbar wollte er ungestört eine Unterredung führen. Und tatsächlich. Ohne Umschweife brachte der Ortsvorsteher dort sein Anliegen geradewegs zur Sprache. »Auch wenn es Euch ganz offensichtlich unangenehm ist. Ihr könnt nicht erwarten, dass Eure Vergangenheit unentdeckt bleibt.«

Michael zwang sich zu einem höflichen Lächeln. »Das tue ich nicht. Nicht bei so geringer Entfernung zu Wymphen. Auch wenn ich zugeben muss, dass meine Frau von Herzen darauf hoffte. Früher oder später spricht sich alles herum. Vor allem so ein außergewöhnliches Leben wie das meinige. Und doch gibt es Lücken. Selbst Ihr als kundige Herrschaft wart erst auf das Zutun des Schultheißen angewiesen, um meine Vergangenheit zu erkennen.«

Der messerscharfe Seitenhieb saß und um den Mundwinkel des von Helmstatt zuckte es verdächtig.

»Je mehr Weg wir also hinter uns bringen, umso größer wird auch die Wahrscheinlichkeit, dass letztlich keinem mehr etwas zugetragen wird und wir alles hinter uns lassen können.« Michael parierte leidenschaftlich und selbstsicher. »Und ich wage zu behaupten, dass auch der Schultheiß erst im Laufe des heutigen Tages erfahren hat, mit wem er es hier zu schaffen hat. Ich vermute beim hiesigen Scharfrichter einen gewissen Drang zur Redseligkeit.«

Alexander von Helmstatt ging nicht weiter auf diese Bemerkung ein, sondern richtete seinen Blick durch das Fenster nach draußen. »Ihr fragt Euch sicher, warum ich darauf zu sprechen komme. Zumal es nichts mit diesem grausamen

Verbrechen zu tun hat.« Der Adlige schien innerhalb eines kurzen Augenblicks um Jahre zu altern, als er seufzend fortfuhr. »Eure vortrefflichen Kenntnisse in der Heilkunst sind es, die mir ebenfalls zu Ohren kamen und die vorrangig meine Aufmerksamkeit erregen. Nicht für mich!«, beeilte er sich zu versichern, um seine Stärke und seinen Anspruch auf Führung nicht infrage zu stellen. »Meine Frau ist es, der meine Sorge gilt, und ich sehe es als eine glückliche Fügung, dass Ihr den Weg nach Bischoffsheimb gefunden habt. Wenn auch unter furchtbaren Umständen. Ich bitte Euch um Euren Rat. Da meine Gattin viel Ruhe braucht, werdet Ihr sie allerdings erst morgen zur Mittagszeit aufsuchen können.«

Michael ließ sich Zeit mit seiner Suche nach einer wohlüberlegten Antwort. Er wollte den von Helmstatt, der inzwischen seine Niedergeschlagenheit wieder erfolgreich verbarg, in dieser prekären Lage, in der sie sich befanden, keinesfalls verärgern oder gegen sich aufbringen. »Euer Vertrauen ehrt mich«, begann er darum mit Bedacht und nickte respektvoll mit dem Kopf. »Unsere Reise wurde jedoch bereits zur Genüge unterbrochen und nachdem wir alle bestrebt sind, Licht in diesen Vorfall zu bringen, indem wir guten Willens hier erscheinen und aussagen, sollte es nur allzu verständlich sein, dass wir morgen in aller Frühe unseren geplanten Weg fortsetzen. Eine erneute Verzögerung kann ich auch allen anderen nicht so ohne Weiteres zumuten.« Michael hoffte, dass die angebrachten Gründe auf Verständnis stoßen und ein Einlenken nach sich ziehen würden. Auf dem Gesicht des Adligen machte sich ein erstaunter Ausdruck breit. »Den anderen? Eurer Frau, die sicherlich an Eurer Seite zu weilen gedenkt, einem Jungen, der die Obhut der Gruppe nicht aufgibt, und eine Hübschlerin, die sich Euch, aus welchen Gründen auch immer, angeschlossen hat? Was sollte daran schwer sein, eine kleine Aufschiebung durchzusetzen? Ihr reist schließlich nicht mit hohem Adel, der keinen Widerspruch duldet. Um es also nochmals in aller Deutlichkeit zu sagen.« Seine Stirn zog sich verärgert in Falten. »Die Anhörung zieht sich ohnehin noch einen weiteren Tag. Ihr habt Euch für weitere Fragen zur Verfügung zu halten und die Mauern dieser Stadt nicht zu verlassen. Die Zeit hier in Bischoffsheimb könnt Ihr darum genauso gut nutzen und mir und meiner Gemahlin einen Besuch abstatten.« Mit Leichtigkeit und ohne sichtbare Anstrengung erschien ein Lächeln auf dem adligen Antlitz. »Es freut mich, dass Ihr meiner Einladung Folge leistet.« Nach dieser unmissverständlichen Machtdemonstration war das Gespräch für Alexander von Helmstatt beendet und er kehrte auf sein Podest zurück.

Es war schon spät und Anna hatte die groben Wolldecken im Bett fröstelnd bis zum Kinn gezogen, während sie ihre eisigen Füße aneinanderrieb und kreisen ließ. Misstrauisch beäugte sie den robusten Stoff, der sie einhüllte. Damals, auf dem Weg zum Stiefvater nach Wymphen, dieser ihr unbekannten Stadt, hatte sie sich in einem ebensolchen fremden Bett einer Herberge Läuse eingefangen. Das ständige Jucken war unerträglich geworden und hatte sie und ihre Amme dazu gezwungen, sich in Behandlung ins städtische Scharfrichterhaus zu begeben. Lange nach ihrer Heirat hatte Michael ihr dann irgendwann anvertraut, wie viele schlaflose Nächte er daraufhin verbrachte. Nur weil er ihr, einer Bürgerstochter, so nah sein durfte. Nun, Anna seufzte und hoffte inständig, dass sie sich diesmal nichts dergleichen einfangen würden.

Von Jost, der wie immer neben dem Fußende des Bettes auf seinem Bündel lag, war schon eine ganze Weile kein Geräusch mehr zu ihr gedrungen. Anna musste schmunzeln. Dieser Junge war wirklich unverwüstlich und hart im Nehmen. Sobald sein Bäuchlein gefüllt war und er eine trockene

Unterkunft hatte, überkam ihn tiefer und fester Schlaf. Die kleine Kerzenflamme auf dem Docht zeichnete hüpfende Schatten an die Wände und erhellte ihre Kammer im *Gasthaus Löwen* doch nur sehr spärlich. Ungeduldig wartete sie schlotternd auf Michaels Rückkehr. Eigentlich hatte er nur kurz nach dem Braunen sehen wollen. Anna sehnte sich am Ende dieses aufwühlenden Tages danach, seine beruhigende Nähe zu spüren und, was im Moment auch nicht unerheblich war, sich eine seiner äußerst wertvollen Eigenschaften zunutze zu machen. Dass er nämlich nie kalte Hände oder Füße zu haben schien und sie des Nachts immer, egal bei welch widrigem Wetter, mit angenehmer Wärme versorgen konnte, indem er sie fest in seine Arme schloss und ihre Beine zwischen die seinen klemmte. Endlich öffnete sich die Tür zur Kammer, nachdem ihn die sich nähernden Schritte draußen auf den knarzenden Holzdielen bereits angekündigt hatten. Für einen kurzen Augenblick verweilte er und betrachtete seine hübsche Frau. Zum ersten Mal an diesem Tag empfand er so etwas wie Frieden. »Ich habe dich schon vermisst«, murmelte Anna in ihre Decken und blinzelte ihm verschmitzt zu. Er löste sich aus dem Schatten und trat leise an das Bett heran. Nun fiel das warme Licht der dünnen Kerze auf sein Gesicht und verlieh ihm einen angenehmen, behaglichen Schimmer. Das Lächeln verbreiterte sich noch, während sein Blick über ihren zugedeckten Körper wanderte. »Und ich kann mir denken, warum. Vielleicht kann ich dich aber auch noch aus einem anderen Grund zum Zittern bringen.« Seine heisere Stimme hatte einen tiefen, vollen Klang angenommen und ein Kribbeln überzog ihre Haut. Mit einem Mal wurde er ernst und kniete sich auf das Bett, um einen langen Kuss von Anna einzufordern, den sie ihm mit pochendem Herzen nur zu gerne gewährte. Er schaffte es immer noch mit Leichtigkeit, alle ihre Sinne zu fesseln. Auf die Ellenbogen abgestützt, beide Hände in ihren kurzen Haaren vergraben, verlagerte Michael langsam sein Gewicht und wollte sich, Annas warmen Atem am Hals, schon genüsslich neben ihr ausstrecken, als sich ihre zierlichen Hände protestierend gegen seine Brust drückten. »Die da hast du eben noch im Stall getragen«, hauchte sie beinahe tonlos und dennoch ermahnend neben seinem Ohr. Mit einem bedauernden Stöhnen gab er den Widerstand auf und erhob sich schwerfällig. In gewohnter Manier benetzte er zwei Finger mit Speichel, um die Flamme zu ersticken und somit die Kammer in pechschwarze Finsternis zu tauchen. »Du könntest … du könntest die Kerze brennen lassen«, stieß Anna plötzlich atemlos hervor und hielt ihn davon ab.

Sei still! Weil du nicht nachgedacht hast, wirst du dich jetzt um Kopf und Kragen reden. Du hast einfach deinem Gefühl nachgegeben! Nein, wohl eher deinem sündigen Verlangen! Du solltest dich schämen! Er wird dich noch für wollüstig halten!

Anna ignorierte die mahnende Stimme in ihrem Kopf. »Dann müsstest du nicht durch die Dunkelheit irren … würdest dich nicht stoßen … weil du noch gut sehen kannst«, gab sie übereifrig zu bedenken und sah ihn unsicher an. Sie konnte nicht glauben, welche kühnen Worte sie gewagt hatte. Zu spät! Sie konnte sie nicht mehr zurücknehmen. Die Worte schienen mit den Schatten um sie herum verschmolzen zu sein. Anna hatte das Gefühl, als würde ihr das Herz aus dem Leib springen. War sie zu weit gegangen? Waren ihre eigentlichen Beweggründe zu offensichtlich? Nahm er ihr die angeführte Besorgnis ab oder durchschaute er sie? Nun, selbst wenn er ihr die Worte abnahm, das hitzige Pochen unter der Haut verriet sie auf jeden Fall.

Michael hielt in seiner Bewegung inne. Ihre Wangen hatten sich tiefrot verfärbt und es schien sie einige Mühe zu kosten, seinem überraschten Blick standzuhalten. Angespannt wartete Anna auf eine Reaktion von ihm. Irgendeine Reaktion. Sein Blick ruhte auf ihr. Auch dann noch, als er sich langsam aufrichtete und die Kerze tatsächlich brennen ließ. Beinahe jeder Muskel in ihrem Körper war angespannt. Natürlich hatte sie ihn schon oft berührt und erfühlt. Aber wenn er sich heute Nacht wirklich vor ihr entkleidete, dann war es das erste Mal, dass sie das Erkundete wahrhaftig mit eigenen Augen sah. Die Neugier brannte in ihr.

Michael musste sich eingestehen, dass er sich oft gewünscht hatte, dass sie ihm noch mehr Nähe und Vertrautheit schenkte, indem sie ihre Begierde nach ihm eingestand. Ein glücklicher Umstand, der nicht allen Vermählten zuteilwurde, da die ehelichen Pflichten doch meist in undurchdringlicher Dunkelheit unter der Decke erfüllt wurden.

Gedrängt hätte er sie niemals. Obwohl er jetzt diese unglaubliche Freude verspürte, bot er jegliche Selbstbeherrschung auf, um nicht zu lächeln. Zu leicht könnte sie es missverstehen, es vielleicht als spöttisch werten und sich wieder zurückziehen. Schließlich erfreute er sich auch an ihr. Warum also sollte sie nicht den gleichen Wunsch hegen? Und nur zu gerne war er willens, ihn ihr zu erfüllen!

Michaels Finger zitterten ein wenig. Trotzdem lockerte er ohne Hast den Bund und ließ den Stoff nach unten gleiten, sodass er nacheinander aus den Hosenbeinen heraussteigen konnte. Nur sein Hemd, das gerade so bis über sein Hinterteil reichte, bedeckte ihn jetzt noch. Anna hatte sich zur Seite gerollt und linste ein wenig schüchtern, aber überaus neugierig über den Rand der Decken. Es half ihr, dass er sich völlig ruhig bewegte, sich nicht verschämt wegdrehte und es zumindest den Anschein hatte, als wäre er nicht im Mindesten nervös. Obwohl ihr die pulsierende Ader an seinem Hals nicht entgangen war. Michael hob sein Beinkleid auf und warf es geschickt neben sich über einen Schemel.

Dem Rascheln folgte noch ein weiteres Geräusch, das die beiden nicht einordnen konnten und sie darum innehalten und aufhorchen ließ. Es war ein leises, helles Klingen. Wie ein winziges Glöckchen. Anna richtete sich im Bett auf und spähte in die dunkle Ecke. »Waren da etwa noch Münzen in der Stofffalte?« Michael hatte sich indes schon einen Schritt entfernt und suchte vornübergebeugt die Bodendielen ab. Er hatte ihr den Rücken zugekehrt, weswegen Anna nun amüsiert einen hervorragenden Blick auf die prallen Rundungen seines Gesäßes hatte, dessen weißliche Haut von der Kerze beleuchtet wurde, sich vortrefflich vom Dunkel der Kammer abhob und beinahe wie der Vollmond am Himmel leuchtete. Michael ging in die Hocke. Er schien etwas gefunden zu haben. »Lass uns morgen nachsehen. Es ist kalt und hier bei mir ist es viel gemütlicher«, versuchte Anna, ihn kess zu locken, und klopfte mehrmals ungeduldig auf das Federkissen, das neben ihr lag. Was immer dieses Geräusch verursacht hatte, es konnte sicher nicht bedeutender sein als seine leidenschaftliche Umarmung, die Anna herbeisehnte. Seltsamerweise rührte er sich nicht. Er war wie erstarrt und als er ihr schließlich doch sein Gesicht zuwandte, erstarb auch ihr Lächeln. Der Ausdruck in seinen Augen machte ihr Angst, obwohl sie den Grund dafür nicht erkennen konnte. »Was ist das?«, fragte Anna beunruhigt und deutete auf seine geschlossene Faust. Finger um Finger öffnete sich seine Handfläche und offenbarte den Fund: Ein metallenes Kreuz, das an einem kunstvoll geflochtenen Lederriemen befestigt war.

»Das kannst du nicht tun!« Annas Stimme hatte während ihres Protestes einen schrillen Klang angenommen, aber es war ihr egal, ob Jost aus seinem Schlaf gerissen wurde oder nicht. Erst als Michael einen Finger auf seine gespitzten Lippen legte und ihr mit einem zischenden Laut zu verstehen gab, dass sie sich beherrschen sollte, verstummte sie heftig atmend. »Willst du, dass auch noch in den Häusern ringsum alle von meinem Plan erfahren?«, schimpfte er mit gepresster Stimme und bedachte sie mit einem drohenden Blick. »Ich kann es nun, bei Gott, nicht mehr ungeschehen machen. Ja, ich habe es versäumt, ihr die Kette rechtzeitig wieder umzuhängen, und sie dann leider vergessen!« Trotzig verschränkte er die Arme vor der Brust. Er hatte sich zwischenzeitlich wieder angezogen und stand nun fest entschlossen neben dem Bett, auf dem seine aufgebrachte Frau wankend auf und ab stapfte und sich energisch die Haare aus dem Gesicht strich. Er kannte sie. Sie brauchte einfach ein wenig Zeit, um sich an den Gedanken zu gewöhnen. Plötzliche, unliebsame Veränderungen riefen bisweilen ungestüme Reaktionen bei ihr hervor. Und tatsächlich, nicht allzu lange danach ließ sie sich auf die Knie fallen und starrte vor sich hin. »Es wird schon gut gehen«, murmelte Michael zuversichtlich. Er setzte sich neben Anna, zwang sie mit leichtem Druck, ihn anzusehen, und lehnte versöhnlich den Kopf an ihre Stirn. Anna drückte ihn weg, um ihm ins Gesicht schauen zu können. Pure Verzweiflung flammte in ihren Augen auf. »Warum willst du das unbedingt tun? Kein vernünftiger Mensch marschiert des Nachts über einen Gottesacker und stattet den Toten einen Besuch ab.« Bei dem Gedanken daran schüttelte sie sich und wickelte sich wieder in die Decken ein. »Du kannst es doch auch einfach wegwerfen. Sie wird es schon nicht vermissen. Sie ist tot!« Verzweifelt drückte Anna seine Hand. Ihre Gedanken überschlugen sich. »Haben wir heute nicht schon genug erlebt? Musst du das Schicksal auf diese Art und Weise herausfordern? Warum tust du das für sie? Du kennst sie nicht und hast in deinem ganzen Leben noch nicht ein Wort mit ihr gesprochen.« Sie unterdrückte die aufsteigenden Tränen, die heiß in ihren Augen brannten. »Sogar die Anhörung vor dem Rat ging glimpflich ab. Wir können unsere Reise bald fortsetzen und diese Tat, die Tote, ja, sogar diese ganze Stadt hinter uns lassen, ohne einen weiteren Gedanken daran verschwenden zu müssen! Lass sie in Frieden ruhen! Bitte!« Ihre Stimme versagte und brach ab. Nur sehr widerwillig ließ sich Anna in Michaels Arme ziehen.

Ruhig und kräftig schlug sein Herz in der Brust. So lebendig.

Aber es wurde momentan gelenkt, beherrscht und regelrecht in Bann gezogen – von ihr. So tot.

»Ich weiß, dass du Angst hast. Aber es ist das Einzige, was wir noch für sie und ihre Seele tun können … und müssen.« Beruhigend strich er über ihr Haar. »Dieses Kreuz gehört ihr, es gehört *zu* ihr. Wir dürfen uns nicht anmaßen, es zu behalten, und es wäre Unrecht, es wegzuwerfen, nur damit wir uns des Kreuzes entledigt hätten. Sie läge zwar hier in der Erde, aber verfolgen würde sie uns dennoch in unseren Träumen – und ich werde schon zur Genüge verfolgt.« Seine glühenden Worte versetzten Anna einen Stich und sie strich mitfühlend über seine Wange. Diejenigen, denen er als Blutvogt auf Geheiß des Rates hin den Tod gebracht hatte, suchten ihn zuweilen immer noch heim. Dann wachte er schweißgebadet auf und fand bis zum Morgengrauen keine Ruhe mehr. »Ich weiß. Aber du musst auch mich verstehen. Was wird geschehen, wenn dich jemand beobachtet? Du bist ein Fremder. Werden sie dir glauben, dass du das Kreuz zurückbringen wolltest, wenn du etwa direkt neben ihr stehend gestellt wirst? Vielleicht bezichtigen sie dich der Leichenschändung und des Diebstahls. Ich bezweifle, dass sie die Tote allzu genau in Augenschein genommen und überhaupt bemerkt haben, ob sie nun eine Kette getragen hat oder nicht. Oder noch weit schlimmer, vielleicht halten sie dich, und somit auch uns, doch für den Mörder, der nun in der Nacht zu seinem

Opfer zurückkehrt, um sein Werk zu vollenden. Du selbst hast vor dem Rat ausgesagt, dass der Sünder gestört wurde.«

Michael umrahmte ihr Gesicht mit beiden Händen und sah ihr fest in die Augen. »Das wird nicht geschehen. Hör mir genau zu. Es ist eine klare Nacht und bald steht der volle, leuchtende Mond am Himmel. So ist es nicht nötig, dass ich eine Fackel mit mir trage. Der Schein des Feuers kann mich also nicht verraten. Ich weiß mich zu verbergen. Niemand wird mich sehen. Den Torwärter werde ich einfach davon überzeugen, dass ich in der vergangenen Nacht versehentlich etwas Wertvolles in der Herberge vergessen habe und es unter allen Umständen wieder in meinen Beisitz bringen muss. Er wird mir schon glauben und die seitliche Tür öffnen. Danach ist es ein Leichtes, den Weg zur Hütte des Totengräbers zu finden. Ich bin ihn heute schon einmal gegangen und war ihm sogar dabei behilflich, den Körper der Toten in die Holzlade zu betten. Ich brauche nicht zu suchen und Zeit zu verschwenden. Jeder Handgriff wird sitzen und im Nu bin ich wieder hier bei dir. Du wirst sehen.«

Nur zu gern hätte Anna den Worten Glauben geschenkt und seine Sicherheit ebenfalls verspürt. Die Zweifel ließen sich nicht vertreiben. »Aber warum können wir morgen nicht einfach vor den Rat treten und einvernehmlich erklären, dass wir die Kette gefunden haben und sie noch in den Sarg gelegt werden soll?«, flehte Anna. Ein wenig Hoffnung keimte in ihr.

»Nein.« Michael erhob sich. Sein Entschluss stand fest. »Die Zeit rinnt uns durch die Finger. Sie werden sie möglichst bald nach Sonnenaufgang unter die Erde bringen. Das Leichentuch wurde sicherlich schon an den Totengräber übergeben. Diese wenigen Stunden in der Nacht bieten die einzige Möglichkeit, dass ich an die hoffentlich noch unverschlossene Lade gelangen kann. Erinnerst du dich? Nicht einmal im tiefen, abgelegenen Wald wolltest du neben einer Leiche stehend gesehen werden. Und nun bin ich es, der inmitten von Menschen in einer Stadt nicht an einem Leichnam hantierend gesehen werden will. Hatten wir nicht vor, diesen Blicken zu entfliehen? Sind wir deswegen nicht von Wymphen aufgebrochen? Jetzt soll ich wieder derjenige sein, der, einem Totengräber gleich, einen Sarg öffnet? Vor aller Augen?« In seiner Stimme lagen gleichsam Widerwillen und Verzweiflung und Anna schwieg beklommen. Sie bereute es, ihn so bedrängt zu haben. Eigentlich hätte sie wissen sollen, dass es gute Gründe für sein Handeln gab. »Das ist es aber nicht allein. Selbst wenn ich das Kreuz, egal an wen, aushändige. Sei es nun der Totengräber oder einer der Vierundzwanzig. Kannst du mir garantieren, dass es zusammen mit ihr begraben wird?« Michael zog spöttisch eine Augenbraue hoch. »Sobald jemand von dem Kreuz erfährt, wird es verschwinden. So leicht wie bei dieser Gelegenheit kommt niemand mehr an dergleichen besonderen Totenschmuck.« Die Unwiderstehlichkeit des Aberglaubens hatte Anna fürwahr außer Acht gelassen und ihr Widerstand schmolz dahin.

»Du siehst also, ich komme nicht umhin, diesen nächtlichen Gang zu unternehmen, wenn ich sicherstellen will, dass das Kreuz zu seiner Besitzerin gelangt und dort verbleibt.« Nach einer letzten tröstenden Umarmung trat Michael aus dem schwachen Lichtkegel der Kerze. »Ich bin bald zurück.« Mit diesen Worten verschwand er in der Dunkelheit.

Wie erwartet fiel das Mondlicht auf die Gräber und Holzkreuze und ermöglichte es Michael, sich auf den schmalen, schwarzen Pfaden zwischen den Ruhestätten der Toten gut zurechtzufinden. Schnellen Schrittes hatte er die Mauern Bischoffsheimbs hinter sich gelassen, nachdem Johann Georg Baner, zwar übellaunig und maulend, aber doch rascher als erwartet, den Durchschlupf neben dem großen Haupttor für ihn geöffnet hatte. Jetzt versuchte Michael, den schaurigen Gedanken an die Gebeine, die überall um ihn herum in der Erde ruhten, zu verdrängen und sein riskantes Vorhaben zu einem guten Ende zu bringen. Die Kälte kroch unaufhaltsam in seine Kleidung und er sehnte den Zeitpunkt seines Rückwegs herbei. Zu allem Überfluss hatte auch noch leichter Regen eingesetzt. Wie absurd doch eigentlich. Kein vernünftiger Mensch stahl sich des Nachts zu den Toten. Michaels Gedanken schweiften ab und für einen winzigen Augenblick befand er sich in der warmen Kammer des Gasthauses. Sofort schien diese Unachtsamkeit durch eine höhere Macht bestraft zu werden. Der Fuß glitt ab und sein Bein schrammte schmerzhaft an einem kniehohen Stein entlang. Halt suchend stützte sich Michael auf der lockeren Erde ab, die zu seiner Rechten wohl vor nicht allzu langer Zeit frisch aufgehäuft worden war. Auf den Schreck hin trieb seine Vorstellungskraft nun die seltsamsten Blüten. Hatte eben in der Erde eine tote, knöcherne Hand nach ihm gegriffen? Das Stöhnen, das der Ekel hervorrief, konnte Michael gerade noch unterdrücken, während er sich kurzatmig und mit pochendem Herzen beeilte, die nasse Erde von seinem Arm abzuschütteln und ihn eilig an einem Schenkel sauber zu wischen. Es war ihm egal, ob er später von Anna für die verursachten Flecken einen tadelnden Blick ernten würde. Auf einen Schmierer mehr oder weniger kam es nun auch nicht mehr an. Michael konnte es in der Dunkelheit nicht recht sehen, aber seinem Gefühl nach hatte er sich die Haut unterhalb des Knies ordentlich aufgeschürft und der Stoff begann nun, an der feuchten, blutigen Stelle zu kleben. »Sei kein Narr! Nimm dich zusammen und bring es zu Ende!«, schalt er sich selbst kaum hörbar und straffte verärgert die Schultern. Wenigstens befand sich das Kreuz noch sicher verwahrt in der kleinen angenähten Tasche an seinem Hosenbund. Tastend hatte sich Michael sofort davon überzeugt und erleichtert das harte Metall gefühlt. Nicht auszudenken, wenn es beim Sturz, wie bereits zuvor im Gasthaus, einfach herausgefallen wäre. Nie und nimmer hätte er es hier in dieser Finsternis wiedergefunden. Für einen Moment blieb Michael reglos stehen. Er wartete darauf, dass sich Atmung und Herzschlag wieder verlangsamten. Kurz war er versucht, die verräterischen Spuren auf dem frischen Grab einfach so zu belassen. Schließlich drängte die Zeit und er wollte diesen Ort schnellstmöglich verlassen. Seinem Gewissen folgend, drehte er sich dann doch um und schob eilig die Erde mit einem Fuß, so gut es ging, auf den Haufen zurück, ehe er, jetzt noch achtsamer als zuvor, auf den schmalen Pfaden weiter durch die Nacht schlich.

Michael erstarrte. Sein Herz hüpfte und setzte dann einen Schlag aus. Er stand völlig reglos unweit des Totengräbers Hütte. Ein Schauer jagte über seinen Rücken. Der Mond warf sein blasses Licht auf den Gottesacker. Wenn dieses kalte Licht doch nur das Einzige gewesen wäre. *Bei allen Heiligen! Welch Teufelei geht da vor sich?* Während Michael weiter versuchte, den Tumult in seinem Kopf zu ordnen, starrte er unablässig auf diesen warmen Schimmer. Dieser schwache, warme Schimmer, der, einer verlockenden Einladung gleich, unter der Pforte der Totenhütte hindurch in die Nacht kroch. Angestrengt lauschte er in die ihn umgebende Dunkelheit hinein. Es war immer noch kein Geräusch zu hören. Bedächtig setzte er lautlos einen Fuß vor den anderen. *Was hat der Totengräber jetzt noch hier zu schaffen? Warum kann er nicht einfach in einem der Wirtshäuser einen Krug heben oder schnarchend in seinem Bett liegen?* Michael gab es auf, sich derlei Fragen zu stellen. Er war hier und musste eine Entscheidung treffen. Das Vorhaben abbrechen oder sich wacker der Begegnung stellen. Keine der Möglichkeiten schien ihm annehmbar oder sonderlich erstrebenswert. Unschlüssig raufte sich Michael die Haare, als ihm schlagartig ein Gedanke kam. *Totenlichter! Ja, das wird es sein. Das muss es sein! Die letzte Möglichkeit, das ganze Bestreben doch noch unbemerkt ausführen zu können.* Hoffnungsvoll klammerte er sich an diese Gedanken, die neue Zuversicht in ihm entfachten und die Starre lösten. Er musste es einfach versuchen. Wenn er nahe genug an die Hütte gelangen konnte, fand er sicher einen Spalt, der breit genug war, ihm einen heimlichen Blick in das Innere zu gewähren. Dann konnte er mit eigenen Augen sehen, was der wahrhaftige Grund für den Feuerschein war. Totenlichter, die zum Gedenken und zur Ehrerbietung in der Nacht aufgestellt worden waren und die in der Einsamkeit flackerten, ehe man die Tote dann in einigen Stunden zu Grabe trug. Oder vielleicht doch eine Fackel, die der stämmige Totengräber entzündet hatte, um zu später Stunde noch irgendwelche Arbeiten zu verrichten. Michael hatte sich lautlos angeschlichen und stand nun im tiefschwarzen Schatten der Hütte. Es wäre ein Leichtes, einfach den Arm zu heben und die rauen Holzbretter zu berühren. Stattdessen näherte er sich vorsichtig dem kleinen Fenster an der Rückseite, das ihm schon tags aufgefallen war. Immer darauf bedacht, kein verräterisches Geräusch zu verursachen. Der Laden hing etwas schräg in den Angeln und der dadurch entstandene Spalt ermöglichte das Spähen in den Leichenraum. Beinahe jeder Muskel war zum Zerreißen angespannt. Ein Auge zusammengekniffen, lugte Michael durch die schmutzige Scheibe in die spärlich beleuchtete Hütte. Eine kleine Flamme tanzte auf einer schmalen Kerze. Er ließ den Blick schweifen und erschauderte. Eine heiße Welle durchlief seinen Körper und ließ die Haut im Nacken kribbeln. Die Tote starrte ihn an! Michael zuckte zurück und sog die kalte Nachtluft ein. Nein, sicherlich hatte es nur den Anschein, beruhigte er sich selbst.

Erst ein wenig später wagte er erneut einen Blick. Der einfach gefertigte Sarg mit dem Leichnam stand immer noch unverändert in der Mitte der Hütte. Die Schatten ihrer hohen Wangenknochen ließen die Augen in dunklen Höhlen liegen. Michael konnte es nicht wirklich erkennen, aber er war nun sicher, dass sie geschlossen waren. Erleichtert stellte er fest, dass das tanzende Licht der Kerze ihn zum Narren gehalten hatte. *Warum?* Die Frage schlich sich in sein Bewusstsein, ohne dass er sie zunächst wirklich greifen konnte, und wurde schließlich immer drängender. *Warum ist die Totenlade nicht verschlossen?* Eine leise Stimme schien ihn zu warnen. Um Gewissheit zu erlangen, verharrte Michael noch eine Weile am Fenster, damit er den Raum, soweit es überhaupt möglich war, in Augenschein nehmen, etwaige verräterische Bewegungen noch rechtzeitig erkennen konnte, ehe er die Hütte betrat. Aber einzig und allein Licht und Schatten der Kerze bewegten sich.

Als die Tür der Hütte aufschwang, war nur ein leises Quietschen zu hören. Umso stärker hallte der angsterfüllte Aufschrei in Michaels Ohren. Wie vom Donner gerührt erstarrte er und hielt angespannt in seiner Bewegung inne. »Wer da?«, wurde er mit zitternder Stimme gefragt, die dünn aus einer dunklen Ecke zu ihm drang. Michaels Herz hämmerte in der Brust, die sich vor Schreck kraftvoll hob und senkte. Hatte er selbst ebenfalls geschrien? Er konnte es nicht mit Bestimmtheit sagen. Zu sehr war er auf sein Gegenüber fixiert. Das Blutrauschen in seinen Ohren ließ nach und Michael versuchte schwer atmend, in dem spärlichen Kerzenschein die schweigende Gestalt auszumachen, die sich zögerlich vom Boden erhoben hatte und nun aufrecht hinter der Totenlade stand. Er hatte den in der Ecke unterhalb des Fensters knienden Mann von außen nicht sehen können. Ebenso war kein

Geräusch, das hätte warnen können, bei dem, was immer er da tat, zu hören gewesen. Langsam lösten sich Michaels verkrampfte Finger von der Tür. Noch war er nicht bereit, sein Selbst preiszugeben. »Tretet näher zur Kerze, damit ich Euch besser sehen kann, und gebt Euch zu erkennen«, forderte er den Mann entschlossen mit fester Stimme auf. Nur zögernd leistete dieser Folge und schlich weiter in den Schein der Kerze. Gleich einer Katze, die zum Sprung auf ihr ahnungsloses Opfer ansetzt. »Ihr?« Michaels Erstaunen wuchs mit dem Erkennen. Mit jedem anderen hätte er vermutlich eher gerechnet. »Aber was tut Ihr denn hier … um diese Zeit?« Der unsichere, erschrockene Gesichtsausdruck des Ertappten verwandelte sich in Trotz. »Und Ihr? Die gleiche Frage kann ich Euch stellen.« Der Student Johannes Stertzer blitzte Michael an und wartete auf eine Antwort, während sich die beiden Männer misstrauisch gegenüberstanden und belauerten. Seufzend gab Michael schließlich nach, lenkte ein und legte seine Beweggründe offen. »Ein kleines Missgeschick zwingt mich zum Handeln. Der Halsschmuck der Toten ging ihr verloren und ich will ihn weder behalten noch so weit missachten, dass ich ihn wegwerfe. Beides wäre nicht rechtens. Also bringe ich ihn der Eigentümerin zurück.« Das sollte aus seiner Sicht als Begründung durchaus genügen. »Und nun seid Ihr an der Reihe. Welche Erklärung könnt Ihr für Eure Anwesenheit vorbringen?« Michael musste sich eingestehen, dass er auf die Rechtfertigung des jungen Mannes, der jetzt nervös auf seiner Unterlippe kaute, durchaus gespannt war. Unschlüssig stand er da, lugte verstohlen zu der dunklen Ecke, in der er ertappt worden war, und verschränkte halsstarrig die Arme vor der Brust. Es war nur eine kleine Bewegung, aber für einen winzigen Moment blitzte eine Klinge auf. Michael war nicht sicher, ob er in dem schummrigen Kerzenschein richtig gesehen oder ob ihn seine

Wahrnehmung getäuscht hatte. Schlagartig war er wieder hellwach und versuchte, sich mit möglichst klarem Verstand mit dieser äußerst seltsamen Situation, in der er sich gerade befand, auseinanderzusetzen. *Bursche, was führst du nur im Schilde?* »Ihr führt eine Waffe mit Euch? Fürchtet Ihr etwa, dass sie Euch zu Leibe rückt und Ihr Euch verteidigen müsst?«, spottete Michael mit einem kurzen Blick zur Toten, musste jedoch gleichzeitig mit großem Bedauern durch unauffälliges Tasten feststellen, dass er seinen eigenen Dolch leider nicht mit sich führte. Sollte der Student Michael als unliebsamen Zeugen vertreiben oder gar beseitigen wollen, dann fehlte ihm seine Waffe zur Verteidigung. Johannes Stertzer gab keinen Laut von sich. *Ich darf ihn nicht bedrängen, dann wird er auch keinen Gebrauch von seiner Waffe machen. Er hat sich des Nachts zu den Toten geschlichen. Kein Wunder also, dass er das Messer griffbereit hatte.* Michael besann sich und durchdachte erneut die vergangenen Augenblicke. *Nein! Er hatte es nicht einfach nur griffbereit. Es lag bereits in seiner Hand, als ich ihn angetroffen habe. Nur, warum? Ich habe mich nicht durch Geräusche verraten. Und so überrascht, wie er war, kann er mich zuvor wirklich nicht bemerkt haben. Was also hatte er mit der Klinge im Sinn?* Michael musste dem Gedanken nachgehen, auch wenn er das untrügliche Gefühl hatte, dass es weitaus klüger wäre, einfach die Kette zum Leichnam zu legen und, ohne sich je noch einmal umzudrehen, durch die Pforte des Gottesackers zu marschieren, um zu verschwinden. »Ihr seid nun am Zuge. Ihr habt mir immer noch nicht offenbart, was *Euch* heute Nacht zu Eurem Marsch hierher bewogen hat.« Während er sprach, näherte er sich langsam der Kerze, die zwischen ihnen stand und angefangen hatte zu flackern und zu rußen. Der Qualm kratzte im Hals und Michael schluckte mehrmals, um nicht husten zu müssen. Dadurch, dass er seinen Standort veränderte, gab Michael den Weg zur Tür frei. Der abwägende Blick des Studenten war ihm nicht entgangen. *Was geht in deinem Kopf vor? Du siehst zur Tür. Ein Ausweg aus deiner misslichen Lage? Wohl kaum. Du weißt sehr wohl, dass es dir nichts nützen würde, solltest du jetzt fliehen. Ich habe dich erkannt und könnte deinen Namen ohne Weiteres preisgeben. Warum bloß hast du die Totenruhe gestört?* Michael ergriff den metallenen Kerzenhalter, ohne jedoch den Arm, hinter dem die Klinge verborgen wurde, aus den Augen zu lassen. Johannes Stertzer geriet mehr und mehr unter Druck. Man sah ihm an, dass es in seinem Kopf fieberhaft arbeitete. Panisch flogen seine Blicke zischen Michael und der Dunkelheit hinter ihm hin und her. »Offenbar seid Ihr nicht gewillt, mir Auskunft zu geben. Alsdann werde ich selbst nachsehen.« Michael machte Anstalten, die Totenlade zu umrunden, und mit einem Male kam nun doch wieder Leben in Johannes Stertzer. »Nein! Ich bitte Euch!« Beschwörend hob er die Hand, musste jedoch sofort feststellen, dass es dem anderen mit seinem Vorhaben ebenfalls mehr als ernst war. »Wagt nicht, Euch zu rühren!« Michael ignorierte das eindringliche Flehen und schlug einen warnenden Ton an, der keinesfalls Widerrede duldete. Nun konnte er nicht mehr zurück. Er wollte, nein, er musste Klarheit gewinnen. Ergeben und mit hängenden Schultern ließ Johannes Stertzer zu, dass Michael die dunkle Ecke mit der kleinen Flamme ausleuchtete. Was er dort im fahlen Schein zu sehen bekam, ließ ihn zunächst ungläubig staunen. Fein säuberlich waren unterschiedliche Messer, etwa ein halbes Dutzend an der Zahl, der Größe nach auf einem ausgebreiteten weichen Lederlappen, in dem die feinen, gut gepflegten Schneidwerkzeuge wohl zuvor eingewickelt waren, meisterhaft aufgereiht worden. Die blanken, geschärften Kanten schimmerten kalt im flackernden Kerzenlicht und übten eine seltsame Faszination auf Michael aus. Die gefährlichen Klingen, schmale ebenso wie lange und robuste, lagen in einem harmlos anmutenden Schlummer einträchtig nebeneinander. Wehe jedoch, wenn sie geweckt wurden, dann konnten sie mitunter Heilung oder aber den Tod bringen. Michael riss seinen Blick los und starrte ungläubig zuerst Johannes Stertzer und dann die unbekannte Tote mit offenem Munde an. Die Erkenntnis traf ihn mit voller Wucht. War es die durch die unverschlossene Tür einströmende kalte Nachtluft, die ihn unkontrolliert frösteln ließ? »Ihr wolltet sie aufschneiden«, stellte er ohne Umschweife fest. Es war keine Frage. Dieses absurde und gotteslästerliche Vorhaben lag offen und unbestreitbar auf der Hand. Johannes Stertzer versuchte erst gar nicht, Michaels eindeutige Worte abzustreiten. »Ich … bitte … Ihr müsst das verstehen!«, jammerte er stammelnd, während er hilflos mit den Armen gestikulierte, dabei nun doch mit dem Messer herumfuchtelte und pure Verzweiflung in seinen Augen lag. »Ich weiß, dass es vom Klerus verteufelt wird. Aber es ist doch ein Teil des Geheimnisses des Lebens – das Innere des Menschen. Warum sollen wir nicht die wunderbare Schöpfung des Herrn kennenlernen und vielleicht die Vorgänge dort für uns nutzen, daraus lernen?« In die anfänglich reine Verzweiflung mischten sich durch die glühenden Worte mehr und mehr Leidenschaft und ein Überschwang an Gefühlen. Angespannt wartete er schließlich ab und versuchte, die Wirkung seiner enthusiastischen Worte in Michaels Antlitz abzulesen. Dieser hatte bis dahin reglos abgewartet und geschwiegen. Wohl einige Momente zu lange, denn der Gesichtsausdruck des Studenten veränderte sich erneut. Mit schmalen Augen fixierte er den Mann, der ihn unabsichtlich bei seinem nächtlichen Treiben gestellt hatte. »Jeder andere Bischoffsheimber hätte mich schon längst Zeter und Mordio schreiend vor den Schultheißen gezerrt. Ihr jedoch nicht. Ich frage mich, warum?« Seine Stimme hatte einen schmeichelnden und schöntuerischen Klang angenommen. »Vielleicht gebt Ihr mir ja insgeheim recht? Ist es nicht so?« Michael blinzelte. In Gedanken war er bis dahin wieder im Forst gewesen. Allein. Der geöffnete Leichnam direkt vor ihm. Wieder hatte er die Versuchung gespürt. Dieses drängende Verlangen, seinen Wissensdurst zu stillen. In dieser Nacht wechselte das lastende Mal des Ertappten wirklich in atemberaubender Geschwindigkeit von einem zum anderen. Nun war es an ihm, einzugestehen. Selbst wenn es schweigend geschah.

»Ja.« Johannes Stertzer hatte Michaels Antwort übernommen. Er nickte langsam und ein zufriedenes Lächeln umspielte jetzt seinen Mund. »Sie ist fürwahr ein Geschenk.« Damit deutete Johannes Stertzer voller Eifer auf den leblosen Körper. Der angehende doctor medicinae wusste instinktiv, dass er Michael bereits auf seine Seite gebracht hatte. Um das Ganze noch zu untermauern, redete er jedoch weiter auf ihn ein. »Warum sollten wir uns diese einmalige Gelegenheit entgehen lassen? Wir können lernen, sehen, ergründen. Ist es nicht so, dass Ihr, und zwar ausschließlich Eures Wissens wegen, bereits in früheren Zeiten von Hilfe suchenden Bürgern und selbst von Gesinde aufgesucht worden seid? Euer Lebenswandel hat sich hier, allein durch den Namen, den Ihr tragt, bereits herumgesprochen.« Johannes Stertzer ließ die Klinge über den Kopf der Toten schweifen. »Und morgen wird, nach unserem Tun, all das in der Erde verschwinden. Nicht aber das Wissen, das uns, auf vielleicht vorbestimmte Art und Weise, zugetragen wurde. Wir sind gänzlich unschuldig an ihrem Tode. Dennoch könnten wir so viel aus diesem Schrecken gewinnen!« Die Leidenschaft dieser Worte und die Aussicht auf die Befriedigung seiner eigenen Neugier ließen Michaels Widerstand weiter dahinschmelzen. Umso lauter und drängender wurde jedoch diese eine mahnende Stimme in ihm, die einen Kampf mit seiner Wissbegierde zu entfachen und auszufechten schien. *Habe ich nicht eben noch meiner Frau eine Predigt über die Ehre der Toten gehalten? Und was bin ich dennoch im Begriff zu tun? Einen Leichnam zu schänden, zu schneiden und zu zerstückeln. Will ich das tatsächlich tun? Aber schände ich ihn wirklich? Diesen gottlosen Pfad beschritten und sich an der Toten vergangen hat ein anderer – nicht ich! Sie ist nicht durch meine Hand gestorben! Ich trage keine Schuld! Wir behandeln sie mit Sicherheit ehrvoller als dieser Teufel. Wir sehen uns doch nur das Gefüge in ihrem Inneren an. Ihr Körper bleibt trotz allem vollständig! Früher habe ich sogar die leblosen Gliedmaßen der verurteilten Sünder verarbeitet und bin dann für solch ein Amulett bezahlt worden. Nur deren Körper habe ich nie geöffnet. Weder gewalt- oder grausam bei der Vollstreckung noch danach beim Verscharren unter dem Galgen. Die Ausführung eines solch schweren Urteils wurde mir glücklicherweise nie auferlegt. Und der Stertzer hat recht. Was kann schon falsch daran sein, Wissen zu erlangen, um es dann anderweitig zum Wohle der Menschen wieder anzuwenden? Was würde Greta tun an unserer statt? Uns! Sind wir denn schon so untrennbar im sündigen Tun vereint – der Stertzer und ich? Ja, wir sind Verbündete. Nur, wird er dieses Wissen über mich nicht doch irgendwann gegen mich verwenden? Wirklich sicher sein kann ich nicht. Andererseits werden wir Bischoffsheimb in naher Zukunft verlassen und diesen Burschen niemals wiedersehen. Was kann uns also schon geschehen?* Abwägend strich sich Michael über sein Kinn. »Nun, zu welchem Entschluss habt Ihr Euch durchgerungen?«, hakte Johannes Stertzer vorsichtig nach und wartete angespannt auf die Antwort, die ebenso über sein weiteres Tun entscheiden sollte. Verhalten siegessicher trat er an die Totenlade und legte begehrlich eine Hand auf den gehobelten Rand. Mit einem Mal ging ein Ruck durch Michaels Körper. Seine Entscheidung war gefallen und er ließ, trotz der Kälte, seine Schaube von den Schultern gleiten und warf sie achtlos beiseite. Beinahe hastig krempelte er nun seine Hemdsärmel hoch, während sich ein immer strahlender werdendes Lächeln auf dem Gesicht des Studenten zeigte. »Wie wollt Ihr vorgehen?« Konzentriert zog Michael die Stirn in Falten und beugte sich mit ernster Miene über den Leichnam. Die weitere Vorgehensweise bedurfte seines Erachtens auf jeden Fall noch der genaueren Klärung. »Wartet.« Noch ehe eine Antwort gegeben werden konnte, gebot er dem Bischoffsheimber bereits wieder Einhalt und wandte sich der Tür zu, die immer noch weit geöffnet in die Nacht führte, um sie zu schließen. »Diese nächtlichen Geschehnisse sollten doch tunlichst auch im Verborgenen bleiben, nicht wahr?«, murmelte Michael leise und hätte sich beinahe verschluckt. Ein weiteres Mal in dieser Nacht spürte er das Hämmern seines Herzens bis hinauf in seinen Hals. Als er eben im Begriff war, die Pforte zu schließen, trat plötzlich eine kleine Gestalt aus der Finsternis, witschte an ihm vorbei und blieb nun bibbernd vor Kälte oder Angst in der Hütte des Totengräbers stehen. »Jost!« Und auch von der anderen Seite des Raumes war empörter Protest zu hören. »Was hat dieser Bengel hier zu suchen?«

Jost sah sich nun den strengen Blicken zweier Männer ausgesetzt. »Ich bin dir gefolgt, da ich … ich wollte … ich war neugierig«, stammelte der Junge mit klapperndem Kiefer.

»Warum hat sie dich einfach gehen lassen?«, zischte Michael verärgert und warf die Tür zu, was er im gleichen Moment bereits bereute, sich aber damit beruhigte, dass der Gottesacker zu weit vom Weg lag, als dass jemand das schlagende Holz hätte hören können.

»Sei ihr nicht böse. Anna weiß ja gar nicht, dass ich dir nachgeschlichen bin«, ergriff Jost eingeschüchtert sofort die

Verteidigung und blickte verstohlen mit gerümpfter Nase zu dem unheimlichen, kantigen Schatten, in dem seiner Einschätzung nach die Tote liegen musste. Johannes Stertzer war an ihn herangetreten und sah abschätzend und mit verbissener Miene im Schein der Kerze auf ihn herab. »Hast du auf dem Weg hierher noch mehr Gesinde aufgelesen? Sollen wir es etwa gleich von den Türmen rufen lassen?«, wies er den Jungen zurecht. Es war nicht zu überhören, dass der Student unruhiger wurde und um Beherrschung rang. Michael stöhnte gereizt auf. »An manchem feierlichen Tag, an dem der Toten gedacht wird, ist zwischen den Gräbern nicht so viel los wie in der heutigen Nacht.« Er hatte diese treffende Bemerkung eigentlich mehr im Zwiegespräch mit sich selbst geäußert. Trotzdem zog Jost schuldbewusst den Kopf ein und senkte den Blick, bis sich die beiden Männer, mehr mit Blicken als mit Worten, darüber verständigten und einigten, was sie mit dem Störenfried zu tun beabsichtigten. Schließlich versuchte Michael doch, freilich nicht ohne warnende Blicke für Jost, zu beschwichtigen. »Er ist nun einmal hier. Was sollen wir jetzt auch noch mehr Zeit mit Vorwürfen und Reden vergeuden. Ich verbürge mich dafür, dass der Junge kein einziges Wort über diese Nacht verliert.«

Man hatte ihm einen Platz am Rande des Geschehens zugewiesen. Ohne sich zu regen oder auch nur zu wagen, ein leises Wort von sich zu geben, stand Jost nun schon geraume Zeit, wie mit unsichtbaren Tauen gefesselt, in der Nähe der Tür und beobachtete die beiden Männer mit Neugierde und gleichzeitig mit Abscheu. Erkennen konnte er bei den spärlichen Lichtverhältnissen nur bedingt, was ihn überdies nicht sonderlich störte. Hin und wieder versperrte ihm Michaels breiter Rücken die freie Sicht auf den geöffneten Körper der jungen Frau, der unwirklich durch das tanzende Flämmchen beleuchtet wurde. Eine Fackel, und somit mehr Licht, würde da weit größere Dienste erbringen, steigerte jedoch in gleichem Maße die Gefahr des Entdecktwerdens. Jost fror erbärmlich. Die großen Muskeln seiner Schenkel zitterten unkontrolliert unter dem dünnen Webstoff seines Beinkleids und ließen seine Knie in winzigen Bewegungen aneinanderschlagen. Niemals zuvor hatte er so etwas gesehen und er spürte instinktiv, dass diese Nacht das Leben aller Beteiligten gefährlich verändern könnte. Welcher Wahn hatte ihn dazu getrieben, die Kammer im Gasthaus zu verlassen und in Kälte und Finsternis über Gräber zu stolpern? Hätte er doch nur dem Streit und den Worten der beiden keine Beachtung geschenkt, sich einfach wieder in die wärmende Decke neben dem Bett eingerollt und weitergeschlafen.

Michael und dieser Bischoffsheimber standen zwischenzeitlich vornübergebeugt jeweils an einer Längsseite der Totenlade, hielten abwechselnd die Licht spendende Kerze und gaben sich, wenn denn überhaupt etwas geredet wurde, nur äußerst knappe und leise Anweisungen. Jost hatte jegliches Zeitgefühl verloren. Wie lange war es wohl schon her, dass Michael vorsichtig die Schnürung des Leibchens wieder geöffnet hatte, um den Oberkörper erneut zu entblößen und behutsam die kalten und starren Haut- und Fleischlappen beiseitezuklappen? »Wartet … gebt doch acht!« Die Stille wurde durchbrochen. Jost schreckte durch die ungeduldige Stimme aus seinen Gedanken hoch und rieb sich die klammen Arme. Michael hätte auch ohne Stertzers schroffe Ermahnung sehr gewissenhaft hantiert, um verräterisch helle Flecken auf dem Leichnam oder dem schwarzen Totentuch zu vermeiden. Er ließ das flüssige Wachs der Kerze in eine kleine Schale fließen und hielt die Flamme dann sofort wieder näher an die Klinge, die Johannes Stertzer bis zur Hälfte in bräunliches Gewebe versenkte, das nur mäßigen Widerstand bot. Josts

Magen hob sich ein wenig. Bestimmt hatte er in seinem Leben schon Schlimmeres gerochen, aber zu sehen, wie die beiden Männer Teile des Körperinneren mit leisen, schmatzenden Geräuschen anhoben und zur Seite schoben, um wissbegierig zu erblicken, was sich darunter verbarg, verlangte dem Jungen nun doch einiges ab und er drehte den Kopf weg. Vor nicht allzu langer Zeit war dieser Körper schließlich noch warm gewesen, der rote Lebenssaft hatte kräftig pulsiert und der Haut einen rosigen Schimmer verliehen. Jetzt aber lag er nur da und Jost wartete schier darauf, dass das Leben in ihren ewig schlafenden Leib zurückfloss und sich ihre Brüste ganz plötzlich anhoben, um einen tiefen Atemzug zu tun. Nichts dergleichen geschah. Jost ließ seine Blicke in der äußerst spärlich beleuchteten Hütte umherschweifen. Er wollte nicht mehr hinsehen und konzentrierte sich stattdessen auf die Dinge, die sonst noch dort lagerten. Lange Seile, die in großen Schlaufen um aus der Bretterwand ragende Bolzen gewickelt waren. Sie schienen auf den Morgen zu warten, um endlich ihre Bestimmung zu erfüllen und die Totenlade ins kalte Erdreich hinabgleiten zu lassen. Eine kniehohe Truhe, in der wahrscheinlich weiteres Rüstzeug, wie etwa ein Hammer oder eine Schere für das Totenlaken, zu finden war. Mit vor Kälte starren und schmerzenden Zehen trat Jost ungeduldig von einem Bein auf das andere. Er wagte nicht, das Wort an die beiden Männer zu richten, obwohl er nur zu gerne gewusst hätte, wann sie wohl gedachten, diese Schauerlichkeit zu beenden. Die beiden schienen gänzlich in Bann gezogen, arbeiteten stimmig, ergänzten sich und bemerkten auch nicht, dass sich der schlotternde Junge nach anfänglich kleinen Schritten mit der Zeit immer mehr Bewegung verschaffte. Allein in der Hoffnung, dass er durch dieses Gezappel und übermäßige Wippen auf seinen Zehenballen seine tauben, gefühllosen Glieder wiedererwecken könnte. Ein weiterer Schritt. Doch diesmal geriet Jost zu nah an die Wand und streifte dort eine lederne Tasche, die an einem langen Schulterriemen hing. Die Berührung seines Ellenbogens reichte aus, um den Gurt vom Haken zu stoßen. Der dumpfe Aufprall dröhnte regelrecht in den Ohren und hallte in der sie umgebenden Stille noch mächtig nach. Er hatte nicht schnell genug reagiert und ins Leere gegriffen. Fluchend fuhr Johannes Stertzer herum. Auch Michael starrte Jost zunächst erschrocken an, um ihn dann mit einem tadelnden Blick stumm abzustrafen. »Pack sofort alles wieder zusammen und lass dann deine Finger von meinem Eigentum!«, zischte der Student gereizt und übellaunig ob der Störung und wandte sich zögernd wieder den glitschigen und übel riechenden Innereien zu, die Michael geschickt mit zwei Klingen zur Seite drückte und unterhalb der letzten Rippe festhielt. Zitternd sank Jost auf die Knie und tastete nach dem dunklen Leder. Der große Lappen, der einfach als loser Verschluss über die handbreite Öffnung des Beutels geworfen werden konnte, war nach hinten geklappt und der gesamte Inhalt lag verstreut auf der kühlen Erde. Ein dünner Stapel Blätter war herausgeglitten und hatte sich wie ein Fächer ausgebreitet. Jost schob ihn zusammen und hielt die Papiere ehrfürchtig in einer Hand, während er mit der anderen den Beutel aufrichtete und die Öffnung auseinanderhielt, um sie ordentlich wieder dort zu verstauen. Jost zögerte und verharrte auf seinen Knien. Hatte er jemals solch zartes Papier gefühlt? Nicht dass er es überhaupt schon einmal erstrebenswert fand, solche Schreibutensilien zu erstehen oder zu besitzen. Die wenigen Münzen, die durch seine Hände gingen, wollte er gewiss nicht für derartige Dinge ausgeben. Die Entscheidung, eher einen Kanten Brot oder doch wohl zartes Papier zu kaufen, fiel da mit knurrendem Magen nicht allzu schwer, wenngleich er zuweilen neidisch und doch bewundernd zu denen aufsah, die des Schreibens und Lesens kundig waren. Der Junge überlegte es sich anders. Er würde den offenen Lederbeutel zum besseren Verstauen des Papiers erst einmal an den Wandhaken zurückhängen, nachdem er, weiterhin bemüht, die Blätter nicht zu beschmutzen oder zu knicken, den Stapel mit beiden Händen mehrmals vorsichtig zusammenstauchte. Wohlgeordnet hielt er ihn nun zwischen den Fingern und fuhr sachte mit beiden Daumen bewundernd und ehrfürchtig über die samtige, ebenmäßig weiche Oberfläche des zuoberst liegenden Blattes. Die feinen Bogen waren durch Meisterhand geschöpft worden und kosteten sicherlich ein, zumindest für ihn, kleines Vermögen. Einzig und allein am unteren Rand waren die Vertiefungen einer charakteristischen Siegelmarkierung zu spüren. Nun, Johannes Stertzer hantierte mit derlei Dingen tagein, tagaus. Schließlich bekleidete sein Ziehvater städtische Ämter und Stertzer selbst war in Haydelberch inskribiert. Der Vergleich mit seinem eigenen und, wie er fand, jämmerlichen Leben versetzte Jost einen herben Stich und er schob diese Gedanken energisch mit einem kurzen Seufzer beiseite. Jetzt, da er alles eingesammelt und sich aus den Schatten am Boden erhoben hatte, fiel der Kerzenschein auf die hellen, unbeschriebenen Seiten, verlieh ihnen ein schwaches Leuchten und ließ die feinen Schatten der Prägung von Rabe und gehörntem Helme, Insignien des allenthalben sichtbaren Wappens der Ortsherrschaft, hervortreten. Das Papier schimmerte jungfräulich rein und wirkte, als ob es bereitwillig und sehnsüchtig auf eine herrschaftliche in Tinte getauchte Feder wartete, die seine Bestimmung erfüllte und endlich schöne, geschwungene Linien auftrug.

Michael hatte die Tür zur Kammer leise hinter sich geschlossen und stand nun schon eine ganze Weile am Fußende des Bettes. Reglos und ohne ein Geräusch zu verursachen, betrachtete er im schwachen Schein nachdenklich die zierliche Gestalt, deren Konturen sich unter der Decke abzeichneten. Sie hatte sich wohlig bis zum Ansatz ihrer schulterlangen Haare eingewickelt, drehte sich nun im Schlaf mit einem leisen Seufzer auf die andere Seite und zog ihre schlanken Beine näher an den Körper heran. Für einen Moment war das Erlebte dieser Nacht nicht mehr existent. Wärme durchflutete ihn. Es gab nur noch ihn und sie – und die Liebe, die er für sie empfand. Er beteuerte sie oft, sehr oft. Und meist sah sie ihm dann lange in die Augen, lächelte und küsste ihn innig. Doch wusste sie wirklich um die wahre Tiefe seiner Gefühle, die im Grunde unbeschreiblich waren? Michael atmete tief ein, als ihm ein Schauer über den Rücken lief. Die Zeit in der Hütte und den Tod, den er dort regelrecht eingeatmet und vor Augen hatte, wollte er hinter sich lassen. Ebenso die Kette, die nun wieder den Hals der rechtmäßigen Eigentümerin zierte. Er wollte leben. Er wollte spüren, wie das pure Leben kräftig in seinen Adern pulsierte. Der feste Stoff rieb beim Entkleiden an seinen empfindlichsten Stellen ein wenig auf der weichen Haut, als er sich, ohne weiter zu zögern, vollständig entblößte und dabei mit jeder Faser die kühle Luft wahrnahm, die die feinen Härchen auf Armen und Brust dazu brachte, sich aufzurichten. Mit geschmeidigen Bewegungen schlupfte er zu ihr unter die Decke, passte sich ihrer Haltung an und schmiegte sich eng an Annas Rücken. Tief atmete er ihren vertrauten Duft ein, schloss die Augen und vergrub sein Gesicht in den Haaren nahe ihres Nackens. Nur zu gerne hätte er sie in ihrer ganzen Schönheit bewundert, aber da die Kerze indessen nahezu heruntergebrannt war, würden in diesen ganzen Schatten nun die Hände seine Augen ersetzen müssen. Obwohl er völlig ruhig neben ihr lag, begann sein Herz, schneller zu schlagen, und er wusste, dass ihm allein diese Nähe zu ihr heute noch nicht genug war. Besitzergreifend bewegte sich seine warme Hand mit leichtem Druck über ihren Körper. Langsam strich er aufreizend von der Armbeuge an der schmalen Taille entlang über die Hüfte hinab zu ihrem Hintern, dessen eine Hälfte er komplett mit festem Griff umfassen konnte, wenn er alle Finger abspreizte. Er öffnete den Mund, um besser atmen zu können, und begann, die weiche Haut zwischen Annas Hals und Schulter mit winzigen Küssen zu bedecken, zwischen denen er immer wieder neckisch mit der Zungenspitze den Geschmack ihrer Haut kostete und dadurch eine feuchte Spur hinterließ. Längst schon hatte er bemerkt, dass sich nicht nur seine, sondern auch ihre Atmung verändert hatte. Anna schlief nicht mehr. Dennoch hielt sie still, bewegte sich kein Stückchen und schien auf den körperlichen Genuss zu warten, den er ihr verführerisch in Aussicht stellte. Michael griff nach dem Stoff, der sich als Einziges noch zwischen ihren Körpern befand, und schob ihn entschlossen hoch. Geschickt half Anna mit, sich ihres Hemdes zu entledigen. Schnell schmiegte sie sich fröstelnd wieder an ihn, um die Kälte in der Kammer auszuschließen. Anna konnte ihn hinter sich spüren. Seine Körperbehaarung, die Atembewegungen. Ihre tastende Hand fand den Weg unter der Decke – hin zu seiner warmen Haut. Die Finger zuckten jäh leicht zurück, als ihr mit einem Male ein Gedanke durch den Kopf schoss, und mit einem Ruck richtete sich Anna auf, um ihren Blick erschrocken auf das Ende des Bettes zu richten, hinter dem sich eigentlich der Schlafplatz des Jungen befand. Der unliebsame Zeuge in der Badstube war genug gewesen und diesmal würde sie sich nicht, in der Hoffnung, dass Jost nichts bemerkte, verführen lassen. Michael schien ihre Gedanken erraten zu haben. »Es ist niemand da. Wir haben uns vorhin in der Schankstube noch eine Weile die Kälte aus den Knochen vertrieben. Jost ist unten vor der wärmenden Glut eingeschlafen«, murmelte er heiser, während er sie sanft, aber bestimmt wieder an sich zog, um mit seinen Fingern kleine kitzelnde Kreise rings um ihren Bauchnabel zu ziehen und dann aufreizend langsam immer weiter nach unten zu wandern. Dieser süße Reiz ließ sie hörbar die Luft einziehen und mit einem leisen Lachen wieder ausstoßen. Anna war jedoch nicht minder geschickt, wenn es darum ging, ihn sinnlich herauszufordern. Die Berührungen, auf die er am meisten reagierte, waren ihr sehr wohl bekannt. Zu Beginn ihrer Ehe hatte er sie einfühlsam geführt und angeleitet. Mit dem Vertrauen zwischen ihnen war zu seiner Freude, und ab und an sogar zu seiner Überraschung, auch ihre Kühnheit stetig gewachsen und sie war aufmerksam gewesen, hatte seinen Körper und seine Reaktionen beobachtet – und daraus gelernt. Langsam strich Annas Hand, mit der sie hinter sich gegriffen hatte, an seinem Rücken entlang, zupfte neckisch an den etwas längeren Haaren oberhalb seines Gesäßes und arbeitete sich dann kraulend und knetend über eine Backe zu dem kräftigen Schenkel vor, wo sie abwartend liegen blieb. Über diese Unterbrechung beschwerte sich Michael sogleich ungeduldig mit einem tiefen Brummen. Er umschloss eine ihrer Brüste mit einem festen Griff, nur um sie unmittelbar danach wieder freizugeben und mit den Fingerspitzen hauchzart und quälend langsam vom Ansatz bis zur rosigen Spitze zu streicheln, die sich unter dieser süßen Marter noch mehr aufrichtete. Immer wieder zupfte er daran und rieb sie zwischen zwei Fingern. So lange, bis Anna anfing, ein wenig von ihm abzurücken. Dass sie jetzt begann, ihre Schultern und teilweise ihren Oberkörper zu ihm umzudrehen, ließ er allerdings nur so weit geschehen, bis seine Lippen bequem ihre festen Brüste würden erreichen können. Eine tatsächliche Berührung deutete er jedoch nur an. Sein geöffneter Mund schwebte über ihrer heißen Haut und Anna spürte nur den Hauch seines Atems. Ohne es bewusst wahrzunehmen, bog sie ihren Rücken, um ihm entgegenzukommen. Warme, pulsierende Wellen breiteten sich von ihrem Unterleib durch den ganzen Körper aus. Michael lächelte, zögerte ihre erbetene Erlösung jedoch hinaus, indem er sich zwang, ein wenig zurückzuweichen. Mittlerweile konnte er nicht mehr mit Sicherheit sagen, für wen es eine größere Qual war und wer von ihnen beiden diese Erlösung mehr begehrte. Schließlich ergab er sich seinem Verlangen und berührte zunächst mit seiner Zungenspitze die weiche Rundung, liebkoste schließlich auch die dunkle Haut darum und umschloss schließlich alles saugend mit seinen vollen, warmen Lippen, ohne die verführerischen Bewegungen seiner Zunge zu beenden. Und endlich vernahm er dieses genießende Seufzen, das ihm unmissverständlich zeigte, dass sie nicht mehr länger warten wollte und auch nicht länger warten konnte. Doch nun strich ein einzelner Finger von ihr federleicht über die empfindliche Haut seiner Leiste und immer weiter bis tief hinein in seine krausen Haare. Die Machtverhältnisse wechselten erneut. War er eben noch der Meinung gewesen, dass er Herr der Lage sei, hatte sie ihn soeben mit einer nur winzigen Bewegung eines Besseren belehrt und ihn beinahe seiner Sinne beraubt. Mit einem kehligen Laut hielt er ihre Hüften fest und presste sie kräftig gegen seinen pulsierenden Körper. Anna spürte, dass er mehr als bereit war. Allerdings machte er diesmal keinerlei Anstalten, sie freizugeben, damit sie sich umdrehen und ihn empfangen konnte. Im Gegenteil. Er lehnte seinen Kopf mittig zwischen ihre Schultern, verstärkte den sowieso schon festen Griff eher noch und zwang sie regelrecht, in der Haltung zu verbleiben. Das irritierte sie ein wenig. Er schien eher innezuhalten und, ja, nachzudenken. Und tatsächlich brach das Gewissen über ihn herein. Just in dem Moment, in dem Tod und Leben nicht näher beieinanderliegen könnten. *Ich kann nicht! Ich kann nicht bei dir lie-*

gen und dir dabei ins Gesicht sehen. Du wirst es sicherlich in meinen Augen sehen. Bestimmt! Ich darf dir niemals erzählen, was ich heute Nacht getan habe. Nicht, weil ich dir nicht vertraue. Nein, einfach nur, da ich dich doch beschützen muss! Er hielt sie immer noch fest. Konnte es sein, dass er das von ihr verlangte? Annas Wangen pochten heiß und ihr Herz schlug bis zum Hals. Diese sündigen Gedanken hatten sich einfach so bei ihr eingeschlichen, aber brannten nun umso heftiger in ihr. War es Frevel? Sollte sie es wagen? Sie hatte es schon oft gesehen – bei Tieren. Und einmal, ganz weit in dieser verdrängten Vergangenheit, war sie dazu gezwungen worden. Zaghaft stützte sie sich dennoch ab und drückte ihren Körper gegen den seinen, bis sich sein Schoß erneut aufbäumte. Ein Ruck durchlief ihn. Mit einem Male war er wieder ganz bei ihr. Davon ermutigt, bog Anna ihren Rücken durch und zog gleichzeitig ihre Knie zu sich heran. Michael spürte die Veränderung sofort und folgte ihren Bewegungen in stillem Einverständnis. Auch Annas Bedenken verflogen. Alles war gut. Sie wollte ihn richtig spüren. Seine ganze Kraft. Vollständig, nicht nur das stete Anschwellen, wenn sie ihn berührte. Dann lockerte er plötzlich den festen Griff um ihre Hüfte, zog sich zurück und verlagerte ein wenig sein Gewicht. Mit einer einzigen kraftvollen Bewegung glitt er zitternd zwischen ihre Schenkel und stieß den angehaltenen Atem gegen Annas Rücken. Keuchend verharrte er so, um zunächst einfach nur Annas Wärme und das Neue zwischen ihnen zu genießen, ehe überraschenderweise sie es war, die begann, ihre Hüften zuerst ganz sachte, dann jedoch immer kühner und fordernder vor- und zurückzubewegen. Als Michael seine Bewegungen anglich, überließ Anna ihm bereitwillig bis zum letzten Aufbäumen die Führung. Schnaufend ließ sich Michael erschöpft neben Anna aufs Bett fallen und protestierte diesmal auch nicht, als sie nach einer Weile fröstelnd die Decke fürsorglich über ihnen beiden ausbreitete, obwohl sein Körper noch immer zu glühen schien. Erst sehr viel später, als Anna schon längst tief und fest in seinen Armen schlief, fand auch Michael endlich Ruhe.

DERER VON HELMSTATT

Samstag, 16. April 1524

MICHAEL SUCHTE VERLEGEN nach den passenden Worten. Während er durch die kalte, diesige Morgenluft neben Anna her zum Bischoffsheimber Herrensitz ging, sah er, in der Hoffnung, etwas in ihrer Mimik ablesen zu können, verstohlen zu ihr hinüber. Sie jedoch richtete ihren müden Blick weiterhin starr auf den Boden, hielt das warme Tuch fest um die schmalen Schultern gewickelt und schritt mit immer gleicher Geschwindigkeit auf dem von unzähligen Menschenfüßen und Tierhufen matschig getretenen Grund voran. Es war noch sehr früh am Morgen, aber der Herrschaftsbote Claudius Lorenz war bereits vor Sonnenaufgang zum Gasthaus geschickt worden, um Michael an die Anweisungen des Adligen zu erinnern, die er unmissverständlich tags zuvor im Ratssaal erhalten hatte. Seit sie sich gleich darauf schlaftrunken aus dem Bett hatten quälen müssen, war Anna so gut wie kein Wort über die Lippen gekommen und nun wusste Michael nicht, wie er ihr anhaltendes Schweigen zu deuten hatte. War sie einfach nur schläfrig und deswegen wortkarg oder zürnte sie ihm, da er sie in der letzten Nacht so unnachgiebig und ungebührlich einfach von hinten genommen hatte? Verlegen beugte er sich beim Gehen ein wenig zu ihr und räusperte sich. »Anna, ich wollte … also … nun … letzte Nacht …«, begann er mit leiser Stimme, damit Jost ihn, obgleich der schon neugierig und aufgeregt bereits einige Schritte vorausgehüpft war, in der morgendlichen Stille nicht hörte. Unbeholfen brach Michael nun seine Rede ab, da er seine Gedanken einfach nicht recht in Worte zu fassen wusste. Vielleicht sollte er ihr doch erzählen, was ihn so aufwühlte und umtrieb. Aber war es nicht erst wenige Stunden her, als er selbst eindringlich von Johannes Stertzer absolutes Stillschweigen eingefordert hatte, nachdem der Rausch der Neugierde von ihnen beiden abgefallen war und sie die Spuren ihres Tuns verwischten, indem sie zuerst den Leichnam und dann die Totenlade sorgfältig wieder verschlossen? Unwillkürlich hatte er abermals das bleiche Gesicht des Studenten vor Augen, dessen glühende Euphorie sich danach durch Michaels einschüchternde, ja, gar drohende und mahnende Worte in Angst verwandelt hatte. *Beim heiligen Michael, meinem Namenspatron, nicht mehr lange und sie nimmt unser Geheimnis endlich mit in ihr Grab! Sobald sie an diesem Morgen mit Erde bedeckt ist und wir, so Gott will, endlich auf dem Weg nach Haydelberch sind, finden meine Gedanken hoffentlich Ruhe!* Unzählige Male hatte er in seiner Vorstellung alles wieder und wieder durchlebt und gründlich überlegt. Hatten sie etwas übersehen? Hatten sie vielleicht eine Kleinigkeit, die sie dieser Untat überführen könnte, nicht bedacht? Nun gut, dass Jost Zeuge ihres Frevels war, das ließ sich nun nicht mehr ändern, aber auch ihn hatte er eingeschworen und Michael war sich sicher, dass er sich auf sein Schweigen verlassen konnte. Den meisten Menschen begegnete der Junge zwar mit Zurückhaltung und Argwohn, aber zwischen dem kleinen Dieb und dem ehemaligen Henker hatte sich tatsächlich so etwas wie tiefes Zutrauen entwickelt. Blieb also nur noch der Außenstehende Johannes Stertzer als Mitwisser. Aber auch ihn würden sie in Bälde zurücklassen können. Anna verlangsamte ihre schmatzenden Schritte und blieb schließlich stehen. Nachdenklich sah sie ihn an. Seine dunkelbraunen Augen schienen von einem Schleier überzogen zu sein. Ein Schleier aus, ja, was eigentlich? Pein? Verlegenheit? Schuld? Erneut beschlich sie für einen kurzen Moment dieses seltsame Gefühl, das sie nicht recht greifen konnte. Sie hatte es zum ersten Mal gespürt, als er nachts erschöpft und verschwitzt bei ihr gelegen und sich im Dunkeln verzweifelt wie ein auf Rettung hoffender Ertrinkender an sie geklammert hatte. Und auch jetzt konnte er ihrem Blick nicht lange standhalten, sondern sah ernst und sorgenvoll auf ihre Hände, die er zurückhaltend berührte. Irgendeine Veränderung war in ihm vorgegangen. Anna spürte es nur zu deutlich, wagte jedoch nicht, in ihn zu dringen und ihn danach zu fragen. Sie wusste, dass er zuweilen eine Angelegenheit ausschließlich mit sich selbst ausmachen und seine Gedanken nicht, zumindest nicht gleich, mit ihr teilen wollte. Etwa wie in diesem Moment, wenn er seine dichten Augenbrauen ernst zusammenzog. Was bewegte ihn in solchem Maße? Sicher war es die Anspannung der vergangenen Tage, versuchte Anna eine schlüssige Erklärung für sein Verhalten zu finden. Immerhin wurden sie allesamt weiterhin in Bischoffsheimb festgehalten und an der Weiterreise gehindert. Zudem mussten sie bei der Ortsherrschaft vorstellig werden und niemand hatte ihnen zuvor gesagt, was sie dort hinter den dicken Mauern erwartete. Aber Anna vertraute auf das umfassende Wissen, das sich Michael über die Jahre, auch durch Gretas Hilfe, angeeignet hatte. Und ebenso schnell, wie dieses bedrückende Gefühl gekommen war, verließ es sie auch schon wieder und Anna hauchte ihm aufmunternd einen flüchtigen Kuss auf die Wange und lächelte. Nachdem sie sich bei ihm untergehakt hatte, schob sie ihn unnachgiebig vorwärts durch die Gassen. Sie hatten schließlich eine Pflicht und sie taten gut daran, sie schnellst- und bestmöglich zu erfüllen.

Ihr Weg hatte sie von ihrer Unterkunft in der Hauptgasse bis zur Marienkapelle geführt, wo sie nun linker Hand auf die näher an Bischoffsheimb liegende und mit einer wehrhaften Ringmauer umgebene Vorburg derer von Helmstatt zuhielten. Die Altvordern der Ortsherrschaft hatten die Lage der Bauten taktisch klug gewählt. Die Burg selbst und auch die Nebengebäude mit den Stallungen, Wirtschaftsräumen und Vorratskammern lagen in sumpfigen, unwegsamen Wiesen jenseits der Stadt und wurden außerhalb ihrer Ringmauern sogar teilweise von Wasser aus einem der vielen Bäche umspült. Nur ein kurzer befestigter Weg führte durch den Morast zu dem steinernen Wall. Jost war weiter vorne stehen geblieben und erwartete die beiden schon ungeduldig in Rufweite des schweren Tores, das den einzigen Durchgang in diesem Bollwerk und somit wohl auch die einzige Schwachstelle der gesamten Anlage bildete. »Denkst du, dass man uns schon erwartet?« Michael ignorierte Josts Frage zunächst. Er näherte sich ohne Hast und hob seinen Blick zur Mauerkrone mit den schmalen Schlitzen, nachdem er die Umgebung möglichst unauffällig in Augenschein genommen hatte. Direkt über dem Tor befand sich das Torhaus, die Unterkunft des Wächters, dessen Aufgabe es war, die Burg zu bewahren. »Allerdings«, murmelte er dann mürrisch. Der Schatten des Wachthabenden, der den langsam heller werdenden Himmel im Mauerspalt für einen kurzen Moment verdeckt hatte, war ihm nicht entgangen. Hinter den Mauern wurden Befehle gebrüllt und das massive Holztor mit den großflächigen Metallbeschlägen schien sich wie von selbst zu öffnen. Anna drückte zuversichtlich seinen Arm. »Das ist kein Hinterhalt. Bedenke, dass um deine Hilfe gebeten wurde.« Ihre warme Stimme riss ihn aus seinen düsteren Gedanken. »Nein! Sag nur, war das etwa ein Lächeln?«, neckte ihn Anna und schaffte es damit tatsächlich, dass sich die tiefe Falte auf seiner Stirn ein wenig glättete und sein Gesicht weichere Züge annahm. Mit einem tiefen Atemzug straffte er die Schultern, führte die kleine Gruppe an und durchschritt als Erster das Tor, ohne dem großen, zerzausten Hund besondere Beachtung zu schenken, der unumwunden zu verstehen gab, dass er mit dem Eindringen der Fremden in seinen Herrschaftsbereich nicht einverstanden war. Wachsam hatte er mit dem aggressiven Bellen begonnen, noch ehe das Tor geöffnet worden war, und fletschte, da er die Fremden nicht nur riechen, sondern jetzt auch sehen konnte, angriffslustig die gelblichen Zähne. Er hatte sein mit Stroh unterlegtes Lager in Tornähe verlassen und zerrte mit aller Kraft an dem doppelt gelegten Lederband, das eng um seinen Hals geschnallt war, indem er sich breitbeinig in den Grund stemmte und sein gesamtes Körpergewicht nach vorne schob. Auch dass er sich dadurch beinahe selbst strangulierte und zeitweise nur noch ein heiseres Röcheln aus seiner Kehle drang, hielt den Hund nicht davon ab, immer wieder lautstark seine Ansprüche anzumelden. Bange hielt sich Anna hinter Michael verborgen und zog Jost fürsorglich zu sich heran. Das Seil, das zum Zerreißen gespannt war, ließ dem Tier immerhin noch so viel Freiraum, dass es die Ankömmlinge, sollten sie ihren Weg fortsetzen, ohne Probleme erreichen und schmerzhaft zuschnappen konnte. Dessen völlig unbeeindruckt, blieb Michael dennoch stehen. Sicher konnte er des Hundes ohne Weiteres Herr werden. Schließlich hatte er Jahre seines Lebens mit Aufzucht und Abrichten zugebracht. Allerdings hatte er es nicht eilig, dem Adligen, der ihm Befehle erteilt und über ihn verfügt hatte, gegenüberzutreten, und so würde sich wohl ein anderer der Beschwernis annehmen müssen. Hinter ihnen fiel das Tor zu und wurde mit einem schweren Holzbalken verriegelt. Anna zuckte erschrocken zusammen und fuhr herum. Die Wache pfiff immer noch lange und schrill durch die Zähne und erreichte seinen tierischen Unterstützer mit nur wenigen Schritten. Recht grob drängte der Mann den Hund zunächst nur mit den Beinen ab, griff dann aber nach dem Halsleder und schleifte das knurrende Tier so weit weg, dass die drei gefahrlos und ungehindert passieren konnten. »Wartet hier, bis der Vogt kommt«, erhielten sie noch eine kurze Anweisung, dann waren sie sich selbst überlassen. Im Innern der Ringmauer herrschte mit dem erwachenden Tag bereits geschäftiges Treiben. Ringsum, an der Innenseite der mächtigen Mauer entlang, waren kleinere Hütten, ein Brunnen mit Brunnenhaus, eine Kelter, ein Backhaus, eine Vorratsscheune, einfache Überdachungen zum Schutz vor Regen, die Stallungen für die Pferde und das Vieh und eine mit Steinen ausgelegte Feuerstelle für den Schmied angeordnet, in der, immer noch oder vielleicht auch schon wieder, Glut glomm. Knechte hantierten mit Karren, spalteten Holz, und Mägde schleppten Körbe oder Eimer, in denen sich alles Notwendige für ihr Tagwerk befand, das sie zum Füttern der Huftiere, des Federviehs oder zum Melken der prallen Euter benötigten. Eine von ihnen, ein Mädchen, nur wenige Jahre älter als Jost, presste einen handlichen, mit Essensresten und Abfällen gefüllten Bottich gegen ihre schmutzstarrende Schürze am Bauch, stapfte mit säuerlicher Miene von der Scheune her über den Hof und zog hörbar zunächst das Nasenwasser und dann eine ihrer Schultern hoch. Etwas ungelenk drehte sie den Kopf so zur Seite, dass sie missmutig ihre Nase reiben konnte und beim Abwischen eine feuchte Spur hinterließ, die den Stoff an dieser Stelle dunkel färbte. »Komm schon! Trödel nicht!« Unleidlich herrschte sie das kleine Mädchen an, das mit vor Eifer geröteten Wangen in einigem Abstand hinter ihr lief und bemüht war, durch den geflochtenen Korb, den es mit sich schleppte, nicht das Gleichgewicht zu verlieren. Angestrengt schob sie ihre Zunge in einen Mundwinkel und beeilte sich, den Anschluss nicht zu verlieren. »Du bist zwar ein Haltekind* der Herrschaften, aber deinen Teil der Arbeit wirst du gefälligst trotzdem entrichten«, maulte die Ältere unwirsch und trieb weiter an. Ihre lauten Worte hallten von den hohen Ringmauern wider und wurden über den Hof zu Michael herübergeweht. So, als ob sie sie klar, deutlich und bewusst direkt an ihn gerichtet hätte. Er horchte auf und blickte ihr nachdenklich hinterher. Die Bedeutung des Gesprochenen kroch unaufhaltsam in sein Bewusstsein, die Worte brannten sich ein wie diese Zeichen, die von den Viehbesitzern zur besseren Kenntlichmachung mit glühend heißen Eisen an die Flanken der Tiere gebracht wurden. Seine Gedanken formten schleichend langsam einen Plan aus und fügten die Bruchteile nach und nach zu einem Ganzen zusammen.

Eine grollende Stimme bei der nahen Feuerstelle ließ Michael den Kopf wenden. »He, Junge! Pack sie bei den Hörnern und halte sie fest, oder hast du etwa zu viel versprochen?«, polterte der Schmied und hob sich lachend den dicken, hüpfenden Bauch, während er amüsiert dabei zusah, wie Jost mit aller Kraft versuchte, die unwillige Kuh am Weglaufen zu hindern. Ein Seil war um ihren Hals geschlungen und zurrte sich nun durch das stete Gegenhalten immer fester. Heftig den Kopf hin und her werfend, entfernte sich das junge Fleckvieh Schritt für Schritt vom Schmied und zog den Jungen dabei mit Leichtigkeit hinter sich her.

---

* Haltekind: Ziehkind, Schutzbefohlene (Patenschaft)
Wirtschaftliche Spannungen waren auch nach dem Bauernkrieg immer noch vorhanden. Zahlreiche Patenschaften der Ortsherrschaft sollten dazu dienen, ein gutes Verhältnis zur Gemeinde anzubahnen. Bauern- und Tagelöhnerbuben trugen damals die stolzen Namen Pleickart, Weiprecht oder Ludwig Karl.

Jost drückte die Knie durch und stemmte sich zähnefletschend weit nach hinten, aber gegen das panische Tier, in dessen rollenden Augen zeitweise nur noch das Weiße zu sehen war, konnte er nicht das Geringste ausrichten. Erst das beherzte Einschreiten zweier Knechte machte dem Treiben ein Ende. Mit vereinten Kräften drängten sie die Kuh in einen eigens dafür vorgesehenen Bretterverschlag, sodass die Bewegungen des Tieres nun von allen Seiten durch stabiles Holz eingeschränkt waren. »Na, hast du schon genug?« Eine Augenbraue wurde amüsiert hochgezogen und die Augen des Schmieds blitzten den Jungen herausfordernd an. Jost atmete schwer und wischte sich über den Mund. Seine Arme zitterten und nur zu gerne hätte er die brennenden Handflächen, durch die das raue Seil gezerrt worden war, in kaltes Wasser getaucht.

Jetzt jedoch aufzugeben, das hätte sein Stolz niemals zugelassen. Zudem war es für den aufgeweckten Jungen viel kurzweiliger dem Schmied zu helfen, als nur tatenlos hier im Vorhof herumzustehen. Eifrig schüttelte Jost darum mit ernster Miene den Kopf, und um seine Worte noch zu bekräftigen, schlupfte er sogleich aus der Decke, die wie ein breites Band von seinem Hinterteil über die Schultern bis zu den Knien führte und nur durch eine Öffnung für sein Haupt unterbrochen wurde. Das Blut pochte immer noch heiß bis in seine Fingerspitzen. Umso entschlossener näherte er sich dem wütend kämpfenden Tier in dessen Gefängnis. Jost nahm es der Kuh nicht übel, dass sie ihn so anging und sich seiner erwehrte. Sicherlich hatte sie Schmerzen. Die Verletzung war nur zu deutlich zu erkennen. Vermutlich rührte sie von einem Kampf mit einer anderen Kuh oder einer äußerst unglücklichen Bewegung im engen Stall her. Eines ihrer Hörner war nahe am Schädel abgebrochen und so gesplittert, dass die Reste nun auf einer Seite spitz zuliefen. Diese scharfen Kanten glichen einem Dolch, und um weitere Verletzungen an Tier und Mensch zu vermeiden, war es unumgänglich, ihren gefährlichen Kopfschmuck zu kürzen. »Es muss alles schnell gehen, Junge. Stell du dich schon ans Feuer und halte dich bereit. Sobald ich mit dem Sägen fertig bin, drückst du das glühende Eisen auf den Hornstumpf.« Eifrig nickte Jost und leistete den Anweisungen des Schmieds umgehend Folge. Er umrundete das verletzte Vieh, das inzwischen erschöpft röchelnd mit zitternden Vorderbeinen im Verschlag stand und ihre Peiniger anstierte. Die Kuh schien zu spüren, dass ihr Leiden noch nicht zu Ende war. Von dem ihm zugewiesenen Posten am Schmiedefeuer aus konnte Jost das weitere Vorgehen der Männer gut beobachten, ohne jedoch seine eigentliche Aufgabe zu vernachlässigen. Gewissenhaft schob er die hellrot leuchtende Platte tiefer in die Glut, dorthin, wo sie durch den Blasebalg gelblich weiß wurde, und wartete auf den Befehl des Schmieds. Unterdessen hatten die Männer den Kopf der Kuh mit vereinten Kräften weiter ruhiggestellt, indem sie von außen kräftig am Seil zogen, den Schädel somit nach unten zwangen und dann von oben einen Querbalken nachlegten, der das vollständige Aufrichten verhinderte. Ein ebensolches massives Kantholz an den Hinterläufen verhinderte, dass sie sich rückwärts herauswinden konnte. Der Schmied griff mit beiden Händen nach dem Holzrahmen der Säge und setzte den breiten metallenen Bogen an. Mit kurzen, ruckartigen Bewegungen arbeitete er sich mühsam durch das gesplitterte Horn. Das Blut lief dem Tier in einem dünnen Rinnsal ins Auge und färbte das Fell rot. »Jetzt!« Noch ehe er mit dem letzten Zug dem brüllenden Vieh endgültig die Schädelkrone nahm, hatte er bereits nach dem Jungen gerufen. Jost hob die handgroße, glühende Metallplatte mit einer Zange aus dem Feuer und trug sie eilig zu den Männern hinüber. Er beeilte sich, denn offensichtlich hatte der Schmied durch das Absägen die Blutung verstärkt. In hohem Bogen spritzte ein dünner Strahl des dunklen Lebenssaftes aus der frisch geschaffenen Öffnung. Jost wollte, dass es aufhörte und die Kuh wieder in ihren vertrauten Stall zurückkehren konnte. Er war neben das Tier getreten und gerade hochkonzentriert dabei, Maß zu nehmen und die heiße Platte mittig auf dem Hornstumpen zu platzieren, damit anschließend einer der Knechte mit einem Holzpflock zusätzlich gehörigen Druck ausüben konnte, um die empfindliche Wunde auszubrennen und damit die Blutung zu unterbinden. Eben in diesem Augenblick bäumte sich das gepeinigte Tier erneut mit gesammelter Kraft auf, warf den Kopf, soweit es überhaupt möglich war, hin und her und zeichnete Jost mit einem blutigen Mal. Der dünne, pulsierende Blutstrahl traf ihn zuerst am Bein, zog sich über den Bauch zum Hals und spritzte warm in Gesicht und Auge. Der Geschmack breitete sich in Josts Mund aus und er musste mehrmals blinzeln, um wieder klar und ohne Schlieren sehen zu können, aber dennoch brachte er sein Vorhaben unbeirrt zu Ende. Das glühende Metall erfüllte seine Schuldigkeit mit einem leisen Zischen und nachdem die Luft von stinkendem Brandgeruch erfüllt war, wurde die Kuh aus ihrem Zwangsstand befreit und durfte wieder ihrer Wege ziehen. Mit stolzgeschwellter Brust nahm Jost das väterliche Schulterklopfen des Schmieds entgegen und schritt, trotz dass er über und über mit Blut besudelt war, mit einem breiten Lächeln über den Hof zu Anna und Michael, die nun ihrerseits nicht ernst bleiben konnten. Sein Anblick bildete einen derartigen Widerspruch, da das Blut eher eine klaffende Wunde vermuten ließ als einen gut gelaunten Jungen, der strahlte wie ein blank polierter Zinnhafen. »Ich habe das Eisen so gehalten, dass es genau gepasst hat. Hast du es gesehen? Und jetzt blutet die Kuh nicht mehr«, sprudelte der ganze Ablauf noch einmal aus Jost heraus. Michael hörte, obwohl er alles mit eigenen Augen gesehen hatte, interessiert zu und gab hin und wieder anerkennende Laute von sich. »Obwohl ja das übrige Hornstück trotz allem immer noch einen feinen Riss bis zum Schädel hat. Hoffentlich bereitet ihr das keine Beschwerden.« Klug tuend, als würde er täglich mit Vieh ringen, setzte er eine ernste Miene auf und bewegte zweiflerisch seinen Kopf von der einen auf die andere Seite, während Anna ihn dabei ein wenig näher zu einer Tränke zog und versuchte, Haare und Gesicht mit ein paar Handvoll kaltem Bachwasser zu säubern.

»Halt still ... so kannst du nicht mit zur Herrschaft.« Sie war so mit Säubern beschäftigt, dass ihr das Erscheinen des Burgvogts völlig entging. »Bemüht Euch nicht weiter. So wie er ausschaut, wird er eh unten in der Küche warten müssen. Ein blutbesudeltes Kind wird tunlichst nicht bis zur Herrschaft vorgelassen.« Dem Tonfall und seiner Haltung nach war er es offensichtlich gewohnt, dass man seine Äußerungen nicht infrage stellte und seinen Wünschen und Anordnungen Folge leistete. Nach einer kurzen Unterredung mit einem schmächtigen Knecht, der sodann einer letzten Anweisung folgte, wandte er sich mit hochgezogenen Augenbrauen erneut den Fremden zu. Offensichtlich war ihm einzig und allein ein Mann, nicht jedoch auch noch Frau und Kind angekündigt worden.

Der Vogt ging mit ausholenden Schritten voran und ließ währenddessen mit fester Stimme einen schier unaufhörlichen Regen aus Ermahnungen, Anordnungen, Belehrungen und Auskünften auf die Vorgeladenen herniederprasseln. Direkte Worte richtete er jedoch ausschließlich an Michael. Die beiden anderen schienen für ihn nicht existent zu sein. Der Tross bewegte sich durch den Hof der Vorburg, um auf der anderen Seite, also genau gegenüber dem Tor, eine steile Holztreppe zu erklimmen, die unmittelbar an der Innenseite der Ringmauer in die Höhe führte. Der Verlauf der überaus stabilen Stufen wurde dreimal durch große Trittflächen unterbrochen, auf denen zur gleichen Zeit sicherlich ein halbes Dutzend Männer Platz fanden. Hatte man ein solches Podest erreicht, musste man sich umdrehen und die entgegengesetzte Richtung einschlagen, um den Weg weiter fortsetzen zu können. Anna raffte ihre Röcke, um die Tritte nicht zu verfehlen oder sich womöglich in den Stoffen zu verheddern und der Länge nach hinzuschlagen. Jost hatte sie gleich zu Beginn leichtfüßig überholt und so schnaufte sie ihm und den beiden Männern mit steifen Gliedern allein hinterher. Die Wärme des Bettes hatte sich morgens mit den ersten Schritten auf dem rauen Kammerboden verflüchtigt und durch die Kälte und die jähe Anstrengung fühlten sich ihre Beine jetzt ungelenk und schwer an. Den ersten großen Tritt meisterte sie noch, ohne ihre Schritte verlangsamen zu müssen. Bei der nächsten Kehrtwende allerdings blieb Anna mit kräftig schlagendem Herzen stehen und sog die kalte Morgenluft gierig in ihren Körper ein, während sie sich wankend an der Brüstung abstützte. Ein Blick aus dieser Höhe nach unten in den Hof verstärkte den Schwindel noch. Anna schloss geschwind ihre Augen und schickte ein Stoßgebet gen Himmel. Tapfer hangelte sie sich weiter hinauf in Richtung der Mauerkrone. Auf ihr laufend, konnte der Wachthabende die Vorburg vollständig umrunden und dabei das Umland überblicken. Eine unausweichliche Frage drängte sich ihr auf. Was, wenn sie das Ende der Stufen erreicht hatte, was dann? Wohin dann? Anna wagte nicht, über die Antwort nachzudenken. Stur starrte sie immer auf genau die Trittfläche, auf die sie als Nächstes ihren Fuß setzte. Nur ja nicht den Blick abwenden. Ebenso wie sie selbst die Holztreppe erklomm, ebenso stieg ihr mit jedem Schritt dieses Kribbeln, das ihren Körper nach und nach taub werden ließ, im Rücken auf. Oben angekommen, versagten ihre Beine endgültig ihren Dienst. Kein bisschen konnte sie sich mehr vorwärtsbewegen. Das Hindernis, das sich mit aller Macht vor Anna auftat, erschien ihr unüberwindbar. *Nein! Gütiger Gott! Bitte hilf mir!* Wobei sie nicht einmal sicher war, wem dieses »Hilf mir!« denn eigentlich gelten sollte. Tatsächlich dem Allmächtigen oder doch eher Michael, der sich in diesem Augenblick, ganz auf den Vogt achtend, mit jedem Schritt weiter von ihr entfernte. Unsichtbare Hände legten sich um ihren Hals, drückten zu und nahmen ihr die Atemluft. Anna hatte dieses furchteinflößende Gefühl schon einmal gespürt. Damals war sie als Henkersweib zusammen mit ihrem Gatten auf dem Weg nach Meckmul gewesen und hatte auf einem schwankenden Tau einen Fluss überqueren müssen. Die Holzbrücke, die nun vor ihr lag und die es zu passieren galt, war natürlich bei Weitem stabiler. Dafür allerdings befand sie sich auch um Einiges höher über der Erde. Anna versuchte, trotz der trockenen Zunge zu schlucken, fasste sich ein Herz und trat mit zitternden Knien näher an den Übergang heran. Sie hatte keine Wahl, wenn sie den Anschluss nicht verlieren wollte. Der Vogt und die Herrschaften würden bestimmt nicht bis in alle Ewigkeit auf sie warten. Zudem wollte Anna Michael nicht in Verlegenheit bringen. Weit unter ihr wogten die kräftig grünen Grasbüschel, die verstreut aus dem sumpfigen Untergrund ragten, im leichten Wind sanft hin und her. Wie winzig sie aussahen. Dazwischen kräuselte sich die Oberfläche des brackigen, dunklen Wassers und schien ihr zuzuflüstern, dass es sie erwartete und zärtlich umfangen würde, sollte sie den Halt verlieren und hinabstürzen. Obgleich ihr Herz raste, das Blut durch ihren Körper jagte und in ihren Ohren rauschen ließ, hatte Anna kalte Finger. Plötzlich jedoch verschwand diese Kälte, wandelte sich ins Gegenteil. »Anna?« Vermutlich hatte er ihren Namen bereits mehrmals wiederholt, denn die neugierigen Blicke der Umstehenden, vor allem die des Vogts, ruhten auf ihr. Michael hatte ihre Hand ergriffen. Das also war die Wärme. Mit leichtem, aber unnachgiebigem Druck zwang er sie, die Augen von der beängstigenden Tiefe zu lösen. Langsam fiel die Starre, die sich ihrer bemächtigt hatte, von Anna ab. Er führte sie. Bei ihm war sie sicher. Während Michael schweigend seine vorsichtigen Schritte rückwärts setzte, achtete er darauf, ihr ständig in die Augen zu sehen und den festen Griff seiner Hände zu keinem Zeitpunkt zu lockern. Ob dieses Spektakel etwas seltsam anmutete, war Anna dabei völlig gleichgültig. Für sie waren nur diese braunen Augen von Bedeutung. Diese braunen Augen, in denen bei Sonnenschein ein honigfarbener Schimmer leuchtete.

Anna atmete erleichtert auf. Zwar stand immer noch kalter Schweiß auf ihrer Stirn, aber sie hatte es geschafft. Die Brücke lag hinter ihnen und alle hatten die eigentliche Burg, die ebenfalls von einer Ringmauer umgeben war, erreicht. Durch diese zweite Mauer führte kein Tor. Sie war vollständig geschlossen und einzig und allein der hölzerne Übergang, welcher letztlich in ein höher gelegenes Stockwerk mündete, stellte eine Verbindung zur jenseits liegenden Welt dar. Wie bereits vom Vogt angekündigt, verwehrte man Jost im Treppenturm* den Aufstieg und wies ihm stattdessen den Weg nach unten in die Backstube, wo er bei den Mägden zu warten hatte, bis Michael sein Urteil über den Gesundheitszustand der Hausherrin gefällt hatte. Anna folgte den Männern über die stei-

* Erst in der Mitte des 16. Jahrhunderts fanden Umbauarbeiten (u. a. neuer Treppenturm) statt. Philipp von Helmstatt und seine Frau Margarete von Neipperg weist die Bauinschrift über der Tür des Treppenturms als die Bauherren aus. Die Jahreszahl 1546 gibt wohl den Zeitpunkt des Baubeginns an. Die Malschicht, die heute den Raum bestimmt, stammt aus der Zeit zwischen 1546 und 1550.

nerne Wendeltreppe nach oben und betrachtete staunend die Räumlichkeiten, durch die sie geleitet wurden. Der Gang, der Vorraum, sogar die kleinsten Kammern, die sie durchschritten und von denen jede einzelne für sich im Grunde schon größer war als die geräumige Empfangsstube im Wymphener Haus, waren hüfthoch mit geschnitzten Holztafeln versehen. Ein Saal hob sich im Besonderen hervor. In eben diesem wurden sie vom Vogt zurückgelassen und seine Schritte entfernten sich. An den Seiten der Nischen und schön gearbeiteten Türen waren in kräftigen Farben* Säulen aufgemalt. Der Türsturz war reich verziert und die Arbeiten erweckten den Eindruck, als ob man durch den Torbogen eines prächtigen Tempels schreiten würde. Sogar noch nahe der Decke zogen sich Rankenmalereien. Eine grüne Pflanzenpracht, die selbst im härtesten Winter nicht welkte. Doch nicht einmal diese Pracht zeichnete einen Hauch von Ehrfurcht oder Staunen auf Michaels gemeißeltes Antlitz. Stumm harrte er aus und wartete und auch Anna wusste nicht recht, was sie sagen sollte.

Schiere Ewigkeiten später öffnete sich die Tür und der Ortsherr von Helmstatt höchstselbst erschien im Saal. Er war nicht ganz so edel gewandet wie zu seinem amtlichen Auftritt im Ratssaal, dennoch übertraf die Beschaffenheit seiner Kleider bei Weitem die der Geladenen. Jedoch waren dies nur Kleider und Körperschmuck. Mit einem Mal erkannte Anna diese besondere Eigenheit, mit der sich die Männer gegenüberstanden. Beide, ließ man die Äußerlichkeiten einmal außer Acht, strahlten in ihrer aufrechten Haltung eine ruhige Würde aus, die allein in ihrer Natur eine selbstverständliche Achtung einforderte und sie wohl aus jeglicher noch so großen Menschenmenge erhaben herausstechen ließ.

---

* s. letzte Fußnote

»Ihr erscheint trefflichst zur rechten Zeit.« Alexander von Helmstatt nickte leicht mit dem Kopf. Trotz der ernsten Miene konnte Anna an den regsamen Augen seine Unruhe und Sorge ablesen. »Meine Gemahlin ist noch wach.« Er drehte sich um, wohl in der Annahme, dass die beiden ihm ohne eine weitere und direkte Aufforderung folgten, und verließ den Saal mit schlurfenden Schritten.

Irritiert wechselten Anna und Michael hinter dem Rücken des Adligen einen schnellen Blick und beeilten sich, ihm in gebührendem Abstand durch die Burg zu folgen. Es war früher Morgen. Hätte da seine Wortwahl nicht »schon wach« lauten müssen? Nahe einer weiteren beschlagenen Holztür verlangsamte er seine Schritte, blieb schließlich direkt vor ihr stehen und flüsterte mit gepresster Stimme: »Scheut Euch nicht, nach allem zu verlangen, was Ihr für ihre Heilung benötigt. Ich werde mich keiner Anstrengung entziehen, Euch die Mittel nach Bedarf zu beschaffen.« Um seine ernsten Worte noch weiter zu bekräftigen, legte der Burgherr kurz eine Hand auf Michaels Schulter und sah ihm eindringlich in die Augen, ehe er die Tür öffnete und als Erster eintrat. Anna beschlich ein ungutes Gefühl. Sie konnte unmöglich einschätzen, was sie dort drinnen erwartete. Niemand, nicht einmal von Helmstatt selbst, hatte bisher eine Andeutung gemacht, welches Leiden die Adelsfrau, gebürtige von Rosenberg, befallen hatte. Seinem absonderlichen Gebaren nach konnte es sich jedoch unmöglich um ein gewöhnliches Leiden handeln, das sie plagte. Wie etwa wund gelaufene, eitrige Füße, Dusel oder Gliedschwamm. Anna holte tief Luft, wappnete sich innerlich und folgte den Männern. Michael blieb ehrerbietend in der Nähe der Tür stehen und wartete ab. Dieser schwach ausgeleuchtete Raum voller schaler Luft, schwanger vom Geruch der rußenden Flammen, war nicht das Schlafgemach der Herrin. Es stand kein richtiges Bett darin, sondern nur eine übergroße, gut gepolsterte Bank, auf der man tags ausruhen oder aber auch zum Plaudern zusammenkommen konnte. Außerdem ein Tisch, mit Schnitzereien verzierte Stühle und auch kleinere Bänke, die ringsum eine gefensterte Nische auskleideten. Die Stoffe der Polsterbezüge waren in einem kräftigen Rot gehalten und auf einem kleinen Beistelltischchen war Fettgebackenes neben einem Kelch und einem Krug angerichtet. Alexander von Helmstatt setzte ein strahlendes Lächeln auf und eilte sogleich durch die Stube zu seiner Gattin, die, von einer weiteren Dame flankiert, vermutlich einer Anverwandten, auf einem prachtvollen Lehnstuhl am Feuer saß. Er redete nur sehr leise auf die Kranke ein, sodass Anna keines seiner Worte verstehen konnte, und trat dann beiseite. Die Begleiterin fixierte Michael und Anna derweil mit argwöhnischem Blick, welcher sich jedoch auf Anhieb in einen sorgenvollen wandelte, als sie sich fürsorglich der Hausherrin zuwandte, um ihr auf die schwachen Beine zu helfen. Diese schwankte leicht, wehrte jedoch den Versuch ihrer Begleiterin, sie weiterhin zu stützen, entschieden ab, was hinterrücks einen flüchtigen Blickwechsel mit dem besorgten von Helmstatt zur Folge hatte. Die beiden zogen sich respektvoll einige wenige Schritte zurück. Die Adlige stand nun allein mit hängenden Schultern neben der wärmenden Feuerstelle. Sie trug ein besticktes Hemd und darüber einen fein gearbeiteten Hausmantel mit weiten Ärmeln, der bis auf den Boden fiel und sogar die Füße mitsamt den Schuhen bedeckte. Ihre hüftlangen braunen Haare waren überaus ordentlich geflochten. Auch in diesem schwachen Moment wollte sie sich offensichtlich ein Stück weit ihre Würde bewahren. Ansonsten war es die Hausherrin bestimmt gewohnt, Geladene in einer anderen Aufmachung zu empfangen. Anna versuchte sich zu konzentrieren und sich zu erinnern, wie Michaels Schwester Greta immer vorging, sobald die Wymphener Bürger Rat und Heilung bei der Scharfrichtergattin suchten. Sie war gut von ihr unterrichtet worden, konnte aber bei Weitem nicht mit dem umfassenden Wissen ihrer Schwägerin aufwarten. Oft halfen schon der äußere Schein, die Haltung der Geplagten und das Aussehen von Augen, Haut und Wunde dabei, Hinweise auf die anzuwendenden Kräuter und Salben zu geben. Meist jedoch wurde der Henkersgattin eh schon überschwänglich das Leid geklagt, das den Geplagten anhaftete. Nur zu gerne hätte Anna der Herrschaft ein Dutzend neugieriger Fragen zum Unwohlsein gestellt, um endlich die Ursachen zu ergründen. Allerdings war nicht sie es, nach der geschickt worden war, und darum hielt es Anna nach all dem Erlebten durchaus für klug und angebracht, sich tunlichst in Zurückhaltung zu üben. Verstohlen nahm sie die Hochwohlgeborene in Augenschein, die Michael nun ohne Worte, sondern nur mit einer schwachen Handbewegung einlud, näherzutreten. Er räusperte sich und verringerte langsam und bedächtig den Abstand. Beinahe so, als würde er sich einem scheuen Pferd nähern. Etwa auf halbem Weg hielt er inne, entledigte sich seiner Schaube und hielt sie Anna hin, die ihm rasch folgte, um ihm den Umhang abzunehmen. Sie war sich nicht sicher, ober er das tat, um beim Ablegen keinen der Stühle zu beschmutzen, oder ob er ihr so die Gelegenheit eröffnen wollte, ebenfalls näher an die Kranke heranzutreten. »Mein Gemahl hat mir durch Euch Heilung versprochen.« Ihre Worte klangen dünn und kraftlos. Genauso dünn und kraftlos wirkte das Lächeln, das ihre Mundwinkel für einen kurzen Moment nach oben zwang. »Allerdings tragt Ihr im Gegensatz zu den anderen Kundigen, die bereits hier waren, nichts bei Euch. Keinen Beutel mit Salben, keine Flasche mit einer wirkungsvollen Tinktur, keine Schale für einen Aderlass. Wie also wollt Ihr das bewerkstelligen? Könnt Ihr Eurem Ruf gerecht werden?«

Michael räusperte sich erneut. Was hatte sie erwartet? Dass er in großen Kisten unzählige gut gefüllte Tiegel anschleppte?

»Ihr dürftet darüber unterrichtet sein, dass wir auf Reisen sind. Ich führe nur die allernötigsten Dinge mit mir. Alles andere sollte erst anschließend beschafft werden. Am besten beginnen wir damit, dass Ihr mir von Eurer Pein erzählt und beschreibt, was Euch quält.« Die zierliche Frau schien innerlich zurückzuweichen, einen Aber gegen die Offenlegung ihrer Unvollkommenheit zu haben. Ihre Stimme zitterte, als sie matt die Beschwerden aufzählte. »Schon seit Längerem fühle ich mich ständig müde und sogar die Aufsicht über den Hausstand kann ich, bedingt durch den häufigen Dusel, nicht wie früher führen. Die steilen Treppen rauben mir den Atem. Aber trotz der Müdigkeit finde ich nur selten ein wenig Schlaf, da mir ständig der Bauch schmerzt.« Eifrig fiel die andere der Hausherrin ergänzend ins Wort. »Und essen tut sie wie ein Vögelchen. Seht nur.« Besorgt deutete sie auf die verschiedenen aufgetischten Hafen und Schüsseln, deren abwechslungsreiche Fülle noch völlig unangetastet war.

»Ich habe einfach keinen Hunger. Es schmeckt ohnehin alles so, als würde ich an einem Brocken Schlich lecken.« Angewidert verzog die Kranke das Gesicht. Verlegen wich sie Michaels Blick aus, fasste sich dann aber doch ein Herz und weihte ihn in ihre Gedanken ein. »Zuerst dachte ich, dass ich guter Hoffnung sei, aber dann …« Margarete von Rosenberg brach ab. Der deutliche Ruck, der durch Alexander von Helmstatt ging, war Michael nicht entgangen. »Dann jedoch verschlimmerten sich die Beschwerden und auch Aderlass brachte keine Linderung, sondern nur Narben auf der Haut.« Zum Beweis für die erduldete Prozedur drehte sie einen Arm und entblößte das Handgelenk. »Wie Ihr seht, trage ich diese Last schon geraume Zeit. Und vielleicht muss ich sie bis ans Ende meiner Tage tragen. Ich würde es liebend gerne tun und alles ertragen, wenn ich dafür nur nicht zur lebenden Toten werde!« Ihr verzweifelter Blick bohrte sich in Michael und eine silberglänzende Träne hing zwischen den feinen Wimpern unter ihrem Auge. Diese Stimme, mit der die Kranke so inbrünstig und unerwartet laut gesprochen hatte, und die unüberhörbare Angst, die darin lag, jagten Michael einen Schauer über den Rücken und ließen auch die Zofe hinter ihr erschrocken nach Luft schnappen. Zögernd ergriff sie die Ärmel von Überwurf und Hemd und schob die Stoffe bis zur Schulter, sodass der linke Arm entblößt herabhing. Langsam hob sie ihn mit gestrecktem Ellenbogen an und starrte dabei verbissen auf ihre Hand, die schlaff und reglos am Gelenk herabhing. Sie presste die Lippen fest aufeinander und beinahe wirkte es so, als wolle sie mit schierer Willenskraft erreichen, dass sich die Finger bewegten und sich die Hand anhob.

Michael hatte seine Miene unter Kontrolle. Er ließ sich nicht anmerken, dass ihn die Fallhand der Kranken sorgte. Stattdessen gab er ihr zu verstehen, dass sie sich wieder bedecken solle, und begann, sich einen genaueren Eindruck zu verschaffen. Er wollte gründlich arbeiten. Nicht, dass er bei einem einfachen Gerber weniger sorglich vorgegangen wäre. Aber es durfte auch nicht sein, dass er durch seine Nervosität ausgerechnet beim Bischoffsheimber Ortsherrn etwas übersah. »Wo genau habt Ihr Leibschmerzen?« Michael geleitete die Ratsuchende zu der breiten Bank und wartete geduldig, bis sie sich mit schmerzverzerrtem Gesicht darauf ausgestreckt hatte. Behutsam legte er seine Hände auf und tastete mit leichtem Druck den harten, krampfigen Bauch unterhalb der hervortretenden Rippen sorgfältig ab. Sein Blick glitt ins Leere. Er konzentrierte sich nur auf den kränklichen, zerbrechlichen Körper, den er unter seinen Fingern fühlte. In Gedanken schickte er ein Stoßgebet gen Himmel. *Bitte lass es nicht auch noch die Seitenkrankheit sein!* Einen Wimpernschlag später beruhigte er sich selbst. *Nein, sicherlich ist es ein anderes Leiden. An der Seitenkrankheit wäre sie schon längst gestorben.* Wie bereits unzählige Male zuvor verspürte er diese trostlose Unzufriedenheit. Seine Finger allein konnten ihm nicht vollständig vermitteln, was im Innern des Leibes vor sich ging. Wie sollte er nur mit absoluter Sicherheit den Grund für die Schmerzen nennen? Es war für ihn aus diesem Wunsch heraus ein Leichtes, in der Vergangenheit zu versinken. Michaels Gedanken schweiften ab. Der Gottesacker. Es war wieder dunkle Nacht. Plötzlich steckten seine Finger in warmen, blutigen Eingeweiden, in denen sogar noch das Leben schwach pulsierte. Nein! Erschrocken über seine Gedanken und sich selbst, musste er sämtliche Willenskraft aufbieten, um nicht mit einem Stöhnen zurückzufahren. »Was ist? Was fehlt mir? Was habt Ihr gefühlt?« Margarete von Rosenberg stützte sich auf ihren Ellenbogen ab und starrte ihn mit angstgeweiteten Augen an. *Sie kann meine Gedanken nicht lesen! Sie kann es mir nicht ansehen!* Schwer atmend versuchte Michael, sich wieder zu beruhigen und den pochenden Herzschlag in seinem Hals wieder abzuschwächen. »Oh, seid unbesorgt, ich …« Durch übertriebenes Husten konnte er die Antwort schuldig bleiben und Zeit gewinnen, um eine unschuldige Miene aufzusetzen. Hernach ließ er sie wieder auf dem Stuhl am Feuer Platz nehmen und bat Anna, die ihn immer noch verdutzt beobachtete, eine Kerze vom Tisch zu holen, um ihm damit zu leuchten. Er wusste genau, dass er sie nicht so leicht zu täuschen vermochte, und wich darum ihrem forschenden Blick aus.

»Welches Leiden hat sie befallen? Sprecht frei heraus!« Alexander von Helmstatt war ungeduldig hinter seine Frau getreten.

»Zu gegebener Zeit.« Michael hatte die scharfe Anweisung zwar zur Kenntnis genommen, richtete seine leisen Worte aber dennoch an Anna, während er ihren Arm ergriff, direkt neben den der Kranken hielt und ein wenig mehr zum hellen Fenster drehte. »Sieh, deine Haut ist hier zwar bleich, aber vorne an der Hand wird sie rosig.« Anna erkannte den Unterschied sofort und wusste, worauf er hinaus wollte. Sie wagte jedoch nicht, ihre Erkenntnis in Gegenwart der Herrschaften in Worte zu fassen. Darum nickte sie nur. »Bei Euch jedoch wirkt sie beinahe grau, mit einem Hauch von Gelb«, fuhr ihr Mann fort. Michael entblößte den Arm der Kranken noch weiter und sah sich sogar Schulter und den sehnigen Hals an, indem er den dünnen Zopf anhob. Nun winkte er Anna näher heran. Die Flamme tanzte und ließ die eingefallenen Augen der Frau noch kränklicher wirken. »Öffnet Euren Mund!«, forderte Michael Margarete von Rosenberg auf und beugte sich zu ihr hinab. Schaler Atem strömte ihm entgegen und bewirkte, dass sich seine Nasenflügel aufblähten. Behutsam schob er mit beiden Daumen die schmale, rissige Oberlippe hoch. Die nun entblößten, offen liegenden Zähne, deren schmieriger Belag das Gelb der Haut noch weit übertraf, beachtete Michael überhaupt nicht. Sein Interesse galt einzig und allein dem schmalen Bereich zum angrenzenden Zahnfleisch. Ein dunkelblauer, fast schwarzer Saum zog sich dort entlang. Mit einem tiefen Brummen bestätigte er seine Vermutung, wiederholte jedoch die Prozedur mit gerunzelter Stirn auch am unteren Kiefer, ehe er sich wieder aufrichtete. Verunsichert drehte sich die Hausherrin für einen flüchtigen Moment zu ihrem Gatten um. Sollte sie das nun als ein gutes oder ein schlechtes Zeichen deuten? Doch auch Alexander von Helmstatt zuckte unschlüssig mit den Schultern. »Wendet Euer Haupt und seht hinüber zum Feuer.« Ihre besorgten Gedanken wurden jäh durch die jüngste Anweisung unterbrochen. Folgsam drehte sie ihr Gesicht den warmen Flammen zu und wartete ab. Als Michael sicher sein konnte, dass sie selbst die kleinste Regung nicht mehr aus dem Augenwinkel wahrnehmen konnte, ergriff er geschwind das fransige Zopfende und strich mit den feinen Haarspitzen mehrmals über die Fallhand, die reglos auf der gepolsterten Armlehne lag. Keine Reaktion. »Spürt Ihr das?« Der verzweifelte Blick, mit dem sie nun ihre Hand betrachtete, war ihm Antwort genug.

»Das ist der Grund, warum ich so auf Euer Urteil gedrängt habe. Wird sich die Taubheit etwa auf den gesamten Körper ausbreiten und sie langsam quälend dahinraffen?« Der Burgherr hatte diese Worte mehr schlecht als recht herausgewürgt und sah den ehemaligen Scharfrichter nun mit flehendem Blick an. Doch so gern es Michael getan hätte, er konnte ihm seine Sorgen nicht nehmen. Zumindest nicht alle und auf keinen Fall sofort. Er kramte in seinen Erinnerungen. Unbekannt war ihm dieses Leiden gewiss nicht. Michael hatte es schon oft gesehen. Der dunkle Rand am Zahn. Die Fallhand. Diese auffällige Hautfarbe. Sogar die Frau des Bürgers, den er wegen eines Knochenbruchs behandelt und zum Dank dafür die wertvolle Kleidung erhalten hatte, die ihm dann eine kostbare Nacht als verkleideter Unbekannter mit Anna ermöglichte, sah so aus. Konzentriert durchquerte er schweigend den Raum und überdachte wieder und wieder alles, was ihm geschildert worden war und was er selbst eben erst mit eigenen Augen gesehen hatte. Nachdenklich rieb er sich das Kinn und schien kurz darauf einen Entschluss gefasst zu haben. Anna folgte ihm, wie auch alle anderen im Raum, unablässig mit den Augen und beobachtete ihn genau. Seine Schritte führten ihn direkt zu dem kleinen Beistelltisch, auf dem unter anderem ein bauchiger Krug und ein dazu passend gearbeitetes Trinkgefäß für die Hausherrin bereitstanden. Ohne zu zögern, langte er nach dem kleinen, dunklen Holzkästchen, das griffbereit gleich hinter dem Krug stand.

Es war mit feinen Schnitzereien versehen und nur etwa halb so lang wie seine Hand. Die Klappe schloss nicht vollständig, da ein winziges Löffelchen eingelegt war und der dünne Stiel ein wenig herausragte. Vorsichtig hob er den dünnen Deckel an und tunkte die feuchte Spitze seines kleinen Fingers in das weiße Pulver, mit dem man das Kästchen beinahe bis zum Rand gefüllt hatte. Er war auf den Geschmack vorbereitet, und so überraschte es ihn nicht im Mindesten, dass sich dadurch sofort ein süßer Geschmack auf seiner Zunge ausbreitete und das Mundwasser zu fließen begann, als er den Finger erneut ableckte. »Bleyzucker*«, murmelte er nur.

»Das ist das Einzige, was ich überhaupt noch zu mir nehme. Im Gegensatz zu meinem Gemahl liebe ich die starke Süße im Wein. Sie vertreibt den schlechten Geschmack in meinem Mund.«

Michael stellte das Kästchen zurück an seinen ursprünglichen Platz und wandte sich um. Er wusste nur zu gut um die Vorlieben des Adels und auch manches vermögenden Bürgers.

»Ich werde Euch etwas Krampfmilderndes für Eure Leibschmerzen zurichten. Dazu benötige ich eine gehäufte Doppelhand Fegekraut, das in einem Leinenbeutel über kochendes Wasser gehängt wird. Sobald das Kraut heiß und weich ist, legt Ihr Euch den Beutel auf den Bauch. Für besseren

---

* Schon die Römer süßten damals ihre Getränke mit Bleyzucker. Im 18. Jahrhundert wurde Eigenschaft und Gefährlichkeit des Bleyzuckers schriftlich festgehalten und als langsames Gift bezeichnet. Gleichzeitig wurde er in der Medizin eingesetzt. Bleyzucker wurde trotz seiner Giftigkeit bis zum 19. Jahrhundert als Zuckerersatz verwendet. Vorkommen von Galenit (Bleierz) u. a. auch südlich von Heidelberg. Obwohl im 16. Jahrhundert natürlich eine genaue chemische Analyse noch nicht möglich war, unterstellt die Autorin für den Verlauf des Romans, dass durch aufmerksame, wiederkehrende Beobachtungen durchaus eine Verbindung zwischen Krankheitssymptomen und dem Verzehr von Bleyzucker hergestellt werden konnte.

Schlaf bereitet am besten einen Trinksud aus Todnessel oder Sankt Petrus-Stab. Wenn es jedoch tatsächlich so ist, wie Ihr sagt, dass Ihr eigentlich nichts anderes zu Euch nehmt, das Euch schaden könnte, dann bitte ich Euch, dass Ihr den Wein erwärmt und vorerst nur Honig anstelle des Bleyzuckers darin löst.« Die Kranke blickte ihn zunächst verständnislos an, nickte jedoch, nachdem ihr der Ortsherr, zur Einsicht mahnend, eine Hand auf die knöcherne Schulter legte.

Alexander von Helmstatt schien erleichtert zu sein, als er vor Michael und Anna her die steinernen Stufen wieder hinabschritt. »Ich werde dafür sorgen, dass sie vom Bleyzucker ablässt. Das wird doch dann sicherlich ihr Leiden lindern?« Hoffnungsvoll blieb er stehen und drehte sich für einen Moment um. Trotz des bohrenden Blicks ließ sich Michael nicht zu einem übereilten und damit womöglich falschen Versprechen drängen. »Die Zeit wird es zeigen«, entgegnete er deshalb vorsichtig.

Ganz unten am Ende der Wendeltreppe angekommen, führte Alexander von Helmstatt den ehemaligen Scharfrichter und seine Frau in den Wirtschaftsraum, in dem sich ein eingemauerter Backofen und gegenüber die große Feuerstelle mit dem darüber angebrachten Rauchfang befanden. Hierhin also hatte man Jost befehligt, ehe sie die Kammer der Hausherrin aufsuchten. Sogleich entdeckte Anna den Jungen, auf einem langen Schemel in der Ecke sitzend. Dort, wo er den Mägden nicht vor die Füße laufen konnte und den fleißigen Händen nicht im Wege war. Es herrschte wohlige Wärme, denn die Flammen schlugen hoch, da die Mägde bereits emsig mit ihrem Tagwerk beschäftigt waren. Anna trat einen Schritt beiseite und ließ eine junge rotbäckige Frau passieren, die einen gut gefüllten Bottich schleppte, aus dem bei jedem Schritt eine kleine Menge Wasser schwappte, das sich dann auf dem steinernen Boden in einer Spur aus dunklen Pfützchen hinter ihr her zog. Angestrengt atmend stellte sie das Behältnis geräuschvoll neben der Feuerstelle ab und begann, das kalte Nass mit einer Kelle in einen schwarzgerußten Kessel zu schöpfen, der träge über den Flammen schaukelte. Hin und wieder verfehlte ein Tropfen das ihm zugedachte Ziel und löste sich zischend in der Hitze auf. Langsam entfernte sich Anna von den beiden Männern und schlenderte zu Jost, um sich neben ihm niederzulassen. Die Wärme des Feuers strahlte bis zu ihnen und Anna legte sich ihr Schultertuch auf den Schoß. Sollten die Herren doch um ihretwillen weiter leise raunend Höflichkeiten austauschen. Das oberflächliche Geplänkel war nicht weiter von Belang. Für sie war nur wichtig, dass ihre Aufgabe hier bald erfüllt war und sie alle endlich die lange Reise fortsetzen konnten. Sorglich strich Anna über Josts Haare, während ihr ein verführerischer Duft in die Nase stieg und dafür sorgte, dass ihr das Mundwasser lief. Der Junge ließ sich durch die Berührung nicht lange ablenken, blickte, mit vollen Backen kauend, nur kurz auf und widmete sich dann wieder hingebungsvoll dem dicken Kanten Brot, auf dem eine üppige Schicht aus Griebenschmalz glänzte. Die ältere Magd, die nur wenige Schritte entfernt auf einem Melkschemel neben dem Feuer hockte und über dem Eimer zwischen ihren Beinen schrumpelige Äpfel aus dem vergangenen Jahr schälte und Angersen stückelte, schenkte dem hungrigen Jungen ein Lächeln und nickte Anna ebenfalls freundlich zu, ohne dabei die flinken Bewegungen mit dem kleinen Messer zu unterbrechen. Nur hin und wieder, wenn sie nach der nächsten Frucht oder Wurzel griff, wischte sie sich mit dem Handrücken über die schweißige Stirn. Anna stützte gelangweilt ihren Kopf auf den Händen ab und atmete hörbar aus. Sie waren gezwungen zu warten. Darauf, dass das Wasser begann zu kochen, und darauf, dass ihnen endlich das benötigte Fegekraut gebracht wurde, nach dem zuvor geschickt worden war. Alexander von Helmstatt hatte mit Nachdruck verlangt, dass Michael den heilenden Beutel vor seinen Augen zubereitete, damit er ihn, nach dessen Weggang aus Bischoffsheimb, weiterhin für seine Gemahlin würde zubereiten lassen können. Im Gegenzug dafür gab der Ortsherr das Versprechen, den Reisenden für seine Mühen gebührend zu entlohnen.

Schier endlose Momente später näherten sich schnelle Schrittchen und das Mädchen Dorothea, das Michael bereits im Hof der Vorburg gesehen hatte, eilte durch die offene Tür. Jost unterbrach sein Spiel, bei dem er, auf dem Boden hockend, verschieden große Steinchen nach bestimmten Regeln geduldig immer wieder an die nahe Wand warf. Voller Neugier fiel sein Blick jetzt auf das grüne Büschel, das die Kleine fest in ihrer Hand hielt. Sie war unsicher neben dem Laibschießer, der nahe der Ofenöffnung lehnte und auf den nächsten Backtag zu warten schien, stehen geblieben und beäugte zögerlich die beiden Männer. Einerseits wollte sie ihren Auftrag wohl so schnell als möglich ausführen. Andererseits ziemte es sich nicht, den Hausherrn während einer Unterredung ungefragt zu stören.

»Nur keine Scheu.« Michael hatte sich ihr zugewandt und winkte sie aufmunternd lächelnd zu sich heran, um die gesammelten Pflanzen in Empfang zu nehmen. Erleichtert eilte sie ihm entgegen und übergab artig das Bündel. »Die Agnes sammelt noch mehr. Sie hat mich nur geschickt, um Euch derweil die hier schon zu bringen.« Nachdem sie das ihr Aufgetragene pflichtbewusst erledigt und ausgerichtet hatte, war sie auch schon wieder im Begriff davonzueilen. »Du kannst jetzt natürlich zu der Agnes zurückkehren und ihr helfen, noch mehr Fegekraut zu sammeln«, sprach Michael sie nochmals an. Und als sie abwartend stehen blieb, beugte er sich ein wenig zu ihr hinab und fuhr nach einem bedeutungsvollen Augenzwinkern fort: »Du könntest allerdings auch hierbleiben und zusehen, wie man den heilenden Beutel für die Hausherrin bereitet. Das ist wahrlich eine wichtige Aufgabe, die mit Bedacht ausgeführt werden sollte. Du müsstest gut achtgeben, damit du jeden Handgriff an die Agnes weitergeben kannst.« Seine Stimme klang geheimnisvoll und die Augen des Mädchens wurden größer und größer vor Staunen und Aufregung, und nachdem Alexander von Helmstatt schmunzelnd seine Zustimmung erteilt hatte, wich die Kleine, die von allen nur Dorle gerufen wurde, nicht mehr von Michaels Seite. Jost gesellte sich ebenfalls voller Eifer dazu und während Anna die achtlos liegen gelassenen Steinchen beiseiteräumte, beobachtete sie nachdenklich, wie Michael, umringt von den Kindern, ernst und ausführlich die nächsten Handgriffe erklärte. Wehmut stieg wieder in ihr auf. Würde er so auch einmal seine eigenen Kinder lehren können? »Zunächst brauchen wir also ein Tuch, das groß genug ist, das ganze Kraut zu fassen.« Kaum hatte er seine Rede beendet, da eilte Dorle zu einer der Mägde, die ihr das Gewünschte bereits entgegenstreckte. Wissbegierig schauten die beiden nun zu, wie Michael den Lappen ausbreitete, das zerrupfte Kraut in der Mitte aufhäufte und dann jeweils die gegenüberliegenden Zipfel zusammenband, sodass er diese Schlaufen direkt über dem kochenden Wasser in einen metallenen Haken einhängen konnte. »So, und nun müssen wir warten, bis das Fegekraut weich ist. Danach klopfen wir es platt, damit sich die Wirkung voll entfalten kann. In ein trockenes Tuch gewickelt, wird der noch warme Umschlag dann auf den Bauch gelegt.« Beinahe andächtig lauschten Jost und Dorle den Worten. Und als Michael sich zu einem leisen, vertrauten Gespräch mit dem Ortsherrn zurückzog, übernahm Anna die Aufsicht über die plappernden Kinder, die ungeduldig auf die steinerne Befestigung der Feuerstelle gestiegen waren, um mit zwei Holzlöffeln den Stoff auseinanderzudrücken und so abwechselnd immer wieder einen Blick in den Beutel werfen zu können. Jedes wollte Michael eine aufmerksame und gute Hilfe sein und seinen Beitrag leisten. Anna hatte alle Hände voll damit zu tun, dafür zu sorgen, dass kein Schuh und kein Kleidungsstück wegen einer unbedachten Bewegung Feuer fing, sich die beiden nicht aus Unachtsamkeit an dem heißen Wasser verbrühten oder gar Gesicht und Hände schmerzhafte Bekanntschaft mit dem aufsteigenden Dampf machten. Erst als das Kraut die gewünschte Konsistenz zeigte und Michael schweigend und mit ernster Miene wieder zu ihnen trat, half sie Jost und Dorle scherzend zurück auf den Boden. Annas Lachen täuschte. Sie spürte es genau. Mit Michael war eine Wandlung vonstattengegangen, die sie sich nicht erklären und nicht einordnen konnte. Hatte er den Kindern zuvor noch ausführlich und begeistert über ihr Interesse die Zubereitung erklärt, so war er jetzt wortkarg und wirkte ernst, sogar fast niedergeschlagen. Was hatten die beiden Männer so vertraulich beredet? Was konnte ihn in kürzester Zeit so dermaßen wandeln? Hatte Alexander von Helmstatt etwa wieder neue Forderungen und Bedingungen an ihn gestellt? Was mochte die Ursache sein? Nur zu deutlich bemerkte Anna, wie tiefe Unruhe in ihr aufstieg. Dass er ihrem Blick ständig auswich, beunruhigte sie in zunehmendem Maße. Er musste doch wissen, dass ihr seine Veränderung nicht entgangen war. Mit trotzigem Anstarren versuchte sie, seinen Blick einzufangen und festzuhalten. Doch er tat weiter geschäftig, denn er wusste genau, dass sie ihn niemals vor aller Augen zur Rede stellen würde. Nun gut. Anna straffte die Schultern. Sie würde sich gedulden. Ewig konnte er ihr nicht ausweichen. Sie würde die Antwort auf ihre stumme Frage schon noch erhalten.

Erleichtert atmete Anna aus und blieb mit zitternden Beinen für einen Moment im Hof der Vorburg stehen. Sie hatte den Rückweg gemeistert. Sie hatte die Brücke tatsächlich ein weiteres Mal bezwungen. Ja, bezwungen. Für Anna fühlte es sich genauso an. Nun konnte sie die nächste Herausforderung in Angriff nehmen. Nämlich, den Grund für Michaels düstere und verschlossene Miene herauszufinden. Jetzt, da Jost sich schon wieder drüben beim Schmied herumtrieb und sie somit ungestört nachforschen konnte. Entschlossen, sich nicht vertrösten zu lassen, zog sie an seinem Ärmelstoff und bedachte ihren Mann mit einem festen Blick.

»Anna, ich habe eine Entscheidung getroffen.« Noch ehe sie beginnen konnte, hatte Michael das Wort ergriffen. Irgendetwas in seiner Stimme ließ sie aufhorchen. Ihr Mund klappte wieder zu. Mit einem Mal hatte sie das untrügliche Gefühl, dass sie sogleich ihre wahrscheinlich unliebsame Antwort erhalten sollte. Aber wollte sie diese wirklich hören? Annas unruhige Gedanken überschlugen sich. In seinem Blick lag etwas Schmerzliches, Endgültiges. Seine Miene verzerrte sich. Für einen kurzen Augenblick sah es beinahe so aus, als wollte er sich für ein höchst bedauerliches Missgeschick entschuldigen und gleichzeitig unangenehme Schmerzen unterdrücken, die ihn peinigten. »Die Zeit drängt und ich habe mir meine Überlegungen gewiss nicht leicht gemacht. Dennoch bin ich zu dem Entschluss gekommen, dass ich … dass wir …« Annas Muskeln spannten sich schmerzhaft an. Erst recht, als Michael ihr behutsam die kalten Hände knetete. »He! Kommt schnell!«, brüllte Jost genau in diesem Moment mit hoher Stimme über den Hof und fuchtelte aufgeregt mit den Armen in der Luft, um Michaels und Annas Aufmerksamkeit zu erregen. »Die Kuh ist gefallen. Du musst nach ihr sehen. Beeil dich!« Irritiert brach Michael ab und versuchte, einen klaren Gedanken zu fassen. Seine Blicke flogen unschlüssig zwischen Jost und Anna hin und her. Es war unmöglich, beides gleichzeitig zu bewerkstelligen. Jost schien dringend auf seine Hilfe zu warten. Ebenso brennend wartete Anna auf eine Erklärung und durchbohrte ihn schier mit ihrem erwartungsvollen Blick. Mit einem erschöpften Seufzer ließ er kurz den Kopf hängen, zog dann scharf die Luft ein und richtete sich zur vollen Größe auf. »Wir werden Jost zurücklassen.« Damit drehte sich Michael um und hielt auf Jost zu, der bereits mehrmals ungeduldig nach ihm gerufen hatte. Anna starrte ins Leere. Die Worte hallten in ihrem Schädel nach. Sie hatte das Gesagte wahrgenommen, aber, bei Gott, sie hatte es nicht begriffen. Ein Beben durchlief Annas Körper. So, als habe man ihr mitten im Schlaf einen Bottich kaltes Wasser über den Leib gekippt. Michael hatte sich schon einige Schritte entfernt, doch mit wehenden Röcken holte sie ihn alsbald ein und riss ihn grob herum. »Wie meinst du das: ›Wir werden Jost zurücklassen‹? Was willst du damit sagen? Wo zurücklassen? Warum zurücklassen?«, keuchte Anna atemlos und versicherte sich mit schnellen Blicken, dass niemand ihr Gespräch mit anhören konnte. Vor allem nicht Jost, der drüben vor dem Stall rastlos auf und ab tippelte. Damit hatte sie keinesfalls gerechnet. Diese Entscheidung traf sie völlig unvorbereitet.

»Ich habe mit dem Ortsherrn vereinbart, dass er als Pate für Jost einsteht. Aber, Anna, ich werde dir alles später in Ruhe erklären. Bitte!«, zischte Michael flehend und setzte seinen Weg nun mit großen Schritten unbeirrt fort. Sicher, er hatte diese Entscheidung gefällt, ohne zuvor mit Anna zu reden. Zugegeben, schweren Herzens. Aber war es nicht so das Beste für den Jungen? Anna starrte ihm entgeistert hinterher.

»Was zürnt dich so?« Jost sah unsicher zu Michael auf, der sich daraufhin kräftig über das Gesicht rieb, um seine düstere Miene zu vertreiben, und dann mit einer einfachen

Handbewegung deutlich machte, dass es jetzt erst einmal an der Zeit war, nach dem Vieh zu sehen, um das sich der Junge sorgte. Ohne lange zu zögern, trat Michael hinter Jost in den stickigen, dafür aber warmen Stall, wobei er einen großen, dampfenden Haufen umrundete, und ließ sich zu dem Tier führen. »Ich war auf der Suche nach dem Schmied, um ihn nach der enthornten Kuh zu fragen. Man hat mich zwar in den Stall geschickt, aber gefunden habe ich nur das elendig brüllende Vieh. Dann hat sie gezittert und die Beine gaben unter ihr nach. Zu Boden ist sie gegangen – wie ein Sack Getreide, den ein Müller einfach fallen lässt.« Jost beschrieb, was er gesehen hatte, und stand dann abwartend neben dem erschöpften Körper. Michael näherte sich dem schnaufenden Tier. Es war ausgezehrt und wirkte kraftlos. Ein prüfender Blick bestätigte ihm jedoch, dass im Futterkorb ausreichend Heu und Grün vorhanden war. Die Entkräftung musste demzufolge eine andere Ursache haben. Mit beiden Händen drückte er mehrmals gegen den Bauch der Kuh. Wenn zu viel Luft in den Mägen war und sie dadurch aufstiegen und sich verdrehten, dann konnte er durch Schaukeln des massigen Körpers die gurgelnden Geräusche wahrnehmen. Allerdings bedeutete das allzu oft das Todesurteil für das gepeinigte Vieh. Zwar konnte er mit einem riskanten Eingriff eine Rettung wagen und den Verlust eines wertvollen Tieres verhindern – aber nicht ohne die Einwilligung des Besitzers. Insgeheim verfluchte Michael, dass er den Hof nicht einfach schleunigst verlassen hatte, ohne dem Drängen des Jungen nachzugeben. Was sollte er sich jetzt auch noch mit sterbendem Vieh herumschlagen? Das konnte ihn das ganze Wohlwollen kosten, das er sich durch die Behandlung der Hausherrin erworben hatte. Angestrengt lauschend hielt er den Leib des Tieres weiter in Bewegung und klopfte mit den Fingern nach hohl klingenden Stellen. Einerseits machte sich Erleichterung in ihm breit. Die Geräusche, die die Innereien verursachten, gaben keinen Anlass zur Sorge. Sonst hätte er tatsächlich noch mit einigen Helfern die Kuh auf den Rücken rollen müssen, um mit einem an einer dicken Metallnadel befestigten Doppelfaden denjenigen luftgefüllten Magen, der Probleme verursachte, an der Bauchdecke festzunähen. Andererseits waren somit die Gründe für die Schwäche immer noch unentdeckt und er musste weitersuchen. Ächzend richtete sich Michael wieder auf und überlegte, an was es der Kuh fehlen könnte. Dabei fiel sein Blick auf seine Hände, von denen sich Teile des anhaftenden Fells lösten und gut sichtbar im einfallenden Licht zu Boden schwebten wie Gänsedaunen. Eilig klopfte Michael auch die Reste vollständig ab und wischte sich die Handflächen an seiner Hose ab. Ohne gesondert aufgefordert worden zu sein, rannte Jost hinaus und kam nur wenig später mit einer brennenden Fackel zurück. Im Schein der Flammen beugten sich die beiden mit einer Mischung aus Vorsicht und Neugier über das am Boden liegende Vieh. Immer darauf bedacht, dass sie genügend Abstand wahrten und sich nichts einfingen. Michael winkte Jost ein wenig näher heran und deutete auf eine schorfige Stelle, die nun gut sichtbar war. »Sie saugen sie aus. Sieh her.« Um das Gesagte zu demonstrieren, zupfte Michael leicht am Fell der Kuh. Der Haarbüschel leistete keinen Widerstand und löste sich problemlos von der Haut. Jost zog voller Abneigung die Oberlippe hoch und entblößte seine Zähne. Er konnte genau erkennen, dass sich von dieser kahlen Stelle eine Unzahl winziger, lichtscheuer Schmarotzer in das angrenzende Fell zu retten versuchten. Die Haut war weiß, blutleer und übersät von einer dünnen, schorfigen Kruste. »So wie hier wird es wohl unter dem gesamten Fell der Kuh aussehen«, orakelte Michael und zog skeptisch eine Augenbraue hoch.

»Kann man etwas dagegen tun?« Auf Josts Frage hin schüttelte Michael zunächst nur stumm den Kopf. »Den weniger Betuchten, denen die Münzen fehlen, würde ich raten, die Kuh gänzlich zu rasieren, um sie vielleicht doch noch zu retten. Fehlt den Plagegeistern die Zuflucht im Fell, dann sollten sie wohl in Bälde eingehen. Hier allerdings wird sich wohl kaum jemand die Mühe machen. Man wird die Kuh schlachten und eine neue kaufen.« Jost hatte genau zugehört und bestand vor dem Aufbruch darauf, einem der Knechte alles weiterzugeben, damit sich jemand um die weitere Entscheidung kümmere.

»Du hättest das nicht zu tun brauchen«, brach Anna mit Bedacht das Schweigen. Sie hatten die Burg verlassen und machten sich auf den Rückweg durch die Gassen. »Niemand hat dich gebeten, auch noch unentgeltlich nach dem Vieh zu sehen. Kostbare Zeit ist verstrichen, die uns jetzt fehlt.« Sie versuchte, ihre Worte nicht allzu vorwurfsvoll klingen zu lassen.

»Das weiß ich.« Michael blieb stehen und sah Anna direkt an. »Aber es zeigt meinen guten Willen. So wird er eher bei seiner Zusage bleiben und Jost aufnehmen.«

Anna schüttelte den Kopf und hob abwehrend beide Hände. »Warte! Das geht mir alles ein wenig zu schnell.« Michael konnte die vielen unausgesprochenen Fragen in ihren Augen lesen und begann darum, ihr ausführlich alle Einzelheiten, die ihn zu diesem Schritt bewogen hatten, begreiflich zu machen. »Diese Entscheidung, also vorerst nur der Einfall dazu, kam mir erst in den Sinn, als ich die kleine Dorle über den Hof stapfen sah. Davor habe ich mich nie mit diesem Gedanken getragen. Ich habe zufällig mitbekommen, dass sie als Haltekind dort lebt, und das kam mir wie ein göttlicher Fingerzeig vor. Anna, es fügt sich alles! Von Helmstatt war damit einverstanden, dass ich anstatt einer Bezahlung den Jost in seiner Obhut lassen kann.« Seinen Eifer etwas zurücknehmend, hob Michael eine Hand und fuhr fort: »Selbstredend gehört er trotz allem natürlich nicht zur Familie. Er wird für Brot und Unterkunft arbeiten. Aber der Junge kann dort ein Handwerk erlernen, er wird versorgt und lebt hier in Bischoffsheimb auch nicht allzu weit von seiner Schwester entfernt.« Nun war es Anna deutlich anzusehen, dass sich ihre vorherige Fassungslosigkeit wandelte. Nachdenklich kaute sie auf ihrer Unterlippe, sah Michael weiter an und es war eindeutig, dass seine beschwörenden Worte Wirkung zeigten. An ihre Vernunft und ihren Verstand appellierend, redete er weiter. »Hat er nicht hier ein weitaus besseres Leben in Aussicht, als den Tag mit Diebereien zu vergeuden? Wo soll das enden? Irgendwann unter dem Henkersbeil?« Dass Anna bei diesen Worten zusammenzuckte, erfüllte ihn mit Genugtuung. Er hatte seine Rede absichtlich so schonungslos gewählt. »Versteh doch, dies ist eine einmalige Gelegenheit. Alexander von Helmstatt ist ein gottesfürchtiger Mann. Es wird Jost sicher an nichts fehlen. Ich habe sein Wort darauf. Außerdem kann der Schmied bestimmt weiterhin seine Hilfe gebrauchen. Jost wird sich schon einleben.« Zuversichtlich sah er dem Jungen nach, den sie schon vorausgeschickt hatten, um Bertha mitzuteilen, dass die endgültige Abreise nun bevorstand. Anna stieß den angehaltenen Atem aus. »Ich verstehe, dass du die Gelegenheit ergriffen und den Ortsherrn gleich verbindlich in die Pflicht genommen hast, ohne all das mit uns zu besprechen. Aber dennoch wirst du es Jost sofort sagen und erklären müssen. Ich glaube nicht, dass er begeistert sein wird. Er vertraut felsenfest darauf, dass du ihn mit nach Haydelberch nimmst. Du hast ihm dein Wort gegeben.«

Michael nickte kaum merklich. Selbst der unnahbare Blick konnte seine Verzweiflung nicht ganz verbergen. *Er wird mich hassen! Wohl auch zu Recht. Vertraut er überhaupt irgendwelchen Menschen außer uns? Und nun bin ausgerechnet ich es, der ihn verrät!* Ein tiefer Seufzer entrang sich seiner Brust. »Wann wirst du mit ihm reden? Wirst du ihn gleich zur Burg bringen, nachdem er jetzt im Gasthaus sein Bündel geschnürt hat?« Anna hatte leise und mit brüchiger Stimme gesprochen. Verstohlen wischte sie sich eine Träne aus dem Augenwinkel und unterdrückte ein Schluchzen, als sie nur ein hilfloses Schulterzucken zur Antwort erhielt. »Jost wird mir fehlen.« Innerlich wappnete sie sich für die tröstenden Worte, die sie ihm beim Abschied mitgeben wollte. Trösten. Ja, das Trösten würde sie übernehmen. Michael oblag der vermutlich härtere Teil. Er musste dem Jungen, der von niemandem Fürsprache zu erwarten hatte, unnachgiebig die harte, über seinen Kopf hinweg getroffene Entscheidung mitteilen. Nicht um alles in der Welt wollte Anna jetzt mit Michael tauschen.

Immer noch ganz in diese aufwühlenden Gedanken versunken, bemerkte Anna eine Gestalt, die sich schwerfällig auf sie zubewegte. Es war Bertha, die sich mit hochrotem Gesicht den Bauch hielt und, nach Atem ringend, nun vor ihnen stand. »Ihr werdet nicht für möglich halten, was ich soeben erfahren habe!« Energisch packte die Hübschlerin Anna am Arm, um ihren Worten Nachdruck zu verleihen. »Wir müssen nachher unbedingt in die Kirche«, stellte sie, zumindest für Michael und Anna, völlig zusammenhanglos fest. Verwirrt und ratlos sahen sich die beiden an. Eine Hübschlerin, die es eilig hatte, in die Kirche zu gelangen? Ehe Anna nach dem näheren Sinn fragen konnte, sprudelte es bereits weiter aus der hübschen Rothaarigen heraus. »Im Gasthaus sagt man, dass noch heute eine Trauung stattfinden soll. Ja, heute. Nicht am Sonntag während der Messe, sondern heute. Da die Brautleute in Schande geraten sind, hat der Pfarrer den

Sonntag verwehrt. Geradezu still, unauffällig und ohne großes Aufsehen sollen sie vermählt werden.« Bertha hatte sich mit hoher Stimme wispernd zu Anna gebeugt und rang aufgeregt um Atem. »Der Johannes soll es sein! Der Johannes und dieses unscheinbare Ding, von dem er mir erzählt hat. Die, die ihn schändlich anprangert, ihr ein Kind gezeugt zu haben.« Flehend wandte sie sich nun an Michael. »Ich bitte dich. Ich muss mich davon überzeugen, dass es ein anderer ist. Bestimmt haben sich diese Schwatzbasen geirrt, haben ihn verwechselt. Ich habe keine ruhige Minute mehr, wenn ich nicht weiß, ob er es tatsächlich ist. Er kann es nicht sein. Er darf es nicht sein.« Tränen schossen Bertha in die Augen. »Er hat doch gesagt, dass wir uns in Haydelberch wiedersehen, dass ich dort auf ihn warten soll.« Anna zerriss es das Herz dabei, die Unglückliche in solch unglaublicher Verzweiflung zu sehen. Und Michael schien es ganz ähnlich zu gehen. »Wir müssen uns aber beeilen. Ich muss noch vor der Trauung mit ihm reden und ihn zur Vernunft bringen.« Ihre Verzweiflung verwandelte sich in puren Trotz und Egoismus. »Schert sich vielleicht einer um meinen geschwollenen Leib? Soll sie doch selbst sehen, wo sie bleibt. Der Johannes muss einfach seinem Herzen folgen und sich zu mir bekennen. So wie er es mir geschworen hat.« Unerwartet schnell gab Michael mit einem banalen Kopfnicken seine Zustimmung zum Kirchgang, was der Schwangeren ein hohes Juchzen der Verzückung entlockte. Auf der Stelle machte sie kehrt und eilte davon, um sich für das Zusammentreffen zu richten. »Ich werde derweil unsere Sachen packen müssen«, gab Anna leise zu bedenken. Michael nickte erneut und setzte sich niedergeschlagen in Bewegung. Anna war mit einem Schlag klar, dass er Jost allein zur Kirche mitnehmen würde. Nein, nicht wegen der Predigt und auch nicht, um Bertha einen Gefallen zu tun. Das Unvermeidbare würde schon bald beredet werden. Und sollte der Ortsherr wider Erwarten nicht im Gotteshaus anwesend sein, so würde Michael den Jungen eben erst ein wenig später auf dem Umweg über die Burg dort übergeben und zurücklassen.

»Nein!«, brüllte Jost aus Leibeskräften. Er stieß Michael unerwartet kräftig von sich und verschanzte sich mit bebenden Lippen in einer Ecke der kleinen Gasthauskammer. Jost hockte auf dem Boden, die Wand im Rücken, und versuchte, durch trotzig verschränkte Arme und angewinkelte Knie eine Mauer vor sich aufzubauen. Aus seiner Sicht war der übermächtige Angreifer Michael, der sich dem Jungen nun behutsam näherte. In angemessenem Abstand, um ihn erst einmal nicht weiter massiv zu bedrängen, verharrte er und ließ sich langsam auf den hölzernen Bodendielen nieder. »Jost … bitte … ich habe dir die Gründe für meine Entscheidung genannt … und ich bleibe dabei.« Stur stierte der Junge, trotz der einfühlsamen, warmen Stimme, reglos vor sich auf den Boden. Auf seinem Gesicht hatten sich hektische rote Flecken gebildet. Die Lippen waren zu einer schmalen Linie zusammengepresst und aus einem Nasenloch waberte beim Ausatmen eine Blase. »Ich …« Michael unternahm erneut einen Versuch, zu Jost durchzudringen. In diesem Moment stürzte die trotzige Fassade haltlos in sich zusammen. Laut schluchzend sprang der Junge auf, hielt sich beide Ohren zu und warf sich in Annas ausgebreitete Arme, die ihn tröstend auffingen. Es bedurfte keiner Worte. Sie hätte ihm ohnehin nichts sagen können, was seinen Kummer gemildert hätte. Immer wieder strich sie ihm stattdessen beruhigend über Kopf und Rücken. Hatte sie doch selbst mit einem schmerzenden Klumpen im Hals zu kämpfen. »Du hast es mir versprochen!«, weinte Jost gedämpft, das Gesicht in Annas Leibchen vergraben. »Und jetzt soll ich bei Fremden … ich will aber bei *euch* bleiben!«, klagte er. Verzweifelt wandte er das tränennasse Gesicht und sah Michael aus rot geweinten Augen vorwurfsvoll an, während er sich aus Annas Umarmung befreite und mit dem Ärmel über seine Nase wischte, was zur Folge hatte, dass sich eine breite Spur aus schleimigem Nasenwasser auf dem Stoff wiederfand. Auch Annas Leibchen hatte durch die Tränen ein dunkles, feuchtes Muster erhalten.

»Du bist ein aufgeweckter Bub. Es wird dir sicherlich nicht schwerfallen, dich in die Ordnung der Burg einzufügen und dich zurechtzufinden. Ich erwarte, dass du diese Möglichkeit aus vollem Herzen ergreifst, sie dir zunutze machst und deinem Leben eine glückvolle Wende gibst. Glaube mir ... solche Möglichkeiten sind rar gesät. Und gar so mancher erhält sie niemals.« Bitterkeit schwang in seiner Stimme mit und brachte den aufgebrachten Jungen zum Schweigen. Jost wusste sofort, dass Michael auch sich selbst damit gemeint hatte. Wie sehr hatte er sich in seinem früheren Leben als Scharfrichter gewünscht, dass endlich genau das – eine glückvolle Wende – eintreten möge. Nie hatte er jedoch damals wirklich und wahrhaftig einen Wandel seines Lebens in dem Maße überhaupt für möglich gehalten. Und bis heute war er ratlos, wie er jemals dieses unbeschreibliche Geschenk vergelten konnte. »Es ist an der Zeit.« Er musste ihn nun zu seinem Glück zwingen. Michael griff unnachgiebig nach Josts Packen und blieb abwartend an der Tür der Kammer stehen. Jegliches Leben schien aus dem Jungen gewichen zu sein, der keinen Widerstand mehr leistete und aufgegeben hatte. Er stand nur bleich und reglos da und schien nicht einmal Annas letzte Umarmung zu bemerken.

Bertha Setzler konnte ihre Aufregung kaum zügeln und drängte Michael anfangs mit Worten, später dann, als sie den Weg zur Kirche mit immer mehr Bischoffsheimber Bürgern teilten, nur noch mit eindeutigen Blicken dazu, dass er sich doch beeilen möge. Er aber ließ sich nicht beirren und passte sich Josts Schritten an, die mit der Zeit immer kleiner und zaghafter zu werden schienen. Bertha hatte sich ihre kupferfarbene Lockenpracht züchtig geflochten und gebunden und unter einer von Annas Hauben versteckt. Sie wollte so wenig als möglich auffallen, aber auch bei Johannes Stertzer, wenn sie ihn denn heute überhaupt zu Gesicht bekam, Eindruck hinterlassen. Noch wollte sie jedoch den Gerüchten, die ihr zu Ohren gekommen waren, nicht recht Glauben schenken. Es konnte nicht wahr sein! Es durfte einfach nicht wahr sein! Eine andere heiraten? Niemals! Anspannung machte sich in ihr breit und umklammerte ihr banges Herz, das durch seine Worte entflammt war, wie sie es sich noch vor wenigen Tagen nicht hätte vorstellen können. Unablässig tauchte sein Gesicht in ihren Gedanken auf und brachte es zum Hüpfen. Bertha sah sich die Gesichter der Menschen an, die zusammen mit ihr, Michael und Jost in die Kirche strömten. Sie kannte keines davon. Johannes Stertzer war nicht unter ihnen. Der Anflug von Erleichterung wandelte sich beim nächsten Gedanken schon wieder ins Gegenteil. Was, wenn er bereits zusammen mit seiner Braut in einem Nebenraum der Kirche ausharrte? Bittere Galle schien ihr aufzustoßen, während sie sich einen Platz im Gotteshaus suchten. Fieberhaft durchforstete ihr Blick weiter die Anwesenden. Wenn sie Johannes nicht rechtzeitig vor dem Eheversprechen entdeckte, war es zu spät. Sollte sie es etwa tatsächlich wagen, den Kirchensaal wieder zu verlassen, um unter einem Vorwand in die Räume des Pfarrers vorzudringen, nach Johannes zu suchen und ihn zur Rede zu stellen? Sie hatte schon viel in ihrem Leben gewagt, aber das? Und, konnte sie ihn überhaupt zur Besinnung bringen oder fügte er sich einfach den Erwartungen, dem Unvermeidbaren? Unschlüssig kaute die Schwangere auf ihrer Unterlippe und versuchte dabei, Michaels aufmerksamen und besorgten Blicken nicht allzu viel Beachtung zu schenken. Um ihn über ihre wahre Pein hinwegzutäuschen, versuchte sich Bertha im Scherzen und stupste ihn leicht mit dem Ellenbogen. »Wer hätte gedacht, dass *wir* beide einmal gemeinsam zur Kirche gehen?« Nachdenklich und ein wenig wehmütig lächelnd fügte sie hinzu: »Und auch noch wegen einer Vermählung. Gütiger Gott, was hätte ich noch zu Beginn dieser Reise dafür gegeben, dass es unsere Heirat wäre.« Nach einem langen, prüfenden Blick aus seinen dunklen Augen straffte sie die Schultern. »Wie schnell sich das Leben doch wandeln kann, nicht wahr?« Berthas letzte Worte brachten ihn gedanklich wieder zu seinem eigenen Vorhaben zurück. Alexander von Helmstatt an sein gegebenes Wort zu erinnern und das Versprechen einzulösen. Doch noch hatte er ihn nicht entdeckt.

Anna sah sich in der Kammer um. Das meiste hatte sie schon zusammengetragen, gefaltet und säuberlich wieder in die Kiste gestapelt. Allzu viel nahmen sie für einen kurzen Aufenthalt mit Übernachtung eh nie vom Karren. Der Großteil der Habseligkeiten verblieb gut verstaut auf dem Gefährt. Gerade wollte Anna den Deckel schließen, als sie draußen vor der Kammertür feste Schritte auf den Dielen vernahm. Die Geräusche der kleineren Füße fehlten. Michael hatte seine Worte also tatsächlich in die Tat umgesetzt und Jost beim Ortsherrn untergebracht. Sie bemerkte sehr wohl, welchen Stich ihr das versetzte, obwohl ihre Vernunft sie eines Besseren belehrte. Seufzend erhob sich Anna aus der Hocke und eilte zur Tür. Sie wollte mit Michael reden und erfahren, was geschehen war und wie Jost alles verkraftet hatte. Noch ehe sie den Griff berühren konnte, wurde die Tür mit großer Wucht aufgestoßen und prallte mit einem dumpfen

Geräusch schmerzhaft gegen Annas Stirn und Nase. Völlig verdattert taumelte sie mit einem überraschten Schrei rückwärts und hob, leider zu spät und leider umsonst, abwehrend die Hände. Durch den Schmerz hindurch nahm Anna dennoch wahr, dass die Tür annähernd geräuschlos wieder geschlossen wurde. Tränen schossen unter den geschlossenen Lidern hervor und mit einem leisen Stöhnen tastete Anna vorsichtig mit ihren zitternden Fingern über die lädierte Nase, aus der sich ein warmes Rinnsal bereits bis zur Oberlippe seinen Weg gebahnt hatte. Durch den Tränenschleier hindurch erkannte sie den Mann, der nun schnaufend mit dem Rücken an der Tür lehnte und sie unverhohlen anstarrte. Es war nicht Michael. »Was erlaubt Ihr Euch? Wie könnt Ihr es wagen, hier ohne Erlaubnis einzudringen?« Empört vergaß Anna für einen Moment, dass sie sich ihr Gewand beschmutzte, wenn sie die Nasenflügel nicht weiter fest zusammenpresste, um die Blutung zu stoppen. Andere Gedanken drängten sich in ihr Bewusstsein. Was wollte er hier? War er mit einem neuen Auftrag zu Michael geschickt worden? Wollte er sie bestehlen? Oder gar schänden? Mit all diesen verwirrenden und absurden Einfällen im Kopf, mit denen sie sich seine Anwesenheit zu erklären versuchte, sah sich Anna nach einer wirksamen Waffe zur Verteidigung um und wich mit pochendem Herzen noch weiter vor dem Eindringling zurück, als plötzlich ein Ruck durch ihren Körper ging. *Bei allen Heiligen! Sollte er nicht genau in diesem Moment in der Kirche sein? So, wie Bertha es berichtet hat? Aber ja!* Diese Erkenntnis ließ Annas Augen immer größer werden. *Wie er dort steht. Mit glühenden Wangen. Verschwitzt und völlig außer Atem. In seinen von Schlamm bedeckten Schuhen. Auf welch verborgenen Pfaden er wohl rannte, sodass der Schlamm sogar bis zu seinen Ärmeln spritzte? So gar nicht wie ein herausgeputzter Bräutigam. Eher wie ein Verbrecher auf der Flucht. Gütiger*

Gott! Er ist auf der Flucht – auf der Flucht vor seiner eigenen Vermählung! Aber warum hier? Sucht er hier im Gasthaus etwa nach Bertha? Und dann? Was will er jetzt noch von der Unglücklichen? Ihre Gedanken waren Anna nur zu deutlich ins Gesicht geschrieben. Johannes Stertzer hob beschwichtigend den Arm, hatte jedoch Mühe, ein Wort herauszubringen, da er immer noch nach Luft japste und keuchend am Holzrahmen lehnte. »Bitte ...verzeiht mir mein Eindringen! Vielleicht habt Ihr bereits von der Vermählung gehört«, setzte er einige Augenblicke später höflich zu einem ersten Versuch an, den Anna, inzwischen ein wenig unverkrampfter und neugierig auf seine Erklärung, geduldig abwartete. Sie reinigte sich derweil ihre Hände in der Waschschüssel und bedeckte die pochende Nase mit einem frischen, benetzten Tüchlein. Johannes Stertzer ließ sich auf den Hocker hinter der Tür fallen und fuhr sich mit beiden Händen durch die feuchten Haare. »Versteht doch. Ich kann das nicht tun. Ich muss hier weg.« Verzweifelt schüttelte er den Kopf. »So weit es nur irgendwie geht.« Beim Reden sah er nicht auf und es wirkte so, als ob der Student seine Worte an sich selbst richtete. Zusammengesunken hockte er mit hängenden Schultern in der Ecke. »Ich weiß, dass Ihr ein gutes Herz habt.« Nun hob er doch den Blick und sah Anna flehend an. »Ihr kümmert Euch um einen Jungen, der nicht der Eure ist. Beweist ein weiteres Mal Eure Güte und lasst mich mit Euch nach Haydelberch reisen. Das ist mein einziger Wunsch.« Diese Bitte überraschte Anna seltsamerweise nicht im Geringsten. Trotzdem lachte sie kurz auf. »Aber ... wie stellt Ihr Euch das vor? Ihr habt hier eine Verantwortung – auch wenn Sie Euch nicht gefällt. Wenn ich mich nicht irre, dann wartet eine ganze Kirchengemeinde in diesem Moment auf Euer Erscheinen – allen voran die Kindsmutter. Außerdem kann ich diese Entscheidung nicht ohne meinen Mann treffen –

und ich will es auch nicht. Zumal ich seine Antwort bereits kenne.« Annas Augenbrauen hoben sich tadelnd. Sie durfte keine Hoffnung in ihm wecken und sein Ansinnen so gut es ging abwehren. Er war ein Fremder und sein Platz war hier in Bischoffsheimb. Vor allem jetzt, da er in Ungnade gefallen war und eine junge Frau auf seine Verantwortung zählte. Dennoch musste sich Anna eingestehen, dass sie ja eigentlich nicht die ganze Geschichte kannte. Noch weniger wusste sie, ob die Geschwängerte ihn vielleicht als Vater ihres Ungeborenen vorschob, da sie vielleicht mehrmals auch anderweitig der Unzucht verfallen war. Zweifel keimten in ihr. Nein! Dennoch durften sie sich nicht einmischen. Genügte es nicht, dass Bertha und ihr Kind dem Leben allein trotzen mussten? Sollten sie etwa auch noch unterstützen, dass der Name eines weiteren Balgs verkehrt herum in die Taufbücher eingeschrieben wurde? »Bitte! Ich werde Euch nicht zur Last fallen und gute Münzen dafür zahlen. Versteckt mich auf dem Karren unter einer Decke – bis wir außer Sichtweite sind. Niemand wird Verdacht schöpfen! Ich bitte Euch inständig!« Johannes Stertzer kümmerte sich nicht um den verdatterten Ausdruck in Annas Gesicht, den seine ungestümen und drängenden Worte hervorriefen. Er fiel vor ihr auf die Knie und gestikulierte flehend mit den Armen. »Verweigert mir bitte nicht mein Glück mit Bertha. Sie ist …« Seine Stimme wurde weich, als er seinen letzten Trumpf ausspielte. »Ich bin ja bereit zu heiraten. Mein Weib wird versorgt sein und ihr Kind wird einen Vater haben. Das ist doch das, was Ihr wollt, oder? Ist es da nicht völlig unerheblich, welche Frau ich mir erwähle? Heiraten kann ich eh nur eine. Helft mir dabei, dass es die Bertha ist.«

Anna suchte verblüfft nach den passenden Worten. »Nun, wie bereits gesagt, Ihr werdet warten müssen, bis mein Gatte vom Kirchgang zurück ist.« Sein Flehen berührte Anna, obgleich sie ihm keine konkrete Zusage erteilen konnte. *Warum sollte ich seine wahren Gefühle für Bertha infrage stellen? Nicht immer sind sie ergründbar. Sie wäre sicherlich überglücklich. Hatte nicht auch meine wachsende Liebe zu einem Scharfrichter das Unmögliche möglich gemacht? Welches Recht hätte ich da, über des Stertzers Liebe zu einer Hübschlerin zu urteilen?* »Ich kann diese Entscheidung nicht einfach so allein treffen.« Entschuldigend hob Anna die Schultern und war gerade im Begriff, sich abzuwenden, um das blutbesudelte Tüchlein auszuwaschen, als Johannes Stertzer wie eine Katze zum Sprung ansetzte. Binnen eines kurzen Augenblicks war er bei ihr, packte sie schmerzhaft am Arm und zerrte sie grob herum. Durch den Schwung verlor die junge Frau das Gleichgewicht und schlug hart mit dem Hinterkopf gegen einen schmalen, einfach gezimmerten Schrank. Johannes Stertzer drückte Anna heftig atmend mit dem ganzen Gewicht seines Körpers gegen die knarrende Tür und hielt ihr mit einer Hand den Mund zu. Sein gerötetes Gesicht war nur wenige Fingerbreit von dem ihrigen entfernt. Zur Bewegungsunfähigkeit verdammt, musste Anna seine aufdringliche Nähe ertragen und zog panisch, überdeutlich das Gefühl des Erstickens verspürend, die Luft durch die geblähten Nasenlöcher ein. Das durchdringende Blau seiner Augen erstarrte zu Eis und aus seinem Mund mit den gefletschten Zähnen schlug ihr schaler Atem entgegen, der leicht nach säuerlichem Wein roch. »Natürlich könnt Ihr diese Entscheidung nicht allein treffen – Ihr seid eine Frau. Genaugenommen *seine* Frau. Die Frau, die er achtet, die er liebt und auf die er hört, oder etwa nicht? Die er so liebt, dass er es nicht übers Herz brachte, ihr den Kopf abzuschlagen. Und eben aus diesem Grunde werdet Ihr diese Entscheidung zu meinen Gunsten beeinflussen.« Stertzers Lippen verzogen sich zu einem widerlichen Grinsen. Genug! Mit einem Ruck befreite sich Anna aus dem gelockerten Griff und brachte zitternd einen möglichst großen Abstand zwischen sich und den unverschämten Studenten. »Wenn Ihr Euch da nicht täuscht und meine Fähigkeiten überschätzt. Mein Gemahl weiß seine Meinung durchaus eigenständig und unumstößlich zu vertreten«, blaffte ihn Anna gereizt an. Die abrupte Veränderung seines Wesens hatte sie enorm verunsichert. »Dann, fürchte ich, werdet Ihr Euch wohl mehr als sonst anstrengen müssen. Sonst ...« Johannes Stertzer ließ seinen kalten Blick aufreibend langsam über Annas Körper gleiten.

»Sonst was?« Anna verbarg ihr aufkeimendes Unwohlsein geschickt und verschränkte trotzig die Arme vor der Brust, während sie ihn aufsässig und scheinbar ohne Furcht ansah.

»Sonst werde ich wohl dafür Sorge tragen, dass Euer Geheimnis kein Geheimnis mehr bleibt.« Drohend hatte er sich einen Schritt auf Anna zubewegt, die Worte fast drohend ausgespuckt und in Windeseile ihre Haube nach hinten in den Nacken geschoben. Abwehrend schlug sie nach seiner Hand, doch es war zu spät. Ohne den Halt des fein gearbeiteten Stoffes fielen die kurzen Strähnen nun unordentlich nach vorne und umrahmten das von Schrecken gezeichnete Gesicht. Sein überhebliches Lachen stachelte Annas Wut nur noch mehr an. Schneller als sonst wurden die Haare zurückgestopft und verschwanden wieder unter der Kopfbedeckung. Annas Stimme bebte, als sie Johannes Stertzer zornig anfunkelte. »Mit dieser Drohung könnt Ihr mich keineswegs beeindrucken – und meinen Gemahl schon gar nicht. Bereits während der Vernehmung war dem Rat und sogar der Ortsherrschaft dieses *Geheimnis*, von dem Ihr da sprecht, bekannt. Wovor also sollte ich mich nun noch fürchten? Außerdem werden wir der Stadt in Bälde den Rücken kehren. Dann ist es mir eh gleichgültig, wer hier meine Geschichte kennt.« Selbstsicher hob Anna eine Braue und sah den Mann, dessen falsches Lächeln bei ihren Worten erstarb, herausfordernd an. »Ihr seht also … Ihr habt keine Macht über mich!« Stertzers Augen verzogen sich als Reaktion auf ihre Worte zu schmalen Schlitzen, aus denen sich seine Blicke weiter unablässig in Annas Augen bohrten. »Ach, wirklich? Dann bedenkt, dass ich mit meinem Wissen, das Ihr so vehement zu verbergen sucht, nach Haydelberch gelangen kann – egal ob mit oder ohne Euch. Und was denkt Ihr, was ich dann dort tun werde? Dort, wo Euch niemand kennt. Dort, wo Ihr jede Stunde eines Tages darauf achten müsst, wie Ihr Euch kleidet, wie Ihr Euch bewegt, dass Euer wundervolles Haar gänzlich bedeckt ist. Ich werde Euer Geheimnis geschickt aussäen … und was daraus erwächst, wird sich verbreiten. Unaufhaltsam.« Seine säuselnde Stimme ließ jegliche Farbe aus Annas Gesicht weichen.

»So etwas Niederträchtiges würdet Ihr tun? Warum? Was hättet Ihr davon, unser neues Leben dort zu zerstören, noch ehe es recht angefangen hat?« Die Worte waren nur mehr ein heiseres Flüstern.

Der Student tat übertrieben, als dächte er nach. »Nun, eigentlich hätte ich gar nichts davon. Es sollte lediglich ein Ansporn sein, damit Ihr Euch für mein Anliegen verwendet. Ihr seid am Zuge. Wie entscheidet Ihr Euch?« Nach einer lockeren Geste in ihre Richtung schwieg der junge Mann, schien jedoch genau zu wissen, dass er sie so weit in die Ecke gedrängt hatte, dass es nur mehr einen einzigen Ausweg für sie gab. *Wenn ich ihm jetzt die Stirn biete, gleich, wie gerne ich es tun würde, dann macht er seine Drohung wahr. Es wäre ein Leichtes für ihn, selbst nur unter ein paar Studenten das Gerücht zu streuen, dass ein Henker und eine Verurteilte in der Stadt weilen. Es würde sich wie Feuer verbreiten! Michael könnte niemals unbescholten Fuß fassen. Alle würden wieder hinter vorgehaltener Hand schwatzen und tratschen. Rein gar nichts hätte sich verändert. Genauso gut könnten wir uns die Strapazen sparen und in Wymphen bleiben. Unser Leben wäre hier wie dort gleich. Das kann ich ihm nicht antun! Aber würde Michael nicht trotzdem wollen, dass ich mir selbst treu bleibe? Nein! Ich nehme mich zurück, beuge mich und sage Michael einfach nichts von dieser Übereinkunft. Ist das dann vor Gott bereits eine Lüge? Ich handle doch nur so, damit ich ihn schütze! Und ist nicht der Stertzer wirklich so verzweifelt, dass er verständlicherweise zu diesen Mitteln greift, um sein Leben mit seiner Liebe teilen zu können?* Anna schwieg immer noch und horchte in sich hinein. Horchte auf die zwei Stimmen, die sich im Zwiegespräch um ihr weiteres Handeln zu zanken schienen.

»Oder soll ich mein Anliegen vielleicht doch direkt Eurem Gatten vortragen?«, versuchte Johannes Stertzer nun, der Entscheidungsfindung nachzuhelfen.

»Nein!« Anna hatte so laut geschrien, dass sie sich nun erschrocken die Hände vor den Mund schlug. »Nein«, wiederholte sie leiser. »Sagt ihm nichts, bitte!« Sie versuchte mit der staubtrockenen Zunge zu schlucken und das flaue Gefühl im Magen zu ignorieren. »Ich werde ihm sagen, dass Ihr Eurem Herzen folgen wollt, und ich werde ihn schon dazu bringen, dass er Euch auf dem Karren unterbringt.« Sichtlich zufrieden nickte Johannes Stertzer. »Ihr könntet jederzeit auch ohne uns ungesehen nach Haydelberch gelangen und dort dann auf Bertha treffen. Nehmt Euch ein Pferd aus dem Stall Eures Vaters und brecht auf. Warum ist es für Euch so wichtig, dass Ihr mit uns reist? Wahrscheinlich würdet Ihr mir für meine Einwilligung sogar Daumenschrauben anlegen.« Anna konnte sich diese schnippische Bemerkung nicht verkneifen. Es widerstrebte ihr, auf diese erzwungene Weise klein beizugeben. Ein winziges Lächeln umspielte seine wohlgeformten Lippen und seine blauen Augen blitzten. »Es ist mein sehnlichster Wunsch, an Berthas Seite zu sein.«

Anna sprang vom Bett auf und knetete ihre feuchten Finger. Die Zeit des Wartens war ihr wie eine Ewigkeit vorgekommen. Mit ernster Miene betrat Michael endlich die Kammer im Gasthaus. »Es hat länger gedauert. Ich musste doch noch zur Burg. Von Helmstatt war nicht in der Kirche«, berichtete er knapp. Die Schaube landete raschelnd auf der gepackten Truhe. »Dir hätte es dort heute garantiert gefallen. Wenn ein Prediger so besonnen ist wie dieser Renneysen*, dann kann er sogar an einem katholischen Ort predigen, ohne dass man eine Handhabe gegen ihn findet.« Mit einem Stöhnen ließ sich Michael quer über das Bett fallen, blieb bäuchlings mit dem Gesicht in den Decken liegen und erzählte mit dumpfer Stimme. »Jost weinte keine einzige Träne mehr. Ich wünschte, er hätte es getan. Der Junge war wie versteinert. Und weißt du, was noch viel schlimmer war? Er sprach die ganze Zeit über kein einziges Wort mit mir. Kein Flehen. Kein Zetern. Kein Protest. Zum Schluss kehrte er mir den Rücken und ging durch das Tor, ohne mich auch nur eines Blickes zu würdigen.«

Müde stützte er den Kopf auf die Hände. »Vielleicht hätte ich … hoffentlich habe ich das Richtige getan.« Da lag noch etwas anderes in seiner Stimme, das Anna aufhorchen ließ. Etwas, das sie nicht eindeutig beschreiben konnte. Darum wartete sie schweigend ab, bis er leise weitersprach.

So, als wollte er trotz geschlossener Tür verhindern, dass allzu neugierige Ohren Zeugen seiner Worte wurden. »Ist dir das nicht auch schon am ersten Abend im Wirtshaus aufgefallen? Dieser Unmut gegen die hiesige Ortsherrschaft, den manche gar ohne Angst ausgesprochen haben. Da könnte sich etwas zusammenbrauen. Ich denke, dass es im Verborgenen noch weit mehr brodelt. Du warst ja heute beim

---

* Nikolaus Renneysen, ein protestantisch gesinnter Prediger, war bereits seit 1517 am Ort und brachte die Missbräuche der Kirche zur Sprache.

Kirchgang nicht dabei. Sogar schon außerhalb der Wirtshäuser, wenn der Wein nicht in Strömen fließt und die Zunge lockert, wird gescholten und dem Groll nicht Einhalt geboten. Wenn sich diese Feindseligkeit einen Weg bahnt und gegen von Helmstatt richtet, dann ist der Jost in der Burg weiß Gott am falschen Platze.« Schließlich drehte sich Michael um und bedachte Anna, deren besorgter Blick auf ihm ruhte, mit einem ebensolchen.

»Aber was willst du deswegen tun? Jost dort wieder wegholen, weil es vielleicht zu Querelen kommen könnte?«

Zwiespältige Gefühle regten sich in ihr, als Michael fortfuhr: »Nein. Und ja. Ach, ich weiß auch nicht.« Unschlüssig prustete er durch die Lippen und wechselte zu einem anderen Gedanken, der ihn beschäftigte. »Und Bertha, Bertha plagt auch der Kummer. Nicht einmal sehen konnte sie ihren Studenten, geschweige denn mit ihm reden. Stell dir vor, Anna, die Hochzeit hat gar nicht stattgefunden. Er war unauffindbar! Guter Gott, was für eine Schande für beide Familien. Na ja, ich glaube, die Bertha weiß jetzt auch nicht, was sie besser finden soll. Dass sie ihm erst gar nicht begegnet ist oder dass er nicht geheiratet hat.« Anna ließ sich neben ihn auf das Bett sinken und nahm seine Hand. »Da du gerade von ihm sprichst.« Auch das Räuspern änderte nichts an der belegten Stimme. Mit pochendem Herzen legte sie ihren Kopf auf seine Brust, hörte eine Weile dem kräftigen Schlagen zu, das aus dem Innern zu ihr drang, und ließ sich von ihm in die Arme nehmen. Hier fand sie immer Trost und Halt. Allein bei dem Gedanken, dass sie dies alles vielleicht einmal verlieren könnte, machte sich ein schmerzhaftes Gefühl breit, schnürte ihr die Kehle zu und ließ Tränen fließen. *Noch kann ich dir alles erzählen. Noch ist es nicht zu spät und die Lüge noch nicht ausgesprochen. Das Versprechen, das mir der Student unter Zwang abgerungen hat. Der Abgrund, über dem unser neues Leben schwebt, noch ehe es überhaupt recht begonnen hat. Soll ich dich damit nun auch noch belasten? Aber genau deswegen haben wir Wymphen verlassen! Ich wollte dir ein sorgenfreies Leben ohne Schatten der Vergangenheit ermöglichen. Selbst wenn ich dir alles erzähle und du meinetwillen in deiner Gutmütigkeit auf die Forderungen Stertzers eingehst, dann hängt die Kenntnis um diesen Mitwisser für den Rest unseres Lebens über uns wie eine drohende Sturmwolke. Nein! Ich allein werde diese Bürde tragen!* Annas Entschluss stand fest, auch wenn dies bedeutete, dass sie Michael belügen und manipulieren musste. Die Traurigkeit ließ ihrer Kehle ein krampfhaftes Schluchzen entweichen. Dass Michaels Arme sich nun tröstend noch fester um sie schlossen, verstärkte ihre Bekümmertheit jedoch nur noch.

»Ich weiß, dass dir Jost sehr ans Herz gewachsen ist. Glaube mir, es wird sich schon alles finden«, murmelte Michael dicht an ihrer Haube und ließ nur widerwillig zu, dass sie sich von ihm entfernte und sich schniefend aufrichtete. Sie schien nach den passenden Worten zu suchen. Rot geweinte Augen blickten aus einem tränennassen Gesicht auf ihn herab. »Es ist nur … jedes Mal, wenn mir bewusst wird, wie sehr ich dich brauche, wie dankbar ich in jedem Augenblick sein darf und wie glücklich ich mit dir bin, dann schleicht sich diese grauenvolle Angst ein, dass ich eines Morgens aufwache und alles nur ein wunderschöner Traum war.« Bevor Anna weiterreden konnte, wurden ihre Lippen mit einem langen Kuss verschlossen. Hätte sie einen Wunsch äußern dürfen, so hätte dieser Kuss ruhig bis in alle Ewigkeit dauern können. »Was wolltest du mir eigentlich noch über den Stertzer sagen?«, brachte Michael sie wieder in die harte Realität zurück.

»Nun, du hast erwähnt, dass er nicht zur Trauung erschienen ist … Das wusste ich bereits.« Mit fragendem Blick stapelte er die Kissen und ließ sich dann in den weichen Daunenberg sinken. »Er ist hier.«

So, als hätte er sich gegen glühende Holzscheite gelehnt, schnellte er wieder hoch. »Der Stertzer ist *hier*?« Anna legte beschwichtigend einen Finger an die Lippen und bat ihn mit dieser Geste darum, leiser zu reden. »Nun ja, er ist nicht hier.« Ihre ausgebreiteten Arme deuteten ringsum in die Kammer. »Er ist hinten in der Scheune beim Karren, wartet auf deine Zustimmung und verbirgt sich dort.« Völlige Verständnislosigkeit spiegelte sich in seiner Miene wider. »In seiner Not hat er sich an mich gewandt. Er will die Stadt verlassen und mit uns nach Haydelberch ziehen.«

Michaels Gesichtszüge wandelten sich in Ablehnung. »Nein! Was denkt sich dieser Bursche eigentlich? Entzieht sich hier seiner Verantwortung und will andernorts ein neues Leben wagen?«

Nun war es Anna, die ihre Stimme erhob. »Wollen wir das denn nicht ebenso? Lass uns ihm einfach helfen.«

Irritiert schwieg Michael für einen Augenblick. »Aber ... seine Braut ... sie werden ihn suchen. Und wir werden ebenfalls zur Rechenschaft gezogen, weil wir ihm behilflich waren. Sie werden ihn dort in Haydelberch zuallererst suchen, um ihn zur Heirat zu zwingen«, gab Michael, noch lange nicht überzeugt, zu bedenken.

»Ja, vermutlich werden sie das tun, aber sie können allesamt nichts ausrichten, wenn er dann bereits verheiratet ist. Er liebt die Bertha und will sie zu seinem Weib machen. Hast du denn nicht auch schon bemerkt, dass der Johannes sein Herz an sie verloren hat? Er hat mir versichert, dass es sein sehnlichster Wunsch ist, sie zu seinem Weib zu machen. Und wage es ja nicht, jetzt über ihn zu richten! Bertha würde das unvorstellbar glücklich machen. Gönnst du ihr das denn nicht? Hat sie nicht auch das Recht, so glücklich zu sein wie wir beide und die Möglichkeit zu ergreifen, ihrem Leben eine Wendung zu geben? Genau das hast du doch auch dem Jost mitgegeben.« Annas flehende Worte hatten sich fast überschlagen, so schnell wollte sie ihm alle Argumente für eine Zustimmung darlegen. »Wir verbergen ihn unter Decken, bis wir die Stadtgrenzen passiert haben. Bertha weihen wir natürlich ein. Sie können so bald als möglich heiraten. Dann erkennt er das Kind als sein eigenes an und alles hat sich zum Guten gewendet.«

Stumm legte Michael die Stirn in Falten und dachte nach. Schließlich deutete er immer wieder mit einem Finger auf sie, während er sie anblitzte. »Ich habe dich durchschaut. Ich weiß genau, was du im Schilde führst.« Annas Herz setzte für einen Moment aus. Ihr wurde zugleich heiß und kalt. Was mochte er wohl damit meinen? Womit hatte sie sich verraten? »Gib es zu. Es geht dir gar nicht einmal so sehr um das Wohl einer Hübschlerin. Es kommt dir gerade recht, dass der Student ein Auge auf die Bertha geworfen hat. Und nun setzt du alles daran, dass er die eine in Schande lässt und sich an die andere bindet. Du bist eh schon immer ein wenig eifersüchtig auf sie gewesen. Das ist jetzt die Gelegenheit, dass sie sich nicht mehr nach mir den Hals verrenkt, sondern ein anderes Mannsbild vor Augen hat.« Spöttisch verzogen sich seine Mundwinkel nach oben, als er seine Frau in seine Arme zog. Anscheinend war er also einverstanden. Wenngleich dies schneller geschah, als sie erwartet hatte, und er ein wenig gequält wirkte. Erleichtert atmete Anna aus und versuchte sich an einem Lächeln. Sollte er doch ruhig denken, dass ihre weibische Eifersucht der Grund war. So erreichte sie letztlich das, was sie zu bewirken suchte.

Anna hatte ihn gebeten, schon nach dem Braunen zu sehen, damit sich der Aufbruch nicht noch mehr verzögerte, während sie selbst mit Bertha über die überraschenden neuen Verhältnisse sprechen wollte. Es war eh schon später Nachmittag und viel Weg würden sie nicht mehr hinter sich bringen. Anna bestand allerdings darauf, dass sie sich mit einer solch brisanten Fracht schnellstmöglich aufmachten, auch wenn sie nur bis zum nächsten Dorf oder Gehöft gelangten. Jetzt, da die Ortsherrschaft sie freigegeben hatte, galt es, die Zeit zu nutzen. Michael war allein. Jetzt brauchte er sich nicht mehr darum zu scheren, ob man ihm sein Missfallen ansah. Der Stertzer! Er wollte ihn nicht in der Nähe haben. Hatte er doch gehofft, dass er mit ihm auch die Erinnerungen würde zurücklassen können. Nun jedoch hatte er in jedem Moment wieder ihre gemeinsame Tat vor Augen. Mit düsterem Blick stürmte er in den Schuppen hinter dem Gasthaus und wartete nur kurz ab, bis sich seine Augen an die dunklen Schatten gewöhnten. »Zeigt Euch!«, zischte er leise und umrundete den beladenen Karren. Er wollte den neuen Mitreisenden zur Rede stellen und tatsächlich löste sich dieser alsbald nach der Aufforderung aus den Schatten. Michael baute sich drohend vor Johannes Stertzer auf. »Irgendwie scheint Ihr es geschafft zu haben, Euch das Wohlwollen meiner Gattin zu erschleichen. Nur ihr allein habt Ihr diesen für Euch glücklichen Umstand zu verdanken. Ich selbst könnte sehr wohl auf Eure Anwesenheit verzichten, da ich in keinster Weise mit Eurem Handeln einverstanden bin.« Er verschränkte die Arme und näherte sich dem Studenten bis auf eine Armlänge. »Und glaubt ja nicht, dass Ihr ebenso falsches Spiel mit Bertha treiben könnt. Solltet Ihr sie nicht binnen kürzester Zeit ehelichen, dann …« Plötzlich schnellte Johannes Stertzer nach vorne und schob Michael mit aufgeblähter Brust ein Stück nach hinten. »Was dann?« Provozierend stierte er ihm in die Augen. »Was wollt Ihr dann tun? Überlegt es Euch gewissenhaft. Euer Weib soll doch sicher nichts von unserer gemeinsamen Nacht erfahren, oder?« Selbstgefällig ließ er seine Worte wirken und bemerkte mit Genugtuung, wie sich die Muskeln an Michaels Hals anspannten. »Woher nehmt Ihr die Gewissheit, dass ich sie nicht schon längst eingeweiht habe?« Seine Stimme verriet ihn und Stertzer lachte hart auf. »Wollt Ihr es darauf ankommen lassen?« Die beiden Männer, die sich wie zwei kämpfende Hähne gegenüberstanden, zuckten jäh zusammen. Die Schuppentür wurde geöffnet und im einfallenden Tageslicht erschien ein Schatten. Bertha raffte ihre Röcke und flog mit einem Juchzen in Johannes Stertzers Arme, die sie überschwänglich in Empfang nahmen. »Ich kann es kaum glauben. Du bist wahrhaftig hier bei mir.« Diese Worte wiederholte sie mehrmals, während sie glücklich strahlend mit beiden Händen zärtlich sein Gesicht umrahmte, zu ihm aufsah und daunenleichte Küsse auf seine erhitzten Wangen hauchte.

Bertha lächelte auch dann immer noch, als sie auf dem Karren saß und ihr der raue Rand der Ladefläche, durch das Gewand hindurch deutlich spürbar, in den Kniekehlen scheuerte. Sie waren immer noch in Sichtweite der Stadt und darum musste sich die Hübschlerin damit begnügen, nur nach der wertvollen Fracht, die sie ab diesem Tage mit sich führten, zu tasten. Gedankenverloren strich sie über ihren schwangeren Leib. Sie hatte keine Furcht mehr vor einer ungewissen Zukunft. Sie würde einen Mann und ihr Kind würde einen Vater haben. Dieser Mann hatte alles aufgegeben. Seine Familie, diese andere Frau, selbst das starre städtische Gefüge ließ er, ohne zu zögern, hinter sich. Und alles nur ihretwegen! Wie stark musste diese Liebe doch sein. Das Herz schien ihr vor Glück in der Brust zu zerspringen.

Auch Johannes Stertzers Herzschlag hatte sich beschleunigt und hämmerte auch jetzt immer noch gegen seine Rippen. Er hatte innerhalb der Stadtmauern die Stimmen derer wahrgenommen, die schwatzend den Karren passierten, und verkrampft jederzeit damit gerechnet, dass jemand die Abdeckung wegzog und somit sein Versteck offenlegte. Unbequem eingepfercht, lag er zwischen Kisten und Truhen, wagte keine Bewegung, und das Eibenholz des Scharfrichters Armbrust stieß ihm bei jedem Schaukeln schmerzhaft in den Rücken. Dort würde sich in den kommenden Tagen ganz gewiss ein blaues Mal zeigen. Die Decke, die man über ihm und dem Hausrat ausgebreitet hatte, roch unangenehm modrig, doch das alles war ihm gleich. Er würde die Strapazen der Reise klaglos ertragen, und mit den Eheleuten vorne auf dem Bock, die beide darauf bedacht waren, die wahren Beweggründe ihrer Fürsprache vor dem jeweils anderen zu verbergen, besaß er sogar eine doppelte Absicherung für das Gelingen. Niemand würde ihm jetzt noch die gemeinsame Weiterreise verwehren. Nicht die beiden Verschwörer und schon gar nicht die hübsche Schwangere, deren Liebe er besaß. Er hatte ein Ziel, dem er jeden Tag, ja, Stunde um Stunde näher kam. Johannes Stertzer spürte die Finger, die ihn berührten, sich wie ein warmes Band um seinen Knöchel legten und zärtlich hin und her rieben. Dass er hier verborgen an ihrer Seite lag und nicht von ihr getrennt wurde, war das Einzige, was im Augenblick von Bedeutung war.

Die Sonne, die schon den ganzen Tag über immer wieder von dicken, schweren Wolken bezwungen worden war, gab ihren Kampf auf, verschwand hinter dem Horizont und überließ dem Mond ihren Platz am Firmament. Nach und nach kehrte auf dem Bischoffsheimber Herrschaftssitz derer von Helmstatt endlich Ruhe ein. Die Küchenmägde hatten ihn, vornehmlich wegen der geschäftigen Vorbereitungen für das mehrstündige Brotbacken, seit seiner Ankunft wenig beachtet, aber das war Jost gerade recht gewesen. Auch jetzt lächelte ihm die Älteste von ihnen, eine freundliche Frau mit rundlichem Gesicht, nur aufmunternd zu, während sie weiter ihre Arbeit erledigte und das noch lauwarme Brot in handliche Stücke brach. Immer noch hockte Jost trotzig und stumm wie ein Fisch in der Ecke neben der Feuerstelle auf seinem Packen und starrte zum dunklen Fenster hoch. Man hatte ihn geheißen, hier zu warten, bis man ihm einen Schlafplatz für die Nacht zuweisen konnte. Es war ihm völlig gleich. Jost würde auch direkt hier neben dem wärmenden Feuer schlafen. Wenn er denn überhaupt Schlaf finden würde. Der Schmerz über den Verrat saß tief. Hatte er sich jemals so einsam gefühlt? In Wymphen kannte er, seit er denken konnte, alle Winkel und Gassen und verspürte wenigstens eine Art Sicherheit, auch wenn er trotz allem immer auf der Hut sein musste, da ihm nicht alle Burschen wohlgesonnen waren und er ab und an auch Prügel einstecken musste. Aber hier? Hier war ihm alles fremd. Jeder Raum. Jede Menschenseele. Er kämpfte die Tränen nieder und streckte die steifen Glieder. Die Wärme der Flammen wurde unterbrochen und der Junge spürte die Kühle eines Schattens, der neben ihm auftauchte und dort verweilte. Zögernd drehte er den Kopf und erkannte Dorle. Sie hatte die ihr aufgetragenen Arbeiten erledigt und hielt nun in ihren kleinen Händen eine Schüssel mit dampfendem Inhalt, den man ihr aus einem Kessel über dem Feuer geschöpft hatte. Aufmunternd lächelte sie Jost mit rosigen Backen an und streckte ihre Ärmchen, um ihm die mit Getreide, Eiern und Graupen eingedickte Specksuppe zu reichen. »Das schmeckt wirklich lecker und du hast den ganzen Tag noch nichts gegessen. Ohne etwas Warmes im Bauch wird die Nacht ganz schön lange werden.« Überrascht über das ablehnende Kopfschütteln, redete Dorle weiter auf ihn ein, pries das Essen an und versprach, auch gleich noch einen Kanten Brot zum Eintunken zu holen. Das Mädchen stellte die Schüssel mit einem kratzenden Geräusch auf dem steinernen Boden neben seinen Füßen ab und eilte zu der Magd zurück, um einen weiteren Hafen zu holen. Verstohlen linste Jost auf den köstlich duftenden Inhalt. Seinen grummelnden Bauch hatte er vor Kummer bis dato überhaupt nicht beachtet. Dem Jungen lief das Wasser im Mund zusammen, also hangelte er nach dem Hafen und begann, mit wachsendem Hunger zu essen. Zufrieden ließ sich Dorle neben ihm nieder und beobachtete ihn eine Weile, ehe sie selbst begann, die zuvor eingebrockten und nun vollgesaugten Stücke Brot herauszufischen, bevor diese ganz zerfielen. Schweigend leerten die Kinder ihre Schüsseln und genossen mit gefüllten Bäuchen die Wärme am Kamin. Josts Groll legte sich ein wenig. Das Knistern in der Glut wirkte nun am Ende dieses aufreibenden Tages sogar einschläfernd und seine Lider wurden schwer und sanken immer wieder herab. Ehe der Schlaf sich seiner vollständig bemächtigen konnte und der Kopf endgültig auf der schmalen Brust liegen blieb, schreckte der Junge hoch und riss die Augen weit auf. Zunächst begriff er gar nicht, was die aufgeregte Stimme kreischte und warum die Mägde mit einem Mal durch den Raum stoben wie aufgeschrecktes Geflügel. Jost spürte nur, dass sein Herz schneller pochte und er jetzt durch den Schreck hektisch die rauchige Luft einsog. »Ja doch, ich bin mir sicher. Von der Mauer aus kann man sie anscheinend schon sehen.« Eine der Mägde hatte den Schweinen im Vorhof Abfälle gebracht und war mit für Aufregung sorgenden Neuigkeiten wieder in die Küche zurückgekehrt. Die Gesprächsfetzen, die er aufschnappte, und die besorgten Blicke, die die Frauen wechselten, fachten Josts Neugierde nur noch mehr an. In einem kurzen Augenblick, in dem er sich unbeobachtet wähnte, nutzte er die Gelegenheit und stahl sich heimlich davon. Geschwind legte er den Weg über die Brücke zurück, wich dabei behände einer Wache, die im Laufschritt auf ihn zueilte, ihn ansonsten jedoch nicht weiter beachtete oder gar aufhielt, mit dem Geschick eines Gassenjungen aus und blieb erst oben auf dem Rundgang der dicken Mauer stehen, die den Vorhof umschloss. Neugierig und aufgeweckt erfasste er alle Vorgänge und Ereignisse, die diese ungewohnte Unruhe mit sich gebracht hatte. Befehle wurden gerufen, Gestalten trugen Fackeln durch die Dunkelheit, um wichtige Aussichtspunkte zu beleuchten, und unten am Tor zerrte ein Mann eine Frau grob durch das noch offene Portal nach draußen und verschwand mit ihr in der Nacht. Jost konnte sich dieses seltsame Gebaren nur damit erklären, dass die Frau, die wohl nicht auf der Burg, sondern in der Stadt wohnhaft war, von ihrem Vater, Bruder oder auch Gemahl in Sicherheit gebracht werden sollte, ehe der Sitz der Ortsherrschaft in Belagerung und Verderben versank. Sogleich begannen die Wachen, sich gegen das massive Tor zu stemmen, in der Absicht, es möglichst schnell mit vereinten Kräften zu schließen, was kurz darauf auch gelang. Jost fröstelte in der kühlen Nachtluft, er reckte seinen Hals und tatsächlich konnte er nun beinahe das ganze Ausmaß der Bedrohung erkennen. Der rötliche Schimmer unzähliger Fackeln erhellte die Gassen. Von seinem erhabenen Beobachtungsposten sah es für den Jungen so aus, als krieche ein Feuerwurm durch die Straßen der Stadt. Begleitet von Gejohle und Geschrei, bewegte sich der lärmende Mob unaufhaltsam auf den Burgbereich zu*. Staunend, aber auch mit wachsendem Unbehagen beobachtete Jost das ungewohnte Schauspiel, das sich ihm bot, und ihm stockte der Atem. Was hatte der lärmende Haufen vor? Sollten es die Aufrührer tatsächlich wagen, gegen die Ortsherrschaft vorzurücken und zu versuchen, die Burg mit Gewalt zu nehmen? Aber was dann? Würden sie Leben verschonen? Und was würde dann mit ihm selbst geschehen? Er war doch einer von ihnen! Nie und nimmer gehörte er zum Adel. Josts Gedanken wurden immer verzweifelter. Und all das nur, weil er hier zurückgelassen worden war. Vielleicht fand er in dieser Nacht sogar den Tod. Den ehemaligen Blutvogt scherte das aber dann reichlich wenig. Der war ja bereits auf dem Weg nach Haydelberch und würde wahrscheinlich niemals im Leben von dem traurigen Schicksal erfahren, das ihn, seinen ehemaligen Schützling, hier in Bischoffsheimb ereilt hatte. Ängstlich und in seinen Gedanken gefangen, ließ Jost die Menge nicht einen Moment aus den Augen. Seltsamerweise verlangsamte sich nun der Tross der Aufrührer, kam auf Höhe der Zehntscheuer schließlich zum Stillstand und sammelte sich dort wie ein zäher Tropfen Harz. Vereinzelt konnte Jost zwischen den Fackeln, Sensen und sonstigem Wehrzeugs auch Harnische aufblitzen sehen.

---

* Missstände (hohe Steuern, Beschneidung der Rechte, Reformation …) führten dazu, dass sich der ›gemeine Mann‹ erhob. In Bischoffsheimb versuchten die Ortsherren, beruhigend auf die Einwohner einzuwirken, indem sie 1524 einen Vertrag schlossen und Zugeständnisse machten. 1525 kam es dennoch zu einer Revolte. Allerdings ohne bewaffnete Auseinandersetzung zwischen den Einwohnern und den Herren von Helmstatt. Der Niedergang der aufständischen Bauern im Kraichgau beendete auch die Rebellion in Bischoffsheimb und führte zur Kapitulation. Der Vertrag aus dem Jahr 1524 musste herausgegeben und für nichtig erklärt werden. Die Rechte wurden eingeschränkt und der Rat der Vierundzwanzig, welcher die Interessen gegenüber der Ortsherrschaft vertrat, wurde aufgelöst.

Geräuschvoll wurden nun die Scheunentore mit Äxten bearbeitet, sodass der Schall der Schläge bis zur Burg herübergeweht wurde. Kurz darauf barsten die Holzpforten und gaben sich dem Ansturm der scharfkantigen Klingen geschlagen. Die Meute verschaffte sich mit lautem Siegesgejaule Zutritt und teilte Wein und Frucht, die Vorräte der Herrschaft und der Pfaffheit, unter sich auf. Eine kalte Hand griff nach Jost und der Junge fuhr mit einem spitzen Aufschrei herum. Dorle, die sich wohl ebenfalls aus der Küche gestohlen hatte, um den Tumult selbst zu sehen, guckte ihn nun verunsichert mit großen Augen an und ließ sich bereitwillig von ihm in die Arme nehmen. Jost war nicht sicher, ob er es zu ihrem oder zu seinem eigenen Trost tat. Mit zitternden Knien rutschte er an den rauen Steinen der Mauer entlang nach unten und zog das Mädchen mit sich. Dort kauerten sie eng beieinander und hielten sich schlotternd an den Händen. Niemand konnte wissen oder gar vorhersagen, was in dieser Nacht wohl noch alles geschehen mochte.

ERBSÜNDE

Sonntag, 17. April 1524

Eine seltsame Nacht lag hinter ihnen. Eine anstrengende Nacht ohne Schlaf und ohne wärmendes Bett. Denn um möglichst viel Weg zwischen sich und Bischoffsheimb zu bringen und die brisante Fracht auf dem Karren, auch um ihrer Leben willen, schnellstens von dort wegzuschaffen, hatten sie den Weg Richtung Haydelberch eingeschlagen, die Häuser und Gehöfte von Epfenbach bei Dunkelheit unbemerkt passiert und geradewegs auf Spehsbach zugehalten. Krampfhaft hielt Anna nun die Zügel in den klammen Fingern und zwang sich mit aller Kraft, die schweren Augenlider offen zu halten. Das lange Sitzen auf dem Bock, die gleichmäßigen Bewegungen und die einschläfernden Geräusche wurden schier übermächtig und lähmten Annas Willen zusehends. Ihr Blick fiel auf die unbesetzte Hälfte der hölzernen Bank, deren Bretter neben ihr so unglaublich verführerisch auf Anna wirkten, obwohl sie spröde, hart und durch die neblige Nacht inzwischen feucht waren. Eigentlich hätte sie sich auf dem Bock, der ihr geradezu mit betörender säuselnder Stimme zuzuflüstern und sie zu locken schien, auch zur Seite legen und ein wenig schlafen können, einen Ballen unter dem Kopf und eine Decke über den Beinen. Schließlich war es nicht von Bedeutung, ob sie die Zügel hielt oder nicht. Michael führte den Braunen sicher durch die Nacht in den Morgen und gab ohnehin Geschwindigkeit und Richtung vor. Doch Anna hatte sich halsstarrig dagegen gewehrt, seiner Bitte Folge zu leisten und den Vorschlag, sich auszuruhen, anzunehmen. Sie wollte ihm keinesfalls die ganze Last aufbürden und ihm zeigen, dass sie durchaus in der Lage war, ebenso wie er durchzuhalten. Selbst wenn er es war, der den weitaus anstrengenderen Teil übernommen hatte, nicht wie sie sitzen konnte und nun schon seit Stunden mit schleppenden Schritten Stück für Stück des Weges hinter sich brachte, den Gaul immer abwechselnd mal auf der einen, mal auf der anderen Seite führend. Jetzt, da der Karren gemächlich im Licht des neuen Tages auf die vor ihnen liegende Mühle am Spehsbach und die Ansammlung von Häusern und Scheunen zuhielt, die die Straße säumten, sehnten sich wohl alle nach einem stärkenden Mahl und einem wärmenden Feuer. Anna gähnte ausgiebig, überprüfte den Sitz ihrer Haube und drehte sich mit steifen Gelenken entgegen der Fahrtrichtung, um den beiden Verliebten die baldige Rast anzukündigen. »Wir erreichen gleich die ersten Höfe.« Hinten auf dem Karren hatte es sich Bertha bei Johannes Stertzer während der Nacht gemütlich gemacht und tuschelnd und glucksend Stunde um Stunde verstreichen lassen. Anna war sicher, dass sich das Paar während der ganzen Zeit im Schutz der Nacht nicht nur leise unterhalten hatte. Den Geräuschen zufolge musste da die Sehnsucht nach Zweisamkeit und körperlicher Nähe unbändig gewesen sein. Und da waren Bertha und der Stertzer bei Weitem nicht die Einzigen. Anna löste den Blick von dem Paar und nahm wieder die Kehrseite ihres Gatten in Augenschein. Die Müdigkeit verflog mit einem Male. Ihre Gedanken ließen das Blut in den Wangen pochen. Nur zu gut konnte sie sich ihn vollständig entkleidet vorstellen und musste sich nicht einmal sonderlich anstrengen, um die Erinnerung an sein wohlgeformtes Hinterteil wieder aufleben zu lassen. Nein, er konnte doch keine Gedanken lesen! Es konnte nur Zufall sein, dass er sich genau in diesem Moment beim Gehen zu ihr umdrehte und der durchdringende Blick aus seinen dunklen Augen sie wie ein flammender Stich ins Herz traf. Obgleich sich Annas Herzschlag beschleunigte und ihr diese unkeuschen Gedanken bestimmt anzusehen waren, hielt sie stand und genoss das gegenseitige Verstehen, die Leidenschaft, die in seinen Augen aufblitzte. Sicher war ihm das nächtliche Treiben ebenfalls nicht entgangen. Das schläfrige Grunzen vom hinteren Teil des Karrens unterbrach den Bann und holte Anna wieder in die Wirklichkeit zurück. In eine Wirklichkeit, die aus schmerzenden Gliedern und knurrendem Magen bestand. Seufzend ließ Anna die Erinnerung an die vergangenen Stunden nochmals in ihr Bewusstsein. Am Abend vorher war der Student aus seinem Versteck unter der Abdeckung hervorgekrochen, sobald der Tross außer Sichtweite und damit die Gefahr erst einmal gebannt war. Er hatte sich einen möglichst bequemen Platz gesucht und Bertha fürsorglich zwischen seinen Beinen platziert, damit sie sich mit ihrem geschwollenen Leib bei ihm anlehnen konnte. Warm zugedeckt, hatte sich die Hübschlerin selig lächelnd an ihn geschmiegt und unablässig seine Hand gehalten.

Wie um Annas ankündigende Worte zu bestätigen, begann just in diesem Augenblick die Glocke der Kirche zu läuten, die etwas oberhalb neben einem ummauerten Gottesacker stand, um die gläubigen Seelen zum sonntäglichen Hochamt zu rufen. Schlaftrunken regte sich der unförmige Körper der Schwangeren unter der Decke und etwas unbeholfen versuchte sie, sich in eine aufrechtere Position zu hieven, um das Gewicht von Johannes Stertzers Beinen zu nehmen und somit seine Glieder zu entlasten. Kaum hatte sie sich aufgerichtet, da zog sie mit einem Stöhnen zischend die Luft durch ihre Zähne, erstarrte schmerzerfüllt mitten in der Bewegung und hielt sich den Bauch. Sofort verfinsterte sich Stertzers Miene. Behutsam legte er ebenfalls seine Hand auf Berthas Leib und redete beruhigend auf sie ein, während er darauf wartete, dass die Schmerzen nachließen und ihr Körper sich langsam wieder zu entspannen schien. Auch Anna hatte besorgt den Atem angehalten und die beiden beobachtet. In letzter Zeit waren diese Schmerzen hin und wieder bei der Hübschlerin aufgetreten. Wohl ein untrügliches Zeichen dafür, dass die Niederkunft in Bälde bevorstand. Bei diesem Gedanken breitete sich ein flaues Gefühl in Annas Magen aus. Wann würde es letztlich so weit sein? Sollten sie hier nach einer Hebamme fragen und auf einem der Höfe abwarten? Aber warum kostbare Zeit verschwenden, vielleicht tagelang untätig herumsitzen, wenn das Kindlein dann doch erst in einigen Tagen das Licht der Welt erblickte? Was aber tun, wenn sie die Anzeichen ignorierten, die Fahrt fortsetzten und dann sie selbst, allein und unwissend, bei einer plötzlichen Geburt auf weitem Felde mit helfender Hand zur Tat schreiten musste? Anna wusste sich keinen Rat. Beklommen schob sie die Gedanken beiseite. Im Moment jedenfalls war Bertha in guten Händen. Denn auch wenn Anna nicht hören konnte, was der Student leise in ihr Ohr flüsterte, so schien es doch etwas höchst Erfreuliches zu sein, wie unschwer an den rosigen Wangen und den leuchtenden Augen zu erkennen war. Nun, vermutlich würde Anna es zu gegebener Zeit erfahren. Die Stunden der vielen Tage konnten sich mitunter schier endlos dahinziehen und da Anna nun einmal die einzige Vertraute darstellte, war durchaus die Möglichkeit gegeben, dass sie schon bald eingeweiht wurde. Indes führte Michael das Pferd mit schlurfenden Schritten auf ein kleines Wiesenstück unterhalb der Kirche, zog an den ledernen Riemen, um es zum Stehen zu bringen, und begann mit geübten, aber trägen Bewegungen, das Tier abzuspannen. »Uns bleibt vor dem Kirchgang nur wenig Zeit. Also esst schnell noch einen Happen, damit wir uns allesamt auf den Weg machen können.« Der letzte Funke

Hoffnung auf ein kurzes Schläfchen war erloschen. Am Klang seiner Stimme konnte Anna mehr als deutlich erkennen, dass er gegen die bleierne Schwere seiner Glieder ankämpfte und seinem Körper seinen Willen aufzwang. Ihr selbst erging es ja ebenso. Dennoch schluckte Anna ihren Einwand hinunter, stieg mit schmerzenden Beinen vom Bock und streckte sich gähnend. Bertha gesellte sich zu ihr. Sie kaute bereits genüsslich und hielt Anna aufmunternd lächelnd die andere Hälfte ihres Brotkantens hin. Der Einzige, der wohl nicht ganz mit Michaels Vorgaben einverstanden zu sein schien, war Johannes Stertzer. Übellaunig stand er breitbeinig immer noch auf dem Karren und machte keinerlei Anstalten, sich von dort herunterzubewegen. »Der Allmächtige wird uns schon nicht gleich mit einem Blitz erschlagen, wenn wir die Messe heute nicht besuchen und uns stattdessen eine wohlverdiente Ruhepause gönnen.« Bertha und Anna hörten auf zu kauen. Der Student ließ durch seine verächtliche Mimik und den abfälligen Klang seiner Stimme keinerlei Zweifel daran, dass er nicht im Mindesten daran interessiert war, Michaels Geheiß Folge zu leisten. »Wir sind alle erschöpft. Und gerade die Bertha sollte sich schonen. Sie ist zu schwach. Oder wollt Ihr es in Eure Verantwortung legen, dass sie sich überanstrengt und womöglich zu früh niederkommt? Außerdem, wer soll auf den Karren achtgeben, während wir alle in der Kirche hocken? Der Bub ist ja schließlich auch nicht mehr da.« Der Student machte eine ausschweifende Handbewegung in Richtung der Schwangeren und verharrte dann mit anklagendem Blick in dieser Haltung. Die Stille, die nun folgte, war ohrenbetäubend. Einerseits bewunderte es die Hübschlerin, dass sich der Student so dermaßen für ihr Wohl einsetzte. Andererseits wäre sie selbst nie auf den Gedanken gekommen, sich gegen Michaels Anweisungen aufzulehnen. Schließlich hatten die Schmerzen bereits wieder nachgelassen. Bertha und

Anna warfen Michael vorsichtige Blicke zu und versuchten, seine Reaktion abzuschätzen. Er hatte aufgehört, das Tier vom ledernen Geschirr zu befreien, und stand ganz still und reglos da. Nur seine Brauen zogen sich zusammen und sein Blick verfinsterte sich. Mit einer raschen Bewegung schnellte seine Hand unter den Bauch des Braunen und zwickte in einen empfindsamen Bereich an der weichen Innenseite des Beins. Sofort folgte ein protestierendes Schnauben. Das kurze, kraftvolle Hüpfen und damit das Zerren am Zugstrang ließen den Karren ein gutes Stück nach vorne rucken. Michaels fester Griff am Maul brachte das Pferd jedoch sogleich wieder sicher zum Stehen. Johannes Stertzer hatte da weit weniger Glück. Der schwankende Untergrund hatte ihn schmerzhaft zu Fall gebracht. Aufgebracht rappelte er sich wieder hoch und funkelte Michael hitzig an. Sein verletzter Stolz und die unterdrückte Wut waren ihm deutlich anzusehen. Nichtsdestotrotz hielt Michael seinem Blick stand, als er sich einige Schritte auf ihn zubewegte und dabei deutliche Worte fand. »Zerbrecht Euch nicht meinen Kopf, Stertzer. Irgendwo lässt sich sicherlich eine Magd auftreiben, die für die Zeit unserer Abwesenheit ein Auge auf unser Hab und Gut hat. Und Ihr, im Besonderen *Ihr* seid es, der sich heute auf den Weg in ein Gotteshaus machen und für einige Dinge dankbar sein und beten sollte, oder irre ich mich?« Eine seiner Brauen war gefährlich weit nach oben gewandert. Anna hielt die Luft an. Sicher trugen die Ereignisse der letzten Tage und zudem die Übermüdung zu seiner Gereiztheit bei. Ihr selbst war er nur ein einziges Mal so gegenübergetreten. Damals, als sie noch nicht allzu lange seine Frau gewesen war, sich aus dem Scharfrichterhaus davongestohlen hatte und vor dem gemeinsamen Leben mit ihm weggelaufen war. Und jetzt tat Johannes Stertzer gut daran, nicht mehr zu widersprechen.

Anna lauschte dem leisen Stimmengewirr der Versammelten, das vom Kirchengemäuer widerhallte, und trat unruhig von einem Bein auf das andere. Sie verspürte den Drang, das Gotteshaus auf der Stelle wieder zu verlassen. Zitternd atmete Anna tief ein und füllte ihre Lungen mit der kalten, faden Luft. Sie versuchte sich abzulenken. Ihre Gedanken auf irgendetwas oder irgendjemanden zu richten – nur nicht auf das Mundwasser, das sich säuerlich auf der Zunge sammelte und, wie bereits des Öfteren in letzter Zeit, die Rebellion ihres Magens ankündigte. Vielleicht saß ihr die anstrengende Nacht noch in den Knochen. Vielleicht bekamen ihr der stramme Marsch zur Kirche und jetzt das lange Stehen nicht. Hätte sie vor der langen Messe mehr von dem Brot essen sollen, damit sie besser bei Kräften war? Vielleicht … nein, Anna fürchtete sich davor, den Gedanken zu Ende zu führen, doch er drängte sich unablässig in den Vordergrund und forderte ihre ganze Aufmerksamkeit ein. Diese Anzeichen … konnte es tatsächlich sein? Behutsam legte sie unter dem Schultertuch ihre Hand flach auf den geschnürten Stoff, der ihren Leib umspannte, und horchte zögerlich in sich hinein. Eine erneute Welle der Übelkeit erfasste sie. Anna schloss für einen Moment die Augen und lehnte sich an Michael an.
»Anna?« Das Flüstern drang zu ihr wie Sonnenlicht durch dichten, milchigen Nebel. Nur unter Zwang öffneten sich die Lider und ließen zu, dass sie Michaels besorgten Blick erwiderte und schließlich zaghaft weglächelte. Sie ergriff seine warme Hand, die er fürsorglich um ihre Taille gelegt hatte, und hielt sie, verborgen hinter den Rockfalten, fest. In der gut gefüllten Halle, in der sie sich ihren Platz ganz hinten in der Nähe der Eingangspforte ausgesucht hatten, fiel es ohnehin nicht auf, dass sie so dicht beieinander standen. Tapfer schluckte Anna die Bitterkeit hinunter und konzentrierte sich wieder auf die Worte des Geistlichen. In seine Predigt

flossen Ausführungen und Gedanken zur Erbsünde ein. *Die Erbsünde. Wie passend für diesen Tag, an dem eine Hure und ein geflohener Kindsvater den Worten lauschten.* Leidenschaftlich hob er die Stimme, lehnte sich über den Rand der Kanzel und reckte die geballte Faust zur Decke. »Und so frage ich … wer brachte sie auf diese Welt? Wo kommt sie her?« Hoffentlich würde sie die weichen Knie und den kalten Schweiß, der ihr zwischenzeitlich aus allen Poren zu dringen schien, noch lange genug ignorieren können. Nichts wäre ihr peinlicher, als dass sie die Kirche unter aller Augen wegen Unpässlichkeiten verlassen müsste. Genau in diesem Moment gab die Pforte hinter ihr ein leises Knarren von sich und ließ einen frischen Luftzug herein.

Anna drehte sich, wie so manch anderer Neugieriger, halbherzig um und erblickte ein gebeugtes Mütterchen, das sich erschöpft auf einen Stock stützte, während sie sich abmühte, die schwere Tür möglichst geräuscharm wieder zu schließen. Ungeachtet dessen fuhr der Geistliche weiter mit unvermindert kräftiger Stimme in seiner Rede fort. »Wo also kommt sie her?« Erschrocken erstarrte die alte Frau und blinzelte zur Kanzel hinauf, wo der Seelenhirte auf seine Herde hinabstierte und auf eine Antwort zu warten schien, die endlich diese Totenstille durchbrach. »Von Minischzell*«, kam es da eingeschüchtert, aber mit klarer Stimme aus ihrem faltigen Mund und sie duckte sich unter dem suchenden Blick des Geistlichen, der auszumachen versuchte, wer es wagte, so ein vorlautes Mundwerk zu gebrauchen. Das Raunen im Gotteshaus schwoll an und hier und da konnte man unterdrücktes Gelächter vernehmen. Auch Michael und Anna

* Die Mönchzeller Katholiken hatten rund 200 Jahre lang einen weiten Weg zur Pfarrkirche in Spechbach. Ein Zuspätkommen ließ sich nicht immer vermeiden. Hierum rankt sich diese Anekdote über die Herkunft der Erbsünde.

mussten ihre ganze Willenskraft aufbieten, um nicht lauthals aufzulachen. »So, so … die Erbsünde kommt also aus dem Nachbardorf. Wer hätte das gedacht? Ob den Mönchzeller Bürgern tatsächlich bewusst ist, dass sie im Paradies leben?« Bertha flüsterte vorlaut, was wohl noch mehr Anwesende dachten. Das Tuscheln griff mehr und mehr um sich und wurde wie durch eine nicht spürbare Böe in jeden Winkel getragen. Diese scherzhafte Einlage fand ein jähes Ende, als die Hand des Pfarrers auf das Holz klatschte und seine Autorität jede weitere Ablenkung unterband. Das Murmeln und Glucksen ebbte schnell ab und erstarb schließlich. Das Mütterchen tauchte in der Menge unter und die restliche Predigt verlief ohne erneuten Zwischenfall. Zumindest keinem, der von den Umstehenden bemerkt wurde. Anna jedoch nahm sehr wohl wahr, dass Bertha hinten in der Ecke nah an den Stertzer herangerückt war. Eigentlich zu nahe. Aber über Sitte und Anstand schien sich die Hübschlerin ohnehin wenig Gedanken zu machen. Sie stand so dicht bei ihm, dass ihr runder Bauch genau in die Mulde über seinem Hintern drückte.

Der überraschte Ruck, der durch seinen Körper ging, als er irritiert kurz zur Seite blickte, ließ sie vermuten, dass ihn just in diesem Moment etwas von den Worten des Geistlichen ablenkte. Bemerkenswert schnell hatte er seine Gesichtszüge wieder unter Kontrolle und folgte den Worten ohne erkennbare Regung. Anna ignorierte Michaels mahnende Miene, die stillschweigende Duldsamkeit beschwor. Wie durch fremden Willen gelenkt, haftete ihr Blick an der unmoralischen Szenerie. Erst als Bertha mit der flachen Hand weiter über den Rücken strich und sich schließlich langsam mit krabbelnden Fingerbewegungen nach unten arbeitete, wandte Anna ihr pulsierendes Antlitz ab. Dass die kundige Hand kurz darauf unterhalb der angespannten Backen zwischen den Beinen des Studenten verschwand, bemerkte keiner der Anwesenden.

Während Michael den jungen Burschen für seine Wacht während ihres Kirchgangs entlohnte und danach das Pferd tränkte, saßen Anna und Bertha hinten auf dem Karren. Da es bereits auf die Mittagsstunde zuging, breiteten die beiden Frauen auf einem nicht mehr ganz sauberen Tuch einige wenige haltbare Speisen aus, die sie mit sich führten und die nicht gesondert über einem Feuer zubereitet werden mussten. Es sollte nur ein kurzes, aber dennoch stärkendes Mahl werden. Dankbar für die frische Luft, reckte Anna ihre Nase gen Himmel, auch wenn sich dort inzwischen schwere, dunkelgraue Wolken auftürmten, die mit dem Wind bereits einige wenige Tropfen schickten. »Wohin ist eigentlich dein Zukünftiger verschwunden? Ich war der Meinung, dass er nur kurz austreten wollte.« Anna rieb ihre Finger, an denen der strenge Geruch des geräucherten Fleisches mehr als sonst zu haften schien, mit gerümpfter Nase an ihrem Rock ab. Sie schluckte den Klumpen in ihrem Hals hinunter und hoffte, dass die belanglose Unterhaltung mit Bertha sie ein wenig von ihrer Übelkeit und dem flauen Magen ablenken konnte. Bertha stellte den Krug mit frischem Wasser in die Mitte der behelfsmäßigen Tafel, schaute sich prüfend um und zwinkerte Anna dann verschwörerisch zu. Sie atmete tief ein und hielt einen kurzen Augenblick die Luft an, ehe die aufgestaute Neuigkeit aus ihr heraussprudelte. »Ach, das war doch nur ein Vorwand«, winkte sie ab, strich sich eine kupferfarbene Strähne aus ihrem hübschen Gesicht und senkte die Stimme. »Eigentlich will er den Pfarrer abpassen und ihm von … unserer Not erzählen«, umschrieb Bertha zögernd die prekäre Lage, in der sie sich befanden. »Johannes hat mich gleich heute Morgen eingeweiht. Er wollte nur noch nicht damit herausrücken, da wir nicht abschätzen können, wie der Geistliche auf unsere Bitte, uns den Segen zu geben, reagieren wird.« Nervös auf ihrer Unterlippe kauend, zuckte Bertha mit den Schultern. »Ich weiß, ich weiß … er ist nun schon geraume Zeit weg … und ich kann dir auch nicht sagen, ob das nun ein gutes oder ein schlechtes Zeichen ist.« Abwehrend hatte sie die Hand gehoben, als Anna den Mund öffnete, um ihre Bedenken zu äußern. »Er hat einen Beutel voller Münzen dabei. Vielleicht zerstreuen die ja die vorhandenen Zweifel.« Die letzten Worte hatte sie nur mehr mit hoffnungsvollem Bangen geflüstert. Das war nun also der Grund, weshalb sie bereits am Morgen so gestrahlt hatte. Annas Magen lupfte sich ein wenig, obwohl er nahezu leer war, und so beließ sie es dabei, einfach nur aufmunternd die Hand der Schwangeren zu ergreifen. Sie wollte nicht riskieren, dass mehr ihren Mund verließ als beruhigende Worte.

Michael gesellte sich hungrig zu den Frauen, drückte Anna einen sanften Kuss auf die bleiche Wange und griff wortkarg nach dem bereitgestellten Essen. Er machte sich Sorgen um sie. Die Nacht war anstrengend für sie gewesen, aber diese bleierne Müdigkeit war auch ihm deutlich anzusehen. Immer wieder rieb er sich die ohnehin schon blutunterlaufenen Augen und starrte, mit vollen Backen kauend, träge vor sich hin. Nur noch einen geschützten Unterstand finden. Dann würden sie alle wenigstens für ein Weilchen die Augen schließen können. Seine Gedanken kreisten unaufhörlich um eine warme und trockene Schlafgelegenheit, sodass er Johannes Stertzer erst bemerkte, als dieser nur noch wenige Schritte von ihm entfernt war. Bertha hingegen war ihrem schweigsamen Geliebten bereits über die Wiese entgegengeeilt und hatte sich vertraut bei ihm untergehakt, wagte jedoch nicht, die entscheidende Frage zu stellen, vor deren Beantwortung ihr jetzt schon bangte. Und so hing sie gespannt an Stertzers Lippen, als er vor Michael haltmachte, um ihm die Neuigkeiten mitzuteilen. Er schien sich äußerst unwohl zu fühlen, hielt dem durchdringenden Blick aber dennoch stand. Nur zu gut waren ihm die Zurechtweisung, der Sturz auf dem Karren und folglich ein angekratztes Selbstbewusstsein vor dem gemeinsamen Kirchgang noch im Gedächtnis geblieben. Der Student räusperte sich und begann schließlich zu reden, da Michael keinerlei Anstalten machte, Fragen an ihn zu richten, sondern einfach weiterkaute und schluckte. »Ich bin auf dem besten Wege, eine durch Euch gemachte Vorgabe zu erfüllen ... die Eheschließung mit Bertha.« Jäh wurde er durch einen spitzen Jubelschrei derselbigen unterbrochen. Erleichtert fiel sie ihm juchzend um den Hals und als er sich schließlich verlegen aus ihrer Umarmung befreite, blieb sie zitternd neben ihm stehen und wischte sich eine Träne aus dem Augenwinkel. Nun war Michaels Neugier doch geweckt und er legte das kurze Messer, mit dem er sich zuvor mundgerechte Stücke geschnitten hatte, zur Seite, um sich ganz auf den jungen Mann zu konzentrieren. »Ich habe soeben eine geheime Absprache mit dem Geistlichen getroffen und nach langem Zureden die Zusage zur Erteilung des Segens für Bertha und mich erwirkt«, begann er flüsternd. »Es bedarf natürlich keiner weiteren Erklärung, weshalb er ohne jegliche Abweichungen auf strengste Verschwiegenheit besteht und den Segen nur an einem entfernten Ort zu geben bereit ist.« Sein bedeutsamer Blick streifte Bertha, ehe er weitersprach. »Aber für ihn ist es wohl mehr von Bedeutung, dass wir überhaupt den Segen erhalten und eine Ehe vor Gott führen können. Somit will er den zusätzlichen Aufwand auf sich nehmen. Damit jedoch kein Gerede aufkommt und selbst die geringste Möglichkeit ausgeschlossen ist, dass sein Handeln durch eine seltsame Fügung des Schicksals hier doch noch bekannt wird, hat er eine unumstößliche Bedingung gestellt.« Johannes Stertzer suchte in Michaels Augen, die sich sofort beim Erwähnen einer Forderung misstrauisch verengt hatten, nach einem Funken Wohlgefallen ob der guten Nachricht.

»Und die wäre?«, brummte Michael mürrisch. Das konnte nur bedeuten, dass wohl einige Münzen den Besitzer wechseln sollten. »Er besteht darauf, dass wir uns zum nahe gelegenen Kloster Lobenfeld begeben.« Michael und Anna sahen sich erstaunt an. Damit hatten sie nicht gerechnet. Bertha wohl auch nicht, denn sie ließ ungläubig den Mund offen stehen. »Ich weiß, ...«, begann Johannes Stertzer verzweifelt, »... Ihr habt bereits eine anstrengende Nacht hinter Euch gebracht und wollt ruhen. Das Wetter erschwert uns zusätzlich noch die Weiterfahrt. Aber er weicht nun einmal nicht von seinen Forderungen ab. Es eilt – sonst überlegt er es sich vielleicht doch noch anders. Bezahlt habe ich ihn ebenfalls schon. Jetzt in der kommenden Nacht ist die einzige Möglichkeit! Soll das Kind denn als Bastard das Licht der Welt erblicken? Wir müssen nach Lobenfeld! Ist es nicht das, was Ihr von mir verlangt habt? Eine Eheschließung – schnellstmöglich? Kommt mir ein Stück entgegen und helft uns, das Richtige zu tun.«

Michael schwieg. Es war nicht zu übersehen, dass er mit sich rang und kämpfte. Widerwillig gab er schließlich nach und nickte seufzend, was Bertha ein erleichtertes Schluchzen entlockte. Und auch ihr Zukünftiger stieß den angehaltenen Atem aus, ehe er Michael geschäftig zur Hand ging, um ihm einen Großteil des Wiedereinspannens und des Vorbereitens für die Weiterfahrt abzunehmen.

KLOSTERMAUERN

Sonntag, 17. April 1524

Das Gewitter hatte längst noch nicht seine volle Stärke erreicht, als sich der Karren mit den durchnässten Reisenden langsam dem abgelegenen Kloster näherte. Anna suchte zusammen mit Bertha so gut es eben ging Schutz vor dem strömenden Regen und kauerte sich schlotternd neben ihr unter der tropfenden Decke zusammen. Der kalte Wind peitschte ihnen das Wasser ins Gesicht, als für einen Moment grelles Licht den wütenden Himmel erhellte und sich endlich, nun gut sichtbar, die grauen, massiven Mauern Lobenfelds vor ihnen erhoben. Die Steine schmiegten sich vortrefflich in die leicht hügelige Landschaft ein und umrahmten die Kirche und die zugehörigen Gebäude. Anna hob neugierig und zugleich erleichtert den Kopf, als die Männer das Pferd endlich zum Stehen brachten, und Michael versuchte, sich durch Rufen und Schläge gegen das hölzerne Tor Gehör zu verschaffen. Zögernd stand Johannes Stertzer daneben und wartete das laute Grollen ab, ehe er seine Bedenken äußerte. »Es ist schon recht spät. Nicht mehr lange und um uns herum versinkt alles in Dunkelheit. Vielleicht sollten wir im nahen Wald unterstehen oder diesen abgelegenen Hof aufsuchen, den wir passiert haben. Den Geistlichen werden wir dann später sicherlich hier in der Nähe antreffen.« Michael drehte sich mit unnachgiebiger Miene um. Der Regen rann ihm vom Kinn und er blinzelte, obwohl er seine Augen bereits halb geschlossen hielt, immer dann, wenn die dicken Tropfen direkt seine dichten Wimpern trafen. »Nein. Wir werden noch warten. Bestimmt versammeln sich bald alle zum abendlichen Stundengebet. Es wird dunkel. Also ist es Zeit für das Lucernarium. Spätestens dann verlassen die Benediktinerinnen die Gebäude und prozessieren zur Klosterkirche. Diesen Moment müssen wir abpassen.« *Solch ein Gewitter hält mich nicht davon ab, dein Versprechen einzufordern. Alles wird so kommen, wie es abgesprochen war.*

»Nun gut. Aber vergesst nicht, dass unsere wahren Beweggründe nicht genannt werden dürfen«, zischte Johannes Stertzer und verstummte. Nach schier endlosem Warten, das er immer wieder durch Rufen und Klopfen unterbrach, näherten sich schnelle Schritte, und ein schmaler Schieber, der auf Augenhöhe in die Pforte eingelassen war, öffnete sich. In der Schwärze war niemand eindeutig zu erkennen. Nur eine keifende Stimme drang zu ihnen. »Was ist Euer Begehr?« Die Benediktinerin beäugte die beiden fremden Männer und wartete auf eine Begründung für die späte Störung zu offensichtlich unpassender Stunde. Michael räusperte sich und deutete auf das Fuhrwerk. »Wie Ihr seht, sind wir Reisende. Wir sind bereits seit Tagen unterwegs und suchen einen trockenen Platz für die Nacht.« Michaels erklärende Worte schienen keinerlei Wirkung zu erzielen. Die Pforte blieb verschlossen. »Mein Weib sitzt durchnässt zwischen den Kisten. Außerdem reist eine Frau mit uns, die kurz vor ihrer Niederkunft steht. Bitte! Wir benötigen nicht viel Platz. Nur eine trockene Schlafstätte. Ein Strohlager würde genügen. Habt Erbarmen und tut ein christliches Werk an uns.« *Eine bevorstehende Geburt. Die Suche nach einem Lager für die Nacht. So ähnlich muss es sich damals in Bethlehem zugetragen haben. Ob es auch für uns ein gutes Ende nimmt?* Die Frage, die sich Michael stellte, wurde dadurch beantwortet, dass die Benediktinerin ohne ein weiteres Wort schließlich das schützende Tor öffnete und aufstemmte, sodass die beiden Männer das

Gespann in den weitläufigen Innenhof führen konnten. Mit nur wenigen Worten erhielten sie weitere Anweisungen und konnten glücklicherweise gegen ein paar Münzen zusätzliche Kerzen und Fackeln erstehen. Der Karren musste in einen abgelegenen Teil hinter eine Scheune am unteren Bachlauf gefahren werden und die beiden Männer bekamen unweit davon, zwar im selben Gebäude, jedoch getrennt von den Frauen, eine winzige Kammer in einer Art Gesindehaus zugewiesen, das hinter den Nebengebäuden lag. Jegliches Stören der Ruhe beim Gebet, das Entfernen von den zugewiesenen Örtlichkeiten oder gar das Betreten der Clausura wurden den Fremden strengstens untersagt.

Anna rümpfte die Nase, als sie ihre Unterkunft für diese Nacht betrat. Der klamme, karge Raum, den sie sich auf Geheiß der Benediktinerin mit Bertha zu teilen hatte und der kaum für mehr Platz bot als für ein klappriges Bett, war wohl schon geraume Zeit nicht mehr bewohnt worden. Achtlos warf sie das Bündel, das sie sich noch schnell aus den Kisten zusammengerafft hatte, auf die dünne Bettauflage. Entschlossen öffnete Anna trotz des Unwetters das schmale Fenster und ließ die abgestandene, schale Luft entweichen. Bertha stellte sich schützend vor die Kerze in der Wandhalterung und achtete sorgfältig darauf, dass die Flamme nicht erlosch. Danach schlich Anna, entgegen der eindeutigen Anweisungen, weiter zur nächstgelegenen Tür, klopfte leise an und trat ein. Auch hier roch es modrig und sie musste schlucken, um die aufsteigende Übelkeit zu bekämpfen. Michael und Johannes standen betreten in ihrer winzigen, ebenfalls spärlich beleuchteten Behausung und wussten wohl nicht recht etwas mit sich anzufangen. Entschieden umrundete Anna einen Schemel, bahnte sich energisch einen Weg zwischen den beiden Männern hindurch und hatte mit wenigen Schritten das Fenster erreicht. Mit angehaltenem Atem zerrte sie am Knauf, bis der Holzrahmen endlich gransend nachgab und der Sturm lechzend seine Finger hereinstreckte. Der Wind zerrte an Annas durchnässter Bekleidung. Sie machte sich nicht einmal die Mühe, ihre Haube festzuhalten. Alle Anwesenden wussten ja eh um ihr ehemals geschorenes Haupt. Befreit sog sie schaudernd die Luft ein, beugte sich zitternd nach draußen und ließ sich so lange den Regen über ihr Gesicht rinnen, bis Michael sie schließlich sanft, aber bestimmt wieder in die Kammer zurückzog. »Anna, du holst dir noch den Tod.« Sie zuckte unbekümmert die Schultern. »So schnell kommt der Sensenmann schon nicht. Berthas Vermählung erlebe ich noch allemal.« Mit einem durchdringenden Blick wandte sie sich ungeduldig an den künftigen Gatten. »Wollt Ihr uns nicht endlich im Detail in Euren Plan einweihen?«

Johannes Stertzer zuckte zusammen und sah mit gerunzelter Stirn fragend auf. Offensichtlich war er ganz in Gedanken gewesen. Michael ergriff an seiner Stelle das Wort, da Anna bereits nervös von einem Bein auf das andere trat, die offene Tür im Auge behielt und lauschte, ob eventuell Schritte eine der hiesigen Ordensfrauen ankündigten. »Die Rückkehr in ihr Dormitorium nach dem Gebet müssen wir noch abwarten. Danach ist es eher unwahrscheinlich, dass wir entdeckt werden, wenn wir uns später hinten beim Kräutergarten mit dem Geistlichen treffen. Die nächste Messe findet dann erst wieder ein paar Stunden nach Mitternacht statt. Bis dahin sollten die beiden ihren Segen haben«, flüsterte er und scheuchte Anna hinaus. Auch wenn sie mit ihm verheiratet war und es deswegen nicht anstößig war, dass sie ihn nochmals aufgesucht hatte, so wollte er es dennoch nicht riskieren, beim Nichtbefolgen der Anordnungen ertappt zu werden. Das konnte den ganzen Plan gefährden. Das laute Grollen des Gewitters ließ erneut die Mauern erzittern. »Ich muss nochmals nach dem

Braunen sehen. Er könnte etwas unruhig werden. Hoffentlich tritt er den Stall nicht kurz und klein und macht ihn zu Feuerholz«, murmelte Michael besorgt, hantierte mit zwei bereitliegenden Fackeln und hielt die Kerzenflamme ungeduldig an die dickeren Enden, um dann Johannes Stertzer eine davon zu reichen. Schweigend machte sich dieser auf den Weg, um frisches Wasser zu holen. Derweil hatte sich Anna durch die Dunkelheit an der kalten Steinmauer entlanggetastet und war zurück zu ihrer eigenen Kammer geschlichen. Ehe sie darin verschwinden konnte, wurde sie mit festem Griff in starke Arme gezogen. Im Schein der Fackel konnte sie kurz Michaels ebenmäßige Gesichtszüge erkennen, ehe der überraschte Laut im Keim erstickte, als sich warme Lippen fordernd auf ihren Mund legten. Sie beachtete die Kälte, die durch das Anpressen des nassen Stoffes noch deutlicher auf ihrer Haut zu spüren war, überhaupt nicht. Ebenso wenig störte Anna sein sprießender Bart, der am Kinn piekte. Einfach nur seine Umarmung fühlen – garantierte Sicherheit und zugleich verheißungsvolle Freiheit. Das Zittern ließ nach und wie durch zu viel Wein entspannten sich Annas verkrampfte Muskeln, als sie den Kopf in den Nacken legte, um ihn genießen zu lassen, was er einforderte. Schon bald verflüchtigten sich erneut für wenige Momente die dunklen Schatten, die sich seit dem grausigen Fund im Bischoffsheimber Wald wie stickiger Nebel über ihr Gemüt gelegt hatten. Neckisch verführte Anna ihn mit winzigen Berührungen ihrer Zungenspitze dazu, nicht so aufreizend zurückhaltend zu sein. Und tatsächlich atmete Michael schwer ein, während er von Annas leicht geöffnetem Mund nun vollständig Besitz ergriff. Ein kräftiger Schritt und Anna fand sich nahezu bewegungsunfähig zwischen Michaels Körper und der rissigen Wand eingekeilt wieder. »Wir sollten nicht … wir befinden uns in einem Kloster und der Stertzer kann jeden Augenblick zurückkommen«, gab Anna zwischen zwei Küssen mit lahmem Widerstand zu bedenken, als sie den Kopf ein wenig zur Seite drehte, um seiner Leidenschaft für einen Moment zu entkommen und Atem zu schöpfen. Sein tiefes Lachen ließ nun auch Anna schmunzeln. »Nun ja, streng genommen gehören wir diesem Orden nicht an. Es steht uns also frei, unsere Ehe zu leben.« Unbeirrt arbeiteten sich seine Lippen zu ihrem Hals vor.

»Allerdings nicht auf einem klammen Gang. Und eine Kammer haben wir auch nicht für uns allein. In der einen wartet eine nervöse Braut und in die andere solltest du nach dem Versorgen des Pferdes so schnell als möglich wieder zurückkehren. Nicht, dass es sich der Bräutigam doch noch anders überlegt und verschwindet.« Anna beantwortete das widerwillige Brummen mit einem abschließenden langen Kuss, ehe sie Michael mit sanftem Druck von sich schob. Der Schein der Fackel entfernte sich und verschwand schließlich in der stürmischen Nacht.

Nun hieß es also warten. Warten, bis Michael oder Berthas Zukünftiger das Zeichen zum Aufbruch gab.

Vorsichtig öffnete Anna die Tür gerade so weit, dass sie geräuschlos hineinschleichen konnte, und nickte Bertha lächelnd zu. Gähnend lehnte sie sich von innen gegen das Holz und schloss für einen Moment die Augen. Immer noch pulsierte ihr aufgewühltes Blut in den Lippen. Die bleierne Schwere allerdings war in ihre Glieder, die inzwischen wegen der Kälte unkontrolliert zitterten, zurückgekehrt. Für eine Weile mussten sie noch die Zähne zusammenbeißen und in den nassen Stoffen ausharren. Es wäre vollkommen unnütz, jetzt die Bekleidung zu wechseln, da sie sich in dieser Nacht ja ohnehin nochmals nach draußen in den Gewitterregen wagen mussten.

»Johannes ist bestimmt nicht so nervös, oder?« Die junge Frau saß steif auf der Kante des unbequemen Bettes. Ein unsicheres Lächeln huschte über Berthas Gesicht, als sie Anna mit großen Augen bange anblickte. Sie rieb ihren schwangeren Bauch und wartete angespannt auf eine Antwort, aus der sie schließen konnte, was dort drüben in der anderen Kammer vor sich gegangen war.

»Oh, ich denke, dass er es einfach nicht so zeigt. Männer sind eben so. Aber er schien in seinen Gedanken doch ganz bei dir zu sein.« Müde schlenderte Anna in ihren schweren, feuchten Röcken zu Bertha und ließ sich neben ihr nieder. Es war ihr völlig gleichgültig, ob sie dadurch einen feuchten Fleck auf der Auflage hinterließ.

»Ich habe das Gefühl, als ob es mir aus dem Leib springt«, flüsterte die Hübschlerin aufgewühlt, legte ihre Hände an der Stelle auf ihre Brust, unter der ihr Herz stolperte und pochte, und machte ein glucksendes Geräusch, als sich ihre Stimme überschlug. »Ob das bei allen Bräuten so ist?« Die Worte hingen schwer im Raum und schienen in Annas Schädel einen trägen Widerhall zu verursachen. Betreten verstummte Bertha, als ihr die Bedeutung bewusst wurde. »Anna, bitte verzeih. Ich habe nicht nachgedacht. Die Umstände deiner Eheschließung waren damals sicherlich gänzlich anders als die der meinigen heute. Es ist nur …« Angestrengt suchte Bertha nach den richtigen Worten. »… auch wenn du die Vermählung eigentlich nicht aus freien Stücken oder zumindest nicht mit einem Lächeln auf den Lippen eingegangen bist, so merkt man euch beiden diesen anfänglichen Missstand nicht mehr an. Ihr habt zueinander und euer Glück gefunden. Das sieht man.«

Versöhnlich schüttelte Anna den Kopf und winkte ab. »Und dir wird es sicherlich genauso ergehen.« Um ihre Worte noch zu bekräftigen, ergriff Anna Berthas Hand und drückte sie zuversichtlich. Für einige Augenblicke verharrten die beiden Frauen in stillem Einverständnis. *Würde sie nicht diesen mächtigen Bauch tragen, dann könnte man sie durchaus für eine jungfräuliche, hübsche Braut halten, die voller Glückseligkeit ihrer Heirat entgegenblickt.* Anna löste mit einem Seufzer den Blick vom lockenumrahmten Gesicht und die Hand aus der ihren. »Wir sollten dich langsam für den großen Moment vorbereiten. Was denkst du? Ich flechte dir noch Bänder ein. Dann wird dein Bräutigam seine Augen nicht mehr von dir abwenden können.« Anna zwinkerte verschmitzt und war gerade im Begriff sich zu erheben, als sich Bertha räusperte und sie zurückhielt. »Gleich. Die Nacht ist noch lang. Bleib noch einen Moment. Wir haben bis jetzt nur über mich und über meine Anliegen gesprochen. Aber da gibt es doch sicher auch etwas, das du in deinem Herzen trägst, nicht wahr?«

Anna stutzte, denn Berthas Stimme nahm diesen sonderbaren Klang an, den auch Anna selbst immer angeschlagen hatte, wenn sie ihren vorlauten Bruder Peter hatte zur Rede stellen wollen, obwohl ihr schon längst alle belastenden Einzelheiten seiner Missetaten zu Ohren gekommen waren. »Ich weiß nicht, was du meinst«, begann sie darum vorsichtig, um erst einmal auszuloten, worauf Bertha denn eigentlich hinauswollte. Der Blick, den diese ihr daraufhin zuwarf, ließ ihr Herz schneller schlagen.

»Du weißt nicht, was ich meine? Nun gut. Es gibt da einige Anzeichen, die mir aufgefallen sind. Dein geringer Appetit, diese aschfahle Haut, die dunklen Ringe unter den Augen. Glaube mir, ich kenne mich damit aus.« Mit hochgezogenen Augenbrauen deutete die Schwangere unübersehbar auf ihren Bauch und registrierte voller Genugtuung den entsetzten Ausdruck in Annas Gesicht, der ihre Vermutung nur noch bestätigte. »Es ist also wahr. Ich habe richtig vermutet. Und du hast es ihm noch nicht gesagt?« Bertha senkte ihre Stimme und folgte damit der zischenden Aufforderung Annas.

»Ich … ich bin noch nicht ganz sicher«, log Anna mit dünner Stimme. »Es ist doch völlig unnötig, dass er sich schon so früh Sorgen macht. Du darfst dieses Gespräch ihm gegenüber auf keinen Fall erwähnen!«

»Es ist aber auch nicht richtig, ihm dieses Wissen vorzuenthalten. Er wird sich unglaublich freuen!«

In Annas Augen schwammen wässrige Tränen und mit dem nächsten Wimpernschlag bahnten sie sich einen silbrig glänzenden Weg über ihre Wangen. Ihre Ängste und Befürchtungen, die sie nun schon eine geraume Zeit mit sich trug, brachen plötzlich haltlos aus ihr heraus. Übermüdet und verzweifelt vertraute sie sich der Frau an, die noch vor Kurzem wahrscheinlich ihre Seele verkauft hätte, um den Platz an Michaels Seite und in seinem Bett einzunehmen und mit ihr zu tauschen. Bertha hörte schweigend zu, zog Annas Kopf tröstend zu sich heran und strich ihr immer wieder beruhigend über die Haare. »Deinem Kind geht es sicher gut. Vertraue darauf.« Annas Weinen ließ schließlich nach, bis sie mit tränennassem Gesicht dasaß und nur noch ab und an von einem Schluchzen geschüttelt wurde. Verschämt wischte Anna mit dem Ärmel des Gewandes über ihre verschmierte Nase. *Barmherziger! Wozu habe ich mich hinreißen lassen? Bitte, lass nicht zu, dass sie in Michaels Gegenwart ein Wort darüber verliert! Solange ich es nicht ausspreche, ist es noch nicht ganz Wirklichkeit geworden. Ich muss es geheim halten. Sollte ich es wieder zu früh verlieren, dann muss er sich nicht erneut grämen.* Anna schreckte auf. Bertha hatte munter drauflosgeplappert. Es dauerte einen Moment, ehe sie ihrer Aufregung folgen konnte. »Jetzt sag bloß nicht, dass du es nicht wissen willst. Das nehme ich dir nicht ab.« Verschwörerisch lächelnd hob Bertha eine Hand, um eine Verneinung und Ablehnung von vorneherein auszuschließen, und sah sich gleich darauf suchend in der Kammer um. Anna verstand überhaupt nichts, ließ sie darum einfach gewähren, als sie mit einem Mal die schön gearbeitete Brosche von Annas Gewand löste und sie ihr in die Hand drückte. »So, nun benötigen wir nur noch eines von denen.« Kaum gesprochen, lupfte Bertha ihren Rock, um das dünne Strumpfband aufzuschnüren. Dabei musste sie den Rücken gehörig rund machen und die Arme strecken, da der dicke Bauch ihre Bewegung ordentlich einschränkte. »Nicht mehr lange, und, so Gott will, ich kann mich dann auch endlich wieder besser bewegen«, stöhnte sie und begann sogleich, die Brosche an einem Ende zu befestigen. Endlich verstand Anna, als das Pendel vor ihrem Gesicht hin und her schwang. Grelles Licht erhellte das schmale Fenster, das unablässig den mächtigen Sturzbächen, die vom finsteren Himmel regneten, standhalten musste. Ihr Blick fiel auf das hölzerne Kreuz. Mahnend hing es an der Wand. So, als ob es die beiden Frauen um deren Selenheil wegen beschwören wollte, ja nur die Finger von diesem Teufelswerkzeug zu lassen. Ein Schauer lief über ihren Rücken und ließ sie frösteln. Bertha hingegen schien sich nicht unwohl zu fühlen. Voller Eifer reichte sie Anna das Strumpfband mit der daran befestigten Brosche und platzierte es anschließend so, dass das Metall frei vor dem noch flachen Bauch hing. »So. Und nun musst du dich ganz auf das Pendel konzentrieren. Verbanne alle anderen Gedanken aus deinem Kopf. Wiederhole in Gedanken immer und immer wieder deine Frage.« Bertha flüsterte geheimnisvoll, ballte eindringlich ihre Hände zu Fäusten und riss dabei beschwörend ihre Augen auf.

»Meine Frage?«, echote Anna ein wenig eingeschüchtert. Das Band erschlaffte, als sie die Brosche auf ihrem Schoß ablegte. Schon viele Male hatte sie gesehen, wie andere ein Pendel schwangen, wusste, auf was sie achten musste. Noch nie hatte sie es selbst gewagt. In ihr tobte ein Kampf. Sollte sie sich auf dieses von den Klerikern verteufelte Spiel einlassen? Und ausgerechnet auch noch dann, während sie alle hinter den Mauern eines Klosters weilten? »Aber ja, Anna, natürlich. Willst du etwa noch Monat um Monat abwarten, ehe du endlich nach der Geburt erfährst, ob du Michael einen Erben oder eine Tochter schenkst?« Langsam wurde Bertha ein wenig ungeduldig, richtete ihren Blick jedoch erneut zufrieden auf das schöne Schmuckstück, das wieder frei hing, als es die Besitzerin nach kurzem Zögern in die ursprüngliche Position brachte. Annas Neugierde hatte gesiegt. Sie zwang sich, ohne Hast zu atmen und das Pendel ganz ruhig zwischen Daumen und Zeigefinger zu halten. Anfangs tat sich nicht viel. Dann jedoch schien sich eine unsichtbare Kraft zu bündeln und das Gewicht am Strumpfband in eine gleichförmige kreisende Bewegung zu versetzen. Bertha nickte bedächtig. Die Antwort stand fest. »Du möchtest dein Wissen also für dich behalten?«, hakte Bertha schließlich doch nach, als Anna lächelte, jedoch keine Anstalten machte, sie über die genaue Fragestellung, die nur im Geiste stattgefunden hatte, oder gar das Resultat in Kenntnis zu setzen.

»Möchtest du auch?«, lenkte Anna ab und hielt Bertha auffordernd das Pendel hin. »Nein. Ich habe meine Fragen schon vor geraumer Zeit gestellt. So Gott will, werde ich einen Sohn gebären.« Nachdenklich wog sie den Kopf hin und her und prustete. »Zumindest dann, wenn ich mich auf diese Art der Vorhersage verlassen kann. Aber bis zur endgültigen Gewissheit ist es wenigstens ein erheiternder Zeitvertreib.« Plötzlich schien sie es sich doch anders zu überlegen. »Ach, gib mir die Brosche doch … nur für einen Moment, ja?« Anna kam der Bitte nach und sah dabei zu, wie Bertha Strumpfband und Schmuckstück wieder trennte, ohne jedoch die Nadel zu schließen. Ohne Zögern fasste sie beherzt zu, streckte einen Finger aus und stach das spitze Ende in die Haut. Augenblicklich quoll ein dunkelroter, nahezu schwarzer Tropfen hervor und blieb als flüssiges Kügelchen auf der Fingerspitze liegen. Zufrieden lächelnd rieb Bertha die Broschennadel an ihrem dunklen Gewand sauber und gab die Kostbarkeit an die Besitzerin zurück. Vorsichtig ertastete sie daraufhin ihren Mund und verteilte das Tröpfchen Rot gleichmäßig auf ihren Lippen. »Na, was sagst du? Sieht das nicht verführerisch aus?«, säuselte die Hübschlerin augenzwinkernd, präsentierte die gespitzten Lippen und wartete auf Annas Urteil. Mit einem Mal jedoch verschwand das Lächeln aus ihrem Gesicht und ihre Stirn zog sich in Falten. Schwerfällig erhob sich Bertha, hielt sich den prallen Bauch und ging bedächtig in der Kammer auf und ab. Offensichtlich stand ihr im Augenblick überhaupt nicht mehr der Sinn nach einem erheiternden Zeitvertreib.

»Du hast Schmerzen. Was kann ich tun?« Fürsorglich stützte Anna die Schwangere, als sie, vornübergebeugt, ihre Stirn an die Wand lehnte und mit gefletschten Zähnen den Atem anhielt. Sie versuchte, sich ihre Sorgen ob der offensichtlich nahenden Geburt nicht anmerken zu lassen. Würde sie diese Nacht, in der ihnen allen noch aufreibende und bange Stunden bevorstanden, gut meistern? Die Schmerzen schienen abzuklingen, denn Bertha richtete sich wieder auf und entspannte sich. »Wäre doch nur schon Sommer.« Mit einem sehnsüchtigen Blick beobachtete sie den Sturm, der draußen tobte und seine Kraft und Macht demonstrierte. »Dann hätte ich diese Qualen längst hinter mir.« Anna konnte die Angst in ihren Augen sehen. Die Angst vor dem Unausweichlichen, das Augenblick für Augenblick und Stunde um Stunde näher rückte und dem sie nicht entrinnen konnte, dem sie sich stellen musste und das gleichsam Tod oder Leben bedeuten konnte. Für sie selbst und das

Kind. Mitfühlend streichelte sie Berthas Arm und versuchte, sie abzulenken. Aber nicht nur Bertha sollte diese Ablenkung gelten. Anna hatte hier nun leibhaftig vor Augen, was ihr in einigen Monaten, etwa am Ende des Jahres, ebenfalls bevorstand. »Wir sollten die Zeit nutzen und dich hübsch machen. Wenn der Priester eintrifft, willst du doch sicher bereit sein, nicht wahr?« Sanft wurde die werdende Mutter wieder zum Bett dirigiert, wo Anna einige Bänder auslegte und mit geschickten Händen begann, die kupferrote Lockenpracht zu bändigen.

Auf dem Gang vor der Kammer waren Schritte zu hören. Anna konnte nicht einschätzen, wie viel Zeit verstrichen war, seit Michael sich aufgemacht hatte, um nach dem Pferd zu sehen. War nun er zurückgekehrt oder war das Johannes Stertzer, der endlich frisches Trinkwasser aufgetrieben und vielleicht sogar bereits den Geistlichen in der Nähe des Kräutergartens angetroffen hatte? Bertha musste die Geräusche ebenfalls vernommen habe, denn sie drehte leicht den Kopf und lauschte. Nur zu gerne hätte Anna einen Blick vor die Tür geworfen, konnte jedoch das aufwendige Geflecht nicht aus ihren Fingern gleiten lassen, da ein Neubeginn nur unnötig mehr Zeit in Anspruch genommen hätte. Also widmete sie sich weiter ihrer filigranen Arbeit und nahm gekonnt die nächste Haarsträhne auf, um sie in das vergängliche Kunstwerk einzubinden, als ein lautes Poltern, gefolgt von einem dumpfen Stöhnen aus der angrenzenden Kammer sogar das Peitschen des Regens und das Heulen des Sturmes übertönte. Erschrocken sahen sich die beiden Frauen an, hielten inne und verharrten kurze Zeit vollkommen reglos. Was mochte dort drüben geschehen sein? Es war nichts mehr zu hören. Nur das vertraute Toben vor dem Fenster. »Michael? Bist du das?« Annas lautes Rufen verhallte unbeantwortet.

»Sicher ist nur einer der Männer in der dusteren Kammer über seine eigenen Füße gestolpert. Meinst du nicht auch?«

Etwas ratlos zuckte Anna nur mit den Schultern, gab jedoch keine Antwort. Sie konnte nicht einmal genau sagen, warum, aber ein ungutes Gefühl beschlich sie und ließ sich auch nicht wieder abschütteln. Schließlich fasste sie schweren Herzens einen Entschluss, dem die gesamte geordnete Haarpracht der Hübschlerin nun doch zum Opfer fiel. »Dennoch sollten wir nachsehen. Nur, um sicherzugehen, dass alles in Ordnung ist. Zumindest einer von ihnen hätte doch Laut geben müssen.« Ihre Finger, die bisher Strähne um Strähne kunstvoll geflochten und straff an dem für sie vorgesehenen Platze gehalten hatten, öffneten sich und entließen die rötlichen Locken wieder in die Freiheit. Deren Trägerin machte sich aus Sorge um ihren Liebsten erstaunlich behände auf zur Tür und noch ehe Anna sich mit einem kleinen Dolch bewaffnen konnte und damit ihrem seltsamen Gefühl Tribut zollte, war Bertha schon auf den Gang gewitscht. Ein gellender Schrei durchschnitt die Dunkelheit und jagte Anna heiße Wellen durch Mark und Bein. Leise fluchend kramte die Zurückgelassene hastig weiter im Beutel und wurde schließlich fündig. Eilig streifte sie die lederne Hülle ab. Jetzt lag die kalte Klinge in ihrer Hand und war bereit. Mit gebotener Vorsicht schlich sie die kurze Strecke zum anderen Raum. Warmes Licht ergoss sich durch die offene Tür. Und als Anna freie Sicht in das Innere der Kammer hatte, erschloss sich ihr nun auch der Grund. Bertha war gerade dabei, sämtliche Kerzen, die sie finden konnte, mit fahrigen Händen zu entzünden und, jeweils gehalten von einem flüssigen Wachsfleck, der schnell erkaltete, auf dem schmalen Wandbrett zu befestigen. So schaffte sie es, die Dunkelheit wenigstens so weit zu vertreiben, dass die reglose Gestalt am Boden aus den Schatten auftauchte. Anna stockte der Atem. Ohne zu überlegen, ließ sie sich keuchend auf die Knie fallen, beugte sich über den Mann und ertastete erleichtert den ruhigen Herzschlag an seinem warmen Hals. Bertha allerdings benötigte mit ihrer gehörigen Leibesfülle für die gleichen Bewegungen schon ein wenig länger. Schluchzend drehte sie mit Annas Hilfe den schweren Körper auf den Rücken und hob vorsichtig den blutverschmierten Kopf an. »Johannes? Bitte … wach auf! Gütiger Gott, was ist nur geschehen?« Das kehlige Stöhnen des Verletzten ließ sie erneut laut aufschluchzen. Ob aus Erleichterung wegen des Lebenszeichens oder aus Verzweiflung und Entsetzen über dieses Unglück, vermochte Anna nicht zu deuten. Zitternd ließ sie sich auf ihren Fersen nieder und atmete, nun deutlich gefasster, erst einmal tief ein. Während Bertha ihren Zukünftigen mit tränennassen Wangen und leisen Liebkosungen flüsternd fürsorglich in ihren Armen wiegte, erlangte er langsam sein Bewusstsein wieder und Anna nutzte die Gelegenheit, um sich umzuschauen. Welch eine Unordnung doch herrschte. Johannes Stertzer war vermutlich, warum auch immer, unweit der Tür gefallen und inmitten unzähliger beschriebener Blätter liegen geblieben. Sie musste die weitere Verfolgung des Gedankens aufgeben. Er entglitt Anna. Unregelmäßige klappernde Geräusche hatten ihre Aufmerksamkeit erregt und sie fand die Ursache im nicht vollständig verschlossenen Fenster am gegenüberliegenden Ende der Kammer. War es immer noch offen, seit sie sich kurz nach ihrer Ankunft dort mit flauem Magen hinausgelehnt hatte? Und was war mit dem Schemel geschehen? Ein Holzbein war geborsten, sodass spitze Splitter in die Höhe ragten, und der Rand der eckigen Sitzfläche war mit rotem Blut besudelt. Konnte er wahrhaftig so unglücklich gestolpert und auf dem Schemel aufgeschlagen sein? Stirnrunzelnd verzog Anna ihre Lippen zu einem Schmollmund. Gemeinsam mit der völlig aufgelösten Braut half sie Johannes Stertzer dabei, sich auf dem kalten Lehmboden hinzusetzen. Bertha hatte seinen Kopf gestützt und jetzt, da sie sich von ihm löste, konnte man das ganze Ausmaß erkennen. Mit einem Schaudern verzog sie angewidert ihre gefärbten Lippen und starrte auf ihre Hände, die im Kerzenlicht feucht schimmerten. Sie waren mit breiten Schlieren seines Blutes verschmiert und auch auf dem Boden, dort, wo er noch kurz zuvor gelegen war, hatte sich eine winzig kleine Lache gebildet. Anna ergriff eine Kerze und nahm vorsichtig den Hinterkopf des Verletzten genauer in Augenschein, indem sie behutsam seine strähnigen Haare zur Seite streifte. Aus einer klaffenden Wunde sickerte immer noch Blut und tränkte weiter das eh schon ruinierte Hemd des Studenten. Nicht beunruhigend viel, aber dennoch folgte Tropfen auf Tropfen. Wohl durch Annas sorgenvolle Miene in Unruhe versetzt, riskierte nun auch Bertha einen Blick auf die Verletzung, was unmittelbar zur Folge hatte, dass sie sich entsetzt eine Hand vor den Mund schlug.

»Reiche mir bitte das Tuch aus der Waschschüssel«, forderte Anna Bertha in ruhigem Ton auf und versuchte, nicht auf den blutigen Handabdruck zu starren, der nun in deren Gesicht prangte. Das Blut von Bertha und Johannes hatte sich untrennbar vermischt. Rasch tunkte Anna den Lappen in den Bottich, den Johannes Stertzer wohl vor seiner Rückkehr draußen gefüllt hatte, und drückte ihn direkt auf die Wunde. »Ah!« Das Leben war unüberhörbar wieder in ihn zurückgekehrt. Johannes Stertzer öffnete blinzelnd die Augen, tastete unbeholfen und immer noch ein wenig benommen nach dem nassen Tuch und zog zischend die Luft durch die Zähne. »Wo zum Teufel ist dieser vermaledeite Bastard?«, keuchte er. Verständnislos sah ihn Bertha an. Solch zornerfüllte Worte hatte sie nicht erwartet. Mit einem Ruck befreite er sich ungehalten aus Berthas fürsorglichen Armen und versuchte, die wackligen Beine unter Kontrolle zu bringen, um aufzustehen. Obwohl er noch ein wenig wankte, bückte er sich und sammelte geschwind die losen Blätter ein, die kreuz und quer zu seinen Füßen lagen. Anna half ihm dabei, ohne jedoch einen genaueren Blick auf die Schrift zu werfen. Das gebot der Anstand und es ging sie ja nun wirklich nichts an, welche Gedanken der Student zu Papier brachte. »Wen meinst du? Du bist gefallen. Hier ist niemand … außer uns natürlich.« Irritiert stemmte sich Bertha nun ebenfalls in die Höhe und blickte verunsichert zwischen Anna und Johannes hin und her.

»Das werde ich ja wohl eindeutig besser beurteilen können. Ich wurde niedergeschlagen!«, herrschte er sie mit gefletschten Zähnen an, verzog die zornige Miene jedoch sofort wieder wehleidig, als Anna unbeeindruckt erneut nach dem Tuch griff, um zu sehen, ob die Blutung zum Stillstand gekommen war. Unwirsch schlug er ihre Hand weg, stürzte zum Fenster und lehnte sich weit über den Rahmen in den Sturm hinaus. So, als hoffte er, doch noch wenigstens den fliehenden Schatten des Missetäters zu entdecken. Die unterdrückte Wut war Johannes Stertzer deutlich anzusehen, als er sich schließlich doch umdrehte und das Fenster fest verschloss. Anna beobachtete ihn aufmerksam aus dem Augenwinkel, während sie den blutgetränkten Lappen auswrang und ihn dann Bertha reichte, damit sie sich sein Blut aus dem Gesicht waschen konnte. Nach so einem gewaltigen Schlag auf den Kopf konnte es durchaus sein, dass ihm im Nachhinein übel wurde und er doch wieder in sich zusammensackte. Dann mussten sie wenigstens versuchen, ihn so gut wie möglich aufzufangen.

»Bei allen Heiligen! Was ist denn hier geschehen?« Michaels Ausruf ließ die Frauen erschreckt aufblicken. Seine näher kommenden Schritte waren in dem Unwettergetöse nicht zu hören gewesen. Johannes Stertzer starrte weiter mit finsterem Blick auf den Boden und kaute auf seiner Unterlippe. Mit offenem Mund stand Michael immer noch in der Tür und versuchte, alles gleichzeitig zu erfassen und zu verstehen. Die Unordnung, den zerstörten Schemel, das Blut auf dem Boden und in Berthas Gesicht, den bleichen Studenten. Besorgt eilte er zuerst zu den beiden Frauen, die unmittelbar in Türnähe standen und ihn mit großen Augen anstarrten. Vorsichtig umschlossen seine Hände Berthas Gesicht. »Ihr fehlt nichts. Es geht ihr gut. Das ist nicht ihres«, versicherte Anna hastig, da sie ihm ansah, wie das verschmierte Gesicht der Hübschlerin auf ihn wirken musste.

»Hier war jemand in der Kammer und hat ihn heimtückisch hinterrücks niedergeschlagen. Bertha und ich haben ihn bewusstlos auf der Erde liegend gefunden.« Sie unterbrach das Kneten ihrer Finger und deutete hinter sich. »Der Fremde muss auf dieser Seite durch das Fenster geflohen sein, sonst wäre er dir sicher draußen auf dem Hof begegnet.« Schweigend und mit düsterer Miene hörte sich Michael Annas Erklärungen an. *Ein Überfall? Hier in einem Kloster? Was hat das zu bedeuten? Die frommen Frauen werden es wohl kaum gewesen sein.* »Warum sollte sich ein Dieb ausgerechnet bei diesem unmenschlichen Sturm vor die Tür wagen, um nach Beute Ausschau zu halten?«

»Zumal die Wege bei solch einem Sturm doch eh wie leer gefegt sind und keinen Erfolg versprechen«, warf Anna grübelnd ein. »Ja, das wiederum würde bedeuten, dass der Missetäter es direkt auf uns, und nur auf uns, abgesehen hatte.«

Lautstark meldete sich nun Johannes Stertzer zu Wort. »Oh, ich bitte Euch, was sollen denn diese Mutmaßungen? Es wird irgendein Flegel gewesen sein, der uns, von wo aus immer, gefolgt ist und der einfach die einzige Möglichkeit genutzt hat, die sich ihm geboten hat.« Michael schüttelte nachdenklich den Kopf. »Aber mit welchem Aufwand? Wir sind keine reichen Kaufleute, die wertvolle Waren mit sich führen. Wir haben letzte Nacht gar nicht und am Tag eigentlich kaum gerastet. Uns über diese immense Strecke ruhelos zu folgen … da könnten Wut oder gar Hass die treibende Kraft sein, wenn sogar nicht einmal starke Klostermauern aufhalten können.« Provozierend hielt er dem Blick des Studenten stand, der kleinlaut verstummt war. Einzig und allein seine entflammten Wangen verrieten, dass er nur zu gut wusste, worauf Michael hinauswollte. Spöttisch verzog dieser seine vollen Lippen. »Vielleicht hat die verschmähte Bischoffsheimber Braut beschlossen, Euch eigenhändig einzufangen? Nein, das kann nicht sein. Dann würde sie Euch ungehalten und mit glühenden Worten stellen und nicht wieder eilends in die Nacht verschwinden, nicht wahr?« Anna warf Michael einen vielsagenden Blick zu und deutete mit einem leichten Nicken mahnend auf Bertha, die stumm dabeistand und den Blick verschämt gesenkt hielt.

»Es scheint so, als ob der Unbekannte irgendetwas gesucht hat«, beendete Anna das peinliche Schweigen und brachte die Überlegungen, diesmal an Johannes Stertzer gewandt, wieder auf eine vernünftige Ebene. »Überlegt, was es wohl sein könnte. Bei meinem Eintreffen lagen überall Eure Blätter mit den Aufschrieben verstreut auf dem Boden. Euer Beutel wurde durchwühlt. Ihr solltet nachsehen, ob etwas entwendet wurde.«

Zögernd kam Johannes Stertzer Annas Aufforderung nach, überprüfte und ordnete die zuvor achtlos in den Beutel gestopften Blätter. »Ich kann wirklich nichts Sonderliches feststellen«, murmelte er, wirkte aber dennoch unruhig. Dann veränderte sich seine Miene. »Möglicherweise will sich eine dunkle Gestalt an mir rächen.«

Michael zog seine Brauen zusammen. »Und wer sollte das sein? Wer könnte Euch derart zürnen, dass sogar dieser Angriff gerechtfertigt wäre?«

Johannes Stertzer schnippte mit seinen Fingern, verließ seinen Platz am Fenster und näherte sich mit langsamen Schritten. »Nun … es gäbe da jemanden.« Seine Augen verengten sich zu schmalen Schlitzen. »Erinnert Ihr Euch an die Bischoffsheimber Versammlung? Ich ließ den herrschaftlichen Ziegler Ebert vorführen und zum Tod der Unbekannten befragen. Man hat ihn danach auf mein Geheiß hin noch geraume Zeit festgesetzt. Das dürfte seinem Ruf und Ansehen erneut empfindlich geschadet haben und ihm gehörig den Zorn durch die Gedärme jagen!« Triumphierend klatschte Stertzer in die Hände. Für ihn schien die Angelegenheit klar. Kurz darauf verflog seine Euphorie jedoch bereits wieder. »Aber … was, wenn ihm diese schmerzliche Abreibung nicht genügt? Was, wenn er die Absicht hatte, mich zu töten, und dabei gestört wurde? Vielleicht wurde er nur von einem weiteren, von einem gar tödlichen Schlag abgehalten, weil er hörte, dass sich Bertha näherte? Wenn er uns nun weiterverfolgt, um sein Werk zu vollenden? Ich, nein, wir alle wären unseres Lebens nicht mehr sicher!« Anna lauschte ängstlich seinen Worten und erstarrte. Eiskalter Atem schien über ihren Nacken zu streifen. Nur zu gut konnte sie sich an den stadtbekannten Lüstling erinnern, der mit gefesselten Händen im Saal vorgeführt worden war. Sein durchdringender Blick, mit dem er Anna dort fixiert und sie vielleicht sogar schon zuvor im Badhaus begafft hatte. Nein, sie konnte sich all das nicht eingebildet haben! War ihm diese Tat zuzutrauen? Michael schien ihr anzusehen, welche Gedanken sie quälten. Entschlossen ergriff er das Wort. »Wir sollten nicht durch Mutmaßungen irgendwelche Geister heraufbeschwören. Am ehesten erlangen wir Gewissheit, wenn wir uns gleich jetzt auf die Suche machen und zumindest den Bereich innerhalb der Klostermauern durchsuchen. Am besten beginnen wir am Fenster, dort wo er verschwunden ist. Sollten wir nicht fündig werden, dann müssen wir eben noch eine Weile wachsam sein … irgendwann wird er sicher aufgeben. Ich kann mir nicht vorstellen, dass er uns bis nach Haydelberch folgt. Kommt!« Demonstrativ zog er die rußende Fackel entschlossen wieder aus der Halterung, nickte Johannes Stertzer zu und machte sich daran, über den Sims des geöffneten Fensters zu klettern, um sich durch die schmale Öffnung zu zwängen.

»Wartet!« Alle Augen richteten sich überrascht wieder auf Johannes Stertzer, der keinerlei Anstalten machte, Michael zu folgen. »Wir sollten … das können wir nicht tun! Die Frauen hier allein lassen, während wir beide dem Missetäter nachjagen? Das wäre unverantwortlich. Außerdem werden Bertha und ich doch bereits im Kräutergarten erwartet«, gab er eifrig zu bedenken und warf sich den Gurt seiner Tasche über die Schulter. Genau in diesem Moment beugte sich Bertha mit einem Stöhnen vornüber und ergriff mit schmerzverzerrtem Gesicht Annas stützenden Arm. Stertzers Stimme überschlug sich beinahe. »Seht Ihr! Wir haben nicht mehr viel Zeit! Und wer weiß schon, wie lange wir durch den Sturm irren, ehe wir ihn finden – wenn wir ihn überhaupt jemals finden. Ihr solltet allein gehen, während ich mit meiner Braut zusammen den Segen einhole, ehe es zu spät ist!«

Einen Moment lang grübelte Michael und wägte das Für und Wider ab. Dann war seine Entscheidung gefallen. »Nun gut, ich werde mich nicht allzu lange mit der Suche aufhalten. Derweil begebt ihr euch zu dem kleinen Schuppen und beendet dieses Katz- und Mausspiel. Anna, du wirst auf jeden Fall als Zeugin mit anwesend sein. Ich komme baldmöglichst nach.«

SPUREN IN DER NACHT

Sonntag, 17. April 1524

Michael landete schwankend mit einem schmatzenden Geräusch auf dem morastigen, durch den Regen aufgeweichten Untergrund. Hierher hinter das Gesindegebäude, an dessen rückwärtiger Mauer robuste Ranken emporwucherten, wurden wohl selbst die Schafe und Ziegen nicht allzu oft getrieben. Das hüfthoch gewachsene Gras peitschte im Wind hin und her und er musste sich immer wieder den Regen aus den Augen wischen, um in der tosenden Dunkelheit einigermaßen sehen zu können. Sein schwerer durchtränkter Umhang, der ihn schon lange nicht mehr vor der allgegenwärtigen Nässe schützte, schlug ihm schwer gegen die Beine und insgeheim verfluchte er diese Nacht, die ihm seine Körperwärme raubte und die Kälte durch sämtliche Knochen kriechen ließ. Glücklicherweise brannte die Fackel trotz des dichten Regens noch zischend weiter. Auch wenn die Flammen bisweilen durch den heulenden Wind auf einer Seite des Knüppels zusammengedrängt wurden, kämpften sie erbittert gegen die andere Naturgewalt an und eroberten ihren Besitz züngelnd zurück. Außer seiner eigenen Fackel war kein anderes Feuer zu sehen. Der Übeltäter musste entweder bereits längst über die Mauer geflohen sein, sich gekonnt irgendwo im Dunkeln verbergen, um sich den Blicken etwaiger Verfolger gänzlich zu entziehen, oder vielleicht sogar in einem Hinterhalt ausharren, damit er einen neuen Angriff beginnen konnte. Der letzte dieser Gedanken ließ Michael kurz zögern und den Dolch fester mit der Hand umschließen. Er würde sich keinesfalls kampflos geschlagen geben und vielleicht ein noch schlimmeres Schicksal als Johannes Stertzer erleiden. Angespannt setzte er einen Fuß vor den anderen. Er war auf alles gefasst. Beinahe fürchtete er schon, dass er die Orientierung verloren hatte, als endlich eine kalte, regennasse Wand vor ihm auftauchte. Die aufgeschichteten Steine erhoben sich direkt vor ihm und zwangen ihn, sich für eine Richtung entlang der massiven Mauer zu entscheiden. Irgendwo weit vor ihm musste sich nun der Bachlauf befinden, der den ummauerten Klosterbereich in zwei Hälften teilte. Und tatsächlich, als der wütende Himmel wieder durch ein grelles Licht erhellt wurde, konnte Michael für die Dauer eines kurzen Augenblicks das Gelände, das vor ihm lag, überblicken. Gesindehaus und Klosterkirche lagen hinter ihm. Bachlauf, Schafstall und der Unterstand für ihren Karren befanden sich vor ihm. *Wohin hast du dich geflüchtet? Welchen Weg hast du genommen?* Michael versuchte, sich in den Eindringling hineinzuversetzen, blieb jedoch weiter unschlüssig stehen, bis ihm der Braune aus der Ferne den wohl entscheidenden Hinweis gab. Ein hohes Wiehern verriet die nervöse Unsicherheit des Pferdes. Irgendetwas oder irgendjemand musste es erschreckt haben. Michael richtete seine gesamte Aufmerksamkeit auf den abgelegenen Bereich der Klosteranlage. Es war noch ein gutes Stück Weg, das ihn durch unwegsames Gelände führte, und es würde noch einige Zeit in Anspruch nehmen, ehe er den Schuppen nach dem Flüchtenden durchsuchen konnte. Vor allem, wenn er sich vorsichtig und bedächtig nähern wollte, um ihn nicht doch noch vorzuwarnen.

Es war mühsam, immer wieder nach allen Richtungen Ausschau zu halten, damit die Gefahr eines hinterlistigen Angriffs aus der Dunkelheit verringert wurde. Er konnte nicht sicher sein, dass der Unbekannte nach seiner Tat das Weite gesucht hatte. Michael hielt die Fackel hoch und drehte sich langsam einmal um sich selbst. Der schwache Schein der Flammen erfasste die Bretter des Unterstands, den er vor nicht allzu langer Zeit verlassen hatte, nachdem das Pferd für die Dauer der Nacht versorgt und fest angebunden war, damit es im tosenden Sturm nicht durchgehen konnte. Diesmal wollte er die Rückseite zuerst in Augenschein nehmen und schlich um die hölzerne Schuppenwand herum. Auch ohne das schnaubende Tier zu sehen, wusste Michael, dass es im Innern tänzelte, den Kopf hin und her warf und am Lederriemen an seinem Maul zerrte. Er vermochte allerdings nicht zu beurteilen, ob er selbst der Grund dafür war oder ob sich noch jemand in der Nähe aufhielt. Bereit, im Falle eines Angriffs den ersten Stich gegen den Gegner auszuführen, hielt er seinen Dolch vor sich, die Klinge in den Schlund der Dunkelheit gerichtet. Schritt für Schritt umrundete Michael zunächst den Unterstand und leuchtete auch das Innere gewissenhaft aus. Nichts. Kein Angriff, kein fliehender Schatten, nicht einmal ein auffälliges Geräusch, dem er weiter folgen konnte. Seine Muskeln entspannten sich zusehends und mehr und mehr wurde ihm bewusst, dass es ein aussichtsloses Unterfangen war. Zu viel Zeit war nach dem Angriff auf Johannes Stertzer vergangen. Der Schurke konnte inzwischen überall sein. Selbst bei Tag würde es sich schwierig gestalten, in den Regenfluten überhaupt noch Spuren zu finden, die nicht bereits weggewaschen waren. Michael wollte schon aufgeben und den Rückweg antreten, als seltsame helle Flecken im Gras vom flackernden Licht der Flammen erfasst wurden. Und noch etwas tauchte beim Näherkommen aus der Schwärze auf. Ein Seil. Es hing vom oberen Rand der Mauer herab und reichte bis auf den Boden. So viel konnte Michael erkennen, als er die Fackel erhob und sein Blick dem Verlauf folgte. Sein Herzschlag beschleunigte sich. Ohne das oberste Ende des Stricks sehen zu können, hätte Michael sogar sein Hab und Gut darauf gesetzt, dass dort ein vierendiger Wurfhaken befestigt war, der sich an der äußeren Kante festkrallte und beim Absteigen an der Innenseite der Mauer sicheren Halt gab. *Auf diesem Weg bist du also eingedrungen, Bursche! Und glücklicherweise habe ich den richtigen Weg eingeschlagen und konnte dir so deine Flucht vereiteln! Denn wenn das Seil noch diesseits der Mauer hängt, dann bist auch du noch hier drinnen und womöglich nicht einmal weit entfernt.* Michael spürte, wie Hitze durch seinen Körper schoss. Geschickt löste er den festen Griff der metallenen Finger, indem er abwechselnd daran ruckte und zerrte, dann aber auch immer wieder Seil nachgab. So lange, bis der Haken schließlich dumpf direkt neben Michael auf der Erde aufschlug. Die einzigen Wege, die nun nach draußen führten, waren die beiden Tore in der massiven Mauer. Und an diesen konnten Posten, also der Student und er, aufgestellt werden. Es sollte demnach nur eine Frage der Zeit sein, bis der Übeltäter bei dem Versuch, die Klostermauern zu verlassen, gestellt werden konnte.

Triumphierend lächelnd bohrte Michael die Fackel ins Erdreich, hob den Wurfhaken auf und wickelte das zugehörige Seil in großen Schleifen um seine Elle. Sobald die Brautleute ihren Segen hatten, konnte der anstrengende Teil der Nacht um seinetwillen beginnen. Es war ihm gleich. Wenn die Weiterreise dadurch ruhig und ohne Bange verlief, dann nahm er auch noch diese Bürde auf sich. Sicher bedurfte es eines eisernen Willens, die Stunden bis zum Morgen in Nässe und Kälte hindurch zu wachen. Aber irgendwann würden der Hunger oder der Durst den Unsichtbaren aus seinem Versteck ins Tageslicht treiben. Und dann würden sie bereit sein und ihn abfangen.

Michael hatte dem Unbekannten die Flucht über die Mauer vereitelt. Wenn auch nur ganz knapp, denn in dem eiligen Bestreben, die Steinwand zu erklimmen, schien er entweder unnötigen Ballast einfach weggeworfen oder für ihn wichtiges Eigentum verloren zu haben. Neugierig griff Michael nach den völlig durchweichten Blättern, die zwischen den Halmen am Fuß der Mauer lagen und erbarmungslos vom Regen aufgeweicht wurden. Vorsichtig hob er das tropfende Papier auf, das sich wie ein Ertrinkender an seinen Fingern festsaugte, und hielt es näher an die züngelnden und zischenden Flammen. Ehemals feine Linien der geschwungenen Schrift wirkten aufgequollen und hatten ihre Leserlichkeit verloren. Aus einem Impuls heraus drehte Michael das Blatt um. Der Anblick, der sich ihm nun bot, ließ seinen Atem stocken und das Blut in den Adern gefrieren.

VON DEN NIXEN

Sonntag, 17. April 1524

Sofort nachdem der Sturm Michael verschluckt hatte, drängte auch Johannes Stertzer mit ernster Miene eilig zum Aufbruch. Er schien keinen einzigen Moment der kostbaren Zeit vergeuden zu wollen, bot Bertha seine Hand an, nachdem er sich den Riemen seiner Tasche übergeworfen hatte, und geleitete die nervös lächelnde Braut im Schein einer kleinen Öllampe nach draußen. Anna hastete in ihre weitaus dunklere Kammer zurück und warf sich, sobald sich ihre Augen an die dürftigen Lichtverhältnisse gewöhnt hatten, die beiden feuchten Umhänge über den Arm und raffte die umherliegenden Haarbänder für Bertha zusammen. Vielleicht bot sich doch noch die Gelegenheit, die widerspenstigen Locken für die Augen des Geistlichen wenigstens in einen halbwegs sittsamen Haarknoten zu verwandeln. Während sie den beiden Verliebten durch den strömenden Regen über den weitläufigen Innenhof atemlos hinterhereilte und Bertha noch beim Gehen den Mantel überwarf, versuchte sie, die Sorgen um Michael beiseitezuschieben. Warum nur war er so versessen darauf, diese Angelegenheit ausgerechnet jetzt zu regeln? Anna schalt sich selbst. Sie hätte trotz des ganzen Durcheinanders auf sein Dableiben bestehen müssen! Er sollte jetzt an ihrer Seite sein. Dieser verteufelte Gerechtigkeitssinn – nach der Zeremonie wäre für eine Menschenjagd doch noch genügend Zeit gewesen. Die Zeremonie! Der Gedanke schoss ihr so plötzlich durch Mark und Bein, als würde man spitzes, glühendes Metall durch ihren gesamten Körper treiben. Anna hatte genau für diesen Moment ein kleines Geschenk für Bertha vorbereitet. Eines ihrer kostbarsten Tücher, eine prachtvolle Arbeit, in kräftigen Farben gehalten, sollte an diesem besonderen Tag seine Besitzerin wechseln. Verärgert über ihre Vergesslichkeit, drückte sie Berthas Hand und schrie gegen den Sturm an. »Ich muss zurück!« Berthas irritierter Blick verlangte nach einer Erklärung, aber ehe sie auch nur zum Sprechen ansetzen konnte, schob Anna mit einem Augenzwinkern die Begründung für ihr Handeln hinterher. »Man sollte nie ohne ein Mitbringsel zu einem besonderen Anlass erscheinen. Mach dir bitte keine Sorgen – noch bevor dort drinnen ein wichtiges Wort gesprochen wird, bin ich wieder da!« Ohne Berthas Widerrede abzuwarten, riss sich Anna los und rannte mit gerafften Röcken im kalten Licht des grollenden Himmels zum Gesindehaus zurück.

»Nun komm schon. Sie ist viel schneller auf den Beinen als wir und wird uns schon bald wieder eingeholt haben.« Johannes Stertzer konnte Bertha nur mit sanftem Druck dazu bringen, den Weg zum schwach beleuchteten Schuppen beim Kräutergarten fortzusetzen. Doch bereits nach wenigen Schritten blieb sie wieder stehen. Schwer stützte sie sich auf seinen Arm und atmete hörbar ein und aus. Der Ablauf war immer der gleiche. In immer kürzeren Abständen bemächtigte sich ihrer eine fremde Gewalt und stürzte sie in ein Martyrium. Der Schmerz in ihrem Leib, dem sie ausgeliefert war und den sie nicht beeinflussen konnte, schwoll wie eine Welle weiter an. Bis diese Welle Bertha auf dem Höhepunkt ihrer Kraft ein kehliges Stöhnen entriss und ihre Sinneswahrnehmungen für die Welt, die rings um sie lag, schwächte. Erst mit dem Abebben rückte endlich kurzzeitige Erlösung näher, ließ Bertha wieder Gelegenheit zu verschnaufen und, wenn überhaupt möglich, neue Kraft zu schöpfen. »Johannes, bitte, lass uns für einen Moment dort unterstehen und auf Anna warten.« Bertha zeigt kraftlos auf das runde, wandlose Holzkonstrukt, das inmitten des Kräutergartens stand. Schmale Holzbänke waren rings um eine tischähnliche Arbeitsfläche angeordnet und stabile Pfosten stützten das schlichte Dach. Sicher wurde dieser Ort, an dem alle Gartenwege wie die Strahlen der Sonne zusammenliefen, für verschiedene Zwecke genutzt – zum Beten und Ruhen oder um die Kräuter und Pflanzen zeitnah nach dem Schneiden und Pflücken im Schatten zu verarbeiten. Zunächst behielt er den Schuppen im Auge, der nicht mehr weit entfernt am Rande des Kräutergartens stand – ihrer aller erklärtes Ziel in dieser Nacht. Dann jedoch ergriff Johannes ohne ein Widerwort ihre zitternde Hand und führte sie zu einer der hölzernen Bänke unter dem Dach. Sofort hörte das Prasseln der schweren Tropfen auf ihrem Kopf auf. Dafür zwang sie das ohrenbetäubende Geräusch des Regens auf den knarrenden Balken, lauter zu sprechen. Frierend lehnte Bertha erschöpft an seiner Brust, spürte den warmen Atem an ihrem Ohr und lauschte seinen Worten, während er sie vertraut umarmte. »Du musst wissen, es gibt so manche Sage, deren Ursprung sich in diesen Wäldern zugetragen haben soll«, begann Johannes Stertzer nachdenklich mit eigenartig dünner Stimme. Seine Worte klangen gleichförmig und ohne jegliche Gefühlsregung.* »Dort, wo der ansteigende Weg nach Waybstatt ungefähr dreihundert Schritte außerhalb des Dorfes seinen Scheitelpunkt erreicht, lag noch vor einem Menschenalter, still und versonnen, ein kreisrunder See. Seine Lage auf dem Berg gab ihm etwas Geheimnisvolles und die Vorstellungskraft des Volkes bevölkerte ihn mit Nixen und Meermädchen. Das waren anmutige Jungfrauen mit lichtblonden langen Haaren. Sie liebten

* Aus ›Von den Nixen‹, Heimatbuch Epfenbach

Gesang und Spiel. Ihre größte Freude aber war die Gesellschaft der hier ansässigen jungen Leut'. Ihr Vater, der Nix, ein alter Mann mit schilfbedecktem Haupte, hielt sie in strenger Zucht. Am Fuße des Berges lag ein kleines Häuschen, abgeschieden vom Dorf, ohne jede Nachbarschaft. Sein Bewohner war ein Schneider, ein heiterer, geselliger Mann. An den Winterabenden hatte er immer frohe Gäste, junge Burschen und Mädchen mit Spinnrädern. Wenn die frohe Schar beisammen war, schaute eins ums andere nach der Tür – als ob noch jemand fehlte. Und endlich kamen sie, die lieblichen Meerjungfrauen, mit freudestrahlenden Gesichtern, von allen herzlich willkommen geheißen. Man stritt um ihre Nachbarschaft und um die Plätze an ihrer Seite. Bald darauf begann ein Singen und Erzählen, ein Necken und Scherzen, dass dem alten Schneider, der am Kamin saß und Kienholz nachlegte, vor Freude die Augen aufgingen. Die schönen Stunden dauerten regelmäßig bis eine Stunde vor Mittnacht. Um diese Zeit mussten die lieben Gäste in den See zurückkehren. Zu den Gästen der Spinnstube gehörte auch ein Schulmeistersohn.«

Bertha hatte ihn bis dahin nicht unterbrochen, sondern nur andächtig gelauscht. Nun hob sie erwartungsvoll den Kopf an und am Klang ihrer Stimme konnte er hören, dass sie lächelte. »Ein Schulmeistersohn? So wie du? Erzählst du mir aus diesem Grund diese Sage?«

»Schschsch.« Der leise, zischende Laut brachte Bertha zum Schweigen und er fuhr fort, ohne auf ihre Frage einzugehen. »Eine hübsche Meerjungfrau hatte es ihm angetan. Um ihre Anwesenheit recht lange zu genießen, kam er eines Abends auf den sündhaften Gedanken, die Kirchenuhr um eine Stunde zurückzurichten. Das wurde den Nixen zum Verhängnis. Als sie zur gewohnten Stunde die Gesellschaft verließen, machten sie sich, ohne es zu wissen und ohne ihren Vater, den Nix, willentlich zu hintergehen, eine Stunde zu spät auf den Heimweg. Der Bursche, der am nächsten Morgen mit seinem Raps in die Ölmühle nach Waybstatt fahren sollte, kam schreckensbleich ins Dorf zurück und erzählte, das Wasser des Sees sei blutigrot. Die Meerjungfrauen kamen nicht wieder. Den Schulmeistersohn aber verzehrten die Reue und die Sehnsucht. Sein Geist umdüsterte sich und als die Weidenkätzchen blühten, trug man ihn hinaus zum stillen Gottesacker.«* Bertha verharrte reglos. Seine bewegende Erzählung hatte all ihre Gedanken eingefangen und eine seltsame Traurigkeit hüllte sie nun ein. Schweren Herzens löste sie sich mit einem bedauernden Seufzen von Johannes. »Die armen Meerjungfrauen«, flüsterte Bertha kaum hörbar. Dann jedoch erhob sich ihre Stimme anklagend gleich dem Sturm. »Das hätte er nie und nimmer tun dürfen. Dieser Schulmeistersohn hat nur an sich gedacht. Nur an das, was er zu besitzen begehrte und um jeden Preis haben wollte! Er war im Unrecht und hat durch seine gemeine, hinterhältige Tat so viel Tod und Verderben über andere gebracht.

Sein Plan war heimtückisch, dabei waren die Nixen doch so lebensfroh und er hätte weiterhin an ihrem Lachen und Scherzen teilhaben können, wenn er sich einfach nur mit dem begnügt hätte, was ihm ohnehin zuteilwurde. Letztlich stand er mit leeren Händen da und besaß nichts mehr – nicht einmal mehr den Mut und die Kraft, zu leben. Es geschieht ihm ganz recht, dass er Zeit seines jämmerlichen restlichen Lebens nicht mehr darüber hinwegkam!« Bertha tat ihre Meinung leidenschaftlich kund und selbst als sie, immer noch aufgebracht, schließlich schwieg, waren ihre aufgewühlten Gefühle beinahe greifbar.

---

* Aus ›Von den Nixen‹, Heimatbuch Epfenbach

Das Erwarten seiner Zustimmung schwang unausgesprochen ihren Worten nach. Doch Johannes blieb stumm. Bertha konnte in der Schwärze seine Gesichtszüge nicht eindeutig erkennen. Die kleine Öllampe stand hinter ihm und der schwache Schimmer, der aus diesem Grund nur die Konturen seines Körpers ein wenig sichtbar werden ließ, verlieh dem Mann vor ihr ein unheimliches Aussehen. Der schweigende Schatten schien regelrecht anzuschwellen und eine bedrohliche Größe anzunehmen. »Unrecht?«, begann Johannes Stertzer und seine Stimme glich eher einem Knurren. »Nun, zum allermindesten kann man aus dieser Sage ersehen, wie viel doch so manch einer bereit ist zu tun, um an das zu gelangen oder das zu erreichen, was sein Herz schmerzlich begehrt, auch wenn es anderen grausam oder gar unsinnig erscheinen mag.« Ein Schauer jagte über Berthas Rücken und ihre Nackenhaare stellten sich auf, obgleich sie den Grund nicht eindeutig benennen konnte. Die Kälte? Die Dunkelheit? Das unheimliche Himmelszürnen? »Komm, meine Liebe, es ist Zeit. Bringen wir das letzte Stückchen Weg nun endlich hinter uns.« Wenn sie ihn mit ihrer Meinung wütend gemacht hatte, so merkte man es ihm zumindest jetzt nicht mehr an. Seine Stimme klang wie zuvor. Johannes Stertzer verlor kein Wort mehr über die toten Nixen, sondern ergriff ihre kalte Hand und schritt voran. Das Kind in ihrem Leib beanspruchte viel Platz und so hatte sie Mühe, Schritt zu halten. Das ungleiche Paar durchquerte den Kräutergarten auf einem der Pfade und erreichte kurz darauf den Schuppen. Bertha erkannte gleich, dass er nicht sonderlich stabil gebaut war, denn durch die Spalten zwischen den Holzbalken hindurch schimmerte warmes Licht. Vor Anstrengung und Aufregung ganz außer Atem, hielt sie sich keuchend den dicken Bauch und war froh, dass Johannes einen Moment verweilte, um den verkeilten Holzriegel zu lupfen und ihr dann galant den Vortritt zu lassen. Bertha musste den Kopf ein wenig neigen, um ihn sich beim Überschreiten der Schwelle nicht am Balken zu stoßen. Erleichtert prustend, entledigte sie sich des schweren Mantels, warf ihn über einen Haken und strich sich die regennassen Locken aus dem Gesicht. Neugierig sah sie sich um. Hier also würde man sie zum rechtmäßigen Weib eines angehenden *doctor medicinae* machen. Bei diesem Gedanken machte Berthas Herz einen freudigen Satz. Bereits in unzähligen vergangenen Nächten und an noch mehr Tagen, wenn sie unlustig herumsaß und auf einen zahlenden Burschen wartete, hatte sie davon geträumt.

Die Hütte verlief weit nach hinten und war geräumiger, als es in der Nacht von außen den Anschein hatte. Die Arbeitsgeräte hingen ordentlich an Seilen und Haken ringsum an den Wänden. Sogar ein Karren für den Heutransport stand an der Seite bereit. Das Einzige, was unordentlich und fehl am Platz wirkte, war eine Leiter, die, für welchen Zweck auch immer, mitten auf dem Boden lag. Bertha rieb sich die kalten Finger und drehte sich abwartend zu Johannes um. Er stand immer noch neben der Tür, die er sorgsam wieder verschlossen und damit den Sturm ausgesperrt hatte, ließ den Schultergurt der Tasche langsam zu Boden gleiten und starrte sie an.

»Und? Was denkst du? Sollen wir in der Zwischenzeit noch etwas vorbereiten? Welche Vereinbarungen hast du getroffen? Wahrscheinlich werden wir nachher auf dem blanken Boden knien müssen. Wann wird der Geistliche eintreffen?« Die Aufregung war ihr deutlich ins Gesicht geschrieben und die Fragen sprudelten nur so aus ihr heraus. Berthas Augen leuchteten glückselig und ihre nassen Wangen hatten einen rosigen Schimmer.

»Wie?« Johannes legte abwesend die Stirn in Falten, als hätte er den Sinn ihrer Worte nicht begriffen.

»Offensichtlich ist er noch nicht hier«, folgerte Bertha mit dünner Stimme, indem sie ihren Blick durch den Schuppen wandern ließ, und wunderte sich, dass er so begriffsstutzig war. Sicherlich war er im Mindesten ebenso nervös wie sie selbst.

»Ich habe mir bereits vorhin gedacht, dass wir allein sein werden. Du musstest die Tür ja erst entriegeln, ehe wir eintreten konnten. Somit wusste ich, dass sich niemand darin befinden konnte. Wer lässt sich denn schon gerne in einen Schuppen einschließen? Außer, du hast ihn gezwungen und wolltest sichergehen, dass du ihn auf jeden Fall wieder hier vorfindest, wenn wir ankommen, und er es sich tatsächlich nicht mehr anders überlegen und verschwinden kann.« Berthas Stimme überschlug sich und ihr Lachen klang zu laut.

»Oh, das. Du meinst … der Segen für uns.« Johannes schien endlich zu begreifen, was sie meinte und seine Miene entspannte sich, während er gelangweilt zu einer offenen Kiste schlenderte, um den Inhalt zu begutachten. Er hatte Bertha den Rücken zugewandt. Sie konnte nicht erkennen, was er dort tat. Ganz in Gedanken strich er mit seinen Fingern geradezu ehrfürchtig über ein dünnes Seil und nahm es schließlich heraus. Schlaff hing es an seiner Seite, als er sich Bertha lässig näherte, die über ihren Bauch streichelte und eine scherzhafte Bemerkung nicht zurückhalten konnte. »Keine Sorge, Johannes, wir beide werden dir sicher nicht entwischen. Bei mir ist ein Seil nicht vonnöten, denn ich werde immer getreu an deiner Seite bleiben.« Sie erwiderte glücklich sein zaghaftes Lächeln und schreckte kurz auf, als sich der Zorn des Himmels erneut in einem dröhnenden Poltern entlud. Johannes Stertzer stand direkt vor ihr und sein Blick bohrte sich auf beunruhigende Art und Weise in sie. Berthas Haare sträubten sich beim nächsten kalten Lufthauch, der sich durch die Bretterwand zwängte, erneut. Zärtlich strich

hier im Schuppen steht?« Völlig unbeeindruckt, hielt der Student weiterhin beide Arme auf dem Rücken der Wehrlosen fest. »Du wirst es bald verstehen«, säuselte Johannes Stertzer gefährlich überlegen.

»Verstehen? Was denn verstehen?«, keifte sie schrill. Die Kälte in seinen Augen machte Bertha Angst und verunsicherte sie mehr und mehr. Welche Wandlung ging mit ihrem Geliebten vor sich? Hatte sie ihn verärgert? War er es leid, so lange auf die Zeremonie zu warten? Machte er sich Sorgen darüber, ob ihm der hinterhältige Angreifer immer noch auf den Fersen war? Bertha konnte sich beim besten Willen keinen Reim auf sein seltsames Verhalten machen. Ein fürchterliches Brennen durchschnitt ihre Gedanken. Abgelenkt durch die vielen Fragen, die sich aufdrängten, hatte sie zu spät bemerkt, dass Johannes Stertzer beide Gelenke unnachgiebig umklammert hielt, nun noch schmerzhafter zudrückte und mit dem rauen Seil geschickt umwickelte. Selbst ihre gesamte Kraft hätte nicht ausgereicht, sich erfolgreich zur Wehr zu setzen. Die Fasern des Seils zogen sich unbarmherzig als heiße Fessel um ihre Hände und schnürten das pulsierende Blut ab. »Es wird keinen Segen geben», stellte er ruhig lächelnd fest und unterband mit Leichtigkeit Berthas heftige Versuche, sich der Fesseln zu entledigen. »Der Geistliche kommt nicht. Ich habe nie auch nur ein Wort mit ihm geredet, geschweige denn eine Vereinbarung mit ihm getroffen. Du wartest vergeblich auf ihn.« Das Blut rauschte in ihren Ohren und trübte ihre Sinne. Ungläubig starrte Bertha den Mann stumm an, der ihr mit einem Male so fremd war und dessen Worte in ihrem Kopf widerhallten wie der Donner des tobenden Sturmes. Er sprach in Rätseln. Verzweifelt wandte sie sich ab, als er erneut einen Kuss einfordern wollte.

»Nein!« Die Lippen wurden fest aufeinandergepresst und verweigerten sich beharrlich. Allein das heftige Kopfschütteln der Gepeinigten wurde jäh beendet, als Johannes Stertzer mit einer Hand ungeduldig in die offene Haarpracht fuhr und den abwehrenden Bewegungen mit einem schmerzhaften Ruck Einhalt gebot. Wütend riss er ihren Kopf nach hinten, um sie nun nahezu bewegungsunfähig zu halten. Heiße Tränen schossen in Berthas angsterfüllte Augen und bahnten sich langsam einen Weg über die pochenden Wangen, während sie erdulden musste, dass sich seine Lippen mit Macht nahmen, was sie wollten. Besitzergreifend schob sich seine warme Zunge in ihren Mund und brachte sie beinahe zum Würgen. Zuzubeißen wagte sie dennoch nicht. Die Strafe hierfür konnte verheerend ausfallen. Allzu schmerzhaft strapazierte seine kräftige Hand ohnehin schon ihre Kopfhaut, indem sie roh an den Haaren riss und den Griff noch verstärkte. So entwich Bertha nur ein leises Ächzen. An seinem stoßweisen Atmen konnte Bertha erkennen, dass es ihn sicherlich auch Anstrengung kostete, sie auf Dauer diesem Joch zu unterwerfen und in Schach zu halten. Wut regte sich endlich in ihr und kochte durch die beigemengte Angst noch mehr hoch. Es wäre nicht das erste Mal, dass sie sich gegen übermäßige Handgreiflichkeiten von Betrunkenen oder zu sehr von sich Eingenommenen hätte wehren müssen. Und doch war dies etwas völlig anderes. Sie vertraute diesem Mann. Hatte ihm vertraut. Diese plötzliche Fassungslosigkeit, diese Verschiebung der Realitäten lähmten sie zusätzlich. Wenn ein Mann sie zu früheren Zeiten aufgesucht hatte und sie ihn eingeladen hatte, ihren Körper für ein paar wenige Münzen zu erkunden, und zuließ, dass er sich nahm, was er vielleicht in der heimischen Schlafkammer nicht mehr bekam, dann war sie darauf vorbereitet. Dann spielte sie die Willige, obwohl sich ihre wahren Gedanken und Gefühle in eigene Welten flüchteten und erst wieder zurückkehrten, wenn der Stundengast wieder davonschlich. Heute Nacht hatte sie nicht gespielt. Heute Nacht war sie einfach nur Bertha Setzler gewesen. Umso schwerer fiel es ihr nun, eine abwehrende Haltung einzunehmen. Doch die Kämpferin in ihr nahm immer mehr Gestalt an und gewann schließlich die Oberhand. Niemals würde es ein Mann schaffen, sich ihrer gegen ihren Willen, aus welchem Grunde auch immer, zu bemächtigen, ohne dass sie aus Leibeskräften versuchte, sich zur Wehr zu setzen. Nicht einmal ein Johannes Stertzer! Ohne Vorwarnung fletschte sie die Zähne und hieb sie kraftvoll in den muskulösen Hals, der ihr in diesem Moment schutzlos dargeboten wurde. Fluchend drehte sich Johannes Stertzer weg, wich weiteren Attacken ihres Kiefers geschickt aus und brachte das Weibsbild letztendlich zu Fall, indem er ein Bein direkt hinter ihren Füßen abstellte und sie derart geschwind nach hinten drückte, dass sie das Gleichgewicht verlor, da die Beine nun nicht mehr schnell genug neuen Halt finden konnten. Verdutzt nach Luft schnappend, fiel Bertha rücklings zu Boden. Ihr Sturz auf die harten Streben der Leiter wurde nur dadurch ein wenig abgefangen, dass die starken Arme, die sie kürzlich doch noch so beschützend und liebevoll umfangen hatten, nun grob in den Stoff ihrer Kleider griffen und den gefesselten Oberkörper bis zur Hüfte auf dem Holzgestell ablegten. Der geschwollene Leib ragte über dem durchgebogenen Rücken in die Höhe, und Bertha musste erneut eine Welle aus Schmerz, Wut und Verzweiflung überstehen. Hilflos versteifte sie sich auf der Leiter, deren harte Kanten ihr gnadenlos in Muskeln und Knochen drückten und sicherlich einige blaue Male verursachten. Ihre Zähne schlugen aufeinander und die brennenden Tränen, die inzwischen die Ingredienzen aus Hass und Angst in sich trugen, rannen ihr aus den Augen und verschwanden in den kupferfarbenen Locken. Die gefesselten Hände konnten ihren schweren Körper nur unzureichend abstützen, und so gelang es Bertha nur mäßig, eine schmerzfreiere, bequemere Lage einzunehmen. Um nicht die Besinnung zu verlieren, musste sie sich regelrecht zum Weiteratmen zwingen. Stöhnend folgte die Gefesselte ihrem Peiniger unablässig mit den Augen. Wie ein lauerndes Raubtier umrundete dieser mit langsamen Schritten sein Opfer. Abwesend tastete eine seiner Hände den aufgeschlagenen Hinterkopf ab. Dort, wo die frische Wunde klaffte. Kleine Schweißperlen bildeten sich auf Berthas Gesicht und ihre Muskeln begannen aufgrund der unnatürlichen Haltung und Anstrengung zu zittern. Das taube Gefühl zog sich inzwischen bis in ihre Schultern. Irgendwie musste es ihr gelingen, sich zu befreien. »Nein! Johannes, warum tust du mir das an? Warum?« Beherzt warf sich Johannes Stertzer auf die strampelnden Beine, um sie, wie zuvor schon den restlichen Körper, auf der Leiter abzulegen und zunächst mit seinem eigenen Gewicht zu beschweren. Dass er ihr dabei noch mehr Leiden zufügte, ignorierte er völlig. Das Zulassen von Gefühlen oder gar Mitleid durfte ihn nicht von seinem Vorhaben abbringen. Er brauchte nicht lange zu warten, bis die Gegenwehr mangels Kraft aufgegeben wurde und es somit ein Leichtes für ihn war, die Füße geschwind mit einem weiteren Seil an einer Strebe festzuzurren. Trotz der nassen Stoffe, die seinen Körper umhüllten, fror er nicht. Das Kräftemessen und seine Anspannung sorgten dafür, dass sein Herzschlag beständig hoch und seine Muskeln warm blieben. Endlich! Endlich war er seinem Ziel nahe! Berthas Körper hatte ihm so gut wie nichts mehr entgegenzusetzen. Zu sehr war sie inzwischen in ihren Schmerzen und ihrer Pein gefangen. Arme und Beine gefesselt, blieb ihr nur noch die Möglichkeit, sich ihre Stimme zunutze zu machen. Auch wenn es unmöglich erschien, dass die verzweifelten Rufe im heulenden Sturm bis weit über den Hof an irgendein Ohr drangen. Versuchen musste sie es! »Michael!

Anna! Helft mir!«, begann sie, aus Leibeskräften zu schreien. Johannes Stertzer verlor keine Zeit. Im Nu hatte er ein Messer gezogen und ein Stück Leinen aus ihrem Saum geschnitten, das er der kreischenden Bertha in den Mund stopfte. Unmittelbar verstummten die Hilferufe und wurden zu würgenden Lauten, da durch den Druck des Stoffes ihre Zunge grob nach hinten geschoben wurde. Ein erdiger Geschmack breitete sich in ihrer Mundhöhle aus. Angestrengt sog sie die lebensspendende Luft nun ausschließlich durch die Nase ein und versuchte, das dreckige Wasser zu ignorieren, das den Knebel getränkt hatte und sich nun langsam tief in ihrem Rachen sammelte. Bertha streckte angsterfüllt den Hals, atmete gierig durch die geweiteten Nasenflügel und wartete einige Augenblicke, bis die Panik sie nicht mehr vollständig beherrschte, ehe sie schließlich dem Drang, zu schlucken, nachgab. Heftig atmend, aber zufrieden kniete Johannes Stertzer reglos neben der verschnürten Frau, sah zu, wie sie zitterte, und überdachte seine nächsten Schritte. Die Blicke aus ihren aufgerissenen Augen machten ihm deutlich, dass sie das eben Geschehene nicht im Geringsten verstand, dass er ihre Todesangst und gleichzeitig ihren unbändigen Lebenswillen geweckt hatte. Es verlieh ihm Genugtuung, zu erkennen, welche Macht er doch besaß. Aber um diese Stärke zu genießen, blieb später immer noch genügend Zeit. Jetzt musste erst einmal sein weiteres Vorgehen gut vorbereitet werden. Immerhin waren zwei aus der Gruppe noch draußen in der Nacht unterwegs. Er musste sich womöglich in Windeseile auf alle möglichen Geschehnisse einstellen können. Nur das war der Garant für das Gelingen seines Plans. Schließlich agierte er allein und wenn er nicht achtgab, dann konnte das ungleiche Gefüge auch ganz schnell zuungunsten seiner selbst kippen. Zärtlich strich er über Berthas Wange und ließ seine Finger an ihrem Hals entlang hinabgleiten, bis er den

Nacken umfassen und ihr dabei helfen konnte, sich aufzurichten. Ohne zu zögern, löste er die Knoten, die das raue Seil fest um ihre Handgelenke hielten. Ungläubig sah Bertha zu ihm auf, als sich die Schnürung ein wenig lockerte und mit einem bitzelnden Gefühl das aufgestaute Blut wieder in ihre Gliedmaßen schoss. Dumpf protestierend zerrte sie so lange, bis ihre Hände frei waren und sie sich endlich selbst von diesem widerlichen Knebel befreien konnte. Bertha spuckte erst einmal voller Ekel aus, ehe sie ihrem Unverständnis und ihrem Zorn freien Lauf ließ. Empört versetzte sie ihm einen Stoß. »Wirst du mir nun endlich …« Weiter kam sie nicht. Stertzers Handfläche traf sie mit voller Wucht im Gesicht. Ihr Kopf wurde durch den mächtigen Schlag zur Seite geschleudert. Eingeschüchtert durch sein rohes Vorgehen, duckte sich Bertha etwas, verharrte stillschweigend und blinzelte vorsichtig durch ihre Haarsträhnen hindurch, während sie, aus Angst vor einem möglichen weiteren Schlag, abwehrend beide Arme hob. Ihre Wange brannte heiß und da war dieser metallische Geschmack. Die Lippen pulsierten und durch das leichte Kitzeln, das zum Kinn wanderte, wusste Bertha, dass sie aufgeplatzt waren und bluteten. Nun wurden sie bereits zum dritten Mal in dieser Nacht rot gefärbt. Tadelnd schnalzte Johannes Stertzer mit seiner Zunge, hob eine Braue und schüttelte den Kopf, als müsste er einem kleinen Mädchen Manieren beibringen, weil es unerlaubt nach süßem Gebäck gegriffen hatte. Tränen schossen Bertha in die Augen und flossen über die brennende Wange, um sich kurz darauf mit dem Blutrinnsal zu vereinen. Von all dem völlig unberührt, zwang er sie dann roh und wortlos, sich wieder auf die Leiter zu legen und die Arme weit über den Kopf zu strecken. Nun war es ihm möglich, die Hände ebenfalls an die Leiter zu fesseln und sie somit in gestreckter Länge gänzlich bewegungsunfähig zu halten. Zufrieden begutachtete er ihre veränderte Lage. So war es viel besser. Ihr kurzes, hektisches Atmen zeigte an, dass die Geburt näher rückte. Die Augenblicke schmolzen nur so dahin. Beruhigend legte Johannes Stertzer seine Hand auf ihre schweißbedeckte Stirn. »Noch nicht«, flüsterte er ihr mehrmals ins Ohr. »Es ist noch nicht an der Zeit.« Als die Schmerzen nachließen und sie wieder besser atmen konnte, zwängte er den Rockfetzen wieder zwischen die geschwollenen Lippen. Mit entrücktem Blick umfasste er andächtig ihren Bauch und strich zärtlich darüber. Unwillig versuchte Bertha vergeblich, von ihm abzurücken, um so diese widerwärtige Nähe zu unterbinden. Sie schluchzte und wimmerte. Aber ihr Leid schien ihn nicht zu rühren und zu kümmern. Unbeeindruckt erhob er sich, um an der Tür durch einen schmalen Spalt hinaus in die Nacht zu spähen. Bertha konnte die blutverklebten Haare um seine aufgeplatzte Kopfhaut deutlich sehen. »Geduld. Halte aus. Ich kann noch nicht beginnen. Sie würden uns beide nur stören.« Mit einem seltsamen, leeren Blick drehte er sich zu Bertha um. »Wir müssen noch warten.«

TOD

Sonntag, 17. April 1524

SEUFZEND BÜCKTE SICH ANNA, um das weiche Tuch wieder aufzuheben, und klopfte im schwachen Schein der Kerze sorgsam den Schmutz aus dem edlen Stoff. Er war ihren Fingern in der Eile entglitten, hatte sich aufgebläht und war sanft wie eine Daune zu Boden geschwebt, wo er wie tot wieder in sich zusammengefallen war. Zufrieden mit dem Ergebnis, setzte sie sich auf das einfach gebaute Bett und faltete das Tuch auf ihrem Schoß mehrmals so, dass immer Kante auf Kante lag und das Ganze schließlich einen ordentlichen Stapel bildete. »Nun aber rasch!«, trieb sich Anna selbst zur Eile an. »Durch meine Vergesslichkeit, mit dem zusätzlichen Weg und dem Suchen im Halbdunkel habe ich eh schon zu viel Zeit vertan. Wenn ich mich jetzt nicht beeile, dann ist Michael sicher sogar noch vor mir am Schuppen.« Ohne weiters darüber nachzudenken, überprüften ihre flinken Finger nochmals den Sitz der Haube und versteckten eine vorwitzige Haarsträhne, ehe sie mit einer Kerze in der Hand die winzige Kammer verließ, um sich endlich erneut auf den Weg zu machen. Außer dem Donnergrollen, dem Heulen des Windes und dem Prasseln der schweren Regentropfen waren keine Geräusche zu hören. Ein Schauer zog sich über ihre Kopfhaut und die Schritte wurden langsamer. Ein beunruhigender Gedanke schlich sich in ihr wachsames Bewusstsein und weckte ihren Argwohn. *Wenn alle sonstigen Geräusche vom Gewitter verschluckt werden, dann könnte sich eine dunkle Gestalt anschleichen, ohne dass ich es bemerke. Die-*

ser Angreifer etwa, von dem niemand sicher weiß, wo er sich im Moment aufhält. Irgendwo versteckt in den Wäldern oder immer noch diesseits der Klostermauern. Er hätte leichtes Spiel mit mir. Schließlich bin ich allein. Anna schüttelte den Kopf, hielt den Atem an und blieb mitten auf dem Gang stehen, um angestrengt in die Nacht zu horchen. Nichts. Doch diese beklemmende Vorstellung ließ sich nicht so leicht verscheuchen. Ja, die Angst verstärkte sich zusehends. Die langen Schatten kamen drohend näher, ließen sich durch das kümmerliche Lichtlein nicht mehr zurückdrängen und wurden übermächtig. Die dämonischen Hirngespinste hatten sich längst gegen sie verschworen, ein Opfer gefunden, ihre angsteinflößenden Widerhaken ausgeworfen und sich an ihre Fersen geheftet. Mittlerweile bereute sie es bitterlich, dass sie Bertha und Johannes Stertzer hatte ziehen lassen, um allein in der Dunkelheit den Rückweg anzutreten. Und all das nur wegen eines lächerlichen Geschenks! War das die Gefahr wahrhaftig wert? Da! Was war das? Begleitet von einem spitzen Angstschrei, schlug Anna blindlings in die Finsternis und drehte sich fuchtelnd um sich selbst, da sie die Vorstellung, dass sie einem Angreifer ihre schutzlose Kehrseite zuwandte, nicht ertragen konnte. Schmerzvoll stieß sie kurz darauf gegen eine steinerne Mauer und presste sich schwer atmend gegen den leblosen Schutz. Dann preschte sie vor und suchte ihr Heil in der Flucht. Die Kerze wurde achtlos weggeworfen. Wäre sie doch im Freien ohnehin bereits nach wenigen Schritten erloschen und ihr nicht mehr von Nutzen gewesen. Anna rieb sich die an der rauen Wand aufgerissenen Stellen an ihren Händen, leckte mit ihrer warmen Zunge kurz darüber und beeilte sich, das Gesindehaus und die unheimlichen Schatten hinter sich zu lassen. Sobald ein Himmelsfeuer die Nacht erhellte, prägte sich Anna den Weg oder zumindest die ungefähre Richtung ein und rannte los, ehe die Schwärze sie wieder einhüllte und sie ihre Schritte mit mehr Bedacht wählen musste. Keuchend rang sie um Atem, hielt sich die stechende Seite und zwang sich dazu, sich Michaels dunkle Augen mit seinem unverkennbar warmen und liebevollen Blick vorzustellen. Lächelnd schirmte er sie ab gegen die schauderhaften Trugbilder und geleitete sie durch die Nacht. Diese Ablenkung war jedoch nur von kurzer Dauer. Annas Beine stießen außerhalb des mit Steinen ausgelegten schmalen Weges gegen kniehohe Büsche und krautiges Gewächs. Am schweren, würzigen Duft, der sie trotz des starken Regens wie unsichtbarer Nebel einhüllte und selbst dem Sturm nicht weichen wollte, war leicht erkennbar, dass sie zwischenzeitlich den klösterlichen Kräutergarten erreicht hatte und somit nicht mehr allzu weit vom dazugehörigen Schuppen entfernt war. Das Wasser, das sich ohne Unterlass vom Himmel ergoss, verschleierte Anna noch zusätzlich die Sicht. Dennoch erblickte sie in einiger Entfernung das schwache Rot hinter den Brettern und hielt erleichtert darauf zu, wie eine Motte, die sich nach einem Tanz am Licht sehnt.

»Puh … das ist aber auch ein garstiges Wetter.« Anna stieß erleichtert die hölzerne Tür auf und wankte über die Schwelle, da ihr die triefenden Röcke schwer gegen die Beine schlugen. »Bertha?« Anna wischte sich die Tropfen von den Wimpern und erstarrte irritiert. Ihre Glieder versteiften sich. Einerseits aufgrund des unglaublichen Anblicks, der sich ihr in Form der gefesselten Bertha bot, und andererseits wegen der kalten, geschärften Klinge, die von hinten an ihre Kehle gedrückt wurde und unmissverständlich vermittelte, dass ohne Zögern von ihr Gebrauch gemacht werden würde, sobald Anna sich zu einer falschen, unerlaubten Bewegung entschließen sollte. Was war nur geschehen? Berthas ersticktes Schluchzen schüttelte den gepeinigten Körper und in den angsterfüllten Augen konnte Anna eine Mischung aus purer Verzweiflung, einem letzten Flehen um Hilfe und dem Bitten um Verzeihung erkennen, da sie nicht die Möglichkeit gehabt hatte, die Vertraute zu warnen. Doch dafür war es nun ohnehin zu spät. Anna wagte zunächst nicht, auch nur einen einzigen weiteren Atemzug zu tun. Für eine Flucht war es zu spät. Was konnte sie unternehmen? Sie brauchte Zeit. Zeit zum Nachdenken, um das nächste Tun zu überlegen. Vielleicht konnte sie verhandeln. Münzen zum Tausch von Leib und Leben anbieten. Auf keinen Fall jedoch würde sie erwähnen, dass Michael ebenfalls auf dem Weg hierher war. Auch wenn den Schurken das Wissen und die Aussicht auf einen starken, männlichen Gegner sogar vorab vertreiben könnte. Wohlweislich behielt Anna diese Kunde für sich, um den Überraschungsmoment und somit den Vorteil für Michael nicht zu schmälern. Sie musste ihn nur lange genug hinhalten und so tun, als ob alle seine Forderungen erfüllt würden. Vorsichtig schielte sie zu dem Mann, der nun mit rasselndem Atem neben sie getreten war, ihre Taille mit einem Arm umschlang und das Messer weiterhin bedrohlich gegen sie richtete. Anna schnappte nach Luft. Das Blut rauschte in ihren Ohren. Es war Johannes Stertzer selbst! Kein skrupelloser Unhold, der vielleicht zuvor den Studenten überwältigt hatte und mit der nahezu wehrlosen Schwangeren seine Spielchen treiben wollte, als ihm dann unglücklicherweise auch noch ein weiteres Opfer in die Fänge geriet. »Was wollt Ihr?«, flüsterte Anna tonlos mit trockener Kehle, sein Gesicht und die Waffe in seiner Hand immer abwechselnd nervös im Blick. Stertzer lachte auf und verdrehte gereizt die Augen. »Immer die gleiche ermüdende Frage.« Grob drängte er sie vorwärts, zerrte sie trotz ihres Widerstands zu dem Karren, der im Schuppen stand, und zwang Anna schließlich durch verstärkten Druck der Klinge auf die Knie. »Lehn dich mit dem Rücken gegen die Speichen!«, befahl er. »Nun mach schon! Beeil dich!«, herrschte er sie an, um sie weiter einzuschüchtern und anzutreiben, während er gehetzt die Tür im Auge behielt. Sein schaler Atem wehte Anna unangenehm ins Gesicht, als er sich kurz danach auf ihre ausgestreckten Beine setzte und auch ihr in grimmigem Schweigen eilig die Hände hinter dem Rücken fest zusammenband. Dabei kam er so nahe, dass ihr sein herber Duft unangenehm in die Nase drang. Anna musste ihren Kopf ein wenig zur Seite drehen, damit seine blutverschmierten Haare nicht ihr Gesicht streiften. »Ihr müsst das nicht tun«, redete sie mit erstaunlich ruhiger Stimme auf ihn ein. Sie hatte die Hoffnung noch nicht aufgegeben, dass sie ihn besänftigen und letztendlich doch noch zur Vernunft bringen konnte. Anna machte ihm einen Vorschlag, den sie ehrlich und genau so meinte und den er einfach nicht ausschlagen konnte. Selbst Michael würde sich bestimmt damit einverstanden erklären, wenn er doch nur im Gegenzug dafür sein Weib an einem Stück und lebendig zurückerhalten würde. »Wir lassen Euch einfach gehen und entbinden Euch von Eurem Versprechen, die Bertha zu ehelichen. Keine Rechtfertigung. Keine Schuldzuweisung. Ihr habt Eure Beweggründe in keinster Weise darzulegen!«, versprach Anna und versuchte sich an einem zaghaften Lächeln. »Ich verstehe sehr gut, dass einem dieser Schritt, nun ja, vielleicht nicht gerade Angst aber dennoch Respekt einflößen kann.«

Ohne auch nur in geringster Weise durch Blicke, Worte oder gar Gesten auf Anna einzugehen, fuhr Stertzer unbeirrt fort, ihre Hände an die hölzernen Radspeichen zu binden und derart fest an dem Seil zu zerren, dass es Anna unmöglich war, einen Schrei zu unterdrücken.

»Wir werden Euch nicht folgen. Geht einfach Eures Weges«, redete sie weiter auf ihn ein. Ihr Herzschlag beschleunigte sich und der Schweiß brach ihr aus. Beunruhigt kreuzte sich ihrer mit Berthas ängstlichem Blick, die nur mit großer Anstrengung ihren Körper, insbesondere ihren Hals, so weit drehen konnte, dass sie immer nur für wenige Momente die andere Gefesselte sehen konnte. »Ihr könnt doch einfach verschwinden. Niemand wird je erfahren, dass Ihr Euer Wort gebrochen habt. Beginnt in einer anderen Stadt ein neues Leben. Ohne Frau. Ohne Kind. Und wir anderen, wir gehen weiter nach Haydelberch und vergessen alles, was auf der Reise dorthin geschehen ist. Wem würde es schließlich nützen, dass wir mit der Vergangenheit hausieren gehen und in früheren Zeiten kramen?« Anna plapperte weiter und konnte dabei nicht verhindern, dass die flehenden Worte immer schriller und immer schneller über ihre Lippen kamen. Sie wollte doch jede verbleibende Gelegenheit nutzen, jedes Argument, jeden Gedanken, der ihr in den Sinn kam, noch auszusprechen. Vielleicht brachte sie ihn zum Nachdenken, zum Einlenken und vielleicht konnte den Studenten irgendetwas von ihrem Gerede davon überzeugen, den Stoff, den er gerade in aller Selenruhe um seine Finger wickelte und zu einem Knäuel formte, nicht in ihren Mund zu stopfen. Zu spät. Trotz erbitterter Gegenwehr in Form von kräftigen Fußtritten brachte er sie zum Schweigen, wie er es bereits mit Bertha getan hatte.

Michael näherte sich mit allergrößter Vorsicht. Jeden Schritt setzte er äußerst sorgsam, damit er nicht vorzeitig durch unbeabsichtigte Geräusche seine Anwesenheit verriet. Wenn ihm seine Gedanken keinen Streich spielten und tatsächlich das eintrat, was er aufgrund seines Fundes befürchtete, dann durfte ihm jetzt kein Fehler unterlaufen. Seine Finger schmerzten schon. So sehr hatten sie sich verkrampft und hielten das zerknüllte Papier fest. Lautlos lehnte er seine nasse Wange wachsam an das raue Holz an, nachdem er die

Hütte einmal vollständig umrundet hatte, um eine unliebsame Überraschung, also einen Angriff von hinten, auszuschließen. Aus dem Innern des Schuppens drang kein einziges Geräusch zu ihm. War es bereits zu spät? Die Angst zerriss ihm beinahe das Herz und er musste sich mit übermenschlicher Kraft zügeln. Seine Vernunft hielt ihn zurück. Seine aufwallenden Gefühle, fürchterliche Gedanken und die Sorgen um Anna jedoch, die ihm beinahe den Verstand raubten, wollten ihn mit aller Macht und wildem Gebrüll den Schuppen erstürmen lassen. Tief einatmend zwang er sich zitternd dazu, Ruhe zu bewahren und klare und wohlüberlegte Gedanken zu fassen. Von der Nutzung dieser Fähigkeit hingen womöglich Menschenleben ab. Geduckt schlich er zur Tür an der Vorderseite. Er hatte es in der schnell wieder schwindenden Helligkeit der zuckenden Himmelslichter überprüft und seine Hoffnung war enttäuscht worden. Keine Klappe. Kein Fenster. Es gab keine andere Möglichkeit, in das Innere zu spähen oder gar heimlich hineinzugelangen. Der Dolch in seiner Faust verlieh ihm Zuversicht. Noch ein Schritt und er konnte die Tür berühren. Was würde er vorfinden? Alle seine Muskeln waren zum Zerreißen gespannt und auf Kampf eingestellt. Trotz der tosenden Kraft des Sturms hörte er es deutlich in der undurchdringlichen Nacht. Es war nur ein leises Schaben und Kratzen über ihm. Das Geräusch eines jagenden Tieres, das sich aus dem Hinterhalt angeschlichen hatte und nun im Sprung seine tödlichen Krallen offenbarte. Michael wusste in genau diesem Augenblick, dass er einen verheerenden Fehler begangen hatte. Seine Gedanken waren offenbar nicht klar genug gewesen. Das Brett sauste hinterhältig aus dem Nichts schwer auf seinen Schädel hernieder und erlösend umfing ihn die vollkommene Stille einer schwarzen Dunkelheit.

Dunkelheit. Worte, die er verwaschen wie durch Nebel hörte, jedoch nicht verstand. Schmerzen. Dröhnende Schmerzen, die pochend vom Hinterhaupt aus über den ganzen Schädel ausstrahlten. Sein restlicher Leib schien sich aufgelöst zu haben. Stöhnend verharrte Michael reglos, hielt seine Augen weiterhin geschlossen und wartete darauf, dass alle seine Sinne wieder vollständig in seinen Körper zurückkehrten. Langsam verlor sich das Gefühl, zu schweben, und eine ihm bekannte Schwere machte sich bemerkbar. Er spürte den kalten Boden unter seinem Hinterteil. Es kostete ihn schier übermenschliche Anstrengung, seine schweren Augenlider ein wenig zu heben. Das Blinzeln im Halbdunkel und das eingeschränkte Sehen durch die blutigen Schlieren hindurch offenbarten ihm nicht wirklich, wo er sich befand. Erkennen konnte er aus diesem Blickwinkel nur seine ausgestreckten Beine und das festgetretene Erdreich, das ihn umgab. Die Sehnen und Muskeln in seinem Nacken wurden schmerzhaft gedehnt, da sein Kopf schlapp auf die Brust gesackt war. Seine Augen schlossen sich wieder, sperrten kraftlos die restliche Welt aus. Übelkeit stieg wellenartig in ihm auf, forderte seine gesamte Aufmerksamkeit und verursachte ein leichtes Zittern und weiteres Stöhnen. Mit immenser Willenskraft bäumte sich Michael auf und ließ seinen Kopf langsam nach hinten in den Nacken sinken. Nein, er wollte seine Besinnung nicht noch einmal verlieren. Tiefe Atemzüge in den jetzt gestreckten Hals hielten den Reiz, seinen Mageninhalt preiszugeben, einigermaßen in Schach. Wenn ihm sein Leben lieb war, dann musste er sich jetzt unter allen Umständen unter Kontrolle halten. Seine eingepferchte Zunge führte unablässig Schluckbewegungen aus, konnte sich allerdings durch dieses schmutzige und stinkende Etwas in seinem Mund, das sein Kiefergelenk bis zum Äußersten dehnte, nicht frei bewegen. Wenn er sich jetzt übergeben musste, dann würde er jämmerlich ersticken. Dies war gewiss. Erst mit der Zeit beruhigte sich sein Magen nach und nach und es war ihm wieder möglich, andere Wahrnehmungen und vor allem klare Gedanken zuzulassen. Schlurfende Schritte näherten sich. Die plötzliche Kälte, die unvorbereitet über ihn hereinbrach, raubte ihm den Atem. Unzählige Stiche übersäten seinen lädierten Schädel. Michael hatte bis dahin jegliches Zeitgefühl und sämtliche Orientierung verloren und wurde nun erbarmungslos in die Wirklichkeit katapultiert. Krampfhaft schnappte er nach Luft und riss die Augen auf.

»Lange genug geschlafen«, maulte der Schatten neben ihm. Johannes Stertzer hielt den jetzt leeren, tropfenden Kübel aus minderwertigem Leder noch in der Hand und blickte abschätzig auf ihn herab. Der kalte Wasserschwall hatte Michael erneut bis auf die Haut durchnässt und um ihn herum einen dunklen Fleck auf dem Erdreich gebildet. Sein kräftig pochendes Herz, das aufgrund des Schreckens von innen regelrecht gegen seine Rippen hämmerte, jagte heißes Blut durch seine Adern. Wut flammte auf und der Gefesselte starrte seinen Widersacher zornig an. Der Knebel in seinem Mund ließ jedoch nur unverständliches, dumpfes Protestieren zu. Sich auf andere Art zu wehren, war ihm nicht möglich. Fesseln hielten ihn am Karren fest und so musste Michael dieses höhnische Lachen tatenlos ertragen und den Spott über sich ergehen lassen.

Ein leises Schniefen drang zu ihm durch und mit einem Mal traten seine Schmerzen und seine Wut in den Hintergrund. Sorge und Unruhe fluteten seinen Körper und füllten ihn aus. *Anna!* Michael wandte den dröhnenden Schädel langsam in ihre Richtung und sein Blick streifte dabei auch Bertha flüchtig, die wenige Schritte weiter, wie in den Fängen einer Streckbank, mit lang gezogenen Gliedern auf den Sprossen einer Leiter lag. Anna hingegen saß nicht allzu weit von ihm entfernt am anderen Ende des Karrens, ebenfalls an ein Wagenrad gefesselt, auf dem Boden und sah ihn voller Sorge und Angst an. Ihre tränennassen Wangen glänzten und aus ihrem offen stehenden Mund ragte ebenfalls ein Teil eines dreckigen Stoffknäuels heraus. *Anna! Bist du verletzt? Hat er dir etwas getan? Bitte sorge dich nicht. Es geht mir gut. Hab Vertrauen. Ich werde einen Ausweg finden!* Seine unverständlichen Versuche zu reden, ihr seine sich überschlagenden Gedanken mitzuteilen, trugen nicht dazu bei, dass ihre Tränen versiegten. Im Gegenteil, das Wimmern nahm eher noch mehr zu. Aber wenigstens hatte es den Anschein, dass sie, bis auf das unkontrollierte Zittern, ansonsten körperlich unversehrt war. Michael musste sich eingestehen, dass sein momentanes Erscheinungsbild, eine wohl eher jämmerliche Gestalt, blutverschmiert und wehrlos, offensichtlich noch dazu beitrug, dass das Schluchzen partout nicht enden wollte. Schließlich hatte er, ihre letzte Hoffnung auf Befreiung, jämmerlich versagt und war kläglich gescheitert. Vielleicht lag ihr Weinen aber auch einfach nur an ihrer Erleichterung darüber, dass er sein Bewusstsein endlich wiedererlangt und Johannes Stertzer ihn nicht totgeschlagen hatte.

Es war nur eine winzige Bewegung in Annas Augen, aber Michael erkannte sogleich, dass ihr Blick nun an ihm vorbeiging. Michael wandte seinen schmerzenden Kopf, um zu sehen, was sie sah. Ein Schatten, der sich aus dem Dunkel schälte, forderte Michaels ganze Aufmerksamkeit ein. Wachsam folgte er dem näher kommenden Mann misstrauisch mit den Augen. Ein ausholender Schritt und Johannes Stertzer war nun genau über ihm. Mit gespreizten Beinen ging er langsam in die Hocke, bis seine versteinerte Miene nur noch wenige Handbreit von der Michaels entfernt war. Keiner wich zurück. Die beiden Männer stierten einander ohne Regung an. So, als wollten sie die Absichten und Gedanken, die Geheimnisse des anderen ausloten. *Wenn ich jetzt meine Knie schnell und kräftig genug anwinkele, dann kann ich dir höllische Schmerzen zufügen, Stertzer!* Michaeles Beinmuskulatur spannte sich bei diesem Gedanken merklich unter dem nassen Stoff an. Der Mann über ihm jedoch verzog seine Lippen nur zu einem süffisanten Lächeln. »Oh, nein. Das wagst du nicht!«, flüsterte er gefährlich leise, spreizte seine Beine demonstrativ nur noch weiter und nahm Anna, die trotzig seinem Blick standhielt, dabei provozierend ins Visier, während er sich genüsslich mit seiner feuchten Zunge über die Lippen leckte. Er war sich seiner Überlegenheit fraglos bewusst und Michael musste sich eingestehen, dass er zwar einen vorübergehenden Augenblick des Triumphes erschaffen konnte, aber danach waren er, Anna und auch Bertha hilflos dem unberechenbaren Zorn und der Vergeltung des Studenten ausgeliefert. Das wiederum wollte er keinesfalls riskieren und hielt hasserfüllt still.

»Aber wir wollen doch nicht zanken, nicht wahr? Nicht nach alledem, was wir bereits miteinander durchgestanden haben, nach allem, was uns eint und verbindet.« Er legte Michael beinahe freundschaftlich eine Hand auf die Schulter, knetete vertraut den Muskelstrang über den Knochen und nickte, immer noch lächelnd. »Im Gegenteil. Ich muss mich sogar bei Euch bedanken.« Der Student öffnete seine Faust und ließ das zerknüllte, nasse Papier auf seiner offenen Handfläche liegen. Er hatte es ihm abgenommen, als er besinnungslos draußen vor der Hütte gelegen war. »Ihr habt es mir zurückgebracht. Weil Ihr tief in Eurem Innern ebenfalls Euren Wissensdurst stillen wollt? Oder sollte ich besser sagen, es hat Euch heute Nacht auf direktem Wege zu mir geführt? Weil Ihr mich vielleicht sogar daran hindern wollt, dieses Vorhaben auszuführen? So wie Ihr es bereits einmal beinahe geschafft habt?« Fragend begann Johannes

Stertzer, den unansehnlichen Papierhaufen in seiner Hand mit größtmöglicher Behutsamkeit sorgsam auseinanderzufalten und auszubreiten. Und tatsächlich, nur an einer Stelle riss das fragile, durchnässte Material ein wenig. »Ihr wisst es, nicht wahr? Tief in Eurem Innersten habt Ihr es wahrscheinlich schon lange geahnt, aber nicht für möglich gehalten. Nicht für möglich halten *wollen.*« Die Worte waren in dem andauernden Trommeln der Tropfen und in dem Windgeheul kaum hörbar. Anna musste sich konzentrieren und unterstützend sogar die Bewegungen seiner Lippen beobachten, um den Sinn und Inhalt seiner Worte zu erfassen. Michael indes rührte sich nicht und gab auch sonst keinen einzigen Laut von sich. Seine Gedanken überschlugen sich, arbeiteten fieberhaft, während er es dennoch schaffte, ruhig weiterzuatmen und seinem Widersacher geradezu trotzig und halsstarrig direkt in die Augen zu sehen. *Das kann nicht Euer Ernst sein! Welche Teufelsbrut hat von Euch Besitz ergriffen? Kommt zur Besinnung, ehe es zu spät ist!* Wenn dieser Gottlose tatsächlich sein Vorhaben, seinen Wahn in die Tat umsetzte, dann hätte Michael keinerlei Möglichkeit, ihm die Stirn zu bieten. Rein gar keine. Ihm waren im wahrsten Sinne des Wortes die Hände gebunden und er war zum tatenlosen Zusehen verdammt.

»Wo habt Ihr es eigentlich gefunden?« Nachdenklich stellte Johannes Stertzer zwar die Frage, wusste jedoch, dass er keine Antwort erhalten würde. Er drehte gedankenverloren das Papier hin und her und Anna konnte für einen kurzen Moment eine grob gefertigte Zeichnung in den verschwommenen Linien erkennen. *Was meint er damit: ›Ihr wisst es.‹? Was weißt du, Michael? Die Gründe für diese Abscheulichkeiten? Was hast du mir verheimlicht, vor mir verborgen gehalten? Welches Wissen teilst du mit ihm? Ausgerechnet mit ihm und nicht mit mir!* Noch während Anna versuchte, ihre Gedanken zu ordnen und die Antworten auf diese brennenden Fragen zu finden, suchte etwas in ihr in der Vergangenheit – und wurde fündig. Plötzlich stand sie wieder im Wald. Genau an der Stelle, an der sie den grausam verstümmelten Leichnam der jungen Frau auf dem Baumstamm entdeckt hatte. Die sorgfältig drapierte Haarpracht. Den starren Blick nach oben in die Baumkronen gerichtet, die ausgebreiteten Arme und Beine seitlich vom Stamm herabhängend und ihr rotes Inneres nach außen gekehrt. Nur mit dem Unterschied, dass sie diesmal keine Gerüche und keine Geräusche wahrnahm. Anna erkannte die unverwechselbare Haltung des toten Körpers in der Zeichnung wieder. Ausgebreitete Glieder, gleich einem geräderten Körper. Die groben Umrisse waren zwar verschwommen, aber trotzdem konnte man die einzelnen Gliedmaßen des nackten Körpers noch zur Genüge erkennen. Die Mitte dominierte eine seltsame, übergroße Wölbung. Wie die Wölbung eines fruchttragenden Leibes. Die Erkenntnis traf sie mit entsetzlicher Wucht. Es ging Johannes Stertzer nicht darum, erneut einer Heirat zu entwischen. *Du! Du warst das! Diese Zeichnung gehört dir. Du selbst bist dieser unsagbar Böse! Dieser tödliche Schatten. Und nun? Was wirst du tun? Was hast du mit uns allen vor? Sollen wir auf die gleiche grausame Art und Weise sterben? Wie konnten wir so blind sein? Gütiger Gott, steh uns bei!* Anna röchelte. Panik ergriff Besitz von ihr. Sie konnte nur noch stoßweise atmen und begann verzweifelt, an ihren Fesseln zu reißen und zu zerren. Johannes Stertzer hatte jedoch gründliche Arbeit geleistet und so hatten ihre Versuche lediglich zur Folge, dass sich dort, wo das raue Seil empfindlich auf der Haut scheuerte, offene, schmerzhafte Stellen bildeten. Ihre Kraft ließ schließlich nach und auch der krampfende Muskel unterhalb ihrer Schulter trug noch zusätzlich dazu bei, dass Anna für den Augenblick stöhnend stillhielt. Ihr Peiniger schenkte ihr nur bedingt Aufmerksamkeit, beobachtete sie ohne Gefühlsregung und wartete das Erlahmen ihres Widerstandes gelassen ab, ehe er sich nahezu gelangweilt wieder Michael zuwandte.

»Leider kann ich diese nun nicht mehr verwenden und werde wohl eine neue fertigen müssen.« Das Bedauern in seiner Stimme klang echt und er wendete das schlaffe Blatt ein letztes Mal, ehe er es in eine dunkle Ecke schleuderte. »Aber erst später, während ich arbeite und gründlich nach neuen Erkenntnissen suche, die ich dann auf Papier festhalte.« Damit erhob er sich, bedachte Bertha mit einem flüchtigen Blick und schlenderte zu seiner Tasche, die immer noch neben der Tür lag. Michael versuchte vorsichtig, seine Handgelenke erneut zu drehen und den Spielraum auszuloten, den ihm seine Fesseln ließen. Mehr als das tiefere und schmerzhaftere Aufschürfen seiner Haut erreichte er allerdings auch diesmal nicht. Die Zeichnung auf dem Blatt, das Johannes Stertzer in die Dunkelheit geworfen und damit außer Sicht gebracht hatte, kroch dennoch unaufhaltsam wieder in Michaels Bewusstsein zurück. Er sah sie überdeutlich vor sich, mit allen Einzelheiten, die sie enthielt. Er wehrte sich dagegen, dass sein Verstand Linien und Bilder vor seinem inneren Auge entstehen ließ, die ihr Peiniger in die nächste, dann jedoch reale Zeichnung einarbeiten würde. *Er ist besessen davon, die Geheimnisse eines Körpers zu entdecken. Aber hat in dieser Nacht auf dem Gottesacker nicht auch mich diese Neugierde zu verwerflichen Taten getrieben? Wenn nicht ein Wunder geschieht, dann wird dieser niederträchtige Teufel wieder einen neuen Körper zeichnen. Einen Körper mit einem unnatürlich ausladenden Bauch. Einem gezeichneten Bauch, der genügend Platz bietet für viele weitere Linien auf dem Papier, für alles, was er vorfindet, wenn er … wenn er solch einen schwangeren Leib öffnet und seine Entdeckungen nie-*

derschreibt und festhält! Angewidert schüttelte Michael den Kopf, um diese Gedanken zu vertreiben. So weit durfte es nicht kommen! Aber was konnte er gegen die Überlegenheit dieses Burschen schon ausrichten? Was?

Anna suchte panisch Michaels Blick, als Stertzer ihnen den Rücken zuwandte. Sein Blick war leer und wirkte verloren. *Sieh mich an! Warum nur bist du so ruhig, so gleichgültig? Wir müssen etwas unternehmen! Irgendetwas! Erkennst du es denn nicht? Dieser Unmensch hat die junge Frau aus dem Wald auf dem Gewissen. Und vielleicht nicht nur sie. Bestimmt hast du sein wahres Gesicht auch aufgrund dieser Zeichnung entlarvt, oder? Sonst hättest du sie doch nicht bei dir getragen! Das Böse nagt an ihm und wird ihn auffressen. Er trägt es in sich und wird auch uns töten!* Michael erwiderte schuldbewusst ihren ängstlichen Blick. Sie hatte ihn damals gebeten, nicht mehr in die Nacht hinauszugehen, um das Kreuz zu der Toten zu legen. Wie recht sie doch gehabt hatte! Aber es konnte doch niemand wissen, was daraus noch entstehen sollte. Nun war es zu spät. Wusste Anna um die Gefahr, in der vor allem Bertha schwebte, in der sie letztlich alle schwebten? Er war nicht sicher, ob sie die volle Tragweite ihrer Lage erfasst hatte. Schließlich war sie in jener Nacht auf dem Gottesacker nicht dabei gewesen. Hatte nicht gesehen, mit welcher Zielstrebigkeit Stertzer doch eigentlich vorgegangen war. Und er, er hatte es ihr niemals erzählt, hatte sich Anna niemals anvertraut. Michael sah ihr ohne Zweifel an, dass sie den Mörder der jungen Frau in dem Studenten erkannt hatte, und er fragte sich, ob sie ahnte, welchen Plan er darüber hinaus in dieser schicksalsträchtigen Nacht verfolgte. *Hast du eben die Zeichnung mit dem übergroßen Bauch gesehen und sie richtig gedeutet? Weißt du, dass er sich vielleicht grausam viel Zeit lassen wird, dass er das Leben von Mutter und Kind mit Leichtigkeit auslöschen kann, nur um es danach dann auf lebloses Papier zu bannen? Oder ahnst du nur, dass er es einfach liebt zu töten? Und dann?* Diese Fragen, die er sich alle in diesem Moment stellte, waren im Grunde vollkommen überflüssig. Sie würden allesamt das gleiche Schicksal erleiden. Es war vermessen zu glauben, dass er nur die Leben von Bertha und dem Ungeborenen nehmen würde, und alle anderen blieben verschont. Wer wollte schließlich unliebsame Zeugen seiner widerwärtigen, schändlichen Tat haben und diese dann auch noch am Leben lassen? Michael sah sie lange an. Las die Erkenntnis, die auch ihn mit voller Wucht getroffen hatte, und all die Fragen in ihrem Gesicht, und Anna schüttelte erschrocken den Kopf, als unverkennbar Mutlosigkeit von ihm Besitz ergriff. Diese Hoffnungslosigkeit, die so gar nicht mit seinem mutigen und unbeugsamen Wesen vereinbar schien und die mit einem Mal in seinen tieftraurigen Augen lag. *Nein! Wage es nicht!* Ihre Gefühle wechselten schneller, als ihr Verstand folgen konnte. Anna blickte ihn voller Verzweiflung und Entsetzen an, stemmte sich dann kämpferisch gegen den Karren. *Tu das nicht! Gib jetzt nicht auf!* Michael spürte, wie ihn die Trauer zusehends lähmte. Wie eine Ranke, die sich schleichend, aber unaufhaltsam um ihn wickelte, ihm die Luft zum Atmen nahm und ihn langsam zu ersticken drohte. Diese Trauer, nicht um sich selbst, jedoch um Anna, um das unaufhaltsam nahende Ende ihres jungen Lebens. Und diese unendliche Hilflosigkeit. Die Gewissheit, dass sich in dieser Nacht niemand würde von den Fesseln befreien können. Nicht Anna, nicht er und schon gar nicht Bertha. Sie alle miteinander waren dem Tode geweiht!

Ohne Eile ergriff Johannes Stertzer eine Kerze und den Schulterriemen seines Beutels, schlenderte durch den spärlich beleuchteten Schuppen zur Leiter und kniete sich neben der Schwangeren auf das kalte Erdreich, um dort dann zunächst alles in Ruhe abzulegen. Fasziniert hielt er einige Augenblicke inne. Die roten Haare schimmerten lebhaft im schwachen Schein der kleinen Flamme. Und sie würden sicherlich auch dann noch lebhaft weiterschimmern, wenn sie selbst längst den letzten Atemzug getan hatte. Ihr Körper zitterte heftig. Allerdings vermochte er nicht zu deuten, ob es an ihrer Angst lag, die er nun auch deutlich riechen konnte, oder ob die Muskeln, die ihren Körper auf dem Holzgestänge in einer weniger schmerzvollen Stellung hielten, kraftlos erlahmten. Ihr praller Bauch hob und senkte sich stoßweise unter dem weiten Gewand und ihre angsterfüllten Augen verfolgten jede seiner Bewegungen. Soweit es die Fesseln zuließen, rückte Bertha ängstlich ein kleines Stückchen von dem Mann weg, den sie zu lieben und zu kennen glaubte und der sie doch so ruchlos in die Irre geführt hatte. Sie wollte ihn eigentlich nicht ansehen, wollte die Augen vor seinem brutalen und kalten Wesen verschließen, aber ihr Körper, der einen eigenen Willen zu besitzen schien, leistete ihren Gedanken nicht Folge. Unaufhörlich starrte sie ihn mit aufgerissenen Augen an, behielt die tödliche Gefahr hilflos im Blick und schüttelte dabei wimmernd den Kopf. Doch Johannes Stertzer ignorierte ihr Flehen und ihre Verzweiflung. Er war Meister darin, in diesem besonderen Augenblick sein Mitgefühl, sofern er überhaupt je welches in ausreichendem Maße besaß, gänzlich zu verdrängen und in unerreichbare Tiefen seines dunklen Wesens zu verbannen. Gleich diesem tiefen See, in dem der Nix seinen Töchtern gezürnt hatte. Doch gerade das war bitter nötig. Er konnte sich kein Zögern und keine Gefühlsduselei leisten. Hatte er doch seinen Plan zu erfüllen. Jetzt, da er schon so weit gekommen war, stand er kurz vor der Erfüllung und niemand auf Gottes weiter Erde konnte ihn jetzt noch aufhalten, ihm den Triumph streitig machen. Diese Gewissheit, die Vorfreude beflügelten seinen Geist regelrecht. Gut gelaunt summend, beförderte er ein Bündel aus seiner Tasche. Es war in etwa so lang wie die Hälfte seines Unterarms. Ehrfürchtig öffnete er das dünne Band, das den Packen zusammenhielt, und begann, das weiche, sorgfältig verarbeitete Leder auszubreiten. Bertha stieß einen spitzen Schrei aus, als sie erkannte, was da zum Vorschein kam. Auf das Lederstück waren schmale Taschen aufgenäht, aus denen die Griffe verschiedenartiger Dolche und Messer herausragten. Fein säuberlich waren sie der Größe nach geordnet und aufgereiht. Stolz und beinahe zärtlich strich Stertzer lächelnd über die noch verborgenen Klingen. Schon bald durfte er sie, wie schon so oft, zum Leben erwecken und wie immer würden sie ihm dann klaglos und bereitwillig treue Dienste leisten.

Anna verfolgte ungläubig und voller Entsetzen die Geschehnisse, die sich unmittelbar vor ihren Augen in diesem gespenstischen Halbdunkel abspielten. Bertha schrie inzwischen aus Leibeskräften gegen den Knebel in ihrem Mund an und zerrte an ihren Fesseln. Verzweifelte Versuche, dem Unausweichlichen doch noch zu entkommen und es abzuwenden. Von Weinkrämpfen geschüttelt, warf sie sich schluchzend auf ihrem quälend harten Brett von einer Seite auf die andere. Jedoch nur so lange, bis sich Johannes Stertzer halbwegs auf sie legte und ihren Kopf mit beiden Händen festhielt. »Still! Sei still, du elende Hure! Du vermasselst noch alles!«, zischte er wütend, griff schmerzhaft in ihre strähnigen Locken und schlug ihren Hinterkopf entschlossen gegen das harte, hölzerne Gestänge, um sie dazu zu bringen, endlich stillzuhalten und ruhig zu sein. Er brachte sie tatsächlich zum Schweigen. Voller Furcht tat Bertha, wie ihr geheißen, und verstummte augenblicklich. Nur ihr deutlich hörbarer Atem zwang sich stoßweise durch die geblähten Nasenflügel. Und auch ihre Tränen ließen sich nicht aufhalten. Sie flossen unablässig weiter in einem nassen Strom über ihr Gesicht, während sie nahezu lautlos heulte. Nur hin und wieder gab sie ein glucksendes Schluchzen von sich, das sich selbst durch allen aufgebotenen Willen nicht unterdrücken ließ.

Anna hatte die Veränderung sofort bemerkt, die zuvor so plötzlich mit ihm vonstattengegangen war. Mit einem Mal hatte er nicht mehr gelächelt und auch nicht mehr unbeschwert vor sich hin gesummt. Ehe er sich auf Bertha geworfen hatte, war er zu Stein erstarrt und hatte angestrengt in die Nacht gehorcht. Und genau in diesem Augenblick hatte auch Anna ihn vernommen. Sogar durch das Donnergrollen und den Sturm hindurch konnte man ihn hören, den leisen, metallenen Klang der Klosterglocken, der wie ein Hoffnungsschimmer in der Dunkelheit zu ihnen herüberwehte. Waren die Klosterbewohnerinnen nach ihrem Gebet dort draußen unterwegs? Überquerten sie etwa erneut den weitläufigen Hof? Sollte es tatsächlich möglich sein, dass sie bemerkten, was hier im entfernten, schwach beleuchteten Schuppen vor sich ging? Und würden sie dem Geschehen ein Ende setzen können? Die Fragen in Annas Kopf überschlugen sich geradezu. Hoffnung flammte auf. »Schscht!« Sein Finger legte sich in drohender Geste auf seine Lippen. Fluchend rappelte sich Johannes Stertzer auf und stolperte zur Tür. Selbst sie schien vor ihm zu erzittern. Dabei hielt sie nur tapfer dem steten Angriff der Himmelsgewalten stand und schepperte im Rahmen hin und her. Eilig entfernte er den vorgelegten Balken, trat hinaus in den tosenden Sturm und ließ seine Gefangenen allein zurück, um die Vorgänge im weitläufigen Klosterhof vom abseits gelegenen Schuppen aus zu beobachten.

Die Blicke der beiden Frauen richteten sich wie durch einen Befehl, den sie erhalten hatten, direkt auf Michael. Flehend. Fordernd. Gleichzeitig unumstößlich wissend, dass er doch nichts für ihre Rettung tun konnte. Und zu schnell war dieser Augenblick wieder vorbei. Dieser Moment, der ein wenig Hoffnung versprach, da sich die Bestie nicht in ihrer unmittelbaren Nähe aufhielt. Triefend nass huschte ihr Peiniger wieder herein. Eilig löschte er hektisch den Großteil der aufgestellten Kerzen, indem er mit der flachen Hand einfach ohne zu zögern auf die Flammen schlug. Dabei schien es ihn nicht im Geringsten zu stören, dass das heiße, wohlriechende Wachs nach allen Seiten spritzte und ihm die dünne Haut seiner bloßen Handinnenfläche empfindlich versengte. Schwer atmend ließ sich der Schatten wieder neben Bertha nieder und blieb dort einige Zeit angespannt hocken. Lauernd wie ein gehetztes Tier. »Eigentlich dürfte sich da drüben jetzt gar nichts regen. Nicht einmal diese vermaledeiten Glocken. Nun gut, ich kann warten. Schließlich wollen wir doch nicht entdeckt und unterbrochen werden, nicht wahr?« Johannes Stertzer hatte niemanden direkt angesprochen, sondern unternahm wohl den Versuch, sich selbst zu versichern, dass immer noch alles in bester Ordnung war, dass er immer noch alle Fäden in der Hand hielt. »Sitzen wir hier nicht in einer gemütlichen Runde beisammen?« Sein heiseres Lachen klang gepresst und er wirkte rastlos. Solch eine Verzögerung stellte ihn offenbar auf eine harte Geduldsprobe. »Sicher fragt ihr euch, wie es überhaupt dazu kommen konnte, dass wir hier nun in aller Eintracht beieinander sind«, plauderte er flüsternd weiter, duckte sich dabei verschwörerisch nach vorne und ließ seinen Blick von einem fassungslosen Gesicht zum nächsten wandern. »Einige von euch wissen mehr darüber als andere. Da gebietet es der Anstand, dass ich auch den Rest von euch nicht in Unwissenheit sterben lasse. Wenigstens das kann ich euch in eurem bald endenden Leben noch gewähren. Schließlich bin ich euch in gewisser Weise sogar zu Dank verpflichtet, denn durch euer Zutun, nein, eher durch euren Tod, werde ich Ruhm und Anerkennung ernten«, gab er großzügig Auskunft und genoss die Wirkung seiner Worte, die Angst, Entsetzen und Unglauben in den Gesichtern derer hervorrief, die ihn unablässig anstarrten. »Ein wenig warten … das macht nichts. Wir haben ja ohnehin noch die ganze Nacht Zeit. Ich zumindest, denn meine Zeit läuft weiter, während eure Leiber schon längst kalt werden.« Verstört beobachtete Anna, wie es sich der Mörder auf dem kargen Untergrund bequem machte. Wollte er ihnen nun tatsächlich seine Beweggründe, seine Geschichte erzählen? »Eigentlich hätte es schon in jener Nacht ein Ende haben können, als ich dich zum ersten Mal gesehen habe.« Trotz des warmen Klangs seiner Stimme drehte Bertha stöhnend den Kopf von ihm weg, als Johannes Stertzer mit einem Finger zärtlich die wirren Strähnen aus ihrem Gesicht streichen wollte. Er betrachtete sie einige Augenblicke lang nachdenklich und rieb dann mehrmals mit der unverletzten Handfläche über den dunklen, schweißigen Fleck in ihrer Achsel. Seine Haut hatte den Geruch ihrer Angst angenommen und so konnte er ihn dann, seine Finger direkt an seiner Nase, tief in sich aufnehmen. Dabei rieb er die Finger aneinander und schloss genüsslich die Augen. So, als würde er gerade einen vorzüglichen, aromatischen Rebensaft verkosten. »Aber … ich sollte mit dem Augenblick beginnen, in dem ihr zum ersten Male einen Fuß auf Bischoffsheimber Boden gesetzt und somit glücklicherweise den Weg in mein Leben gefunden habt.« Johannes Stertzer richtete seine Aufmerksamkeit wieder auf die übrigen Gefangenen und seine Lippen verzogen sich zu einem breiten Lächeln, welches keinen Zweifel daran ließ, dass er wirklich und wahrhaftig hocherfreut über diesen Verlauf des Schicksals war. »Die Ankunft von Fremden verbreitet sich in jeder Stadt und in jedem Dorf ohnehin schnell. Vor allem, wenn es sich um einen seltsamen Tross wie den euren handelt, eine hochschwangere Hübschlerin im Gefolge. Und ich wurde sogar von der Bäderin höchstselbst über euer Dasein in Kenntnis gesetzt, kaum dass ihr euch neben dem dampfenden Bottich entkleidet hattet. Ihr müsst wissen, dass ich mit dem Weib bereits vor Längerem eine Art Abkommen getroffen habe. Im Besonderen natürlich, wenn eine der Hiesigen guter Hoffnung war und bei ihr in der Stube ein Bad genommen hat. Darauf habe ich immer bestanden. Die Bäderin hat unsere in ihren Augen vielleicht seltsam anmutende Vereinbarung nie auch nur ein einziges Mal hinterfragt. Wohl war ihr der zusätzliche Verdienst wichtiger und meine Neigung scherte sie einen feuchten Kehricht. Nie wollte sie wissen, was genau mich an solch einem Anblick reizt. Für ein paar Münzen kam sie immer dann gelaufen, wenn sich sehenswertes Fleisch, also hübsch anzuschauende Weiber und vor allem solche, die guter Hoffnung waren, in der Badstube aufgehalten haben. Oder Fremde, die dann meist sowieso am darauffolgenden Tag wieder weitergezogen sind. Aber natürlich auch die übrigen Bürger. Jene, die man tagsüber in der Kirche, auf dem Markt oder in der Schankstube trifft. Und mit einem Mal sind es nicht mehr die hoch angesehenen Räte mit erhobenem Haupte oder die aufgeblasenen Weiber in ihren teuer erworbenen, neuen Stoffen. Nein, vor meinem Auge sind sie mit einem Mal alle nackt und gleich. Die alten Männer etwa, deren verschrumpeltes Stück gerade noch unter der schlaffen Wampe hervorlugt und kraftlos hin und her baumelt. Oder die schnatternden Bürgersgattinnen, von denen eine gar solch pralle Brüste hat, dass das aderdurchzogene Gehänge sogar jedes Rindvieheuter erblassen lässt. Diese Momente, in denen sich die Badenden alleine und ungestört wähnten, habe ich mich immer gerne etwas kosten lassen. Die reinste Unterhaltung. Und man verspürt ihnen gegenüber tatsächlich auch eine Art Macht. Es erhebt einen über dies arme Gewürm.« Anna hörte die Bitterkeit in seinen plaudernden Worten und in ihrer Magengrube breitete sich ein flaues Gefühl aus. *Die Badstube! Darum also war die Bäderin irgendwann einfach verschwunden! Sie hat doch wirklich keine Zeit verloren. Das Weibsstück hat sich ein paar Münzen dazuverdient und dieser Fremde, der uns heimlich beobachtet hat … das wart ebenfalls Ihr! Ihr habt alles beobachtet und auch meine geschorenen Haare gesehen. Schon lange bevor im Ratssaal bekannt wurde, dass Michael jener besagte Scharfrichter ist. Und wahrscheinlich haben wir selbst diesen Hinweis an die Obrigkeit deinem verlogenen Schandmaul zu verdanken!* »Natürlich habe ich mich nach Erhalt dieser freudigen Nachricht an jenem Tag beeilt, aber bis ich dann letztlich in der Badstube ankam, hatte ich den Anblick dieses herrlichen Leibes bereits verpasst.« Ehrfürchtig streichelte der Student über Berthas Bauch. Er fühlte sich hart an und auf Berthas Gesicht zeichnete sich erneut eine schmerzhafte Wehe ab. »Nun, aber dennoch hatte ich schließlich mit Euch mein heimliches Vergnügen. Zu schade, dass Ihr mich zu früh entdeckt und Euer inniges Spiel unterbrochen habt.« Johannes Stertzer ließ seinen Blick quälend langsam über Annas Körper wandern. Rundung um Rundung. Michaels dumpfen Protest ignorierte er völlig. Ihm schien zu gefallen, was er sah, und sein anfänglich nur angedeutetes Grinsen verbreiterte sich zusehends. »Der Anblick von Berthas Fruchtbarkeit war mir in dem Moment zwar entgangen«, fuhr Johannes Stertzer schließlich fort und zwinkerte Anna zu, »aber ich sollte ja später in der Schankstube dennoch ihre Bekanntschaft machen.« Damit bestätigte er Annas Befürchtungen und bedachte sie mit einem unflätigen Blick. An ihrer Reaktion hatte er bereits vor einer ganzen Weile erkannt, dass sie genau wusste, wovon er sprach. »In diesem Moment konnte ich natürlich noch nicht ahnen, wie sehr mir dieses Wissen um Eure geschorenen Haare später noch nützen sollte.« Stertzer zuckte mit den Schultern und stützte sich auf seinem angewinkelten Knie ab, um sich weiter zu Bertha zu lehnen. »Ich sah dich an jenem Abend, kaum dass du die Schwelle zum Schankraum überschritten hattest. Diesen herrlichen Leib, der sofort mein Verlangen und meine Begierde entfachte. Diesen Bauch, den du schamvoll vor dir her getragen hast und für dessen Verschwinden du wahrscheinlich sogar deine Seele verkauft hättest – und vielleicht immer noch verkaufen würdest.« Johannes Stertzer hob abwehrend die Hand und schüttelte mit tadelndem Zungenschnalzen den Kopf, als Bertha zum Sprechen anzusetzen schien. »Oh nein! Streite es jetzt nicht ab, Liebste. Ich habe dir die Last deines Körpers schon von Weitem angesehen. Und auch deine Blicke sind mir nicht entgangen. Diese sehnsüchtigen Blicke, hervorgerufen durch unerfüllte, unerwiderte Gefühle, die man fürwahr nur an einem liebenden und begehrenden Weib findet. Aber in jenem Augenblick galten sie nicht mir – noch nicht.« Michaels Wangen begannen unter dem durchdringenden Blick des Redners zu pochen. Es beschämte ihn zutiefst, dass ein Fremder sie alle mit nur wenigen Worten bloßstellen konnte und dieses Geflecht aus aufrechterhaltenen Fassaden zum Einsturz brachte. Zum einen Bertha, eine Hure, eine Gefangene ihrer Gefühle, die einem Traum nachjagte, der sich nie und nimmer für sie erfüllen konnte. Waren Berthas Gefühle für ihn wirklich für jedermann so offensichtlich? Und dann Anna, seine Frau, der dies natürlich auch nicht entging und die es klaglos ertrug, dass eine Hübschlerin schamlos und offenkundig ihren Mann begehrte. Michael versicherte ihr zwar immer und immer wieder seine Treue, aber konnte er tatsächlich von ihr verlangen, dass sie sich ständig diesen Verhältnissen aussetzte und sie geduldig ertrug? Dass sie sogar mit dieser Frau, dieser Konkurrentin, die vermutlich eine ständige Bedrohung für ihre Liebe darstellen musste, eine Reise antrat und ihr stets freundlich und hilfsbereit begegnete? Und schließlich er selbst. Was war mit ihm? Ein Mann zwischen zwei Frauen. Die eine, der er niemals untreu werden könnte. Die andere, zu der er vielleicht hätte strenger und abweisender sein sollen, damit sie endlich ihre aussichtslose Liebe zu ihm begrub, obwohl trotzdem ein Band, eine Verbindung zwischen ihnen existierte. Aber konnte man das überhaupt so einfach? Konnte er ihr einen Vorwurf machen, weil sie felsenfest an ihrer Liebe zu ihm festgehalten hatte? Hätte etwa er selbst seine Liebe zu Anna aufgeben können, wenn sie damals auf dem Wymphener Marktplatz seine Freibitte erst gar nicht erhört oder andernfalls gar während ihrer vielleicht lieblosen Ehe eine Fremde für ihn geblieben wäre, nie ihre Ablehnung überwunden und nie auch nur ein einziges freundliches Wort für ihn übrig gehabt hätte? Nein! Woher solche starken Gefühle auch kamen – beeinflussen und lenken konnte man sie keinesfalls!

»Nein, diese sehnsuchtsvollen Blicke galten ihm.« Johannes Stertzer nickte mit dem Kopf kurz in Michaels Richtung und richtete seine Aufmerksamkeit dann wieder auf die schluchzende Frau an seiner Seite. »Aber *ich* war es, der dich unbedingt haben wollte, denn mit einem Male wusste ich, was ich zu tun hatte, wie ich mein Ziel schneller erreichen konnte.« Bertha verstand nicht wirklich, worauf er hinauswollte. *Welches Ziel wolltest du erreichen? Was redest du da nur? Es war also alles nur vorgegaukelt? Jede Geste, jedes Wort? Warum?* »Ich erkannte recht schnell, dass deine Gefühle für ihn kein allzu großes Hindernis für mich darstellen sollten. Schon so manches andere Weib hat nach einem tiefen, langen Blick und herzerwärmenden Worten von mir den Widerstand nur zu gerne aufgegeben. Du hast dich zwar anfangs ein wenig schüchtern und wortkarg gegeben, aber die Farbe deiner Wangen hat dich dennoch verraten. Ein freundliches, offenes Lächeln von mir. Immer wieder deine Blicke einfangen und festhalten. Mich spendabel und umgänglich geben. Ach, es war so einfach.« Überheblich zuckte er mit den Schultern und lachte leise. Bertha konnte sich nicht dagegen wehren, dass die Erinnerungen an jenen Abend in der Schankstube wieder emporstiegen und jegliches Denken beherrschten. Wie so oft in den vergangenen Tagen. Nur diesmal waren sie nicht voller Hoffnung und Glück, sondern grau und kalt. Diesmal kannte sie sein wahres Gesicht. »Natürlich sind mir die Blicke der anderen nicht entgangen. Aber solange sie einen vollen Krug vor sich stehen haben, sind die Bischoffsheimber doch recht genügsam. Du warst in jenem Augenblick viel wichtiger für mich, und so fiel es mir leicht, dem Geschwätz und dem Getuschel hinter unseren Rücken keine weitere Beachtung zu schenken. Zumal die Gemüter durch die Ortsherrschaft viel mehr erhitzt wurden.« Für einen Augenblick unterbrach er seine Rede und schwieg. Seine Miene verfinsterte sich. »Bis, tja, bis dieses lästerliche Weib, die Turmelfe, die Schankstube betrat und es nicht lassen konnte, mir vor Augen zu halten, dass ich einer anderen versprochen bin, die bereits guter Hoffnung ist.« Bertha hörte seine plaudernden Worte, hörte ihm zu, wie er ohne jegliche Gefühlsregung von dieser Frau sprach, die offensichtlich ein Kind von ihm erwartete. »Ich konnte beim besten Willen nicht verhindern, dass du das mit angehört hast. Dass sie sie erwähnt hat, hätte doch schier meinen Plan zunichte gemacht, nicht wahr? War es nicht so, dass du dich deswegen beinahe doch noch von mir abgewandt hättest?« Eine Augenbraue wanderte hoch und sein prüfender Blick durchbohrte Bertha regelrecht. »Sag, was hast du denn gedacht, als mein Stiefvater, der ehrenwerte Nicolaus Seeger, beim Wirten erschienen ist und mich bis aufs Blut in Verlegenheit brachte?« Stertzer spie den Namen geradezu aus. Seine Lippen wurden schmal und verfärbten sich weiß. »Das höhnische Gelächter der anderen war also noch nicht genug. Nein, er musste mich auch noch am Ohr hinaus auf die Gasse zerren! Wie ein unmündiges Kind, das man züchtigen und zur Ordnung rufen muss!« Unterdrückte Wut schwang in seiner Stimme mit. »Und dort musste ich es mir gefallen lassen, als Taugenichts beschimpft zu werden. Dabei hat niemand den tieferen Sinn meines Handelns auch nur annähernd verstanden.« Trotzig ballte der Mann neben ihr seine Hände zu Fäusten und schnaubte voller Wut. Bertha spürte, wie sich in ihr Unsicherheit und Angst erneut ins Unermessliche steigerten. In seinem Zorn war er unberechenbar und sie alle waren ihm auf Gedeih und Verderb ausgeliefert. »Dabei wollte ich sie doch nur so lange verführen, bis sie endlich ein Kind im Leib trägt. Dank mir hat sie wenigstens die körperlichen Freuden kennengelernt. Ansonsten hätte sie vermutlich kein anderer Bursche auch nur angesehen, geschweige denn angerührt, und sie wäre als vertrocknete Jungfer gealtert.« Verächtlich zog der Student die Oberlippe hoch und schüttelte sich. »Niemals im Leben hatte ich die Absicht, dieses unscheinbare Ding zu ehelichen und tagein, tagaus für den Lebensunterhalt der hungrigen Mäuler zu sorgen.« *Aber warum dann?* Die Frage war Bertha nur zu deutlich ins Gesicht geschrieben. »Schsch!« Warnend hob Johannes Stertzer erneut den Finger an seine Lippen und verharrte reglos. Nach einem Abstecher in den Sturm, von dem er zurückkehrte, um immer noch weiter abzuwarten, setzte er seine Rede fort. »Ich wollte, dass sie das Kind im Leib trägt, und dann so lange Stillschweigen bewahrt, bis sich der Bauch leicht wölbt, jedoch gerade noch von ihrem Gewand verdeckt wird. Aber dieses einfältige Ding konnte den Mund nicht halten und hat unser

Geheimnis ausgeplaudert. Mein Vorhaben ging also nicht auf, wir mussten eine Turmstrafe bei der alten Elfe verbüßen und ich sollte doch tatsächlich gezwungen werden, sie zu heiraten.« Stertzer verdrehte die Augen und rieb sich die Schläfen. »Hätte ich sie nach unserer erzwungenen Heirat getötet, wäre der Verdacht wahrscheinlich zuerst auf mich gefallen. Vorher wäre alles so einfach gewesen. Ich hätte sie getötet, hätte die Frucht aus ihrem Leib entnehmen, sie begutachten und mir Wissen darüber aneignen können, und niemand hätte Verdacht geschöpft, denn niemand sollte schließlich wissen, wer sie verführt hatte. So weit der Plan.« Nachdenklich murmelnd rieb er sich sein Kinn und zog skeptisch seine Stirn in Falten, als er die Geschehnisse überdachte. »Nun, vielleicht doch zu viel Wagnis. Vermutlich war alles bereits zu Beginn zum Scheitern verurteilt.« Ein Schmunzeln zeichnete sich ab und erhellte schließlich mehr und mehr, der aufgehenden Sonne gleich, das ganze Gesicht. »Aber dann, dann kamst du.« Glücklich lächelnd, so als hätte er just in diesem Augenblick einen vortrefflichen Handel auf dem Viehmarkt abgeschlossen, streichelte er Berthas Bauch. »In gewisser Weise hast du der anderen sogar das Leben gerettet, denn ich habe jegliches Interesse an ihr verloren, von ihr abgelassen und mich seit deinem Erscheinen in Bischoffsheimb nurmehr um dich bemüht. Schließlich ist dein Kind bereits am Ende des Wachstums und es gibt mehr zu entdecken. Wenn sie wüsste, was du für sie getan hast, dann würde sie dir sicherlich nicht mehr zürnen.« Vom vielen Reden war seine Kehle trocken geworden und so hielt er beide Hände fest zu einer Schale geformt durch den schmalen Türspalt in den Regen und trank daraus. »Aber das wird sie wohl nie erfahren. Es kam nicht mehr dazu, dass ich mich erklären konnte. Im Gegenteil. Ich durfte keine Zeit verlieren und musste alles daransetzen, dass ich nun dir vollends den Kopf verdrehe. Der Anfang war ja in der Schenke bereits gemacht. Allerdings hast du dich nicht darauf eingelassen, mit mir in der Gasse zu verschwinden.« Verächtlich starrte er zu Anna und Michael hinüber. »Und ihr, ihr habt sie leider auch nicht aus den Augen gelassen. Nun, wie gesagt, es hätte bereits da ein Ende haben können. In jener Nacht. In jener dunklen Gasse. Ich konnte doch nun wirklich nicht ahnen, dass auf einen so freundlichen Umgang mit einer Hübschlerin geachtet wird … einer Hübschlerin … deren Verschwinden und gewaltsamer Tod doch nun wirklich niemanden kümmern sollten!« Verächtlich lachte er auf und schlug sich auf den Schenkel. »Es blieb mir also nur die Möglichkeit, dir weiter schöne Augen zu machen. Schließlich durfte ich dich nicht verlieren. Musste immer in deiner Nähe bleiben, um mein Vorhaben noch vor deiner Niederkunft zu erfüllen. Und zu diesem Zeitpunkt reifte bereits der Plan in mir, die gemeinsame Weiterreise mit euch nach Haydelberch zu erzwingen, um dann auf dem Weg oder auch erst dort auf eine erneute Gelegenheit zu warten. Mit dem Wissen über Eure Haare, das ich in der Badstube erlangt hatte, sollte sich dies ohne Hindernisse und leicht bewerkstelligen lassen. Dennoch versuchte ich in Bischoffsheimb noch ein letztes Mal, deiner habhaft zu werden.« Bertha rang um Fassung. Ein Schauer kroch über ihren Rücken. Sie wusste genau, was er damit andeutete. Diese freundliche Einladung von ihm, ihr am nächsten Tag die Stadt und die Umgebung zu zeigen, das alles war nur ein Vorwand und ein erneuter Versuch gewesen, sie von ihren Mitreisenden wegzulocken und ihr den Tod zu bringen. Hätte sie nicht ablehnen müssen, weil Anna zur Weiterfahrt drängte, dann würde ihr kalter Leichnam sicher schon längst irgendwo in einem Wasser oder im Unterholz verrotten.

»Das erneute Scheitern hat mich ein wenig … nun ja, verärgert.« Obwohl er lächelte, war seine unterdrückte Wut nicht zu überhören. »Und so habe ich eben eine andere Gelegenheit ergriffen, als sie sich mir bot.«

Das Mädchen! Das Blut pulsierte rauschend in Berthas Ohren. *Du hast sie vor den Toren der Stadt abgepasst. Du hast deine Wut auf sie gelenkt, du hast ihr das Leben genommen, um dich abzureagieren? Weil du mich in diesem Moment nicht haben konntest? Aus purer Lust am Töten! Nur weil sie gerade deinen Weg kreuzte? Was bist du doch für ein verabscheuungswürdiger Bastard!*

Nur zu gerne hätte sie geschrien und ihm ihre Gedanken lauthals entgegengeschleudert, doch das Stoffknäuel verhinderte jede klare Rede und ihr Peiniger schenkte ihr keinerlei Beachtung mehr. Sein durchdringender, kalter Blick war stur auf Anna gerichtet, die angesichts der nicht einschätzbaren Bedrohung ein wenig zurückgewichen war und ihn unablässig beobachtete. »Ich erinnere mich noch genau daran, wie ihre Augen starr wurden und ihre zarten Glieder erschlafften.« Stertzers Blick verlor sich entrückt in der Dunkelheit. Er schien wahrhaftig genüsslich in seinen Erinnerungen zu schwelgen, ehe kurz darauf ein Zucken seinen Körper durchlief und er wieder aus seinem Tagtraum erwachte. »Ich hatte sie so tief in den Wald geschafft und doch hast du den Weg zu uns gefunden.« Beinahe anerkennend nickte er und als sonst keine Reaktion von Anna kam, redete er weiter, als ob er ihren Erinnerungen auf die Sprünge helfen müsste. »Ich habe deine Schritte auf den knackenden Ästchen bereits lange vor deinem Erscheinen wahrgenommen. Zeit genug, mich in sicherer Entfernung im Unterholz zu verstecken. Von dort aus konnte ich dich ungestört beobachten. Miterleben, wie du ihren toten Körper, mein Werk, entdeckt hast. Du ahnst nicht, wie groß die Versuchung war, auch dir das Leben zu nehmen. Diese Macht über Leben und Tod zu spüren!« Er hatte laut gesprochen, ohne Angst, von den Ordensfrauen gehört zu werden, und in seinen Augen loderte eine selten offenbarte Leidenschaft. »Aber ich wusste ja, dass du nicht allein warst. Es konnte also nur eine Frage der Zeit sein, bis auch Ihr dieses Geheimnis teilen würdet.« Kaum hatte er sich an Michael gewandt, ging erneut eine Verwandlung mit ihm vor. Anna bemerkte sie, konnte sie jedoch beim besten Willen nicht deuten. »Und dann sah ich es. Oh doch!« Stertzer lachte auf und schüttelte den Kopf, obwohl Michael in keinster Weise widersprochen hatte. »Ich erkannte meine Leidenschaft in Euch wieder. Wie Ihr den Körper begutachtet habt. Ohne Hemmungen. Ohne Abscheu.« Michael wollte nicht, dass er weitersprach. Dennoch konnte er nichts daran ändern. »Und später dann, als Euer Weib schon längst dabei war, den Karren durch das Dickicht zurück zur Straße zu zerren, da hat Euch die Tote doch noch in ihren Bann gezogen, nicht wahr? Ich kehrte zurück und sah es. Nein, Ihr könnt es nicht leugnen!« Michael stöhnte widerwillig auf, als Stertzer auf allen vieren zu ihm kroch und nahezu freundschaftlich eine Hand auf seine Schulter legte und diese tätschelte. Anna beobachtete mit Abscheu die vertraute Geste des Mörders. Die Hand, an der Schuld und Blut klebten und mit der er grausam Leben beendete, diese Hand auf Michaels Körper. Für Anna schier unerträglich. »Ich konnte es genau erkennen. Diese Neugierde, dieses Verlangen, mehr zu sehen und zu erfahren.« Zufrieden machte es sich Stertzer auf seinen Hacken bequem und labte sich an Michaels Qualen. »Oh, ich weiß. Ihr wollt nicht, dass sie es erfährt.«

Was soll ich nicht erfahren? Michael! Wovon spricht er?

Anna ließ die beiden Männer keinen Moment aus den Augen, während sie panisch versuchte, ihrer Angst um Michael Herr zu werden, obwohl sie nicht die geringste Ahnung hatte, welches perfide Spiel Stertzer mit ihrem Mann trieb. Johannes Stertzer genoss es offensichtlich, jegliche Vorteile auf seiner Seite zu haben. »Ihr habt es Eurer Frau nicht erzählt«, stellte er ohne Umschweife fest.

Was hast du mir nicht erzählt, Michael? Was ist es nur, das er gegen dich in der Hand hat? Allmächtiger, bitte, hilf mir! Die Ungewissheit brachte Anna beinahe um den Verstand.

Stertzer rückte neugierig noch näher an Michael heran. »Warum eigentlich nicht?« Zärtlich strich er über die raue, stoppelige Wange seines Gefangenen, wofür er erneut hasserfüllte Blicke erntete. »Hattet Ihr Angst, dass sie sich vor Euch ekelt, sobald sie erfährt, dass Ihr des Nachts auf dem Gottesacker heimlich mit beiden Händen in den Gedärmen einer schönen Unbekannten stecktet, nur weil Ihr ebenso wie ich dieses brennende Verlangen spürt und die Geheimnisse des Körpers erkunden wollt? Dass sie Euch deswegen für ein Scheusal hält und Euch verbietet, sie mit denselben Händen zu berühren? Dass sie Euch Vorwürfe macht?« Seine Lippen zogen sich missbilligend zusammen und formten eine Schnute, welche sich schließlich mit einem Schmatzen löste. »Das zeugt meines Erachtens nicht gerade von einer Ehe, die von Vertrauen und Ehrlichkeit geprägt ist.« Michael schloss seine Augen und spürte erneut Übelkeit in sich aufsteigen. Er hatte es tatsächlich ausgesprochen, sein Geheimnis verraten! Unbeschreibliche Scham überlagerte in diesem Augenblick jegliche Angst vor dem nahenden Tod. Wie sollte er Anna je wieder in die Augen sehen können? Er wusste keine Antwort darauf. Aber hatte Stertzer wirklich recht? Fehlten ihrem Leben tatsächlich Vertrauen und Ehrlichkeit? Oder waren sie nicht auch einfach Menschen, denen bisweilen zugestanden werden musste, dass sie fehlgingen? Nein, das Einzige, was ihn zögern ließ, es ihr zu gestehen, war Mut. Annas Schluchzen riss ihn aus seinen zermürbenden Gedanken. All seinen Mut zusammennehmend, schaffte er es endlich, den Kopf zu drehen und sich Anna zu stellen. Tränen rannen zwar über ihr Gesicht und ließen ihre Haut im Schein der wenigen noch verbliebenen Kerzen schwach glänzen. Kurz konnte er Zweifel erkennen. Zweifel darüber, ob Johannes Stertzer die Wahrheit über ihren geliebten Mann gesagt hatte oder vielleicht doch nur versuchte, sie durch Lügen zu entzweien. Aber keine Anklage. Kein Vorwurf. Nichts von alledem lag in ihrem Blick. Nur Liebe.

»Ach, grämt Euch nicht. Andererseits harmoniert ihr sehr gut. Sie hat die Gefahr gespürt. Als sie Euch im Wald daran gehindert hat, die Verfolgung aufzunehmen, hat sie Euch allen das Leben gerettet, ohne es zu wissen. Nun, letztlich nicht gerettet, aber immerhin ein wenig verlängert«, verbesserte er sich und hatte Anna mit wenigen Schritten erreicht. Ihre Muskeln verkrampften sich und ihr Herz hämmerte schmerzhaft in ihrer Brust. Immerhin schlug es überhaupt noch, denn Anna hatte keinerlei Einfluss darauf, wann es letztlich für immer stillstand. Angespannt wartete sie nervös ab, was er wohl tun würde, was er im Schilde führte. »Ich musste ihm doch helfen, sein Gewissen zu erleichtern«, flüsterte er nah an ihrem Ohr und deutete mit einer kleinen Bewegung in seinen Mund, als Anspielung auf Michaels Knebel. Anna hielt angewidert den Atem an, als ihr Stertzers herber Geruch in die Nase stieg. »Jetzt, da er kurz vor seinem Lebensende steht, sollten alle wichtigen Dinge nicht unausgesprochen bleiben. Und Ihr, Ihr solltet ihm nicht verübeln, dass er in jener Nacht so viel Gefallen an einer anderen Frau, noch dazu einer Toten, fand. Macht ihm bitte keinen Vorwurf, weil er dieses Geheimnis bewahrt hat«, gab er belehrend zu bedenken. »Schließlich wartet in Euch ebenfalls eine kleine Heimlichkeit auf ihre Offenbarung. Ihr seid also nicht besser als er.« Tadelnd hob er eine Braue und beobachtete kalt lächelnd Annas Reaktion. Hatte sie erkannt, worauf er anspielte? Ohne Zweifel. Ihr Atem ging schneller und ihre tränengefüllten Augen weiteten sich in erschreckender Erkenntnis, gefolgt von stummem Flehen. Langsam schüttelte sie den Kopf und begann, durch den dreckigen Leinenklumpen hindurch unverständliche Laute von sich zu geben. So sehr drängte es sie, diesen Unmenschen um Erbarmen zu bitten. Sie wusste mit unumstößlicher Gewissheit, dass Michaels Herz brechen würde. Doch der Mann vor ihr ließ sich durch nichts erweichen. Hilflos musste Michael mit ansehen, wie Stertzer seine Hand auf Annas Bauch legte und mit kräftigen, kreisenden Bewegungen darüberrieb. »Eine Heimlichkeit, die sie lieber ihrer Vertrauten, einer Hure, erzählt hat, anstatt sie mit Euch zu teilen … und Bertha konnte mir gegenüber natürlich ebenfalls nicht den Mund halten. Ihr müsst wissen, dass Euch Euer Weib die Frucht Eurer Lenden verschwiegen hat. Was mag der Grund dafür sein? Wollte sie etwa Kräuter einsetzen, um das beginnende Leben loszuwerden? Hat sie gar ein anderer bestiegen?« Wie bei einem lechzenden Köter hing seine Zunge weit aus dem Mund und die Spitze vollführte aufreizende Bewegungen. Wie konnte er es wagen, solche Reden zu führen? Sein provozierendes, kehliges Lachen verstummte jedoch augenblicklich, als Anna einen hasserfüllten, durchdringenden Schrei ausstieß und sich der Karren durch ihr Aufbäumen mit einem knarrenden Ruck in Stertzers Richtung bewegte. Zum Schutz vor dem schwankenden hölzernen Ungetüm verschränkte dieser die Arme hoch über dem Kopf und kauerte sich zusammen. Dabei schlug der Kiefer auf seinem Knie auf und jagte das Gebiss schmerzhaft in das weiche Fleisch, das sich immer noch zwischen den Zähnen befand. Diese provozierenden Worte hatten Michaels Gefühle dazu gebracht, seine Selbstbeherrschung zum Bersten zu bringen. Urplötzlich wurden ungeahnte Kräfte in dem Gefesselten freigesetzt. Nichts war in jenem Moment stärker als der Drang, das unbändige Verlangen an Stertzers Kehle zu gelangen und ihn zum Schweigen zu bringen. Von den Fesseln zurückgehalten, blieb es trotz des enormen Kraftaufwandes dennoch nur beim Verrücken des massigen beladenen Karrens. Michael atmete schwer. Seine tauben Hände brannten und schmerzten jetzt noch zusätzlich. Doch mit einer gewissen Genugtuung beobachtete er, dass der Mann, der mit einem markerschütternden Gebrüll zusammengesackt war, nun stöhnend wie ein geschlagenes Tier auf allen vieren kroch. Aus seinem offenen Mund hing die schlaffe Zunge, von der in langen Fäden Blut und Mundwasser tropften. Mut, ein starker Wille und neue Kraft waren wieder in Michael erwacht. Er hatte es tatsächlich gewagt. Er hatte den Feind attackiert und verwundet. Nur leider nicht schwer genug. Die Rache, dessen war er sich sicher, würde auf dem Fuße folgen. Und sie würde fürchterlich sein. Wenn er diese bösartige Gewalt doch nur von Anna ablenken könnte. Von Anna und dem Kind, seinem Kind, von dem sie ihm, weiß Gott warum, nichts erzählt hatte! Wenn er wählen dürfte, würde er alles nur zu gerne auf sich nehmen, um jeglichen Schaden von den beiden abzuwenden.

Das Röcheln wurde leiser und verstummte schließlich. Vorsichtig und offensichtlich unter starken Schmerzen zog der Verletzte langsam die Zunge ein und schloss den Mund. Ohne ein weiteres Wort rappelte sich der Mörder auf und ging mit schleppenden Schritten auf Michael zu. Immer noch stumm, da ihm seine Zunge wahrscheinlich eh den Dienst versagt hätte, blieb er eine ganze Weile vor dem Wehrlosen stehen und glotzte ihn reglos an. Nur der Sturm war zu hören. Michael ließ ihn ebenfalls nicht aus den Augen, starrte ihn an, wollte auf jede noch so kleine Bewegung, die eine Attacke ankündigte, gefasst sein. *Was geht nur in deinem Kopf vor? Auf jeden Fall wird es dir eine Lehre sein, so über mein Weib zu sprechen. Wie wirst du dich an mir rächen? Wirst du mir gleich die Kehle durchschneiden? Nein, das wäre zu einfach. Das würde deinen Hass auf mich nicht ausreichend befriedigen. Glaub nur ja nicht, dass ich dich um Gnade anflehen werde! Der Allmächtige wird mir beistehen, und so Gott will werden keine Klagen und kein einziger Schrei aus meiner Kehle dringen.* Michael schloss in stillem Gebet für einen kurzen Moment die Augen. *Sei mir gnädig! Hilf mir, stark zu sein!*

Harte Fausthiebe gingen auf ihn nieder. Nicht vorschnell oder gar hastig in einem Anfall blinder Wut, sondern kalt überlegt und wohlplatziert. Stertzer musste sich nicht beeilen. Er konnte seinen Zorn entladen, nur um ihn dann für den nächsten Schlag erneut wachsen zu lassen. Sein wehrloser Gegner war ihm ausgeliefert und ohnehin dazu verdammt, gefesselt dort auf der Erde zu sitzen, ohne eine einzige Möglichkeit sich zu schützen, sich zu ducken oder gar selbst anzugreifen. Michael konnte lediglich immer wieder darauf warten, dass der grauenvolle Schmerz etwas nachließ. Den Schlägen ins Gesicht setzte er nichts entgegen, ließ es zu, dass sein Schädel durch die Wucht zur Seite geschleudert wurde. Ein Gegenhalten hätte nur noch mehr Schaden verursacht. Lediglich bei den Hieben in den Bauch versuchte er, rechtzeitig die Muskeln anzuspannen und so die Wucht, die gegen seine Gedärme prallte und ihm die Luft zum Atmen nahm, zumindest ein wenig abzufangen. *Anna, sei still!* In diesem Kreislauf aus Qualen und dem Willen, nicht aufzugeben, hörte er ihre Schreie, spürte, wie sie an ihren Fesseln und am Karren zerrte und doch rein gar nichts für ihn tun konnte. Bis sie schließlich verstummte. »Du kannst mich nicht aufhalten. Niemals!«, zischte Stertzer und spuckte geräuschvoll aus. Am verwaschenen Klang seiner langsamen Aussprache hörte man überdeutlich, dass er seine Worte an Michael sorgfältig wählte und dass seine verletzte Zunge bleiern und geschwollen im Mund lag. Schwer atmend hielt Stertzer inne und trat leicht schwankend ein wenig zurück. Gerade so, als wolle er sein Werk begutachten, das er mit Kraft und Anstrengung geschaffen hatte. Mit gefletschten Zähnen rieb er sich die pochenden Handknöchel. Hatte er aufgehört, weil sein Zorn abgeflacht war, oder weil Anna um ihn gekämpft hatte? Michael konnte nicht einschätzen, ob es wirklich schon vorbei war oder ob sein Peiniger nur neue Kräfte sammelte, um ihn demnächst weiter zu malträtieren. Misstrauisch blinzelte er den Mann an, während sich sein Atem nur stockend normalisierte. Bei jeder noch so geringen Bewegung zuckte Schmerz durch seinen geschundenen Körper. Er kannte den metallenen Geschmack in seinem Mund nur zu gut und das Kitzeln auf seiner Oberlippe verriet ihm, dass Blut auch aus seiner Nase rann. »Du wirst nicht verhindern können, dass meine Klinge in sie dringt und ihr Fleisch teilt. Weder bei der Hübschlerin noch bei deinem Weib.« Nicht nur die Schläge in den Magen, schon allein diese Worte genügten, um ihn zum Würgen zu bringen. Johannes Stertzer zog einen Dolch aus dem ledernen Schaft und kehrte zu Michael zurück. »Und vor dir werde ich auch nicht Halt machen.« Die Spitze der senkrecht hängenden Klinge schwebte genau über Michaels Hosenlatz und als Stertzer sie genau zwischen die Beine fallen ließ, drängte ein gequältes Stöhnen durch den Knebel, obwohl das Metall durch den Stoff hindurch unmöglich einen Kratzer oder Schmerzen hätte verursachen können. »Wann habe ich schließlich schon einmal Gelegenheit, mich ausgiebig mit der Manneskraft zu beschäftigen. Ein Bereich, der ebenfalls immer hohes Interesse bei denjenigen erweckt, denen sie fehlt, und viel Zuspruch bei anderen hervorruft, die bestrebt sind, Heilung oder Linderung zu verschaffen. Vielleicht bleibt Ihr ja sogar lange genug bei Bewusstsein, um Euch Euer Gemächt selbst von innen anzusehen … zu gegebener Zeit.« Nachdenklich betrachtete er die verängstigten Frauen und ließ nun die Klinge spielerisch zwischen zwei Fingern hin und her schwingen. »Was werde ich wohl in ihren Leibern vorfinden? Ob es stimmt, dass sich die Frucht, die sie tragen, erst dann festigt und zu einem Menschen formt, sobald sie aus dem Körper gleitet? Wie unterscheidet sich wohl diese Leibesfrucht von jener?« Fragend deutete Stertzer mit der spitzen Klinge von Annas flachem zu Berthas prallem Bauch. »Ich muss es wissen, muss Gewissheit erlangen. Ich kann nun nicht mehr länger warten.« Sein Interesse an Michael verschwand auf einmal. Mit Schwung machte er kehrt, konzentrierte sich fest entschlossen auf die weiteren Vorbereitungen und legte die geschliffenen Messer der Reihe nach bereit. Der verbissene Ausdruck in seinem Gesicht wich einem erwartungsvollen Lächeln. »Noch nie konnte jemand einen Blick in einen lebenden Körper werfen, den Beschwerden der Schwangeren auf den Grund gehen oder gar die Gründe für eine Totgeburt ausmerzen. Und zusammen mit meinem Wissen um die Lehre der vier Säfte werde ich Ruhm erlangen. Mein Name wird in aller Munde sein. Sie werden sich um mich scharen und mein Ruf wird sogar bis zum geachteten Nicolaus Seeger vordringen.« Er redete sich mit leuchtenden Augen in Rage, legte sich seine Zukunft nach seinen Wünschen zurecht und schien diese schon lange nicht mehr von der Wirklichkeit unterscheiden zu können. »Dann wird ihm nichts anderes übrig bleiben … er wird mir auf Augenhöhe begegnen müssen … und stolz auf mich sein! Endlich!« Seine leidenschaftliche Stimme übertönte nun mit Leichtigkeit das Grollen des Sturms. »An meinen leiblichen Vater kann ich mich nicht mehr erinnern. Und wie es nun mal ist, so wird am ehesten derjenige neuer Schreiber, der bereit ist, die kinderreiche Witwe seines Vorgängers zu ehelichen. Für mich gab es von klein auf also immer nur den Stadtschreiber Seeger, zu dem ich aufblicken konnte. Aber etwas wert waren dann doch nur seine eigenen Nachkommen, nicht die Bälger eines anderen.« Große Bitterkeit schwang in seinen Worten mit, als er beinahe trotzig weiter auf Michael einredete. »Wie sehr habe ich zu ihm aufgesehen und ihn bewundert, wenn er am Tisch saß und die Schriften verfasste. Dunkle, geschwungene Linien auf hellem, edlem Papier. Alle möglichen Bürger kamen und brachten ihre Bitten vor, die er dann großmütig verfasste. Aber ich, ich konnte mich anstrengen, so viel ich wollte. Es half nichts. Alles Bestreben, ihm zu gefallen und seine Gunst zu erringen. Nichts davon.« Er spie die Worte regelrecht aus und feine Tropfen aus seinem Mund verteilten sich auf seiner Kleidung. Energisch schlug er seine Ärmel um und befreite somit die Unterarme von dem hinderlichen Stoff. Beinahe wirkte er wie ein trotziges Kind, das sein eigenes Scheitern um jeden Preis verhindern wollte. »Doch meine Zeit wird kommen. Schon bald wird er stolz sein, mich zum Sohne zu haben. Er wird von mir erzählen … laut und mit stolzgeschwellter Brust … sogar noch in der Schenke, aus der er mich unlängst an den Ohren zog!« Zur Bekräftigung seiner glühenden Worte nickte er und glaubte offensichtlich felsenfest an seine Prophezeiungen.

Die Klingen lagen bereit. Akkurat nur eine Armlänge neben Bertha aufgereiht, deren erschöpfter Körper vom Weinen bebte und die nun hemmungslos schluchzend unablässig den Blick des Mannes suchte, immer noch in der Hoffnung, dass er dem Flehen in ihren Augen nachgeben und Erbarmen zeigen würde. In seiner steinernen Miene jedoch war keine menschliche Regung erkennbar. Mit ruhiger Hand zog er nacheinander zwei leere Blätter, ein Tintenfass und einen Gänsekiel aus der ledernen Tasche und entzündete anschließend wieder die Kerzen im Schuppen. Er war wohl zu dem Schluss gekommen, dass keine neugierigen Blicke mehr vom anderen Ende des Klosterhofs zu befürchten waren. Immerhin waren die Glocken bereits vor geraumer Zeit verstummt und das Warten sollte nun ein Ende haben. Obgleich er wusste, dass ihm noch die ganze restliche Nacht für sein Vorhaben zur Verfügung stand. Selbst wenn er noch ein paar Stunden zuwarten würde, er hätte dennoch seine grausige Tat längst vor Sonnenaufgang beendet und könnte unbehelligt und unerkannt seiner Wege gehen.

Ohne Hast, jedoch ohne länger zu zögern, griff Johannes Stertzer nach dem größten Dolch und rutschte auf seinen Knien an der Leiter und dem ausgestreckten Körper entlang zu Berthas strampelnden Füßen. Das pure Entsetzen stand ihr ins Gesicht geschrieben, als sie krampfhaft und ungelenk versuchte, den Kopf zu recken, um möglichst viel von dem zu sehen, was dieser Unmensch dort unten mit ihr trieb. Flehende Blicke erreichten Anna, die vor Schreck gebannt auf das grausame Geschehen starrte, unfähig, ihr zu helfen, und dennoch nicht in der Lage, den Blick abzuwenden. Das alles durfte einfach nicht wahr sein! Spätestens jetzt musste sie doch erwachen und sich dieser Mahr vertreiben lassen!

Johannes Stertzer griff auf Kniehöhe in den durchweichten Stoff und hob ihn ein wenig an. Den Dolch fest umklammernd, verschwand seine Hand unter Berthas Gewandfalten. Mit einem leisen Ratschen durchtrennte die Klinge ohne sonderlichen Widerstand die fest gewebten Fäden, drang bis zum Schaft ein und tauchte blank und matt schimmernd auf der anderen Seite wieder auf. Stück für Stück zog Stertzer das aufragende Stück Metall nun ruckartig zum Saum und teilte den Rock. Dies wiederholte er so oft, bis er die Lappen zur Seite klappen konnte und Berthas weißlicher Bauch vollständig entblößt vor ihm lag. Dass er dabei die krausen Haare sehen konnte, die ihre Scham in Form eines dunklen Dreiecks bedeckten und die das erstrebenswerte Ziel eines jeden Freiers waren, schien für Johannes Stertzer nicht weiter von Belang zu sein und lenkte ihn auch nicht von seinem eigentlichen Vorhaben ab. Geschickt begann er trotz des unebenen Untergrunds, feine Linien auf eines der Blätter zu zeichnen. Anna konnte auch aus der Entfernung erkennen, dass ein schwangerer Körper Gestalt annahm. So, als betrachtete man den gen Himmel gereckten Bauch von der Seite. Nicht lange danach war auch die zweite Zeichnung auf dem anderen Papier vollendet. Diese zeigte den gleichen Leib, nur von vorne, mit direktem Blick auf den Bauch. Bald schon würde sich Stertzer daranmachen, die noch leeren Körpermitten mit weiteren Tintenlinien zu füllen. Sobald es etwas gab, das seiner Meinung nach wert war, in einer Zeichnung festgehalten zu werden.

Zufrieden mit seiner bisherigen Arbeit, verweilte der Student nachdenklich und überlegte ruhig die weitere Vorgehensweise. Vorsichtig tastete er Berthas Bauch ab. »Ich muss mir gut überlegen, wo ich den ersten Schnitt setze. Dieses kostbare Geschenk darf man nicht leichtfertig vergeuden.« Obwohl seine Stimme einen ehrfürchtigen und warmen Klang angenommen hatte, ließen die Worte in einem letzten Aufbäumen ihre inzwischen kraftlosen und heiseren Schreie noch einmal in Todesangst anschwellen. »Schscht! Ich kann dich nicht schon vorher erlösen. Aber du wirst nicht lange leiden und vermutlich schon recht bald das Bewusstsein verlieren, versprochen. Damit ich jedoch sehen kann, wo Blut und Säfte pulsieren, ist es leider unumgänglich, dass ich dich vorerst weiter am Leben lasse.« Entschlossen hob Johannes Stertzer die geschärfte Klinge auf und war gerade im Begriff, sie auf der bebenden Haut anzusetzen, als er irritiert zusammenzuckte.

Diesmal war es Michael, der aus Leibeskräften gegen den Knebel in seinem Mund angeschrien hatte und der nun die volle Aufmerksamkeit des überraschten Mörders besaß. Entsetzt sah Anna ihren Mann an. Was genau er letztlich in diesem Augenblick so konzentriert zu artikulieren versuchte, konnte Anna nur mutmaßen. Fassungslos sah sie Michael dabei zu, wie er offenbar begann, sich mit diesem Unmenschen zu unterhalten. Wenngleich niemand auch nur ein einziges seiner Worte verstand.

Willst du Zeit gewinnen? Dein Edelmut in allen Ehren, aber das ist vergebene Müh. Du wirst sie nicht retten können! Eher noch wirst du seinen Irrsinn direkt auf dich lenken und vielleicht sogar noch vor ihr sterben. Sei endlich still!

Doch dieser unerschütterliche, felsenfeste Blick seiner jetzt nahezu schwarzen Augen, dem sich in der Regel kaum einer entziehen konnte, bohrte sich in Johannes Stertzer und zwang ihn innezuhalten. Irgendetwas hatte sich verändert. Sogar Stertzer war das nicht entgangen und er fühlte sich regelrecht von dieser neuen Wendung angezogen. Michael wirkte wie ein Ebenbürtiger, der im Begriff war, neue Bedingungen für ein Abkommen auszuhandeln. Nicht mehr wie ein hasserfüllter Gefangener, der zum überwältigten, hilflosen Opfer geworden war. Was wollte er? Die Neugier des Mörders war geweckt, gefährlich wie bei einem unberechenbaren Raubtier. Lauernd studierte er Michaels Gestik, beobachtete, wie dieser immer wieder mit dem Kinn in Berthas Richtung deutete und weiter eindringliche Laute von sich gab. Endlich schien Stertzer zu verstehen. »Wie? Wollt Ihr mir etwa dabei behilflich sein?« Misstrauisch zog er die Stirn in Falten. Michales Augen wurden groß, als er eifrig zustimmend mit dem Kopf nickte und abermals auf Bertha deutete. Er hatte es geschafft, den lockenden Köder auszuwerfen. »Ist das wahrhaft Euer Ernst? Etwa so wie damals, in jener Nacht, als wir beide perfekt Hand in Hand gearbeitet haben? Als beinahe keine Worte nötig waren, da wir uns auch so verstanden haben und uns blind vertrauen konnten? Als dieses Verlangen, diese Neugierde unser gemeinsames Tun vereint hat?« Johannes Stertzers Augen leuchteten vor Begeisterung. Er hatte mit glühenden Worten gesprochen und versank voller Leidenschaft in seinen Erinnerungen, die er zu Michaels Leidwesen mit ihm selbst teilte. »Ihr könntet mir in der Tat helfen«, fügte er eifrig hinzu, schnippte mit den Fingern und kaute dann nachdenklich auf seiner Unterlippe herum. Anna hielt den Atem an. Welches Teufelswerk spielte sich da direkt vor ihren Augen ab? Oder sollte etwa Gott ein Einsehen haben?

Ja, aber natürlich! Durfte sie es wagen zu hoffen? Konnte Michaels Plan gelingen?

Diese Nacht musste etwas überaus *Besonderes für ihn gewesen sein. Wenn du ihn und seinen verwirrten Geist dazu bringen kannst, dass er, so wie damals den Leichnam dieser Frau, nun gemeinsam mit dir auch die Bertha …*

Alles in Anna wehrte sich dagegen, diesen Gedanken zu Ende zu führen.

Er ist geblendet im Wahn, kann nicht klar denken. Du musst ihn dazu bringen, dass er dich losschneidet und von diesen elenden Fesseln befreit! Allmächtiger, steh uns bei! Lass ihn in dem Glauben, dass du ihn bei seiner Tat unterstützt, an seiner Seite bist … und sobald du einer Klinge habhaft wirst, kannst du ihn überwältigen! Anna konnte das Stöhnen, das ihrer Kehle entrinnen wollte, gerade noch rechtzeitig zurückhalten und unterdrücken. Nichts durfte den Mörder jetzt irritieren und vielleicht sogar noch ablenken. Das Blut rauschte in ihren Ohren, als sie Stertzer dabei zusah, wie er von Bertha abließ und langsam auf allen vieren auf Michael zukroch. Vom zu flachen Atmen wurde ihr bereits ein wenig übel und ihr Körper wehrte sich. Der Mörder hatte seinen Gefangenen erreicht und hob den Dolch an. Bis dahin völlig reglos, lehnte sich Michael nun bereitwillig nach vorne, um Stertzer das Durchschneiden der Seile zu erleichtern. Die Stellen, an denen er ihn mit den Fäusten getroffen hatte, schmerzten und pochten immer noch. Ein Stechen in der Magengegend ließ ihn zusammenzucken. Kalter, süßlich riechender Schweiß stand in winzigen Perlen auf seiner Stirn und rann unter seinem Hemd kitzelnd von den Achseln bis über die Rippen. *Nun mach schon!* Michael störte sich nicht daran, dass sich der harte Ellenbogen des anderen in sein muskulöses Kreuz bohrte. Hoffnungsvoll hielt er angespannt still, wartete begierig darauf, dass endlich die gleichmäßigen, durchtrennenden Bewegungen der Klinge hinter seinem Rücken einsetzten.

Glucksende Geräusche, die sich nach und nach wandelten, waren im Schatten neben Michael zu hören. Schließlich ein hohes, hysterisches Kichern, das zu einem ohrenbetäubenden, höhnischen Lachen anschwoll. Der kurze Blick, den Anna und Michael wechselten, war voll verlorener Zuversicht und bitterer Gewissheit. Johannes Stertzer hatte wissentlich dieses Aufkeimen der Hoffnung in ihnen geweckt und sie dann doch alle zum Narren gehalten. »Dachtet Ihr wahrhaftig, dass Ihr mich blenden könnt? Dass ich Euch einfältig Glauben schenke und in Eure Falle tappe?« Johannes Stertzer schrie jetzt und schlug Michael mit der flachen Hand verächtlich ins Gesicht. Sein unberechenbarer Zorn war aufs Neue entfesselt und damit die wiedergewonnene Hoffnung, dieser winzige Funke, vernichtet und zerstört worden. »Maßt Euch nur ja nicht an, dass Ihr mich irreführen könnt. Ich, nur ich allein bin ein Meister der Täuschung!« Grob drängte er Michael erneut gegen das hölzerne Rad, indem er ihm eine Hand um den Hals legte und zudrückte, hob mit Schwung ein Bein an und ließ seinen Körper schwer auf dessen Schenkel fallen. Im vollen Bewusstsein der unangreifbaren Überlegenheit stieß er die

Worte zischend durch die gefletschten Zähne. »Ich kann Menschen beeinflussen und lenken und sie das glauben machen, was mich letztlich an mein verdientes Ziel bringt.« Stertzer lockerte seinen Griff und sah zu, wie Michael gierig atmete und seinen Peiniger dabei mit aufgerissenen Augen anstierte. So lange, bis sich das Verlangen nach Luft wieder annähernd normalisiert hatte. Der Widerwillen in Michael, dem anderen Mann unter Zwang so nahe sein zu müssen, dessen Hinterteil nur durch jämmerlich dünnen Stoff von seiner eigenen Haut getrennt, hatte eine unerträgliche Stärke erreicht. Von dieser Abscheu schien Stertzer nichts zu bemerkten. Unverwehrt redete er weiter auf Michael ein. »Denkt doch nur einmal an unsere Begegnung an der Pferdeschwemme. Zum Glück sind mir die Stellen bekannt, an denen bisweilen einige Hasenfallen ausliegen. So habt Ihr keinen Verdacht geschöpft, oder hättet Ihr da je für möglich gehalten, dass der wahre Mörder nicht das Blut eines Hasen vom Mordwerkzeug wäscht, sondern den kalten Lebenssaft einer Toten, und zwar direkt vor Euren Augen? Ihr habt mir sicher nicht angemerkt, dass ich in Rage war, weil Ihr mir mein Mädchen gestohlen habt. Im Gegenteil. Ich habe die Gelegenheit sogar noch genutzt, mich fürsorglich nach der Hure zu erkundigen, um den Schein zu wahren.« Selbstgefällig verschränkte Johannes Stertzer die Arme vor der Brust. »Ich habe es sogar geschafft, euch gegen euren Willen länger in der Stadt zu behalten. Somit stiegen auch für mich die Möglichkeiten, die Bertha doch noch zu erwischen. Die kurzen Haare haben nämlich Klarheit über eure Vergangenheit gebracht. Ein wenig umhören, ein wenig nachfragen. Und schon war erwiesen, dass sie die Mörderin und Ihr der Blutvogt von Wymphen seid. Diese unglaubliche Geschichte hat sich bis weit über die Stadtgrenzen Wymphens ausgebreitet. Nun bedurfte es nur noch einiger kleiner Hinweise an den Rat und schon wurde der Ziegler gefasst und Ihr auf Wunsch der Ortsherrschaft wegen Eurer Kenntnisse in der Heilkunst in Bischoffsheimb festgehalten.« Mit einem schelmischen Zwinkern tippte er Michael auf die Brust. »Und dann geschah etwas, was ich nicht beabsichtigt hatte. Ich muss zugeben, dass Ihr mich ganz schön in Bedrängnis gebracht habt, als Ihr mitten in der Nacht aus dem Nichts auf dem Gottesacker erschienen seid. Im Nachhinein allerdings eine überaus glückliche Fügung, denn diese Begebenheit konnte ich hernach jederzeit als Druckmittel verwenden.« Stertzer rutschte ungeduldig wie ein Kind auf Michaels Schenkeln hin und her, verzog die Mundwinkel nach unten und wiederholte mit leidender, weinerlicher Miene in erschreckender Perfektion die gleichen stotternden Worte, die er in jener Nacht gebraucht hatte und mit denen er Michael letztlich überzeugen konnte. »In meinem Kopf arbeitete es fieberhaft. Dabei war es eigentlich gar nicht schwer, so ängstlich zu tun. Und zu meinem Glück seid Ihr nun mal ein herzensguter Mensch. Ebenso wie sie.« Ein kurzes Nicken in Annas Richtung verdeutlichte, welche der beiden Frauen er meinte. »Sogar schon lange vor eurer geplanten Ankunft in Haydelberch hat sie nämlich einen hohen Preis für dieses ersehnte neue Leben gezahlt. Euch zuliebe!« Johannes Stertzer genoss es sichtlich, Michael dabei zu beobachten, wie er Anna immer wieder unsicher und verständnislos ansah. »Ja, ja. Ihr habt richtig gehört. Nun, ich musste ein klein wenig nachhelfen, aber letztlich ging sie dann doch auf einen Handel mit mir ein.« Mit geschmeidigen Bewegungen erhob er sich und wechselte im Nu auf Annas Schoß. Das Gewicht seines Körpers verursachte Schmerzen in ihren Knien und so versuchte sie, mit Muskelkraft dagegenzuhalten. Am Wagen abgestützt, beugte sich Stertzer noch ein wenig weiter vor. So weit, bis Anna nur noch ihn sah. Es wäre ein Leichtes gewesen, sein Gesicht mit der Nasenspitze zu berühren.

»Ihre Zusage bestand darin, Euch zu manipulieren und dazu zu bewegen, mir einen Platz auf Eurem Karren zuzugestehen. Was Ihr letztlich auf mein eigenes gutes Zureden hin auch getan habt. Im Gegenzug habe ich ihr versprochen, niemandem in Haydelberch von Eurer blutigen Vergangenheit zu erzählen. Wie tragisch, ein neues Leben auf einer Lüge aufbauen zu wollen. Immer in Abhängigkeit. Immer auf das Wohlwollen und das Schweigen eines Mitwissers angewiesen zu sein. Immer die Angst vor dem alten Leben, dem ihr eigentlich entkommen wolltet und wegen dem ihr nun im Pakt mit dem Bösen vereint seid.« Die letzten Worte waren nur mehr ein Flüstern. »Und nun werdet Ihr als Erste für seine Dummheit und Anmaßung bezahlen.« Zärtlich glitt die kalte Klinge mit der breiten Fläche über ihre Haut. Über die Wange, am Hals entlang, hinunter. Dorthin, wo unter der empfindsamen Oberfläche das Leben pulsierte. Noch. Die todbringende Waffe, deren Spitze sich ein wenig in Annas Kleidung eingehakt hatte und mit jeder seiner Bewegungen über die darunterliegende Haut schrammte, verharrte schließlich direkt über ihrem schlagenden Herzen. »Es ist an der Zeit. Sag deinem Geliebten Lebwohl.« Aus einem unerfindlichen Grund heraus griff Johannes Stertzer nach dem schmutzigen Lappen in Annas Mund und zog ihn entgegen dem anfänglichen Widerstand mit einem kräftigen Ruck heraus. Mit einem lauten Knacken schloss Anna langsam das überdehnte Gelenk. Zunge und Gaumen fanden wieder ungehindert zueinander, blieben jetzt sogar mit den Oberflächen aneinander kleben, bis sie wieder ausreichend von Mundwasser umspült wurden. Nun war es also so weit. Die Reise in eine bessere Zukunft fand hier ein schreckliches Ende. In der Blüte ihres Lebens. In einem dunklen, schäbigen Schuppen. Weil das leibhaftig Böse Verrat an ihr, an ihnen allen begangen hatte. Eine unwirkliche Ruhe breitete sich in ihr aus. Sie konnte nichts mehr ändern. Musste alles geschehen lassen. Die Angst verflog plötzlich ebenso wie der Drang, verstehen zu wollen, warum ausgerechnet ihnen dieses Martyrium widerfuhr. Die Welt schien ein leises Lebewohl zu flüstern und Friede legte sich über alles. Nicht einmal von der Möglichkeit, ein paar letzte Worte an Michael zu richten und sich von ihm zu verabschieden, machte Anna nun Gebrauch.

Wenn du bisher die Weite und Unendlichkeit meiner Liebe nicht erkannt hast …

Ein winziges Lächeln umspielte ihre Lippen. Wie er da saß, geschunden und erschöpft, angestrengt atmend, gar nicht stark und kämpferisch wie sonst. Ein winziger Aufschub wurde ihm noch gewährt, ehe er ihr nachfolgen würde. Sie kannte ihn nur zu gut und sah ihm seine Verzweiflung an. Er wollte ihr unbedingt Mut zusprechen und tapfer sein – für sie. Doch die Tränen, die silbern in seinen Wimpern glitzerten, enttarnten ihn als Lügner.

Johannes Stertzer nahm sein Gewicht von Annas Beinen, indem er sich, die Beine gespreizt, auf den Knien aufrichtete. Mit ausgestrecktem Arm konnte er nun bequem von oben herab in die weizenfarbenen Haare greifen und den Kopf in eine überstreckte Haltung nach hinten zwingen, sodass der grazile Hals für die Klinge frei lag und sich schutzlos darbot. Bilder aus der Vergangenheit brachen mit roher Macht über Anna herein. Schon einmal in ihrem Leben hatte sie diese grausame Pein ertragen müssen. Schon einmal war sie der todbringenden Schärfe einer Klinge ausgeliefert gewesen. Doch diesmal gab es niemanden, der sich aus Liebe für sie einsetzte, der den Mut hatte, um ihr Leben zu bitten, und damit die Gewalt des Todes zerschlug, bevor sie den letzten Atemzug tat. Ihr Herz hämmerte. Blut schoss durch die Adern und verursachte ein unangenehmes Rauschen in Annas Ohren. Sie schloss die Augen. Niemand sollte ihre aufflammende Angst sehen. Schon gar nicht dieser Bastard, der sich mit dünnem Grinsen daran laben würde. Wie würde es sein, dieses Hinübergehen? Mit Qualen und Schmerzen? Warteten ihr geliebter Bruder und der Vater bereits auf sie, um sie in Empfang zu nehmen? Undurchdringbare Dunkelheit. Dennoch waren Annas übrige Sinne geschärft. Alles in ihr konzentrierte sich auf diesen Mann. Seine Berührung, sein Geruch, seine Bewegung. Außer den Wahrnehmungen, die ihn und ihren eigenen Körper betrafen, gab es nichts mehr für Anna. Die restliche Welt versank. An der Art, wie Johannes Stertzer schließlich die Haltung seines gesamten Körpers veränderte und auch dadurch mit einer Hand schmerzhaft an ihrer Kopfhaut rupfte, konnte Anna spüren, dass er weit ausholte und die Klinge nach hinten brachte, um eine letzte kraftvolle, tödliche Bewegung auszuführen.

Dann, inmitten dieser Schwärze, eine winzige Veränderung, die so abrupt und unvermutet auftrat, dass Anna sie unmöglich ignorieren konnte. Ihre gesamte Aufmerksamkeit wurde allein auf dieses Fühlen gelenkt. Ein lautloser, kalter Hauch, der sich wie feiner Morgentau auf ihre Haut legte und einen Schauer über ihren starren Körper gleiten ließ. Sie war noch immer am Leben. Ehe sie sich dessen wirklich bewusst war, öffneten sich Annas Augen und ließen sie blinzelnd wieder am Lauf der Welt teilhaben.

Auch Johannes Stertzer musste es bemerkt haben. Wenn nicht durch die Kälte selbst, dann doch zumindest durch die heftig flackernden Kerzen, deren Flämmchen eisern um ihr Überleben kämpften. Dort, wo zuvor seine Visage auf Anna hinabglotzte, waren jetzt nur noch die verkrustete Wunde am Hinterkopf und die dadurch verklebten Haarsträhnen zu erkennen. Er hatte den Blick von seinem Opfer abgewandt, um zu erkunden, was sich hinter seinem Rücken zutrug, und somit die Ursache für den anschwellenden Wind auszumachen. Mit immer noch erhobener Klinge zuckte er zusammen, stieß einen kehligen Laut aus und erstarrte. Aber Anna konnte beim besten Willen nicht erkennen, was ihn derart überrascht hatte. Die Sicht zur Tür war ihr versperrt, obwohl sie versuchte, ihre steifen Glieder so weit zu dehnen, dass sie an Stertzer vorbeisehen konnte. Vergeblich. Ihr blieb nur der Blick hinüber zu Michael. Doch auch von ihm war offensichtlich nichts Aufschlussreiches zu erwarten. Wie versteinert hockte Michael festgezurrt an dem Wagenrad. Sämtliche Farbe war aus seinem Gesicht gewichen. Das Weiß seiner blutleeren Wangen leuchtete jetzt regelrecht im Halbdunkel des Klosterschuppens. Er gab nicht den geringsten Laut von sich und es hatte den Anschein, als atmete er nicht einmal mehr. Er starrte, starrte einfach nur auf dieses Etwas am anderen Ende des Raumes. Was war es, das die beiden Männer so sehr in seinen Bann zog? Eine Erscheinung? Ein Dämon? Panik trübte Annas Vernunft. Klare Gedanken zu fassen, war nicht möglich. Angestrengt versuchte Anna, ein Geräusch wahrzunehmen. Irgendetwas, das Licht ins Dunkel brachte, ihr den Grund für diese grenzenlose Furcht verriet. Aber war es überhaupt Furcht? Michaels Brauen wanderten über den geweiteten Augen immer weiter hoch. In seiner Miene war innerhalb nur eines einzigen kurzen Augenblicks so unglaublich viel zu lesen. Ein Wechselbad der Gefühle überwältigte ihn. Erschrecken, Staunen, Unglauben, Verzweiflung, Angst und sogar Hoffnung. Alles davon schien gleichzeitig den unbändigen Anspruch zu erheben, die Oberhand zu gewinnen und intensiv und vollständig gespürt, ausgelebt und erfahren zu werden.

»Wie kannst du es wagen?« Johannes Stertzer grunzte ungläubig, erhob sich etwas steif und ungelenk und schickte sich an, dem dreisten Störenfried wutentbrannt entgegenzutreten. »Das ist dein Verderben!« Die Sicht war frei und nun war es Anna, die atemlos zu Stein erstarrte und zutiefst an ihrer Wahrnehmung zweifelte. Michaels gedämpfte Schreie und Berthas schrilles Gekreische nahm sie durch diesen lähmenden Nebel nur halbwegs war. Die Gestalt stand, wie aus dem Nichts, einfach in der offenen Tür. Klein und schmächtig. Hinter ihm der tosende Sturm in der Finsternis, der nach ihm lechzte und den Körper sofort wieder verschlucken würde, sollte er auch nur einen Schritt rückwärtsgehen. Und vor sich, von Angesicht zu Angesicht, eine noch viel todbringendere Kraft, die ihre ganze Zerstörungswut nun direkt auf ihn gerichtet hatte. Es gab kein Entrinnen.

»Jost!« Annas Schrei durchschnitt die Nacht. Erst jetzt war ihr bewusst geworden, dass sie ohne den Knebel im Mund ihrer deutlichen Aussprache wieder mächtig war. Fassungslos musste sie mit ansehen, wie sich die Angst in Josts Augen in blankes Entsetzen verwandelte, als der Mörder von Anna abließ, den ersten Schritt in seine Richtung tat und somit den Abstand zu dem zitternden Jungen gefährlich verringerte. Unwillkürlich wich dieser ein wenig zurück und versuchte, sich nicht von den vielen Tropfen, die aus seinen Haaren in die Augen sickerten, ablenken zu lassen. Seine durchweichte Kleidung hing wie alte Lappen an ihm herunter. Nur an manchen Stellen klebte der triefende Stoff an den dünnen Ärmchen und Beinchen. Die Haare schmiegten sich wie ein glatter Helm um seinen Schädel und ließen nur das magere Gesicht frei, das mindestens genauso bleich war wie Michaels. Noch ein Schritt von Stertzer. Keinen einzigen Augenblick ließ der Kleine den Mann aus den Augen. Josts Lippen, die vor Kälte bereits eine blaue Färbung angenommen hatten, pressten sich zu einem schmalen, blutleeren Strich zusammen. Nun bibberten sie nicht mehr.

Immer noch starrte Anna auf den Jungen, dessen Erscheinen so unwirklich war, ein ersehntes Geschenk Gottes. *Wie David und Goliath!* Allein bei dem Gedanken stand Annas Herz für einen Moment still.

Johannes Stertzer hob im Angriff die Hand mit der blitzenden Klinge und stürmte mit furchterregendem Gebrüll auf den verängstigten Jungen los. Beinahe zeitgleich und mit allerletzter Kraft, wohl wissend, dass es um Leben und Tod ging und er nur einen einzigen Versuch hatte, das Blatt zu wenden, hob Jost den schweren Schaft aus Eibenholz, indem er sich zum Ausgleichen des Gewichts nach hinten lehnte, und löste zitternd den dünnen, aber stabilen Pfeil aus, der kurz darauf mit erschreckender Geschwindigkeit sein Ziel fand. Gequältes Stöhnen. Das leise Zischen des tödlichen Geschosses war schon längst wieder verklungen, als Johannes Stertzers Beine einknickten und seinem Angriff während vollem Lauf ein jähes Ende bereiteten. In seinen Augen lagen ungläubiges Staunen und Fassungslosigkeit, als er getroffen auf die Knie sank. Welche Dreistigkeit besaß dieser Junge, der es wagte, ihm, Johannes Stertzer, die Stirn zu bieten? Beide Arme hingen schlaff und kraftlos herab und seine Hand vermochte sogar das geringe Gewicht der Klinge nicht mehr zu tragen, die nun geräuschlos, begleitet von mächtigem Donnergrollen, neben ihm zu Boden fiel. Stertzers Kiefer war nach unten geklappt und ließ den Mund in einem stummen Schrei offen stehen. Langsam sank sein Kopf auf die Brust und der apathische Blick wanderte von Jost und der Armbrust, die dieser immer noch fest umklammert hielt, langsam zu dem Pfeilschaft, der tief in seiner Brust zwischen den Rippen steckte und nur noch handbreit herausragte. Keuchend und röchelnd versuchte Johannes Stertzer, dem anschwellenden Schmerz Herr zu werden, der ihn wanken und beinahe die Besinnung verlieren ließ. Blutiger Geifer tropfte in langen Fäden von der schlaffen Lippe auf seine Hand, die sich kraftlos anschickte, den Pfeil zu ergreifen, um den verletzten Körper davon zu befreien. Ein Vorhaben, von dem der Getroffene unter erbärmlichem Wimmern jedoch sofort wieder abließ. Stattdessen tasteten die verschmierten, rotglänzenden Finger vorsichtig über den größer werdenden Fleck auf dem fein gearbeiteten Stoff, der das Blut immer gieriger aufnahm. Und ebenso, wie das Blut aus seinem Körper wich, verließ ihn auch die Kraft, die ihn aufrecht gehalten hatte. Johannes Stertzers Sinne trübten sich und die ehemals kräftigen Beinmuskeln versagten endgültig ihren Dienst. Langsam, aber dennoch unaufhaltsam sank sein Körper weiter zusammen, neigte sich schlaff zur Seite und fiel schließlich wie tot zur Erde.

»Jost!« Mehr von ihren Gefühlen konnte Anna zunächst ohnehin nicht in Worte fassen. Lachen und Schluchzen wechselten sich ab. »Jost, hör mir zu!« Sie wiederholte den Namen des Jungen mehrmals und war sich dennoch nicht sicher, ob sie zu ihm durchdrang. Die Gefahr war noch nicht gebannt. Was, wenn er nun aus Angst oder vor der erdrückenden Last dieser Schuld Reißaus nahm und sie alle hier zurückließ? »Jost?« Anna gelang es mit schier übermenschlichem Willen, ihrer Stimme einen warmen, vertrauten Klang zu geben. Immer weiter redete sie ruhig auf ihn ein. »Bitte, Jost, sieh mich an. Es wird alles gut. Ich verspreche es dir.« Der Junge schien die Ehrlichkeit in ihren Worten und ihrer Stimme eher zu spüren, als dass er sie hörte. Und tatsächlich hob er irgendwann zögernd den Kopf und hörte endlich auf, Stertzers durchbohrten Körper mit leerem Blick anzustarren. Verstört sah er sich um, schaute immer wieder zwischen

Bertha, Michael und Anna hin und her. Gerade so, als wären sie schuld an dieser Grausamkeit. Seine verkrampften Finger lösten sich und gaben die jetzt ungefährliche Waffe frei. Mit einem dumpfen Geräusch schlug die Armbrust auf dem Holz der Leiter auf. Verschämt drehte sich Jost von Berthas entblößtem Körper weg und verzog sich peinlich berührt in die dunkle Ecke neben der Tür.

»Nein, Jost, hör mir zu. Du musst etwas für mich tun. Bitte!«, versuchte Anna sogleich wieder flehend, die Aufmerksamkeit des Jungen zu erlangen. »Geh zu Bertha. Zwischen ihr und dem Stertzer liegt eine lederne Tasche. Ich kann sie von hier aus sehen, aber leider nicht erreichen.«

Heftig atmend drängte sich Jost mit dem Rücken an die Bretter des Schuppens, kniff panisch die Augen zu und schüttelte immer wieder seinen Kopf. Seine Verzweiflung schien sich regelrecht auf Anna zu übertragen. Heiße Tränen liefen über ihre Wangen. »Jost, ohne deine Hilfe können wir uns nicht befreien! Wir brauchen eines der Messer. Versuch es! Sieh einfach nicht zu Stertzer hin. Er kann dir jetzt nichts mehr tun«, versprach ihm Anna zuversichtlich. Nach endlosen bangen Augenblicken, in denen unübersehbar ein Kampf in dem Jungen tobte, überwand Jost schließlich seinen Widerwillen, sich dem Mörder am Boden zu nähern. Endlich bewegte er sich mit zaghaften Schritten und umrundete den reglosen Körper, während er vorsichtig den Hals reckte und schon von Weitem nach dem von Anna beschriebenen Lederumschlag Ausschau hielt. Michael nickte Jost zu und versuchte dabei, aufmunternd zu lächeln. Unschlüssig blieb der Junge stehen und zögerte. Er hatte das Gesuchte entdeckt. Nur noch einen Schritt und die Klingen, mit denen er die anderen würde befreien können, rückten in greifbare Nähe. Dafür musste er allerdings die beruhigende Distanz aufgeben und sich neben Johannes Stertzer knien. Das Schlucken fiel ihm schwer und seine Beine fühlten sich taub an. Jost wollte, dass es aufhörte. Er sollte nicht hier sein. Das alles sollte überhaupt nicht geschehen. Ein warmes Feuer in einer sicheren Stube, an dem er schlaftrunken vor einer Schüssel Brei hockte, das war alles, was er sich in diesem Augenblick wünschte. Nun, das Wünschen half nichts. Seinen ganzen Mut zusammennehmend, kroch er also auf allen vieren auf die Waffen des Mörders zu, die dort lagen, regelrecht auf ihn zu warten und ihn zu verhöhnen schienen.

Traust du dich? Komm und hol uns doch!

Jost ignorierte seine zitternden Hände und griff mit seinen kalten Fingern geschwind nach dem erstbesten Messer. Es steckte fest. Erst nach grobem Zerren und mehrmaligem Nachfassen gelang es Jost, das Metall aus dem Leder zu lösen. Erleichtert hielt er es in der Hand. Nun musste es ihm nur noch gelingen, die dicken Fesseln zu durchtrennen, und er konnte diese Bürde, die ganze Verantwortung, an Michael abtreten.

Zuerst war es nur ein vages Gefühl, das ein unangenehmes Kribbeln auf seiner Haut verursachte und seine Nackenhaare zum Stehen brachte. Das untrügliche Gefühl, beobachtet zu werden. Jost hielt inne. Er war nicht sicher. Hatte ihm das Lichtspiel der flackernden Kerzen einen Streich gespielt oder hatte er tatsächlich eine unscheinbare Bewegung im Zwielicht wahrgenommen? Das Schlucken fiel ihm schwer und der Klumpen in seinem verkrampften Magen schien nur noch mehr anzuschwellen. Es war wie ein Zwang. Er musste Gewissheit haben. Auch wenn ihm der Angstschweiß bei dem Gedanken, was ihn wohl erwartete, aus allen Poren trat. Vor Furcht nahezu gelähmt, versuchte er, den Schatten, der über Stertzers Gesicht lag, zu durchdringen und Einzelheiten zu erkennen. Nichts. Jost begann sich ein wenig zu entspannen und zitternd auszuatmen. Und doch gaben seine Sinne seltsamerweise noch keine endgültige Entwarnung. Irgendetwas Winziges erregte jetzt erneut seine Aufmerksamkeit und zog seine Blicke auf sich. Etwas Glänzendes. Stertzers geöffnete Augen wirkten starr und waren direkt auf Jost gerichtet! Er hatte seine Beute fest im Blick. Zu Tode erschrocken, stieß der Junge einen heiseren Schrei aus und wich stolpernd zurück, als hätte er sich an einem glühenden Kessel verbrannt. Doch er war nicht schnell genug. Johannes Stertzers Hand legte sich wie eine Klaue schmerzhaft um Josts Knöchel und umklammerte mit überraschender Kraft das Gelenk, ließ ihn nicht mehr los. Trotz heftigen Strampelns, währenddessen der Junge auch mehrmals empfindlich Stertzers geschwächten Körper traf, dauerte es schier eine Ewigkeit, bis sich Jost endlich befreit hatte, auf seinem Hintern von dem Angreifer weggerutscht war und schließlich einen größeren Abstand zwischen sich und Stertzer bringen konnte. Atemlos, mit rasendem Herzen starrte Jost auf den Mann, dem er eben entkommen war. Ja, entkommen, dessen war er sich jetzt eigentlich sicher, denn Johannes Stertzer hatte sich, bis auf die kurze Attacke seines Arms, weiter nicht bewegt. Der Mann hatte keine Kraft mehr. Er lag genauso da, wie er nach der beigebrachten Verletzung zu Fall gekommen war. Dieser sterbende Körper erinnerte Jost ein wenig an die aus Stroh oder Gräsern gefertigten Püppchen, die er als Kind schon mit seinen Spielgefährten gefertigt hatte, wenn sie sich die Zeit vertreiben wollten. Diesen eilig gebundenen Männchen, von deren Gliedmaßen oft noch einige widerspenstige Halme in alle Richtungen abstanden, wurde bisweilen übel mitgespielt. Die Jungen ließen sie schonungslos gegeneinander kämpfen, setzten die Wehrlosen auf kleinen Holzflößen dem Ertrinken aus oder zündelten an ihnen herum. Sogar das Verfüttern oder das achtlose Wegwerfen nach dem Spiel ertrugen die Graskrieger klaglos und blieben mit verrenkten Gliedmaßen liegen. Und genau hier bestand der Unterschied zu Johannes Stertzer. Der Pfeil, der ihn durchbohrt und zu Fall gebracht hatte, nahm ihm zwar nach und nach und scheinbar immer schneller die Lebenskraft, aber noch lange nicht den eisernen Willen, der ihn zu all seinen vorigen Taten getrieben und bis an diesen Ort geführt hatte. Wie eine dieser achtlos zurückgelassenen Strohpuppen lag nun auch er auf der Erde. Und dennoch hatte die tiefe Verzweiflung eines Kindes, der aufgestaute Zorn gegen seinen Ziehvater und der Hass, der wie ein räudiges Tier an seiner Seele nagte, in seinem widrigen Leben ausgereicht, um noch ein letztes Mal alle Kräfte zu bündeln und zu versuchen, Jost an der Befreiung seiner Opfer zu hindern. Sogar jetzt, da ihm sein Körper den Dienst versagte und das Leben langsam erlosch, konnte Jost immer noch das gefährliche Lodern in seinen Augen sehen.

Die Vorsicht keinen Augenblick außer Acht lassend, ging Jost langsam rückwärts. Um nichts in der Welt wollte er dem sterbenden Mörder den Rücken zukehren. Und doch regte sich so etwas wie Mitleid in dem Jungen. Er erkannte sich selbst in diesem Mann, der sein Leben vergeudet hatte, der die Chancen, die ihm sein privilegiertes Leben geboten hatte, dennoch nicht zu nutzen wusste. Dessen Seele verkümmerte, weil er sich nicht den schönen Dingen des Lebens zuwenden konnte, sondern zeitlebens auf einem falschen Weg einem Trugbild nachjagte und versuchte, Aufmerksamkeit von denen zu erlangen, zu denen er aufsah. Diese Aufmerksamkeit würde ihm nun nach seinem Tode ohne Zweifel in großem Maße zuteilwerden. Wie er es mit jeder Faser seines Herzens ersehnt und gehofft hatte, bis weit über die Bischoffsheimber Grenzen hinaus. Nur nicht mit Staunen, Ehrfurcht und Hochachtung, sondern voller Entsetzen und Abscheu angesichts seiner unmenschlichen Grausamkeit.

Nein, so wollte Jost nicht enden! Niemals! Er würde es schaffen, Michael zu verzeihen, dass er sich entschieden hatte, ihn zurückzulassen! Davon war Jost felsenfest überzeugt. Auch wenn es vielleicht noch dauern und ein wenig Zeit verstreichen würde. Immerhin gab es etwas, das Michael Kremer von Johannes Stertzers Ziehvater unterschied. Der ehemalige Scharfrichter hatte ihn nicht aus mangelnder Liebe verlassen. Ganz im Gegenteil.

LEBEN

Sonntag, 17. April 1524

Jost atmete schwer und kaute konzentriert auf seiner Unterlippe. Die Anstrengung trieb ihm trotz der Kälte den Schweiß auf die Stirn und brachte seine Muskeln in den Armen zum Brennen. Längst waren die Bewegungen, mit denen er die Klinge hin und her bewegte, nicht mehr ganz so kraftvoll. Aber nichts und niemand hätte ihn jetzt noch davon abhalten können, die letzten dünnen Fasern um Michaels Handgelenke zu durchtrennen und ihn somit endlich von den Fesseln zu befreien. Nun musste er nur noch sorgsam achtgeben, dass er rechtzeitig den Druck wegnahm. Nicht dass die scharfe Klinge auch noch weiter in Haut, Fleisch und Sehnen fuhr. »Gut so. Du hast es gleich geschafft!« Die verwaschenen Worte hörten sich an, als hätte er einen über den Durst getrunken. Dennoch war dies eine deutliche Verbesserung. Unmittelbar nachdem Jost den Knebel herausbugsiert hatte, war Michael ein schmerzloses Öffnen und Schließen des Mundes beinahe gar nicht möglich gewesen. Überhaupt sah er furchtbar aus, fand Jost. Ein Auge war dick geschwollen und das bereits trocknende Blut der aufgeplatzten Lippe verteilte sich in breiten Schlieren über Kinn und Wange.

Ungeduldig hielt Michael dennoch still, bis sich die ersehnte Freiheit mit einem plötzlichen Ruck einstellte. Stöhnend führte er die steifen Arme nach vorne und rieb mit leichtem Druck über die Gelenke, um den Blutfluss stärker anzuregen. Ohne ein Wort zu sagen, riss er den erschöpften Jungen, der sie alle gerettet hatte, überwältigt und mit Tränen in den Augen an sich und drückte ihn innig, ehe er ihm das Messer aus der Hand nahm. In Windeseile hatte er kurz darauf auch Anna befreit, die ihm hemmungslos schluchzend um den Hals fiel. Keiner der beiden brachte ein Wort über die Lippen. Überwältigt von zu vielen auf sie einstürmenden Gedanken genügten Anna und Michael für einen kurzen Augenblick sich selbst, dieses unfassbare Glück und die Nähe des anderen. Zu gerne hätte Anna dem übermächtigen Wunsch nachgegeben, Jost, dessen Mut freilich mit nichts auf der Welt aufzuwiegen war, auch endlich in ihren Armen zu halten. Doch Berthas erbärmlicher Schrei fuhr ihr durch Mark und Bein, und so ließ sie Jost einfach zitternd neben dem Karren sitzen, um Michael zu Hilfe zu eilen, der bereits mit Kraft und Geschick damit beschäftigt war, die Schwangere zumindest von einem Teil ihrer Leiden zu erlösen. Anna hatte zwar gesehen, dass Michael Stertzers Augen geschlossen und dann an seinen Hals gegriffen hatte, um sicherheitshalber zu prüfen, ob er tatsächlich tot war. Trotzdem vermied sie es, ihm zu nahe zu kommen, und behielt ihn so gut es ging im Auge, während sie sich ebenfalls bewaffnete, indem sie einen Dolch aus der Lederhalterung zog. Irrsinnigerweise rechnete Anna auch jetzt noch jederzeit damit, dass ihr Peiniger die Augen wieder aufschlagen und, genau wie bei Jost, plötzlich nach ihr greifen würde. Nichts dergleichen geschah. Johannes Stertzers Leben war zu Ende.

Anna bedeckte Berthas entblößten Körper zunächst fürsorglich mit dem zerschnittenen Gewand. Michael hatte sich verlegen vom unteren Teil ihres nackten Körpers ferngehalten und sich wohl aus Scham nach dem Entfernen des Knebels zuerst die Hände vorgenommen. Erst danach begann sie, die Fesseln in gleicher Manier zu bearbeiten wie Michael. Was allerdings gar kein leichtes Unterfangen war, denn in ihrer

Hysterie hielt Bertha die Füße trotz Annas mahnender Worte nicht still und fing sich darum den einen oder anderen Ritzer in der Haut ein. Michael war schneller. Im Nu hatte er die Hände befreit, Bertha vorsichtig geholfen, sich auf den Sprossen der Leiter aufzusetzen, und das schluchzende Häufchen Elend in seine Arme gezogen. Ganz vorsichtig, damit Bertha die schmerzenden Stellen an seinem Körper nicht noch mehr traktierte. Wie eine Ertrinkende krallte sie sich an seinem Hemd fest und vergrub ihr Gesicht ganz dicht an seinem Hals im blutbesudelten Stoff. Kaum hatte Anna die Fasern des letzten Seils durchschnitten, hielt Bertha die Luft an und zog mit schmerzverzerrtem Gesicht die Beine näher zu sich heran. »Oh Gott! Es zerreißt mich!« Anna suchte Michaels Blick und hoffte, dass sie nicht ebenso unsicher und verzweifelt dreinschaute wie er. »Wir müssen sie hier wegschaffen. Hilf mir!« Ihre Entscheidung war gefallen. Sie wusste beim besten Willen nicht, was nun auf sie zukam, was sie tun musste, um Bertha bei der Niederkunft beizustehen. Nur eines war für Anna klar: Nie im Leben würde sie zulassen, dass dieses Kind direkt neben dem Mann das Licht der Welt erblickte, der es kaltblütig hatte töten wollen. »Schnell! Viel Zeit ist nicht mehr! Wir müssen sie wenigstens zurück in die Kammer bringen!«, trieb sie Michael eilig an, der immer noch unschlüssig neben Bertha hockte und in ihrer Umarmung gefangen war. Anna sprang energisch auf die Füße. Nicht grob, aber bestimmt löste sie Berthas Arme, die fest um Michaels Hals geschlungen waren. Mit vereinten Kräften gelang es den beiden, der Gebärenden beim Aufstehen zu helfen, sie dann abzustützen und in die Mitte zu nehmen. Ihre Beine zitterten erbärmlich und schienen jeden Augenblick unter ihrem Gewicht nachzugeben. Aus eigener Kraft zu gehen, war schier unmöglich, darum schleiften Anna und Michael sie mehr schlecht als recht zur Schuppentür. Anna hielt inne. Es war kräftezehrender als erwartet. Dennoch wollte sie unbedingt den größeren Teil ihrer Last übernehmen. Michael hatte sich zwar mit keinem Wort beschwert, aber es war ihm anzusehen, dass er selbst mit starken Schmerzen zu kämpfen hatte, die von Stertzers hinterhältigen Schlägen herrührten. »Jost, du musst mit der Lampe vorangehen. Komm!«, keuchte Anna und wartete ungeduldig auf eine Reaktion des Jungen. »Jost! Steh auf!« Nun schrie sie ihn an, aber trotzdem hob er nur zögernd den Kopf und blinzelte verstört. So, als wäre er eben erst aus tiefem Schlaf erwacht und könne sich den Grund für ihre Aufregung überhaupt nicht erklären. »Oder willst du etwa hierbleiben ... bei ihm?« Das schien zu helfen und Jost anzutreiben. Als Anna mit dem Arm auf den Toten deutete, ging endlich ein Ruck durch den schmächtigen Körper. Ängstlich schüttelte er heftig den Kopf und stolperte schniefend durch den Schuppen, um die brennende Lampe an sich zu nehmen und den anderen zumindest ein wenig den Weg auszuleuchten.

Die kleine Gruppe, angeführt von Jost, kam im Sturm nur langsam voran. Gerade einmal den Weg durch den Kräutergarten hatten sie hinter sich gebracht. Immer wieder mussten Anna und Michael stehen bleiben und so lange verweilen, bis Berthas Wehen abgeklungen waren und sie den Weg mehr schlurfend als gehend fortsetzen konnte. Wie gerne wäre Jost voraus über den Hof geeilt und in der Nacht verschwunden, um endlich in der schützenden, trockenen Kammer anzukommen. Ungeduldig von einem Bein auf das andere wechselnd, hielt er bibbernd die Lampe und wischte immer wieder den Regen weg, der ihm ins Gesicht peitschte. Der schwache Lichtschein reichte nicht weit genug. Die Nacht hatte die anderen verschluckt. Wieder zurückgehen, um näher bei ihnen zu sein, wollte er aber auch nicht. Erneut kämpfte

Bertha gegen eine Welle aus Schmerz an. Dabei keuchte und röchelte sie und gab tiefe, kehlige Laute von sich, dass dem Jungen gehörig angst und bange wurde. Wenn er nicht genau gewusst hätte, dass sie unweit dort im Dunkeln waren, hätten ihm seine Gedanken und seine immense Vorstellungskraft durchaus einen Streich spielen und ihm ein wildes, dämonisches Tier vorgaukeln können, das dort auf ihn wartete, um ihn mit Haut und Haaren zu verschlingen. Er hatte Zweifel, ob sie es noch rechtzeitig schaffen würden.

Erleichtert darüber, dass sie den Sturm vor die Tür sperren konnten, ließ Anna in der Kammer Berthas Arm von ihren Schultern gleiten, stützte sie aber weiterhin so lange, bis die Schwangere ihren unförmigen Körper auf dem Bett platziert hatte. Auch Michael richtete sich mit einem Stöhnen auf und war sichtlich froh, dass sich sein geschundener Körper der zusätzlichen Last entledigen konnte. Mit schmerzverzerrtem Gesicht schob er Jost auf den dunklen Gang und wollte ihm schon bereitwillig folgen. »Wohin willst du?«, fragte Anna alarmiert und hörte für einen Moment auf, die eben aufgestellten Kerzen mit zitternder Hand nacheinander zu entzünden. Schuldbewusst mied er ihren Blick und druckste herum: »Ich sollte mich um Jost kümmern … und mir das Blut aus dem Gesicht wischen.« Geschäftig eilte Anna durch den Raum. »Setz dich. Das kann ich machen. Ich hole gleich Wasser. Und deine anderen Verletzungen werde ich mir bei der Gelegenheit auch ansehen. Jost kann sich derweil in der anderen Kammer ausruhen. Der Ärmste ist ja völlig erschöpft.« Im Nu wurde Bertha, die für einen kurzen Augenblick von Schmerzen verschont blieb, in eine Decke eingewickelt und erhielt noch eine weitere zur Unterstützung in den Rücken. Energisch bugsierte Anna danach ihren Mann auf den Hocker, der in der Ecke stand. Wenn er dachte, dass sie das mit Bertha allein durchstehen würde, dann hatte er sich getäuscht. Selbst wenn Michael noch nie unmittelbar dabei gewesen war, so hatte er in seinem Leben, schon allein durch Gretas Erzählungen, mehr über den Ablauf einer Geburt erfahren als sie. Im Stillen betete Anna, dass Mutter und Kind kräftig genug für die Strapazen waren. Nicht dass am Morgen auch noch ein totes Kindlein zu beklagen war und die Mutter im Kindbett vielleicht bald nachfolgte. In der Hoffnung, dass Bertha ihre Gedanken nicht erraten möge, hockte Anna schweigend am Rand des Bettes und versuchte, aufmunternd zu lächeln, während sie mit einem feuchten Tuch über ihre Stirn wischte. Genau dasselbe Tuch tunkte Anna dann erneut in eine Schüssel mit kaltem Wasser, um sich anschließend wortlos um Michaels verschrammtes Gesicht zu kümmern. Vielleicht kehrte nun ein wenig Ruhe ein. Schließlich konnten sie jetzt nur noch abwarten. »Ich sollte gar nicht hier sein«, maulte Michael kaum hörbar mit seiner tiefen, samtigen Stimme, unterbrach damit das angespannte Schweigen und zog zischend die Luft ein, als Anna den Lappen versehentlich ein wenig zu fest aufdrückte. Es ließ sich nicht vermeiden, dass Bertha alles mit anhörte.

»Was kann ich da schon ausrichten? Das alles ist Sache einer Hebamme.« Abwehrend fuchtelte er mit seinem Arm herum. Anna ließ ihre Hand sinken und sah ihn tadelnd an. »Ja, da hast du allerdings recht. Wie du aber unschwer erkennen kannst, ist leider keine hier«, erwiderte Anna gereizt und ihre Stimme überschlug sich. Das Zittern zog sich inzwischen durch ihren gesamten Körper. Sie wusste nicht, ob sie bitterlich weinen, lauthals lachen oder sich ihre Angst einfach nur aus dem Leib schreien sollte. Die Ereignisse dieser Nacht hatten sichtbare Spuren hinterlassen. Ihre Selbstbeherrschung wurde arg in Mitleidenschaft gezogen und Anna spürte nur zu deutlich, wie sich heiße Tränen in ihre Augen kämpften, obwohl sie doch so erbittert um Fassung rang. *Ich brauche dich! Jetzt! Lass uns bitte nicht im Stich!*

Es wirkte beinahe so, als hätte Michael Annas Flehen vernommen. Seine Schultern sanken resigniert nach unten, als er erschöpft den Kopf schüttelte. »Ich hab's nicht so gemeint, Anna. Bitte entschuldige. Also gut, ich bleibe hier. Dir zuliebe.« Zärtlich ergriff Michael Annas Hand und sie drückte sie in stillem Einverständnis. »Aber nicht dort unten! Und keine Widerrede!«, stellte er verlegen klar und seine Ohrläppchen verfärbten sich rot. Anna fragte sich, ob es wohl einfach daran lag, dass es eben Bertha war und nicht irgendeine fremde Frau. »Nun, ich denke, dass du sicherlich schon Behandlungen an ganz anderen Körperöffnungen vorgenommen hast und ...« So einfach wollte ihn Anna nicht entlassen, aber weiter kam sie nicht mehr. Bertha krallte sich plötzlich hilfesuchend in ihren Ärmel und hielt verkrampft die Luft an, während sie vergeblich versuchte, sich aufzurichten. »Schnell! Setz dich hinter sie und stütze sie ab!« Anna zog Michael vom Hocker und schob ihn Richtung Bett. Etwas umständlich zwängte er sich mit seinen langen Beinen zwischen Bertha und das Kopfende des Bettes, um sich dann an die kalte Wand zu lehnen und ihr Halt zu geben. Anna zog zwischenzeitlich die Decke von Berthas Körper und teilte ihr Gewand dort, wo Johannes Stertzer es zerschnitten hatte, ohne sich von ihrem kehligen Stöhnen ablenken zu lassen. Anna war nervös und hatte Angst. Nicht zum ersten Mal in dieser finsteren Nacht. Unbeholfen starrte sie der Hübschlerin zwischen die zitternden Beine. Von Michaels Position aus war nur ein praller Bauch zu sehen, über dem sich die glatte Haut beinahe zum Zerreißen spannte. Und dafür war er dankbar. »Und?« Michaels Haut hatte sich durch den heftigen Druck, den Berthas Hände auf seine Finger ausübten, schon weiß verfärbt. Klaglos, aber erwartungsvoll sah er Anna an.

»Ich kann nichts sehen«, kam ganz pragmatisch die knappe Antwort und schon im nächsten Moment huschte sie durch die Kammer, um kurz darauf mit einer dicken Kerze zurückzukehren. Damit Bertha vielleicht aufgrund einer unkontrollierten Bewegung durch das heiße Wachs nicht verletzt werden konnte, hielt Anna die Flamme vorsichtig und mit genügend Abstand. »Oh! Es … Michael … ich glaube, ich kann schon den Kopf sehen!«, entfuhr es ihr laut. Trotzdem wurde sie von Berthas Schrei noch übertönt. Die glänzende, blutverschmierte Kuppe steckte wie ein übergroßer Pfropf zwischen Berthas Beinen und dehnte das umliegende Gewebe unnachgiebig mit anschwellendem Druck. Ohne Rücksicht darauf, ob Bertha noch die Kraft hatte, die Schmerzen weiter auszuhalten. Sie musste geschehen lassen, dass die Natur nun unbändig hervorbrach, die Herrschaft über ihren Körper übernommen hatte. Ohne Kompromisse. Ohne Gnade. Ihr blieb nur das Beten und Flehen, dass es bald vorbei war, und die Hoffnung, dass alles gut gehen würde. Instinktiv legte Anna ihre Hände auf Berthas bebende Knie. So als wollte sie der Gebärenden einfach wortlos vermitteln, dass sie ihr beistand und sie nicht alleine war. Berthas Lippen bewegten sich im stillen Gebet. Ihre Augen waren geschlossen. So war sie nun vollständig auf sich und ihren Körper konzentriert. »Was soll ich tun? Vielleicht steckt es fest«, flüsterte Anna hilflos mit wachsender Besorgnis und beantwortete damit die Frage, die ihm unübersehbar ins Gesicht geschrieben stand.

»Warte noch einen Moment ab … aber wenn sie für das Kind zu eng ist, dann wirst du sie schneiden müssen.« Anna war nicht sicher, ob sie eben richtig verstanden hatte. Entgeistert starrte sie zuerst Michael und dann die Klinge an, die er auf dem schmalen Tischchen abgelegt hatte, um dann heftig zu protestieren. »Wie meinst du das? Oh nein, das kann ich nicht! Ich könnte zu tief schneiden oder gar das

Kind schwer verletzen …« Noch ehe Anna den Satz vollenden konnte, bäumte sich Bertha auf und das Köpfchen des Kindes kam vollständig zum Vorschein. Ehrfürchtig staunte Anna über das, was unmittelbar vor ihren Augen geschah. »Weiter! Gib jetzt nicht auf. Du hast es gleich geschafft!«, versuchte sie, die Gebärende dazu zu bringen, die letzten Kräfte aufzubieten. Und tatsächlich schien Bertha in einem Akt der Verzweiflung ihre ganze Stärke noch ein allerletztes Mal dafür zu verwenden, den kleinen Menschen ins Leben zu entlassen. Anna nahm sich ein Herz und wagte es, den kleinen, warmen Körper zu stützen. So lange, bis er schließlich zur Gänze herausgeglitten war. Mit dem winzigen Jungen ergoss sich ein Schwall warmer, dunkler Flüssigkeit auf das Bett. Eilig angelte sie nach einem von Michaels Hemden, die sie sich vorsorglich zurechtgelegt hatte, um das schrumpelige Menschlein geschwind darin einzuwickeln und warm zu halten. Das Versorgen des Nabels konnte später sicher auch Michael übernehmen. Nun galt es erst einmal, den strammen Jungen zu versorgen. »Jetzt verschwindest du beinahe darin … aber irgendwann wirst du ein solches Kleidungsstück mit deinem kräftigen Körper ausfüllen«, prophezeite Anna verzückt in gespieltem Ernst.

»Gib ihn mir«, verlangte Bertha ungeduldig mit dünner Stimme. Sie sank entkräftet und völlig erschöpft gegen die stützende Decke, die Michael inzwischen an seiner statt untergeschoben hatte, und nahm das quäkende Bündel in Empfang, das Anna vorsichtig auf ihren jetzt erschlafften, wabernden Bauch legte. Zumindest für einige Zeit konnte sie das Neugeborene dort bei der Mutter belassen. Aber schon bald würde Bertha wieder aufstehen müssen, um sich, wie die anderen auch, trocken zu kleiden, wenn sie sich kein Fieber zuziehen wollte. Bis dahin sollte die dünne Decke ausreichen, die Anna sorgfältig über sie und das Neugeborene ausbreitete. Staunend rutschte Anna vorsichtig weiter an Bertha heran und begutachtete das winzige Händchen, das sich vertrauensvoll um ihren Finger schloss und ihn festhielt. Auch Bertha konnte den Blick nicht von ihrem Kind lösen, das sich mit jedem Augenblick mehr und mehr in ihr Herz stahl. Ein seliges Lächeln umspielte ihren Mund, während sie ihren Sohn im Arm hielt und sachte wiegte. »Ein Junge. Das Pendel hatte recht«, flüsterte Bertha triumphierend, ohne Anna dabei anzusehen. Dann verfinsterte sich ihre Miene schlagartig. »Und dieser Bastard wollte dich töten. Aus reiner Mordlust.« Ihre Lippen bebten. So sehr erschütterte sie der Gedanke, dass ihr Sohn nur knapp dem Tode entronnen war. »Allein der Gedanke daran zerreißt mir das Herz. Und ich konnte dich nicht verteidigen und schützen.« Trotzig fuhr sie fort, weiter mit dem Winzling zu reden, während sich die Tränen ihren Weg bahnten und als silbrige Tropfen für einen Moment am Kinn hängen blieben, ehe sie lautlos herabfielen. »Aber das wird sich ändern. Von nun an hast du nichts mehr zu befürchten. Das verspreche ich vor Gott. Ich werde wie eine Löwin für dich kämpfen, gegen alle Widrigkeiten. Ich werde für dich da sein. Und zu gegebener Zeit wirst du für mich da sein.« Berthas Stimme brach ab und sie konnte nur noch mit Nachdruck nicken. Auch Anna spürte einen schmerzhaften Klumpen beim Schlucken, als sie dem ergreifenden Schwur der Hübschlerin lauschte. Die beiden Frauen waren so gefangen von dem kleinen Menschen in ihrer Mitte, dass sie Michael erst bemerkten, als er bereits dicht neben ihnen am Bett stand. Mit Bedacht beugte er sich zu ihnen herab und streifte den wollenen Stoff seines Hemds vom Kopf des Kindes. Vorsichtig fuhr er mit einem Finger über die spärlich vorhandenen Härchen und schob dabei eine hauchdünne Membran in Falten, die zuvor überhaupt nicht aufgefallen war. Bertha wollte schon nach seiner Hand greifen und dem seltsamen Treiben ein Ende bereiten. »Mach dir keine Sorgen. Er wird allzeit behütet sein«, stellte Michael ohne Umschweife fest und schob sogleich eine Erklärung hinterdrein, als er Annas und Berthas verständnislose Blicke sah. »Kinder, die mit einer solchen Haube geboren werden, sind besonders bedacht und vom Glück gesegnet.«

WIEDER VEREINT

Montag, 18. April 1524

Auch in den letzten noch verbleibenden Stunden, in denen die schwindende Nacht unaufhaltsam dem neuen Morgen entgegenging, fand Anna keine Ruhe. Sie klammerte sich jetzt zwar nicht mehr fortwährend an Michael und auch das Zittern hatte nachgelassen. Doch die Gedanken kreisten unentwegt um den toten Körper, der draußen am anderen Ende des Klosterhofs lag und erkaltete. Anna wälzte sich neben Michael rastlos im schmalen Bett hin und her und lauschte den Geräuschen des schwächer werdenden Sturms, während sie gebannt auf die brennende Kerze starrte. Ihr Licht war das einzig Strahlende in der Finsternis. Voller Grauen stellte sie sich vor, wie ein Lufthauch ihr mit Leichtigkeit auch noch diese Helligkeit binnen eines Augenblicks rauben konnte. Dann würden die Dämonen dieser Nacht nicht mehr im Zaum gehalten und konnten sich hungrig an ihrem Grauen und ihrer Angst laben. Anna schüttelte den Schauer ab und drehte sich fröstelnd zu Michael um, in der Hoffnung, Nähe, Trost und mehr Wärme zu finden. Er lag tief schlafend an der klammen Wand, mehr sitzend als liegend, und atmete geräuschvoll ein und aus. Anna versuchte, sich so dicht wie nur irgend möglich an ihn zu schmiegen, ohne ihn dabei aufzuwecken, weil sie versehentlich seinen geschundenen Körper an der falschen Stelle berührte und noch zusätzliche Schmerzen verursachte. Zwar hatte sie darauf bestanden, dass er sein Hemd auszog, damit sie die Verletzungen, die ihm Johannes Stertzer beigebracht hatte, im Ganzen in Augenschein nehmen konnte, aber dennoch würden sich viele der Male auch erst bei Tageslicht offenbaren. Sie musste sich einfach auf Michaels Urteil verlassen und darauf vertrauen, dass keine Knochen gebrochen waren. Vorsichtig legte Anna ihren Kopf in die Kuhle zwischen Schulter und Hals und den Arm auf seinen Bauch, die Hand unmittelbar über seinem Herzen. Sie roch und spürte alles an ihm zum ersten Mal. Zumindest kam es ihr so vor. Den Tod vor Augen, hatte Anna bereits damit abgeschlossen und begann nun von Neuem zu leben. Heiße Tränen stiegen ihr in die Augen, als abermals immer und immer wieder die Bilder in ihr aufstiegen. Sie konnte nicht begreifen, was in den letzten Stunden mit ihnen allen geschehen war. In kürzester Zeit hatte sie vermutlich sämtliche Gefühle mit jeder Faser ihres Körpers durchlebt, zu denen ein menschliches Wesen überhaupt imstande war. Konnte sie je wieder Frieden finden? Die Erinnerungen an das Erlebte würden niemals vollständig verschwinden und sie so manche quälende Nacht schlaflos verbringen lassen, dessen war sich Anna sicher. Aber irgendwann würden sie mehr oder weniger verblassen. Damit tröstete sich Anna für den Augenblick und beschloss, die Zeit bis dahin voller Vertrauen abzuwarten. Michaels Grunzen riss sie aus ihren düsteren Gedanken. Er bewegte sich benommen und streckte sich im Halbschlaf ein wenig aus. Beneidenswert. Seine Müdigkeit schien stärker als die Schatten und das Grauen zu sein. »Vorsicht, Jost schläft doch dort. Sonst schiebst du ihn noch aus dem Bett und er landet auf dem blanken Boden«, hauchte ihm Anna zärtlich mahnend ins Ohr und zupfte an seinem Hosenstoff. Widerwillig winkelte Michael seine Beine wieder an und zog Anna verschlafen in seine Arme.

»Das macht nichts. Ich kann eh nicht schlafen.«

Anna zuckte gehörig zusammen, als in der Dunkelheit plötzlich Josts klare Stimme erklang. Nichts hatte verraten, dass er wach war. Keine Bewegung. Kein Geräusch. Sie hatten ihn reglos wie einen Igel zusammengekauert am Fußende vorgefunden, als sie Bertha mit ihrem Sohn in der anderen Kammer zurückgelassen hatten, um ihnen Ruhe zu gönnen, nachdem der Nabel versorgt war. »Ich kann auch kein Auge zutun«, seufzte Anna und tastete in der Dunkelheit tröstend nach Josts Arm, um ihn zu drücken. »Bald geht die Sonne auf. Dann können wir diesen Ort endlich verlassen.« Eigentlich hatte Anna recht zuversichtlich klingen wollen, aber leises Schniefen ließ sie aufhorchen. Weinte der Junge oder zog er wegen der Kälte nur sein Nasenwasser hoch? Auch Michael war nun hellwach und setzte sich stöhnend auf. »Jost?« Eine ganze Weile war es still, aber Anna wartete geduldig auf eine Antwort. »Muss ich zurück?« Es war nur mehr ein heiseres Flüstern, aber in diesen wenigen Worten lagen so viel quälende Angst und Verzweiflung, dass es Anna die Sprache verschlug. Stille. »Nein, du wirst bei uns bleiben«, mischte sich nun plötzlich Michael ein und Josts Zukunft nahm durch seine Entscheidung abermals eine unvorhergesehene Wende. Jost entfuhr ein erstickter Laut, als sich die angestaute Anspannung und Ungewissheit wie ein Pfropfen löste und unendlicher Erleichterung Platz machte. Ohne sich darum zu kümmern, worin er da seine spitzen Knie bohrte, krabbelte er von seinem Schlafplatz über Annas und Michaels Schienbeine hinweg und warf sich heftig schluchzend mehr schlecht als recht zwischen die beiden. Nun weinte er hemmungslos und klammerte sich mit aller Kraft an Annas Arm fest. »Ich habe getötet!«, brach die Bürde schließlich lautstark aus dem verzweifelten Jungen heraus und ließ seinen Körper in weiteren Weinkrämpfen erzittern. Anna wiegte ihn so lange in ihren Armen, bis die Tränen nach und nach weniger wurden und letztlich ganz versiegten. Nur hin und wieder gab er glucksende Geräusche von sich, wenn sich sein Bauch krampfartig zusammenzog. »Ja, du hast getötet …«, brummte Michaels tiefe Stimme in das lange Schweigen. »… aber nur, um vier andere Leben zu retten.« An seinem kurzen, angespannten Lachen war deutlich zu hören, dass auch er immer noch nicht glauben konnte, was geschehen war. »Du kamst mir in diesem Moment wie eine engelsgleiche Erscheinung vor«, flüsterte Michael, erneut in der heraufbeschworenen Erinnerung gefangen. Nach langem Zögern siegte seine Neugierde. »Was … ich meine …« Schließlich seufzte er und wagte vorsichtig einen neuen Vorstoß. »Du hast bis jetzt kaum ein Wort verloren. Ich weiß, dass du diese Nacht nur zu gerne aus deiner Erinnerung löschen möchtest … aber … kannst du uns erzählen, was geschehen ist, nachdem wir dich in Bischoffsheimb in Obhut gegeben haben?« Die eindringliche Frage breitete sich in der Stille wie zäher Nebel aus. »Einfach nur, damit wir wenigstens ein bisschen verstehen, warum du so unverhofft unser Leben retten konntest.«

Michael hatte die Hoffnung, dass Jost sein beharrliches Schweigen brechen würde, nahezu aufgegeben, als der Junge zitternd Luft holte und dann doch mit dünner Stimme begann. »In Obhut? Du hast mich einfach allein gelassen.« Josts Vorwurf wog schwer und traf Anna mitten ins Herz. Sie spürte seine Anspannung deutlich, unterbrach ihn jedoch nicht. Weder, um ihn zu trösten, noch, um sich auf Michaels Seite zu schlagen. »Als Stunde um Stunde vergangen war, habe ich nicht mehr daran geglaubt, dass ihr eure Entscheidung ändert und mich doch noch zu euch holt. Also saß ich einfach dort am Feuer. So lange, bis der Abend kam. Und mit der Nacht begann dann der ganze Tumult. War alles oben vom Kamm aus gut sichtbar. Der wütende Bischoffsheimber Mob zog mit Fackeln gegen die von Helmstätter. Ich dachte, sie nehmen die dicken Mauern und metzeln alle nieder, die sich im Innern befinden. Dann brachte ich Dorle geschwind in die Küche zurück und fand irgendwo in einer Scheune beim Schmied diesen Wurfhaken mit dem Seil. Dabei suchte ich doch bloß etwas, das ich für meine Verteidigung verwenden konnte.« Josts Erinnerungen, die er zu Beginn nur recht zögerlich preisgegeben hatte, sprudelten mit einem Mal nur so aus ihm heraus. »Das war *die* Gelegenheit für mich. In dem ganzen Durcheinander hat keiner mein Verschwinden bemerkt. Ich bin an der Brücke runter … und weg war ich«, fasste Jost seine anstrengende und kräftezehrende Flucht in einer einfachen und äußerst kurzen Beschreibung zusammen. Mit der Zeit gewann er immer mehr Zuversicht und Sicherheit beim Erzählen. Anna und Michael unterbrachen ihn nicht, sondern hörten ihm fortwährend gebannt zu. »Es hat lange gedauert, bis ich den Vorsprung aufgeholt hatte und wieder in eurer Nähe war. Oft überkam mich Angst, den falschen Weg einzuschlagen. Aber zum Glück gab es unterwegs immer jemanden, den ich fragen konnte und der sich tatsächlich an euch erinnerte. Ich habe mich immer abseits der Wege im Verborgenen gehalten. Dass du mich wieder vorzeitig entdeckst, sollte mir nicht noch einmal passieren.« Michael lächelte in die Dunkelheit. Jost erzählte mit solch kindlicher Ernsthaftigkeit, dass ihm warm ums Herz wurde und sich tiefer und ehrlicher Stolz in ihm regte. »Nur einmal, nach eurem Kirchgang, da wäre ich dem Stertzer beinahe in die Arme gelaufen, als ich im Hinterhof auskundschaften wollte, ob ihr noch länger rastet oder euch gleich wieder auf den Weg macht. Gerade noch rechtzeitig konnte ich hinter einen Baum verschwinden, ehe er mich entdeckt hat.« Jost drehte sich ein wenig weiter zu Anna, um bequemer zu liegen. »Damals wusste ich noch nicht, was er im Schilde führte und warum er euch, genau wie ich, aus dem Verborgenen beobachtete. Ich kann mich aber noch genau an dieses mulmige

Gefühl erinnern. Wie er da stand und nichts tat, einfach nur wartete. Unheimlich. Um sich dann ganz plötzlich wieder auf den Rückweg zu machen.«

Annas Stöhnen unterbrach Josts Redefluss. »Dein mulmiges Gefühl hat dich nicht getäuscht. Wir haben auf ihn gewartet und als er wieder auftauchte, hat er uns und vor allem Bertha mit einer vermeintlich guten Nachricht überrascht. Er hat uns alle glauben gemacht, dass er den Geistlichen abgepasst und mit ihm eine Vereinbarung wegen einer Heirat getroffen habe. Damit hat er es geschafft, uns an einen abgelegenen Ort zu locken.« Die Erinnerung daran ließ sie schaudern und verstummen.

Dafür aber nahm Jost seine Erzählung wieder auf. »Ja, das Kloster. Anfangs, als euch Einlass gewährt wurde, war ich so erleichtert, weil es bedeutete, dass ich endlich ausruhen und Schutz vor dem Unwetter suchen kann. Aber dann … dann kam alles anders.« Eine Böe rüttelte heftig am einfach gearbeiteten Glas und schien die Aufmerksamkeit des Jungen absichtlich auf sich ziehen zu wollen. »Das Fenster … dort habe ich dich kurz gesehen, als ich an der Innenseite der Mauer entlangschlich, um den Hof auszukundschaften. Du hast es geöffnet und ich war davon überzeugt, dass dies wohl deine Kammer sein musste. Dabei ist … er … hier untergekommen.« Jost wollte den Namen nicht aussprechen, vermied es vehement. Er hatte es mit viel Mühe geschafft, diesen Unmenschen, zumindest für den Augenblick, in einem nichtssagenden Dunst verschwinden zu lassen. Den Namen Johannes Stertzer auszusprechen, hätte dem Mörder mit aller Macht wieder ein Gesicht gegeben. »Der Hunger hat mich gequält. Also schlich ich mich näher heran und nutzte eure Abwesenheit, um drinnen nach Essen zu suchen. In den Taschen musste wenigstens ein Stück Brot oder sogar Geräuchertes sein. Schließlich kenne ich Bertha … sie stand schon in den vorigen Nächten immer auf und hat gegessen.« Als hätte er Josts Worte vernommen, quäkte in der Kammer nebenan nun auch Berthas Sohn, um von seiner Mutter eine kleine Mahlzeit einzufordern. Zuerst nur ein wenig unwillig, dann jedoch lauter und mit steigendem Verlangen. Jost lauschte und fuhr erst dann fort, seine Erinnerungen preiszugeben, als der Kleine zufrieden Ruhe gab. »Ich durchstöberte den ganzen Raum. Viel gab es ja eh nicht, also war ich schnell am Ende. Und dann war da noch dieser Beutel. Er lugte unscheinbar unter dem Bett hervor und ich freute mich schon. Leider war meine Suche erfolglos. An dem Papier, das ich darin fand, erkannte ich zudem, dass es nicht deine Habseligkeiten waren.« Anna spürte, dass Jost sie zur Verdeutlichung leicht anstieß und dann verängstigt die Stimme senkte. »Ich hatte die Prägung darauf schon einmal gesehen ... und gefühlt ... in einer anderen Nacht.«

Anna hörte, dass Michael in diesem Augenblick den Atem anhielt. Sie hatte ihn noch nicht nach dieser Nacht gefragt und würde es wohl auch nicht tun. Wenn, dann wollte sie, dass er ihr aus freien Stücken Vertrauen schenkte. Nicht, weil ein Johannes Stertzer ihn verraten hatte. »Nun wusste ich eindeutig, wessen Habschaft ich da durchsuchte. Ich fand zwar nichts Essbares, aber das Papier konnte mir später beim Feuermachen gute Dienste leisten. So dachte ich zumindest. Also griff ich beherzt in den Stapel und dann entglitt mir vor Schreck die Tasche und die restlichen Blätter verteilten sich auf dem Boden, denn ...« Anna hörte auf zu grübeln und konzentrierte sich wieder auf Jost. »... auf einmal waren ganz deutlich Schritte vor der Kammer zu hören. Das Unwetter war so laut, dass ich sein Kommen einfach nicht früher bemerkte. Mir blieb nur, mich geschwind mit meiner spärlichen Beute hinter der Tür zu verstecken.« Jost schüttelte sich. In Gedanken stand er wieder an der kalten Wand. Schutzlos allen Blicken ausgeliefert, die trotz der Dunkelheit auch nur annähernd in seine Richtung fielen. »Und tatsächlich hatte ich Glück. Schon beim Betreten der Kammer muss ihm zuerst die Unordnung aufgefallen sein, denn er fluchte recht ungehalten und kniete sich auf den Boden. Hektisch machte er sich daran, die verstreuten Blätter wieder zu ordnen … und eines, wohl das mit der Zeichnung, schien er im Besonderen zu vermissen. Als er es unter den eingesammelten nicht fand, nahm er vermutlich an, dass es weiter unter das Bett gerutscht oder sogar gestohlen worden war. Jedenfalls beugte er sich tief nach unten, um auch dort zu suchen. Und das war dann die Gelegenheit, zu entkommen«, läutete Jost seine Verteidigung ein. »Ich packte den Hocker, holte aus und schlug ihn mit aller Kraft nieder.« Dass er einem anderen derart Gewalt angetan hatte, auch wenn es Johannes Stertzer war, lastete schwer auf dem Jungen und es dauerte, ehe er Worte fand und sich mit weinerlicher Stimme rechtfertigte. »Ich konnte doch nicht zulassen, dass er mich entdeckt! Ich hatte solche Angst. Bestimmt hättet ihr mich wieder weggeschickt!« Anna schluckte. Weder sie noch Michael widersprachen. Betreten tastete sie nach den kleinen Händen und rieb sie, bis sich ein wenig Wärme entwickelte. »Ich war schon längst aus dem Fenster gestiegen und wieder auf dem Rückweg, als ich bemerkte, dass mich doch jemand verfolgte.« Michael prustete. »Ja, das war seine Idee und gehörte sicherlich auch zu seinem Plan. Er musste mich eine Weile beschäftigen, damit er allein mit den Frauen leichteres Spiel hatte. Stertzer konnte sich bestimmt auch nicht erklären, wem er diesen Angriff zu verdanken hatte, aber ganz unrecht war es ihm wahrscheinlich nicht. So konnte er das Opfer spielen und uns erst einmal weismachen, dass ihm der Ziegler aus Rache sogar bis hierher zum Kloster nachkam, um mich dann allein in den Sturm zu schicken. Niemals hätte ich vermutet, dass du es bist, den ich verfolge.« In seiner Stimme lag ein Lächeln und Michael fuhr Jost spielerisch durch die strubbeligen Haare.

»Kurz habe ich überlegt, ob ich mich nicht doch stellen soll. Aber ich brachte es einfach nicht fertig, also versteckte ich mich. Du hast dann das Papier beim Wurfhaken gefunden und dich irgendwie …« Jost suchte nach den passenden Worten. »… so seltsam verhalten. Du schienst keinen Gedanken mehr daran zu verschwenden, die Verfolgung wieder aufzunehmen. Das hat mich stutzig und gleichzeitig auch neugierig gemacht.« Lautstark schniefend, wischte er sich mit seinem Ärmel über die laufende Nase. »Du warst ziemlich schnell. Ich hatte meine liebe Mühe, mit dir Schritt zu halten.«

Anna setzte sich verzweifelt auf und verbarg ihr Gesicht in den Händen. »Da hatte das Martyrium für uns bereits begonnen«, war ihre Stimme nur dumpf zu hören. Und auch in Michael schlug die Erinnerung schonungslos ihre Krallen. Unwillkürlich tasteten seine Finger nach der Verletzung, die ihm in Josts Erzählung nun bald beigebracht werden sollte und die er erneut durchleben musste. »Aus dem Verborgenen sah ich, wie er dich niederschlug. Ohne zu zögern. Ich dachte, er hat dich getötet, als du so dalagst und er dich dann zu den anderen in die Hütte schleifte.« Jost war wieder machtlos gegen die Tränen, die ihm mühelos die Kehle zuschnürten. »Ich weiß nicht mehr, wie lange ich da im Regen saß. Zuerst konnte ich mich vor Schreck gar nicht mehr bewegen. Ich wusste nicht, was ich nun tun sollte. Irgendwann war ich mir nicht einmal mehr sicher, ob sich das alles wahrhaftig zugetragen hatte oder ob mir die Schatten und die Himmelsfeuer einen Streich gespielt hatten. Also beschloss ich, mich, in der Hoffnung, dass ich etwas sehen konnte, näher an den Schuppen anzuschleichen.« Jost verhaspelte sich in seiner Aufregung, so schnell sprudelten die Worte aus seinem Mund. Anna rieb immer wieder beruhigend seinen Arm, um ihn im Jetzt und Hier, in der Wirklichkeit, zu halten und ihn nicht dem Sog einer furchterregenden Erinnerung preiszugeben. »Beinahe hätte er mich ertappt, wie ich um den Schuppen schlich. Er trat so plötzlich aus der offenen Tür und starrte über den Hof. Hätte er sich umgedreht, dann ...« Der Junge schüttelte sich und das Zittern durchlief seinen gesamten Körper. »An der Seite fand ich dann ein Astloch, durch das ich euch sehen konnte. Und da verließ mich auch noch die letzte Hoffnung. Was hätte ich allein denn schon gegen ihn ausrichten können?« Noch ehe Anna oder Michael antworten konnten, offenbarte Jost weiter seine Erinnerungen. »Dann erinnerte ich mich daran, dass du deine Armbrust auf dem Karren verstaut hattest, und obwohl ich nicht wusste, ob ich kräftig genug war, so schien es in diesem Augenblick die einzige Möglichkeit zu sein, ihn aufzuhalten. Ich rannte, stolperte, fiel hin. Meine Lungen schmerzten, als ich endlich im Dunkeln den Karren erreichte und durchsuchen konnte. Die Angst saß mir im Nacken, wie ein Nachtkrabb. Und auf dem Rückweg habe ich gehofft, dass er vergessen hat, die Tür wieder zu verschließen, und mir alles so einfach vorgestellt. Dass er klein beigibt, sobald er die Waffe sieht. Dass er aufgibt und euch alle losschneidet.« Jost plärrte mehr, als dass er redete. »Aber so war es nicht. Er kam auf mich zu und als ich das Gespann hochstemmte, hat sich mein Finger von ganz allein bewegt.« Jost schlüpfte noch weiter unter die Decke und sein Murmeln war kaum mehr zu verstehen. »Dann war alles schwarz ... und ich kann mich erst wieder daran erinnern, dass ich Fesseln durchschnitten habe.«

AM ENDE DES WEGES

Dienstag, 19. April 1524

Gezogen von einem genügsamen Braunen, rumpelte der Karren gemächlich auf dem ausgetretenen Weg durch die Landschaft. Der feuchte Geruch des vergangenen Unwetters, das unübersehbare Spuren in Wald, Wiese und Feld hinterlassen hatte, lag noch immer in der tauschwangeren Luft. Auch wenn es wärmende Sonnenstrahlen hier und da bereits wieder wagten, vorwitzig hinter den dicken Wolken hervorzublitzen. Die Mittagsstunde war schon lange vergangen, aber Anna machte sich keinerlei Sorgen darüber, wo sie in der kommenden Nacht schlafen konnten. Sie alle würden auf jeden Fall in Sicherheit sein. Hiesige, die ihnen unterwegs verkamen, bestätigten, dass es nicht mehr weit war bis Haydelberch. Und genau dort wartete bereits ihr Oheim, Martin Severus, auf die kleine Reisegruppe. Nun ja, eigentlich wartete er nur auf Anna und Michael, aber für Jost und Bertha mit ihrem Kind ließen sich bestimmt auch noch warme Plätze in seinem Hause finden.

Ganz in Gedanken versunken, starrte Anna mit schweren Lidern auf die sich achtsam bewegenden Ohren des munteren Pferdes. Das fortwährende Ruckeln hatte eine einschläfernde Wirkung auf alle, die vorne auf dem Bock und hinten auf der Britsche saßen, und das Tier war wohl das einzige Mitglied aus der Gruppe, das nachts zur Ruhe kam und den Tag hellwach verbrachte. Geschlafen hatten in der vergangenen Nacht alle zusammen in einer Scheune. Keiner wollte nach dem Erlebten in der Dunkelheit für sich sein, und so blieb es nicht aus, dass mit jedem Krächzen des Neugeborenen auch alle anderen aufwachten, wenn sie denn überhaupt ein Auge zu taten, obwohl nur Bertha für das Versorgen und Stillen des Hungers zu sorgen hatte. Aber immerhin näherten sie sich Haydelberch Stunde um Stunde. Es glich einem Wunder, dass die fünf ihre Reise unbescholten hatten fortsetzen dürfen, nachdem alle, selbstredend getrennt voneinander, peinlich genau zu den Vorfällen jener Nacht befragt worden waren und die Erzählungen der jeweils anderen bestätigen konnten. Ohne sich auch nur einmal umzusehen, hatte Anna dem Kloster danach den Rücken gekehrt. Es sollte nicht mehr ihre Sorge sein, was sie mit den sterblichen Überresten Johannes Stertzers anstellten. Keine kostbare Lebenszeit durfte nunmehr unnötig auf diesen Teufel verwendet werden, dem sie nur um Haaresbreite entkommen waren.

Die letzten Tage und Nächte zehrten gehörig an den Kräften aller. Auch Michael, dem des Öfteren die Zügel aus den erschlafften Händen glitten, schwankte benommen und vermochte sich nicht mehr wachzuhalten. Erst das plötzliche Absacken des Rades beim Durchfahren einer wassergefüllten Kuhle ließ ihn mit einem schmerzvollen Aufstöhnen wieder unsanft wach werden, da seine in Mitleidenschaft gezogenen Rippen ordentlich gestaucht wurden. Aufgeschreckt wandte Anna erst dann den sorgenvollen Blick wieder ab, als Michael begann, wieder regelmäßiger und tiefer zu atmen. Aufmunternd versuchte er sich an einem schiefen Lächeln, um ihr zu verstehen zu geben, dass alles in bester Ordnung war. Trotzdem nahm sie sich vor, die roten Male, die sich stellenweise bereits dunkel verfärbten, zur Sicherheit weiterhin über mehrere Tage mit Johanniskrautöl einzureiben. Immer noch ein wenig skeptisch, drehte sich Anna um. Auch hinten auf der Britsche waren wohl alle nur ein klein wenig erschrocken und Berthas Sohn schlummerte in den Armen seiner Mutter sogar einfach ganz zufrieden weiter. Jost hatte sich in eine Decke eingewickelt und starrte mit leerem Blick vor sich hin. Um ihn machte sich Anna die größten Sorgen. Seit jener Nacht, in der der ganze Schrecken in einem riesigen Schwall aus Worten aus ihm herausgebrochen war, hatte er so gut wie nicht mehr gesprochen. Michael hatte ihre Hoffnung bestärkt und es als gutes Anzeichen gesehen, dass er sich zuvor alles von der Seele geredet hatte. Dass das zumindest ein Anfang war, versuchte Anna sich fortwährend einzureden. Nun musste sein Inneres heilen. Wie bei jedem Einzelnen von ihnen auch. Unterstützung hierin erhoffte sich Anna von den Aufgüssen aus Fegekraut, die sie permanent frisch zubereitete und jedem becherweise verabreichte. Eine gewisse Kraft würde es mit der Zeit schon noch entwickeln.

Mit einem zufriedenen Lächeln betrachtete sie das winzige Menschenkind, das, geborgen in vielen Windel- und Stofflagen, geschützt vor Wind und Wetter schlief und noch nichts von der Welt dort draußen ahnte – von den hinterhältigen Fallstricken, aber auch von der tiefen Liebe, der man begegnen konnte. Sehnsucht mischte sich unter Annas aufgewühlte Gefühle und gedankenverloren legte sie eine Hand auf ihren Bauch. »Es geht ihm gut. Er ist ein kräftiger Junge«, flüsterte Michael. Er hatte sie beobachtet und wohl versucht, ihren abwesend wirkenden Blick zu deuten.

Blinzelnd kehrte Anna in die Wirklichkeit zurück und nickte zustimmend. »Ja.« Sie mochte ihre Augen gar nicht abwenden. Behielt das Kind und seine Mutter, die sich an ihrem kleinen, kostbaren Schatz nicht sattsehen konnte, weiter im Blick. Bertha strahlte vor Glück, auch wenn Anna dies zu Beginn, angesichts der Angst und der Sorgen, die sich die werdende Mutter gemacht hatte, niemals zu hoffen gewagt hatte. »Die Natur hat es so eingerichtet … die Schmerzen sind vergessen … und Bertha hat nur Augen für den Kleinen.«

Michael selbst schien auch erleichtert und zufrieden über den Verlauf der Geburt zu sein. »Obwohl ...« Eine tiefe Falte erschien auf seiner Stirn und er senkte die Stimme. »... sie die Liebe ihres Lebens verloren hat, weil er auf unbeschreiblich grausame Art seine Maske hat fallen lassen und uns alle verraten hat.« Düster sah er Anna an, die nachsichtig den Kopf schüttelte und ihm versöhnlich ein warmes Lächeln schenkte.

»Dafür hat sie eine neue Liebe gefunden ... und diese wird ihr Leben lang bleiben.« Die vertraute Zweisamkeit hatte sich wieder eingestellt. Sie konnte es spüren und in seinen Augen sehen. Hatte er sich doch endlich ein Herz gefasst und ihr in einer ruhigen Stunde alle Geheimnisse, die er seit jener Nacht mit sich trug, anvertraut. Niemals mehr sollten Zwist und Unehrlichkeit zwischen ihnen stehen – ganz gleich, aus welchen Beweggründen. Und genau deshalb gab es für Anna noch etwas zu tun. Nach unschlüssigem Zögern, das Michael sicherlich nicht entgangen war, holte sie entschlossen tief Luft. »Ich hätte dir bereits viel früher erzählen sollen, dass ich dein Kind unter dem Herzen trage. Du hattest ein Recht darauf.« Das Flüstern war kaum mehr als das Rascheln von Herbstlaub, das der launische Wind vor sich her trieb. »Bitte, verzeih mir. Ich hatte wohl nicht das nötige Vertrauen ... weder in mich ... noch in dich.« Wortlos nickte er und zog sie ohne jeglichen Vorwurf in seinen Arm. Anna schmiegte sich erleichtert an ihn und spürte, wie die Last der vergangenen Tage von ihr abfiel. Die neu gefundene Nähe ermutigte sie zudem, noch ein weiteres süßes Geheimnis zu offenbaren. »Erinnerst du dich daran, dass Bertha wohl gar nicht überrascht war, einen Sohn geboren zu haben?«, tastete sich Anna an das heran, was ihr auf der Seele brannte, und wartete sein zustimmendes Brummen ab. »Weißt du ... sie hat nämlich schon lange vor der Fahrt nach Haydelberch das Pendel befragt.« Nun war kein Brummen zu hören. Michael schien nicht recht etwas mit diesen Andeutungen anfangen zu können. Ein wenig ratlos schielte er auf Anna hinab, die abwesend mit einem Bändel seiner Schaube spielte, und beschloss, einfach abzuwarten. »Ich hab's auch probiert.« Nun besaß sie seine ungeteilte Aufmerksamkeit. Wenngleich er noch immer nichts dazu sagte. Jetzt, da Anna wieder guter Hoffnung war, wollte sie auch diese letzte Heimlichkeit mit ihm teilen, auch wenn es erst am Tage ihrer Niederkunft endgültige Gewissheit geben würde. »Egal ob Bub oder Mädel …«, kam Michael ihr zuvor. »… ich werde alles tun, was in meiner Macht steht, um für eure Sicherheit und für Wohlstand zu sorgen.« Seine Stimme klang belegt und Anna verschloss Michaels Lippen mit einem langen Kuss.

»Nun, wenn das Pendel mich nicht getäuscht hat, dann werden wir … ein kleines Mädchen haben«, machte sie juchzend seinem gespannten Abwarten ein Ende, das sich in einem glücklichen Lachen auflöste.

»Sie wird es einmal gut haben.« Fest entschlossen ließ Michael die Gedanken an das alte düstere Leben hinter sich und blickte umso zuversichtlicher in die gemeinsame Zukunft der kleinen Familie. »Sie wird erhobenen Hauptes durch die Gassen schreiten … Wahrhaftig wie eine Ratsherrentochter.«

ENDE

NACHWORT

Wenn ich schreibe, dann schreibe ich das nieder, was als Film in meinen Gedanken abläuft. Ich bin Beobachterin, Begleitung und Regisseurin – eben wie an einem richtigen Filmset.

Nach Fertigstellung des Vorgängerromans »Die Ratsherrentochter – Die Freibitte des Wymphener Henkers« allerdings verabschiedeten sich die Charaktere wider Erwarten nicht etwa. Nein, sie blieben einfach eigenwillig am Set, verlängerten quasi ihr Engagement und warteten, zu meiner Freude, geduldig auf den Beginn der nachfolgenden »Dreharbeiten«, die nun ebenfalls abgeschlossen sind.

DANK

Ich bedanke mich im Besonderen bei meiner Familie, die mich immer unterstützt, bei allen, die zum Entstehen und Gelingen des Manuskripts beigetragen haben, und natürlich bei meiner Lektorin Claudia Senghaas, die auch dieses »Baby« »adoptiert« und zusammen mit dem Verlagsteam ein weiteres gemeinsames Projekt mit unglaublichem Engagement auf den Weg gebracht und verwirklicht hat.

QUELLEN

Schmid, Hans: Altbischofsheim in den Familiennamen, Leimen: Benz, 1981, unveränderter Nachdruck der Ausgabe Neckarbischofsheim 1938

Beisel, Peter: Villa Biscovesheim, Neckarbischofsheim, 988–1988: Heimatgeschichtliche Beiträge aus dem Leben einer Kraichgaustadt, Neckarbischofsheim: Verein für Heimatpflege, 1988

Verein für Heimatpflege Neckarbischofsheim: Neckarbischofsheim, Historischer Rundgang, Faltblatt und Informationstafeln

Emil Bieser und Uwe Schneider: Schriftenreihe zur Meckesheimer Ortsgeschichte Nr. 4 – 675 Jahre Mönchzell 1337–2012, Arbeitskreis Mönchzeller Heimatgeschichte, Gemeinde Meckesheim

Friedrich Blink, Heimatbuch der Gemeinde Epfenbach, Selbstverlag der Gemeinde Epfenbach 1927, Interpretation Nixen-Sage Oberlehrer August Arnold

Köhler, Thomas: Ewiger Kalender

Harry Hack, Stadtverwaltung Neckarbischofsheim

Günther Haberhauer, Stadtarchiv, Verein ›Alt Wimpfen‹, Bad Wimpfen

PERSONEN

Wymphen / Bad Wimpfen

Bender, Apollonia	Freundin von Anna Kremer und Ehefrau von Burkhart Bender Die Person Apollonia Bender ist frei erfunden.
Bender, Burkhart	Mitglied im Alten Rat und Ehemann von Apollonia Burkhart Bender war 1523 tatsächlich Mitglied im Alten Rat.
Brel, Amalia	Mutter von Anna Kremer Die Person Amalia Brel ist frei erfunden.
Gerold, Johann Peter	Türmer und Geliebter von Apollonia Bender Johann Peter Gerold war tatsächlich von 1733–1765 Türmer.
Gröpler, Elisabeth	Tochter von Margaretha und Wilhelm Gröpler Die Person Elisabeth Gröpler ist frei erfunden.
Gröpler, Margaretha	Schwester von Michael Kremer und Ehefrau von Wilhelm Gröpler Die Person Margaretha Gröpler ist frei erfunden.
Gröpler, Wilhelm	Scharfrichter zu Wymphen und Ehemann von Margaretha Gröpler Die Person Wilhelm Gröpler ist frei erfunden.

Korber, Conrat	Alter Bürgermeister und Vater von Apollonia Bender Conrat Korber war 1523 tatsächlich Alter Bürgermeister in Wymphen.
Kremer, Anna	Ehefrau von Michael Die Bürgerin wurde unschuldig zum Tode verurteilt und entging ihrer Hinrichtung, indem sie die Freibitte des Henkers Michael Kremer annahm. Danach erwirkte sie seine Ehrlichsprechung.
Kremer, Michael	Ehemann von Anna Der ehemalige Scharfrichter von Wymphen hatte Anna freigebeten, nachdem sie unschuldig zum Tod verurteilt wurde. Durch die Ehe mit ihr und die daraus resultierende Ehrlichsprechung muss er von den Wymphener Bürgern als ihresgleichen angesehen werden.
Öffinger, Walburga	Magd von Amalia Brel Die Person Walburga Öffinger ist frei erfunden.
Rohrbach, Jakob genannt »Jäcklein« Rohrbach	Rohrbach war ein Anführer im Bauernkrieg 1525. Unter seiner Führung wurde 1525 die Weinsberger Burg erstürmt (Weinsberger Bluttat). Rohrbach wurde im Mai 1525 bei Neckargartach bei lebendigem Leib verbrannt.
Setzler, Bertha	Prostituierte Die Person Bertha Setzler ist frei erfunden.

Severus, Martin	Onkel von Anna Kremer und Bruder von Amalia Brel Bei ihm wollen Anna und Michael in Haydelberch unterkommen. Martin Severus lebte tatsächlich in Möckmühl. Er war dort von 1554–1555 Diakon.
Volcker, Jost	Junge / Dieb 1545 gab es tatsächlich einen Glaser mit Namen Jost Volcker in Möckmühl.

Bischoffsheimb / Neckarbischofsheim

Baner, Johann Georg	Torwart am vorderen Tor Johann Georg Baner war 1783 tatsächlich Torwart am vorderen Tor.
Bargner, Hans	Schultheiß Hans Bargner war 1475 tatsächlich Schultheiß.
Dorothea / Dorle	Patenkind im Hause von Helmstatt. Das Mädchen Dorothea ist frei erfunden.
Ebert, Martin	Ziegler Martin Ebert war 1573 tatsächlich »herrschaftlicher Ziegler allhie«.
Elisabeth	Türmerin Eine Elisabeth, »die alte Turmelfe« genannt, ist tatsächlich für 1562 belegt.
Engelmann, Hans	Torwart am hinteren Tor Hans Engelmann war 1562 tatsächlich Torwart am »hinteren Tor«.

Hagner, Hanns	Totengräber Hanns Hagner war 1649 tatsächlich Totengräber.
Lorenz, Claudius	Ritterbote Claudius Lorenz war tatsächlich Herrschaftsbote.
Mengaß, Agatha	Frau des Baders Agathe Mengaß ist frei erfunden.
Mengaß, Bernhard	Bader Der »Bäder«, Bernhard Mengaß, ist tatsächlich für 1475 belegt.
Renneysen, Nikolaus auch Renneisen, Nikolaus	Pfarrer Nikolaus Renneysen war ab 1517 tatsächlich Pfarrer in Neckarbischofsheim.
Schelling, Hanns	Wirt Hanns Schelling war 1578 tatsächlich »der hintere Wirt«.
Seeger, Nicolaus	Schulmeister Nicolaus Seeger war von 1564–1567 tatsächlich Schulmeister.
Severus, Martin	Onkel von Anna Eblin und Bruder von Amalia Brel Martin Severus lebte tatsächlich in Möckmühl. Er war dort von 1554–1555 Diakon.
Stertzer, Johannes	Student in Heidelberg Johannes Stertzer war 1522 tatsächlich Student in Heidelberg.
von Helmstatt, Alexander I.	Alexander I. von Helmstatt (gestorben 1536) gehörte 1524 tatsächlich zur Ortsherrschaft. Nach ihm ist das heutige Alexanderschloss benannt.

von Rosenberg, Margarete	Ehefrau von Alexander I. von Helmstatt
Gerold, Johann Peter	Türmer und Geliebter von Apollonia Bender Johann Peter Gerold war tatsächlich von 1733–1765 Türmer.

BEGRIFFE

Angersen	(Futter-) Rüben
Annemachweiden	Ländlicher Begriff für Weiden, mit denen die Rebenbogen an die Pfähle gebunden werden
Bischoffsheimb	Alte Schreibweise von Neckarbischofsheim
Bleyzucker	Bleizucker (Bleiacetat – Salz der Essigsäure) ist eine Verbindung aus Essigsäure und Blei. Die wasserfreien Kristalle sind gut löslich, schmecken süß, sind aber giftig!
Bock / Böckle	Pfahlhaufen Aufgeschichtete Pfähle in Stützvorrichtung
Bottich	Holzwanne
bruddeln	meckern, maulen
Clausura	Streng abgegrenzter Bereich, der ausschließlich den Angehörigen des Ordens vorbehalten ist.
Diebeswappen	Brandmal im Gesicht
Dormitorium	Schlafraum / Schlafbereich
Dusel	Schwindel
Fegekraut	Volksname für Zinnkraut, Schachtelhalm
Geifer	Speichel
Gerinne	Rinnsal

Gliedschwamm	Gelenkschmerzen
gransen	klagen, lamentieren, weinen (Mundart)
Hafen	Schüssel, Topf, große Tasse
Haltekind	Schützling, Ziehkind
Harnisch	Oberkörperschutz aus Metall
Haydelberch	alte Schreibweise von Heidelberg
Hellebarde	Hieb- und Stichwaffe
Hochwachtturm	Blauer Turm / Bad Wimpfen
Hübschlerin	Prostituierte
inskribieren	einschreiben, registrieren (Studenten)
Kanten Brot	Anschnitt oder Endstück eines Brotlaibs
Karzer	Arrestzelle in Universitäten
Kleriker	Angehörige des geistlichen Standes
Laibschießer	Lange Holzschieber (wurden wegen der Hitze kurz ins Wasser getaucht) platzierten die Teiglaibe im Ofen.
Leibchen	Vom Rock getrenntes Oberteil; Mieder
Lucernarium	Rituelles Entzünden des Lichts bei Einbruch der Dunkelheit
Mahr	Quälendes, böses Nachtgespenst
Minischzell	Umgangssprachlich für Mönchzell
Nachtkrabb	Kinderschreck Der Nachtkrabb holt nachts Kinder.
Pfaffheit	Klerus, Geistlichkeit
Pfahleisen	Ähnlich einem großen Haken am Schuh, der um den Pfahl verkantet wurde. Durch das Körpergewicht wurde der Pfahl dann in die Erde getrieben.
Pfahlstupfer	Kinder mussten die Pfähle aus den

	Böckenholenunddem Pfählerreichen.
Runse	Rinne, unbefestigte Abwasserrinne entlang der Gasse
Rute	Haupttrieb der Rebe
Sankt Petrus-Stab	Volksname für Goldrute
Schaube	Mantelrock
Schemel	Hocker, Sitzgelegenheit
Schlich	Erz
Schrunde	Rissige (Horn-)Haut
Spehsbach	Ein früher Name von Spechbach
Todnessel	Volksname für Gelbe Taubnessel
Vierundzwanziger	Zwölf Richter – von der Herrschaft gewählt Zwölf Bürger – von den Richtern gewählt
Waybstatt	Abgeänderter Name für Waibstadt – nicht belegt
Wengert	Weingarten, Weinberg
Wiedweide	Ein Wied wurde aus dickerer Weide gedreht und aus der dünneren Seite eine Öse gebildet.
Wymphen	Alte Schreibweise von Bad Wimpfen
Zehntscheuer / -scheune	Lagerhaus zur Aufbewahrung der Naturalsteuer

der Bräutigam über die gebrandmarkte Wange und hob ihren Kopf ein wenig an. Ihre roten Lippen lagen willig und bereit nur eine Handbreit vor den seinen und erwarteten dieselbe Leidenschaft, die sie bereits in der Nacht zuvor genossen hatten. »Dieser Schulmeistersohn …«, begann er heiser flüsternd und näherte sich verführerisch, »… er hat diesen Verrat begangen, weil er diese Nixe doch so sehr wollte. Ihre Nähe, ihre Zuneigung, nur sie … sie ganz allein. Ich kann es ihm nachfühlen, … denn … auch ich fühle solch ein unbeschreiblich starkes Begehren. Einen unbändigen Willen … letztendlich das zu bekommen, wonach es mich verlangt.« Berthas Kehle entwich ein Keuchen, als er ihre Arme ungestüm auf den Rücken drehte und sie kraftvoll an sich presste. Seine warmen Lippen umschlossen leidenschaftlich ihren Mund und seine Hände erlangten mühelos Besitz von ihren weiblichen Rundungen, ohne jedoch den Griff zu lockern. *Puh! Dass er kein unbeholfener Anfänger ist, durfte ich ja bereits zur Genüge erfahren!*

»Und auch ich werde Verrat begehen«, hauchte er schwer atmend ganz dicht an ihrem Hals, nachdem seine Zunge von der salzigen Haut gekostet hatte. Ganz in ihre Hingabe versunken, sickerte der Sinn dieser Worte nur zögerlich in Berthas Bewusstsein. *Und auch ich werde Verrat begehen. Verrat? An wem? Und aus welchem Grund? Da tut sich wieder die alte Geschichte auf. Er scheint sich den Weggang aus Bischoffsheimb noch immer sehr zu Herzen zu nehmen. Aber die gemeinsame Zukunft mit mir wird ihn eines Besseren belehren. Mit meinem Wissen, die Männer zu beglücken, sollte es nicht allzu schwer sein, ihn abzulenken und endgültig auf andere Gedanken zu bringen.* »Sei nicht zu streng mit dir. Die Schuld, die anderen verlassen zu haben, dieser Verrat, wie du es offenbar nennst, ist mit deiner heutigen Vermählung getilgt.« Sie küsste ihn aufreizend unterhalb des Haaransatzes auf den Hals, seufzte leise und lehnte für einen kurzen Moment verträumt ihren Kopf an seine Schulter. Bertha öffnete die Augen und wollte einen kleinen Schritt zurücktreten, um ihn besser ansehen und dadurch ihren versöhnlichen Worten noch mehr Gewicht verleihen zu können. Ein quälendes Stechen zog urplötzlich in ihre Finger und verursachte ein lähmendes Gefühl bis in die äußersten Glieder. Die Bänder und Sehnen an den Handgelenken wurden empfindlich gequetscht. Mit einem überraschten Laut sog Bertha Luft durch ihre Zähne. »Ah! Johannes? Du bist zu grob! Was tust du denn da?«, protestierte die Schwangere und strafte ihn mit einem entrüsteten Blick, der allerdings ohne Wirkung an ihm abzuprallen schien. Keinerlei Gemütsregung war in seinen Zügen zu erkennen. Nur dieses winzige Lächeln, das man eher erahnen als sehen konnte. Das strahlende Blau seiner Augen erstarrte und gefror zu Eis. Unsicherheit kroch Bertha den Rücken hinauf, wie eine Kröte, die ihren giftigen, lähmenden Schleim auf einem ihrer Opfer verteilte. Sie konnte nicht begreifen, warum ihr Instinkt, diese innere Stimme, gegen eine Teilnahmslosigkeit anschrie, die sie sich selbst nicht erklären konnte. Vor ihr stand doch ihr geliebter Johannes. Bertha war nicht imstande, die einzelnen Teile seines Wesens zu einem klaren Ganzen zusammenzusetzen. Wie auch? Sie wollte nur das sehen, was ihr mit einem Lächeln dargeboten worden war. Ohne es weiter zu hinterfragen. Zu schön war das nun verblassende Bild ihrer Zukunft, das sie sich in den herrlichsten und prächtigsten Farben ausgemalt hatte. Zu unwahrscheinlich, zu unaussprechlich war die andere Möglichkeit. »Wie meinst du das, auch du wirst Verrat begehen? Welchen Verrat? Willst du zu ihr zurückkehren?« Irritiert blaffte sie ihn an. Ihre Schultergelenke begannen zu schmerzen. »Nun lass mich schon endlich los! Was soll denn dieser Kleriker von uns denken, wenn er plötzlich